그해 5월 3

그해 5월 3

이병주

한길사

"송 장군, 솔직히 말해주게나.
5·16을 일으킨 주동자에게 양심이 있었다고 보는가,
권력에 대한 야심만이 있었다고 보는가."

**1권**

이사마

남린南降의 화원

봄은 가고

꽃밭에 나무를 심지 말라

뜰에 심은 수심

정은 있으되 할 말이 없다

백운강자류

백주의 암혹

만화적 군상

웃음이 없는 희극

필승의 기록인가

**2권**

외로운 메아리

1961년 12월 21일

먼지 속의 성좌

그 운명의 나날

다시 봄은 왔건만

돈과 별. 기타

음지의 군상

그 막은 내려도

간주곡

영웅들의 밤

요화

**그해 5월 3권**

표表와 이裏 | 9

컵 속의 폭풍 | 39

3월의 드라마 | 69

갈수록 산 | 103

15만 표 차의 의미 | 127

뒤안길에서 | 159

1963년 12월 17일 | 197

망명의 피안 | 229

부화浮華의 그늘 | 255

고리孤狸의 길 | 285

그래도 세월은 | 317

**4권**  1964년 겨울
배리의 늪
서글픈 봄
영락에의 향수
하나의 고빗길
그러나 오늘 울지 않겠다
병자의 광학
간주의 일록
연기자
유러피언

**5권**  어느 현장
미로의 황혼
부패의 구조
삭막한 봄
부정의 궤적
삼망지도
야심의 덫
유사 위의 일록
그곳에선
통일혁명당
그처럼 불행한가

**6권**  풀 길 없는 딜레마
권모의 드라마
번번한 사람들
야망의 유신
이디 아민의 봄
긴급의 시대
썩은 일월
1979년 10월 26일

작가후기
기전체 수법으로 접근한 박정희 정권 18년사 · 임헌영
작가연보

# 표表와 이裏

어둠 속에서 주먹을 휘두르고 가슴속에 비수를 갈아도 김미선 따위는 당나귀 지나가는 길가에 핀 민들레 한 송이에 불과하다. 당나귀의 발굽에 밟히면 그만이고 뜯어 먹히면 흔적도 남지 않는다.

그런데 그 당나귀가 카이사르였기 때문에 클레오파트라가 이름을 남길 수 있었고, 그 당나귀가 나폴레옹이었기 때문에 시답잖은 풀꽃이 조세핀으로도 되었다. 그렇게 보면 김미선은 아무래도 상대를 잘못 짚은 게 확실하다. 김미선은 그 많은 여자 가운데의 하나일 뿐이다. 무진장한 장난감의 재고가 있는데 하나의 완구에만 집착할 까닭도 없고 겨를도 없는 상대를 탓한들 어쩔 것인가.

그린데다 편리한 삼단논법이 있기도 했다. 영웅은 여자를 좋아했다, 나도 여자를 좋아한다. 그러니 나는 영웅이다. 권력에의 지향이 결국 주지육림에의 지향이란 사실을 밝힌 고전이 『춘추좌씨전』이다.

김미선의 문제는 『춘추좌씨전』에 맡겨두고 따로 소개해둘 문장이 있다.

권력에의 지향은 권력을 추구해나가는 과정에서 언제나 살의를 동반한다. 경쟁자를 죽이지 않곤 목적을 달성할 수 없는 것이다. 일단 죽어버리면 어떤 경쟁의 대열에도 나설 수가 없다. 그러나 이 방법에도 결점은 있다. 오늘 경쟁자를 죽이고 권력을 장악한 그 사람이 내일 다른 경쟁자에 의해 살해될 경우가 있기 때문이다. 물론 살해의 방법엔 갖가지가 있다. 인명을 바로 노리는 물리적 방법, 살아 있어도 산송장일 수밖에 없게 하는 심리적 방법. 아무튼 이러한 경쟁이 계속되는 상황 속에서 산다는 건 홉스의 말을 빌리면

"실로 고독하고 가난하고 지겹고 허무하기 짝이 없는 노릇"

이다.

이것은 한스 모겐소의 말이지만 그가 처음으로 발견한 사실은 아니다. 정치가 죽음을 건 투쟁이란 것은 정치가 생겨나면서부터 있어온 본질이며 현상이다.

1961년 7월 12일, 군사정부에 의해 국방장관으로 임명되었을 때 송요찬은 적어도 이만한 사실은 알고 있어야 했다. 국방장관에 취임한 지 한 달 후 내각수반으로 앉게 되지만 그 두 개의 자리가 모두 정치적으로 사형선고를 받은 장도영이 차지하고 있었던 자리라는 것은 누구보다도 송요찬 자신이 잘 알고 있었던 사실이 아니었던가.

5·16쿠데타가 발생했을 때 송요찬은 미국의 조지워싱턴 대학의 학생으로 있었다. 전공은 정치경제학이었다. 5·16쿠데타의 의미를 과부족 없이 파악할 수 있을 적당한 거리에 있었다고도 할 수 있다.

"송요찬 장군, 혁명정부를 도와주셔야겠습니다."

이렇게 정중한 요청이 있었을 것이다.

내각수반이 될 때에도 역시 요청은 정중했다.

"송 장군 아니고선 이 대임을 맡을 만한 사람이 없습니다."

그리고 채 1년을 채우지 못한 1962년 6월 16일.

"유감스럽지만 내각수반의 자리를 내어놓으셔야 하겠습니다."

이렇게 되었다.


독수리의 눈을 가진 프레더릭 조스가 마침 한국에 와 있었다. 그 독수리의 눈이 송요찬에게 관심을 갖지 않을 까닭이 없었다. 조스는 4·19 때 취재차 한국에 와서 당시 계엄사령관이었던 송요찬 장군과 수차례에 걸쳐 만난 적이 있어 면식이 있었을 뿐 아니라 서로 친밀한 우정을 가꾸고 있기도 했다.

그 무렵 송요찬에 대한 조스의 평은,

"훌륭한 군인이다. 그 나이에 그만한 식견과 지휘능력을 가졌다는 것은 놀라운 일이다. 나는 미군이 외지에서 만들어놓은 장군을 경시하는 버릇을 가지고 있었는데 송요찬 장군을 접하고는 그 버릇을 수정하기로 했다."

는 것이었다.

그때 이 주필이 송요찬의 별호가 '서두'石頭라는 것을 들먹이고

"우직스럽기만 하고 인텔리전스가 모자라지 않더냐."

고 반문했더니 조스는 언하에

"군인에게서 학자나 언론인에게 기대하는 것 같은 인텔리전스를 요구하는 것은 잘못이다. 송 장군의 인텔리전스는 군인으로선 최상의 것에 속한다."

고 단언했다.

그런 만큼 조스는 송요찬에게 애착을 느끼고 있었다고 할 수 있는데 그런 감정은 상대방에게 감응을 일으키게 마련이다. 송요찬은 조스의 인터뷰 신청을 즉각 승낙했을 뿐만 아니라, 10년 내엔 발표하지 않겠다는 조건을 붙이기까지 해서 비교적 솔직하게 자기의 심경을 털어놓았다.

조스와 송요찬의 인터뷰가 이루어진 장소는 조선호텔의 조스가 투숙하고 있는 302호실에서였다. 날짜는 1962년 9월 28일. 이날 신문의 주요 기사는, 전국 농어촌에서 신고한 고리채가 1백20여만 건, 5백10억 8천1백여만 환에 달했다는 발표와 혁재 상소심에서 이정재·신정식의 사형이 확정되었다는 사실, 사상적으로 불온한 서적을 심사하기 위해 출판사의 등록에 관한 규정을 만들었다는 문교부의 발표, 구호대상으로 책정한 극빈자가 28만 호라는 공보부의 발표 등이었다.

다음은 조스와 송요찬의 인터뷰 기사다.


조스　오래간만에 장군을 만나서 반갑다.

송　반가운 친구가 왔는데 융숭한 대접을 할 처지가 못 되니 유감이다. 그러나 원하는 게 있으면 말하라. 최선을 다하겠다.

조스　그런 걱정은 말게. 건강은 어떤가.

송　혈압이 조금 높다. 운동부족이 아닌가 한다.

조스　지금 몇 살이지.

송　44세.

조스　앞길이 만리이군. 우선 건강에 조심해야지.

송　신체의 건강은 아무래도 정신이 좌우하는 것 같애. 정신적으로 불안하거나 우울하면 금방 혈압이 오르니까.


12

조스　역전의 장군이 불안해할 게 뭐 있는가. 활달하게 생각하고 운동을 하며 책도 보고 하며 대성大成을 기해야지.

송　대성?

조스　벼슬은 할 만큼 했으니까 인간으로서 정치가로서 대성하란 말일세.

송　고마워. 그러나 기분이란 건 마음대로 안 돼. 앞으로 나라가 어떻게 될까 싶으니 더욱 불안해.

조스　걱정해도 소용없는 걱정은 안하는 게 좋아.

송　그러나 그럴 수가 있나.

조스　군사정부에 가담한 게 잘못이 아니었을까?

송　글쎄.

조스　쿠데타의 소식은 언제 어디서 들었나

송　1961년 5월 16일 오후 4시. 워싱턴에서 들었다.

조스　누구에게서 들었나.

송　UPI 기자가 내 숙소로 전화를 했어. 감상을 묻더군. 당장 할 말이 있어야지. 주동자가 누구냐고 물었지. 장도영과 박정희라고 하더군.

조스　그때 어떤 생각을 했지?

송　큰일 났다는 생각밖엔 없었어.

조스　그런 사태를 전연 예측하지 못했나?

송　예측을 하다니. 나라를 지키라고 준 무기를 갖고 군대가 합헌 정부를 타도한다는 걸 어찌 예측할 수 있었겠나. 조금 시간이 경과되니 군대끼리 싸우는 일은 피해야 할 것인데 하는 걱정이 생기더군. 그래서 모든 신경을 서울로 쏟고 있었는데 그런 일은 없다는 것을 알고 안심을 했지.

조스  그래서 쿠데타를 지지한다는 성명을 낸 건가?

송  그땐 도리가 없다는 심정이었다. 이왕 기정사실이 되어버렸으니 그런대로 좋게 수습이 되길 바라는 마음이었어. 그런데다 나는 장도영이 하는 일이라면 최악의 사태야 되겠는가 하는 심정이었다.

조스  박정희 씨에 대해선 어떤 생각을 가졌는가.

송  전적으로 신임할 사람은 못 되지만 장도영이 있으니까 서로 견제하면 잘될 것이란 생각이 들었다.

조스  박정희 씨를 전적으로 신임할 수 없었다는 것은 기왕 그가 좌익사상을 가지고 있었다는 이유였던가?

송  그건 아니다. 그 사람이 전엔 그런 사상을 가지고 있었던 모양이지만 그 후 완전히 전향했다. 여순반란사건이 있었던 모양이지만 그 후 완전히 전향했다. 여순반란사건 직후 광범위한 숙군이 있었는데 거기에서 그의 공로가 많았다. 그래서 나는 그 점으론 조금도 그를 의심하지 않는다.

조스  그럼 무슨 점으로 그를 전적으로 신임하지 못했다는 말인가.

송  성격적으로 이상한 데가 있다기보다 나완 맞지 않는 데가 있었기 때문이다.

조스  들은 바에 의하면 당신이 그를 극진히 비호했다고 하던데.

송  아까 말한 바와 같이 전향했을 뿐만 아니라 숙군에 공로가 많은 그를 군 일부에서 못마땅하게 여기고 끈덕지게 몰아내려고 했다. 나는 의리상 그런 짓을 용납하지 못한다. 그래서 나는 그를 비호했고 좋은 보직을 주려고 노력했다. 내가 참모총장으로 있을 땐 좋은 직에 있었는데 내가 그만두고 나자 그는 무보직이 되었다.

조스　내가 조사한 바에 의하면 그가 당신을 배척하는 운동을 한 적이 있다는데?

송　과도정부 때 그런 일이 있었다. 3·15부정선거에 가담했다는 이유로 나를 물러가라고 했다.

조스　당신이 3·15부정선거에 가담했나?

송　그럴 수밖에 없었다. 나는 이승만 대통령으로부터 임명받은 참모총장이었다. 그러니 이승만 대통령을 위하는 일이라고 해서 추진되는 일에 반대할 수가 없었다. 나는 이승만 대통령을 지극히 존경하고 있었고 그분을 애국자라고 믿고 있었기 때문에 다소 수단은 나빠도 그분을 위하는 일은 애국으로 통할 것으로 알았다. 내가 부정선거에 가담했다고 하지만 표를 만들어 넣거나 하는 조작을 한 일은 없다. 내 부하들이 빠짐없이 이승만 박사에게 투표하도록 독려했을 뿐이다. 나는 신념이 확고하지 않은 부하들이 제마음대로 하는 것보다 신념을 가진 사령관이 옳은 방향으로 선도하는 것이 낫다고 생각해서 부하들에게 내가 시키는 대로 투표하라고 했다. 그것이 미국이나 영국에선 있을 수 없는 일이라고 해도 우리나라의 사정으로선 용납될 수 있다고 생각했다. 그리고 당시 대통령 입후보자는 이승만 박사밖에 없었다. 그럴 바에야 되도록이면 많은 표를 모아 노대통령의 사기를 돋아주고 싶었다.

조스　민주주의에 대해 전연 신념이 없었다는 것을 고백하는 셈인가?

송　솔직하게 말해 민주주의는 막연했고 이승만 박사는 확실한 존재였다. 확실한 존재인 이승만 박사를 위하는 일이 옳은가, 막연한 민주주의를 위해야 하는가 하는 문제에 부딪혔을 때 나는 서슴없이 이승만 박사를 택했다.

조스　당신의 그러한 태도를 솔직하게 비판한 박정희 장군이 옳다고는 생각하지 않았나?

송　그건 델리케이트한 문제다. 그 자신도 군대에 있었으니 당시의 공기를 충분히 알고 있었을 것이다. 그도 그 대세에서 벗어나지 못한 것으로 알고 있다.

조스　그러나 듣는 바에 의하면 박 장군은 부당한 선거운동에 대해서 맹렬히 반발했다고 하던데.

송　그는 지방에 있었기 때문에 무슨 반발을 어떻게 했는지 나는 모른다. 설사 그런 일이 있다고 해도 자기의 상부에 내가 있다고 하는 사실에 힘입어 성질을 부려본 것인지도 모른다. 하여간 자유당이 지배하고 있을 때 그가 나에게 항거한 것은 아니다. 과도정부가 되고 나서 나에게 항의하는 편지를 냈다.

조스　그래서 그때 당신은 어떻게 했나.

송　감정대로라면 예편을 시킬 수도 있었다. 그러나 그렇게 안 한 것은 심리적 동기야 어디에 있었건 그의 항의엔 일리가 있었기 때문이다.

조스　심리적 동기는 무엇이었다고 생각하는가.

송　지금 생각하니 그는 그때부터 쿠데타의 야심을 가지고 있었던 모양이다. 그러기 위해선 중견 장교들의 존경을 얻어야만 했다. 그런 것이 동기가 되어 내게 항의서를 낸 것이 아닌가 한다.

조스　당신이 참모총장을 그만둔 것이 언제인가.

송　1960년 5월 23일이다.

조스　자유당의 간부, 정부의 고급관리, 경찰간부들은 부정선거에 가담했다고 해서 빠짐없이 소추를 받았는데 참모총장으로서 부정선거에 가담한 당신이 무사할 수 있었다는 것은 이상하지 않는가.

송　군이라고 하는 특수 사정 때문이라고 생각한다.

조스　결국 양심의 가책을 받아 사임한 것이 아닌가.

송　양심의 가책이라면 나를 신임한 이승만 대통령을 끝까지 무사하게 보좌하지 못했다는 그 사실에 대해서다.

조스　군사정부로부터 요청을 받은 것이 언제쯤인가.

송　7월 초순이었다.

조스　군사정부에 가담할 의사를 가진 이유는 무엇이었던가.

송　내 나름대로 국가와 민족에 봉사하고 싶었다. 특히 오랫동안 내가 몸담아 있던 군에 대해서 책임을 느꼈다. 기왕에 하려다가 못한 여러 가지를 해서 한국의 군대를 이상적인 군대로 만들어보고 싶었다.

조스　국방장관에 취임하라는 권고를 받았을 때 거기에 혹시 무슨 복선이 있는 것이 아닌가 하고 의심해본 적은 없는가.

송　복선이라니 무슨 뜻인가.

조스　군사정부가 당신을 필요로 한 것은 당신 아니면 안 된다, 즉 당신의 역량을 높이 평가해서가 아니라 장도영을 밀어내자면 전직 참모총장이었던 당신을 갖다놓아야겠다, 송 장군이면 자기들 마음대로 할 수 있겠다. 이를테면 그런 저의 또는 복선이 있는 것을 짐작하지 못했던가.

송　거기까진 생각하지 못했다.

조스　박정희 장군이 당신을 전적으로 존경하고 있지 않다는 사실쯤은 짐작하고 있었을 것이 아닌가.

송    정세가 바뀌었으니 생각도 바뀌었을 것으로 믿었다.

조스    군사정부에서 소신껏 일할 수 있었을 것으로 알았는가.

송    잘해보겠다고 쿠데타를 한 사람들이니 내가 성의를 다하면 통할 줄 알았다.

조스    충분히 의사가 통했다고 생각하는가.

송    유감이지만 그렇지 못했다.

조스    내각수반은 어떤 자리였던가.

송    최고회의에서 결의한 것을 실천에 옮기는 직책이다.

조스    당신 마음대로 각료들을 관장할 수가 있었나?

송    어느 정도는 관장할 수 있었다.

조스    어느 정도란 건?

송    말단 사무 절차에 관한 것이다.

조스    실질적으로 내각을 움직인 것은 최고회의 의장이 아니었던가.

송    그렇다.

조스    그렇다면 내각수반이란 허울 좋은 관직이 아닌가.

송    한직은 아니었다. 대단히 바빴다.

조스    최고회의의 명령에 따르기에 바빴단 말인가?

송    그렇다.

조스    당신이 내각수반으로 있을 때 독자적으로 한 정책이 있는가.

송    있다.

조스    무엇인가.

송    경제개발 5개년계획이다.

조스    그것은 최고회의의 안이 아니었던가?

송    창안은 내가 하고 구체적인 내용도 내가 지휘한 부하들이 만들었다. 최고회의는 그것을 승인한 것뿐이다.

조스  장도영이 반혁명으로 체포되었을 때 당신은 무슨 생각을 했는가.

송  나는 정보에 어두웠기 때문에 정보부의 발표를 그대로 믿을 수밖에 없었다.

조스  장도영에 대한 기소 사실을 보면 대부분이 5·16 당시 쿠데타를 방지하려고 했던 행동이다. 그것을 승인하고도 최고회의 의장·내각수반에 앉혀놓았다가 불과 몇 달도 안 되어 그것을 들추어 반혁명으로 기소했다는 사실에 불순한 동기가 있다고는 생각하지 않았는가.

송  최고회의 내부에 분열이 생기고 보니 그런 결과가 되었다고 생각한다. 그러나 결과적으로 그를 석방하지 않았는가.

조스  나는 그것을 정치적으로 인간적으로 매장한 행위라고 생각하는데 송 장군의 의견은 어떤가.

송  유감스러운 일이라고 생각한다.

조스  당신이 내각수반을 맡을 때 나도 혹시 저런 꼴이 되지 않을까 하는 짐작을 해보지 않았나?

송  처음엔 그런 생각이 없었다. 내겐 모의를 같이 할 만한 수족도 없었고 그럴 의사도 전연 없었으니까. 그런데 시일이 경과함에 따라 의구를 갖게 되었다.

조스  무슨 이유로.

송  그들이 말로는 민간에게 정권을 넘겨준다고 하면서 사실은 그들의 영구집권을 꾀하고 있다는 눈치를 챈 것이다. 그런데 나는 공약대로 조속한 시일 안에 민정으로 돌리고 군인은 군대로 돌아가야 한다는 신념이었으므로 조만간 그 문제로써 의견 충돌이 생기지 않을까 하는 생각을 하게 된 거다.

조스  당신이 내각수반을 사임하게 된 직접적인 동기는 뭔가.

송  증권 거래에 이상이 있다는 사실은 벌써부터 알려져 있었다. 나는 이 사건을 철저하게 규명해야 한다고 주장했다. 그런데도 최고회의는 이를 차일피일 미루고만 있다가 드디어 5월 말에 증권거래소의 책임하에 관리되어 오던 수도자금受渡資金이 고갈되어 대단한 소란이 발생했다. 나는 이 문제를 들고 최고회의 의장과 담판을 했다. 그래도 태도가 불분명했다. 나는 이래선 내각수반의 책무를 완수할 수 없다고 느꼈다. 그밖에 다른 복합적인 문제가 있기도 해서 사의를 표명했더니 박 의장으로부터 사표를 내라는 권고가 있었다.

조스  항간에 증권파동엔 김종필 씨가 개재되어 있다는 말이 나돌고 있는데 그게 사실인가.

송  그 문제에 관해선 내가 뭐라고 말할 수가 없다.

조스  아는 대로만 말하면 어떻겠는가. 10년 내엔 발표하지 않겠다는 내 약속을 믿지 못하겠다는 말인가.

송  그 문제만은 보류하자. 증권 거래는 원래 복잡한데다가 자신 진상을 잘 모른다. 언젠가는 해명될 것으로 안다.

조스  워커힐에도 무슨 문제가 있는 것 같던데.

송  난 잘 모른다. 그런데 당신은 어떻게 내가 모르는 일까지 그처럼 잘 알고 있는가.

조스  나는 신문기자하고도 영국의 신문기자라는 것을 잊어선 안 된다. 영국의 동료들은 나를 취재광이라고도 한다. 그러나 나는 취재를 철저하게 해도 그것이 그 나라나 어느 개인에게 손해를 끼친다고 판단하면 절대로 공표하지 않는다. 그러니 당신은 좀더 솔직하게 대답해도 좋다.

송    나는 솔직하게 대답하고 있다. 당신을 존경하는 까닭에.


여기서 일단락하고 쉬는 동안에 조스는 자기의 회고담을 얘기했다. 그는 1937년 스페인에 취재차 갔다가 프랑코 군에 체포되어 혹독한 고문을 받고 2년 동안이나 감옥생활을 했다. 당시 프랑코 군은 영국의 신문기자를 적성분자로 보았다. 영국 정부가 프랑코를 싫어했기 때문에 감정이 좋지 않은 데다가 영국 기자들 거의 전부가 인민전선 정부를 지지하고 있었던 까닭이다.

조스가 이런 얘기를 꺼낸 것은 프랑코 정부에 빗대어 군사정부란 것은 대개 성공하기 어렵다는 결론을 말하기 위해서였다. 성공하기 어려운 이유로서 조스는 다음과 같은 사실을 들었다.

군인의 사고방식은 국민들의 다양성을 인정하는 데 익숙하지 못하다.

군인들이 정치권력을 갖게 되면 부패하기가 쉽다.

군인들은 원래 강압적 수단에 매력을 느낀다. 강압에 의하여 일시적이나마 일사불란한 질서를 만들어내기 때문이다. 따라서 군인들은 무질서의 질서란 묘미를 모른다.

아무리 현명한 처사도 한 사람의 독단에 의한 것일 때 문제의 시작이 된다. 그 반면 어리석은 다수가 합의해서 이루어진 것은 그때그때 문제의 해결이 된다. 명령에 의해 잘못된 것은 수정이 곤란하다. 명령을 내린 권력자가 책임을 져야 하고 책임을 지려면 실각할 염려가 있기 때문이다. 다수가 결정한 것은 잘못이었을 때 언제이건 수정이 가능하다. 책임이 분산되어 있기 때문에 수정을 해도 망신을 면할 수 있기 때문이다.

그리고 조스는 갖가지의 예를 들었다. 어느 시기 송요찬이 정치가로서 대성할 날이 있을지 모른다는 기대가 있었기 때문인지 모른다.

조스는 커피를 마시고 송요찬은 홍차를 마시고 인터뷰는 계속되었다.


조스　내가 군인들의 쿠데타에서 야심 이외의 양심을 발견한 것은 이집트의 나세르에게서였다. 그것 말곤 아프리카에서나 동양에서나 라틴아메리카에서 발생한 쿠데타에선 거의 양심을 찾아볼 수 없었다. 송 장군, 솔직히 말해주게나. 5·16을 일으킨 주동자에게 양심이 있었다고 보는가, 권력에 대한 야심만이 있었다고 보는가.

송　어떤 경우에는 야심이 곧 양심과 통하지 않을까.

조스　그 말은 기가 막히게 소피스트케이트한 말인데 언제 그런 말솜씨를 배웠는가?

송　세계 일류의 언론인하고 얘기를 하고 있으니 그렇게 되었는지 모르지.

조스　말장난은 그만하자. 당신은 쿠데타의 주동인물들이 양심적이라고 보는가.

송　나는 말장난을 하고 있는 게 아니다. 사람은 야심만으론 생명을 거는 일은 못 한다. 바꿔 말하면 생명을 걸 정도로 야심을 발휘했다면 거기엔 반드시 양심이 포함되어 있다. 자기는 잘 하는 일이라고 믿지 않고선 그 일에 생명을 걸지 못하는 게 사람이다. 내가 확실히 이렇게 말할 수 있는 건 전투 경험에서 많은 것을 배웠기 때문이다. 전투는 명령만으로 되는 것도 아니고 공명심만으로 되는 것도 아니다. 비장한 각오가 있어야 한다. 생명보다도 소중한 그 무엇에 대한 신념이 있어야 한다. 객관적으론 어떻게 볼지 모르지만 아니, 그들의 행위는 분명히 범죄라고 할 수 있을지 모르지만 죽음을 각오하고 쿠데타를 했다는 그 사실엔 나름대로의 양심이 있었을 것으로 나는 믿는다.

조스　송 장군의 말은 훌륭하오. 그러나 쿠데타엔 이런 면도 있는 거요. 아프리카의 어느 나라에서 있었던 일입니다. 불평불만에 가득 찬 장교들의 모임이 있었소. 같은 계급의 어느 장교들은 호화스럽게 사는데 자기들은 얼마 안 되는 봉급만 가지고 살자니까 짜증이 났다 이거요. 그런데다 계급은 오르지 않고, 언제 군복을 벗어야 할지 모르니 불안하고, 이렇게 사느니보다 한바탕 해보고나 죽자, 하는 극한적인 심정으로 되어갔지. 그런 심정을 정부가 눈치 채선 뒷조사를 하기 시작했단 말요. 그때 허풍을 잘 떠는 장군이 있었는데 그 장군이 이들을 이용해보자는 마음을 먹게 된 거요. 그런 마음을 먹게 되면 하는 술수가 있지 않소. 불평파 장교를 극진히 대접할 뿐 아니라, 성사가 되면 운명이 확 트일 것 같은 환상을 준다 이거요. 그런 도중 불평파 장교의 한 사람이 붙들린 거요. 불원 쿠데타 음모가 폭로될 위험에 놓였던 거지. 모두들 도망을 치거나 한바탕 해보거나 해야 할 궁지에 몰리게 되었소. 어느 날 밤 대통령 관저의 보초를 매수해선 대통령 관저를 점령해버린 거요. 쿠데타는 간단하게 성공했지. 그런데 그 집단은 질적으로 형편없는 분자들의 모임이었소. 지금 아프리카에서도 최악의 나라가 되어 있지. 그들이 원한 것은 오로지 권력뿐이었고, 이래도 죽고 저래도 죽을 형편이니 목숨을 걸었던 것뿐이오. 그런 경우에도 목숨을 걸었던 사실만으로 양심을 인정할 수가 있겠소?

송　5·16사건은 아프리카의 그 나라 사건과는 사정이 다를 거요.

조스　요컨대 불평파의 집단이 일으킨 것만은 사실이겠지?

송   나라와 국민을 위한다는 신념이 있었던 것도 확실하다.

조스   나라와 국민을 위하는 양심으로 합헌정부를 뒤엎을 수 있는 것일까요?

송   글쎄.

조스   권력에의 야심에 사로잡힌 행동이라고 판단할 수 있지 않을까?

송   그야 권력에의 야심은 있었겠지. 그러나 전부를 그렇게 해석하는 건…….

조스   그럼 묻겠소. 지금 그들이 하는 정책이나 방침 또는 행동이 모조리 양심적이라고 생각하오?

송   나로서도 약간 납득할 수 없는 부분이 있지만…….

조스   그들이 내건 정책의 표면은 나라를 위한다고 되어 있고 그 이면은 사리사욕의 추구가 판을 치고 있는 게 아닐까?

송   개중에는 사리사욕을 취하는 자가 있겠죠. 그렇다고 해서 전체를 그렇다고 판단하는 건 옳지 못하다고 생각한다.

조스   정치를 하려면 아무리 야비한 사람이라도 명분이 서는 짓을 해야 할 테고, 사리사욕의 추구가 너무나 노골적으로 나타나면 국민의 눈이란 것도 있으니 적당하게 눈가림을 하는 부분도 있겠고 그런 술수도 있겠지. 내가 묻고자 하는 것은 집권자들의 행동을 지배하고 있는 것이 공명한 정신인가. 탐욕인가 하는 거다.

송   조스 씨는 너무나 나쁘게만 보려고 하는데 그건 잘못이다. 편견을 버려야 할 것 같다.

조스   취재를 하자니까 자연 신랄한 문제설정을 하게 되는 거다. 게다가 나는 쿠데타에 의해 성립된 정권을 철저하게 불신하는 버릇을 가지고 있다. 그도 그럴 것이 좋으나 궂으나 국민 전부가 참여해서 만들어놓은 정부를 한 줌도 안 되는 사람들이 자기들 손에 무기가 있다는 사실을 기화로 뒤엎어버리는 것은 국민에게 대한 결정적인 배신이 아닐까? 그러니까 자연 신랄한 질문이 된 거다.

송 기정 사태를 놓고 근본문제를 따져보았자 무슨 소용인가.

조스 정치는 그렇게 되겠지요. 국민도 그런 생각으로 체념해야겠지요. 그러나 언론인의 입장은 그렇게 되지 못합니다. 언제나 근본문제로 되돌아가서 따져야죠.

송 그런 문제는 그만큼 해두고 우리나라가 장차 어떻게 해야 할지 그 문제나 토론하자.

조스 질문의 방향을 바꾸겠소. 내각에 외무장관이 있고, 최고회의에도 외무위원회라는 것이 있지 않소?

송 있습니다.

조스 일본과의 국교관계는 한국으로선 가장 중요한 외교 문제지요? 그런데 어째서 대일관계의 교섭을 최고회의의 외무위원회에서나 내각의 외무부에서 하지 않고 정보를 맡고 있는 기관의 장이 하고 있는 거지요?

송 그 점은 나도 석연할 수가 없다. 디만 지금의 한일관계는 국교 정상화 이전의 단계이니 제반 정보에 정통하고 있는 기관에서 사전 준비를 한다는 것이 아닌가 하는 생각이다.

조스 그 정보를 외무위원회나 외무부에 넘겨 사전 준비를 시키는 것이 나라의 체면을 보아서나 정치의 실질로 보아서 타당한 일 아닐까?

송 그렇게 할 수 없는 사정이 있겠지.

조스　한일관계 같은 중요한 외교문제를 두고 외무위원회나 외무부는 무엇을 하는 겁니까. 가끔 신문에서 보고 안 일이지만 중요한 외교활동은 전부 정보를 맡고 있는 기관의 장이 다 하더군요.

송　그게 실상이다.

조스　그런 상황에 관해서 한국인 기자 이외의 기자들은 아주 험악한 추측을 하고 있다.

송　어떤 추측인가?

조스　민주당 정권 이래로 거론되어온 청구권 문제란 게 있지요?

송　있다.

조스　군사정부의 방침으로선 대강 얼마 정도의 청구를 할 작정으로 있습니까.

송　대강 3억 달러 내지 5억 달러쯤 받으면 하고 있는 모양입니다.

조스　바로 그 문제요. 외교 루트를 통해 공명하게 교섭하지 않고 최고회의 의장의 가장 측근인 사람을 내세워 은밀하게 교섭을 시키고 있는 까닭은 청구권을 둘러싸고 음성적인 거래를 하기 위해서다, 이렇게 보고 있는 거요.

송　설마 그럴 수가. 일본에 침략을 당했을 때 손해를 입은 것에 대해 보상을 받으려고 하는 처지에 그 돈의 일부를 암거래한다는 것은 도저히 있을 수 없는 일이오.

조스　가령 이런 일이 있을 수 있다면 이렇게 하겠소. 물론 가정으로서 하는 말이오. 한국인으로서 일본의 침략전쟁에서 희생된 숫자를 대략 1백만 인으로 칩시다. 일본 정부가 패전 직후 일본인의 군인 군속 희생자 가족에게 보상한 금액은 대강 일화로 2백만 엔, 당시의 시세로 1만 달러였다고 합니다. 만일 이것을 한국인 희생자들에게

준용하면 1백만 명을 가정하고 1백억 달러의 보상금을 내야 하는 거요.(일부 생략)

인터뷰를 계속하기 위해선 송요찬 장군의 흥분이 진정되어야만 했다. 창밖 가을 날씨는 맑았다. 조스는 존 키츠의 가을에 관한 시 한 구절을 외워 송 장군의 마음을 달랬다. 송 장군도 가을에 관한 이 나라 시인의 시를 읊었다. 인터뷰는 다시 차분하게 진행되었다.

    조스   송 장군은 군사정권 내에 부패가 없다고 생각합니까.
    송   그렇게 단언할 수 없는 것이 유감스럽소.
    조스   부패는 어느 부위가 가장 심하다고 생각합니까.
    송   자신 있게 말할 수 있을 정도로 나는 정보를 가지고 있지 못하오. 설혹 정보가 있다고 해도 내 입으론 말 못하겠소.
    조스   아까도 언급했지만 군사정부는 부패하기 쉬운 정부입니다. 첫째, 대의기구가 없으니 정책의 검토가 미숙할밖에 없고, 감시기구가 없으니 성과의 평가가 불가능하고…….
    송   대의기구로서 최고회의가 있고, 감시기구·감사기구도 정비되어 있소.
    조스   최고회의가 대의기구일 수 없는 것은 송 장군 자신이 잘 알고 있을 것이고, 감시·감사기구가 정비되어 있다고는 하나, 그 감시와 감사는 정치적 배려에서 벗어날 수 없을 뿐더러 최고권력을 체크할 수 없으니 부패를 막을 수단은 못 되는 거지요.
    송   또 근본문제로 돌아가는 겁니까?
    조스   실례했습니다. 송 장군이 보는 민정이양의 전망은 어떻습니까.

　송　민정이양은 조속한 시일 내에 이루어져야 합니다.

　조스　그럴 전망이 있습니까?

　송　전망이 어떻건 그렇게 해야죠.

　조스　이것도 가정이지만 만일 민정이양이 될 땐 국회의원 선거가 있을 것 아니오? 그때 송 장군은 출마할 의사가 있습니까.

　송　지금의 심정 같아선 정치완 담을 쌓고 싶소.

　조스　송 장군의 나이가 아직도 44세인데 그처럼 빨리 정치를 단념하는 건 나라를 위해서나 송 장군 개인을 위해서나 손해되는 일이 아니겠오?

　송　군인이 정치를 한다는 것 자체가 무리 아닐까요?

　조스　군복을 벗으면 군인이 아니니까요. 이 말엔 오해가 있을 것 같아서 덧붙입니다. 군복을 벗으면 군인이 아니지만 군복을 벗고도 군의 힘을 이용할 동안엔 군인이오.

　송　나는 군복도 벗었고, 이용할 군의 힘도 없소.

　조스　그럼 민간인이죠. 지레 포기하지 말고 정치가로서 대성할 날을 준비해보십시오.

　송　글쎄요.

　조스　민정으로 된다고 해도 지금 정치에 참여하고 있는 군인들이 옷만 바꿔 입고 그냥 남지 않을까요.

　송　십중팔구 그렇게 되기가 쉽겠지요.

　조스　그럴 경우 어떻게 생각합니까.

　송　나는 불가하다고 생각하오.

　조스　불가하다고 생각은 해도 결국은 그렇게 될 것이란 짐작이겠죠?

송  그렇소.

조스  그렇게 될 때 이른바 혁명공약에 대한 책임은 어떻게 되는 겁니까?

송  할 말이야 많지 않겠습니까.

조스  그러나 내가 보기엔 말로썬 어떻게 할 수 없도록 공약은 되어 있던데요. "이와 같은 우리의 과업이 성취되면 참신하고도 양심적인 정치인들에게 언제든지 정권을 이양하고 우리들 본연의 임무에 복귀할 준비를 갖춘다."

송  (헛허 하고 호탕한 웃음을 지었다. 그리고) 당신 그 문맥을 자세히 읽어보오. 쿠데타한 사람들의 아이큐가 얼마나 높은가를 알 거요. 첫째 "이와 같은 우리의 과업이 성취되면"이란 말이 있지 않소. 도대체 그런 과업이 단시일 동안에 성취될 까닭이 없는데 "성취되면"이라고 되어 있지요? "성취되면 정권을 이양하고"라고 했는데 그건 성취되지 않으면 이양하지 않는다는 뜻으로도 되는 것 아니겠소. 그뿐 아니오. 참신하고도 양심적인 정치인들이라고 못 박아놓았는데 어떤 정치가가 참신하고 양심적인지 누가 어떻게 평가할 거요. 참신하고 양심적인 정치인을 발견하지 못했다고 하면 끝나는 소리요. 뿐만 아니라 마지막을 보시오. 언제든지 정권을 이양하고 우리들 본연의 임무에 복귀할 준비를 갖춘다고 했지 복귀하겠다는 말은 없소. 나는 작년 7월 국방장관에 취임해달라는 요청을 받았을 때 그 공약이란 것을 두 번, 세 번 읽어보았소. 그런데 그땐 그 의미를 잘 파악하지 못했던 거요. 민정이양에 관한 생각을 하면서부터 그 공약의 의미를 깨달았소. 얼마나 세심한 배려가 준비되어 있는가를 깨닫고 나는 정말 놀랐소. 그러나 그들이 원하든 원치 않든 어떤 형태로서도 민정이양은 되어야 할 것이오. 가능하다면 나는 그 목표를 달성하는 방향으로 노력할 참이오.

조스  나도 군사정부의 군인들이 아이큐만은 대단하다는 점을 잘 알고 있소. 군인들이 어느 틈에 그러한 마키아벨리즘을 마스터하게 되었는지 정말 탄복할 지경이오. 사실은 그게 위험한 거지요. 교양의 바탕이 없는 아이큐로써 학자들을 지배하려 들고 기술자를 조종하려 들 때 구제불능에 빠질 염려마저 있는 거요. 자기의 그럴듯한 말에 감복하는 것을 보고 그런 상황에 익숙하게 되면 학자나 언론인들을 경시하게 되지. 학자나 언론인을 경시하는 풍조가 생겨날 때 정치도 타락하기 시작합니다. 가나의 엔쿠르마는 나의 친구이기도 하지만 이 사람은 아이큐만 높은 것이 아니라 교양도 대단해요. 옥스포드의 교수들을 상대로 4, 5시간 토론을 전개할 수가 있으니까요. 그런데 그가 학자들과 언론인을 안하무인 격으로 취급하게 되었을 때 그의 몰락은 시작된 거요. 아직은 권좌에 있지만 그의 몰락은 거의 확실합니다. 그런데 하물며 교양은 없고 아이큐만 높다고 해서 거만하게 군다면 결과는 뻔하지.

송  한국의 군인들이 아이큐만 높고 교양이 없다고 판단하는 것은 속단이오. 훌륭한 교양인이 군 내부엔 얼마든지 있소.

조스  불행하게도 그런 군인에겐 발언권이 없는 것이 아닐까?

송  그렇게만도 볼 수 없소.

조스  결론적으로 말해 박정희 의장이 외부로부터의 강압 없이 스스로의 의사로써 정권을 이양하리라고 생각합니까?

송  현재의 상황으로선 그런 추측을 할 수 없소.

조스   지금 그 사람은 어떻게 하면 자기가 영구집권할 수가 있을까, 그것만 생각하고 있는 게 아닐까요?

송   나로선 뭐라고 말할 수 없소.

조스   내부적으로 무슨 공작을 하고 있는 것 같은 눈치도 채지 못했소?

송   난 그런 덴 신경이 무딘 사람이오. 설혹 지금 영구집권을 꿈꾸고 있을지 몰라도 사람이란 압니까? 언제 어느 곳에서 마음을 달리 먹을지.

조스   송 장군의 신념이 조속한 민정이양에 있고, 박정희 의장의 계속 집권을 불가하다고 생각하고 그런 방향으로 정치운동을 일으킬 의사가 있다면 더욱더 신중하게 행동해야 할 거요.

송   조스 씨의 말을 듣고 있으니까 뭔가에 휘둘리는 기분이 되는데요.

조스   나는 사실을 말하고 있을 뿐이오.

송   그렇다면 당신도 민정이 되어도 박 정권이 계속해서 영구집권하는 체제가 될 거라고 믿고 있소?

조스   그렇소. 그 사람이 죽든지, 또 다른 쿠데타가 발생해서 성공하든지 하는 일이 없는 한 영구집권이 될 거요.

송   내 생각도 대강 그렇지만 그렇게 되지 않길 바란다.

조스   쿠데타는 그래서 비극이라고 하는 거요. 권력을 잡는 과정도 비극이지요. 국민을 배신한 범죄행위가 권력을 잡는 거니까요. 권력을 잡고 나서도 비극이오. 쿠데타를 했다는 비상수단을 합리화하기 위해서, 또는 그 무리를 호도하기 위해서 영속적인 쿠데타, 크고 작은 쿠데타, 음성적·양성적인 쿠데타를 계속해야 하니까.

송 쿠데타가 악이란 것은 알고 있지만…….

조스 쿠데타가 비극일 수밖에 없는 또 하나 결정적인 이유를 제시할까?

송 말해보시오.

조스 교육을 불가능하게 하는 상황을 만들기 때문이오. 아시다시피 교육이 감당해야 할 것은 갖가지 지식을 공급한다는 것 외에 제1의적으로, 아무리 목적이 좋아도 그 목적을 달성하기 위해 쓰이는 수단이 정당해야 한다는 것을 가르치는 데 있소. 무슨 방법을 쓰건 성공만 하면 그만이란 풍조가 세계를 휩쓸고 있지. 이걸 강도적 원리가 지배하는 사회라고 하는 거죠. 그러나 이러한 풍조를 없애기 위한 노력도 대단하오. 그 결과 유럽의 정치사회에선 어느 정도 페어플레이가 이루어지게 되었죠. 그런데 쿠데타로써 정권이 선 나라는 문자 그대로 강도적 원리가 지배하고 있는데 그런 나라에서 페어플레이를 하라는 교육을 어떻게 합니까. 수단 방법을 가리지 않고 권좌에 오른 사람이 산 증거로 눈앞에 있는데 그런 나라에서 페어플레이를 가르친다는 것은 위선이 아니면 쇼에 불과하오. 첫째 학생들에게 통하지 않아요. 교육적 환경으로 되려면 최소한의 합법성은 인정되어 있어야 하는 법인데 쿠데타에 의한 정권은 그 합법성을 어떻게 제시할 건가. 교육이 불가능한 상황은 국가의 장래에 그 손실을 안겨주는 원인이 됩니다. 이 문제에 관해서 송 장군은 어떻게 생각하는지.

송 솔직한 얘기로 나는 거기까진 생각해보지 않았소. 그런 만큼 당신 말을 듣고 깨닫는 바가 많아. 쿠데타가 나쁜 줄은 알았지만 그렇게 심각하게 생각하진 않았던 것인데…….

조스 내 욕심으로 말하면 이미 지나간 일이지만 당신은 군사정부에 가담하지 않았어야 옳았소. 한국을 공산침략에서 방어하는 데 혁혁한 공로가 있었던 장군이 당당하게 쿠데타를 부정하는 태도로서 일관했더라면 그 자체로서도 민족의 교육을 위해 큰 보람이 되었을 것이 아니었던가.

송　아닌 게 아니라 조지워싱턴 대학에서 나를 친히 지도한 교수도 비슷한 말을 했소. 그러나 당시 한국의 정세는 다급했다. 우방인 미국이 우리를 돕지 않으면 큰일이라고 생각했지. 달리 대안도 없는데 군사정부의 행로를 방해하면 그것이 곧 국민을 괴롭히는 결과가 되고, 한 국가로서의 권위를 떨어뜨리는 위험이 있지 않을까도 싶었다. 울며 겨자 먹는 격으로도 군사정부를 지지할밖엔 달리 도리가 없었다. 우선 나라를 구해놓고 보아야 할 것이 아닌가 하는 생각이 군사정부를 지지하는 결과가 되었다.

조스　아무튼 당신의 개인적인 위신을 위해선 큰 마이너스였소.

송　내 개인의 위신이 문제될 수 없다고 생각하오. 우리는 항상 북괴에 대한 경각심을 게을리할 수 없는 처지에 있소. 퇴역한 장군이 군사정부를 지지하지 않으면 그 사실을 곧 북괴가 이용해서 나라의 체면을 깎는 결과가 될 것이 아니겠소. 좋으나 궂으나 군사정부가 나라를 대표하고 있는데 군사정부를 비판함으로써 나라의 체면을 깎아내리긴 싫었소.

조스　바로 그 점이 우리 유럽인과 당신들의 사고방식이 다른 점이라고 나는 인정합니다.

송　조스 씨에게 꼭 하고 싶은 말은 당신 나라 영국의 척도로써 우리나라를 재지 말라는 부탁이오. 정치의 이상이 영국에 있는지는 몰라도 우리의 사정은 당신 나라와는 판이하게 다르니 군사정부에 대한 평가도 너무 성급하게 하지 마시오. 긴 안목으로 지켜 보아주면 좋겠소. 나 자신 군사정부에 대한 갖가지의 불만이 있소. 하지만 나는 그 불만을 터뜨리지 않고 좀더 두고 볼 생각으로 있소.

조스　두고 보았다가 이래선 안 된다는 결론이 내리면 단연 행동을 할 겁니까?

송　그건 그때 가서야 결정할 문제요. 나는 목숨을 걸고 이 나라를 지켜온 사람으로 그러한 내가 조국이 망하는 길을 걷고 있다고 판단했을 땐 가만있지 못할 것이오. 내겐 그만한 용기는 있소.

조스　나도 그렇게 믿소. 당신의 한국동란 때의 전공은 눈부신 바 있었고 그러한 용장이 불의와 부정을 보고 가만있을 순 없겠지.

송　조스 씨, 마지막으로 내가 하나 물어보겠소. 쿠데타가 나쁘다는 것은 당신의 설명을 통해서 충분히 알았다. 그것이 비극이라는 것도 알았다. 그러나 쿠데타가 자체를 보상하는 방법이 없을까. 그 죄를 보상할 수 있는 길이 없을까. 예컨대 군사정부는 경제 5개년계획을 세웠는데 그 계획이 1백 퍼센트 목적 달성을 해서 역대 어떤 정권도 이룩하지 못했던 성과를 올렸다고 하자. 그 덕택으로 국민들이 모두 잘살게 되었다고 하자. 그런데 그런 결과가 쿠데타로 인해 어떤 사람이 정권을 잡았기 때문에 가능했던 일이고 그렇지 않았더라면 전연 무망한 노릇으로 판명되었다고 하면 쿠데타를 주동한 사람을 영웅이라고 보아주어야 하지 않겠는가. 그렇다면 그 쿠데타만은 죄를 사할 수 있지 않겠는가.

조스　좋은 질문이오. 당신의 가정 그대로 되었으면 물론 일부의 속죄는 될 것이고 영웅의 칭호도 받을 수 있을 것이다. 그러나 범죄의 근본 부분은 사면되지 못한다. 왜? 경제적인 번영이 국민을 행

34

복하게 하는 일부의 조건은 될망정 전부는 아니다. 또 국민의 요망이 연평균 수입 2천 달러로써 불안하게 사는 것보다 1천 달러 미만의 수입이라도 마음 편하게 사는 것을 원하는 데 있을지 모른다는 상황도 상상할 수 있는 것이다. 그런데 만일 경제부흥을 주는 대신 한국 국민은 민주적으로 자기들 나라를 꾸려 나갈 수 없는 국민이란 낙인이 찍히게 된다면 수지가 맞지 않는 얘기로 된다. 또 1보 깊게 파고들어가 그러한 경제적 번영을 이룩하는 과정에서 국민의 자유가 억압당하여 창의적인 문화발전이 위축될 수밖에 없었다면 어떻게 되겠는가. 다시 따져서 그 경제발전과 수반한 많은 부정이 있었고 경제발전의 혜택이 편파적으로 작용했다면 이것도 큰 문제다. 또 이렇게 문제를 제기해볼 수도 있다. 쿠데타 정권하에서 이룩할 수 있는 경제발전이 합법적으로 구성된 정권하에선 불가능하다고 추측한다는 것 자체가 난센스에 속한다. 경제발전은 정권 담당자 혼자서 한 것이 아니고 국민의 총력으로서 이룩한 것이다. 군사정권하에서 발휘할 수 있었던 국민의 능력이면 합법적 정권하에서 보다 효과적으로 발휘될 수 있다고 보는 것이 건전한 상식이다.

송　영국 사람하곤 말이 통하지 않는군.

ㅋ스　이니오. 내가 말한 것은 원치론이지. 그러니 만인 쿠데타를 한 사람이 그들이 당초 내건 이른바 공약이란 것을 단시일 내에 60퍼센트까지만 달성해도 그들이 장차 합헌정부를 전복한 죄로 법정에서 단죄되는 경우가 있다고 가정하면 내가 달려와 특별 변호인을 자청해서 그들의 공과 죄를 맞바꾸도록 변론해줄 용의가 있소.

송　그들이 들으면 고맙게 여기겠군. 그러나 그런 사태가 있지 않을 테니까 신경 쓰시질 마시라구.(웃음)

조스  엊그제 워싱턴에서 온 기자와 술을 마실 기회가 있었는데 그 친구가 묘한 소리를 하더군. 한국의 쿠데타 정권이 구악을 일소하겠다고 들고 나왔는데 그 방법이 묘하더라 이거야. 방법이 묘하다니 어떤 건데 하고 내가 물었더니 구악을 없애는 게 아니라 그보다 몇 배나 규모가 큰 신악을 덮어씌워 구악이 보이지 않게 만들었다는 얘기였어.

송  그들은 무슨 근거를 갖고 그따위 중상모략을 하는 거지? 조사를 해보기라도 했나? 나는 신문기자를 존경할 참으로 있는데 그런 무책임한 소릴 하는 사람은 싫소.

조스  그들의 정보원情報源으로 미국 CIA가 있다는 걸 잊어선 안 되오.

송  미국 CIA가 남의 나라 내정을 캔단 말인가? 괜한 소리야.

조스  구악이란 말에 대비되는 신악이란 말이 항간에 유포되고 있는 것은 사실이 아닌가.

송  유언비어라는 것은 어느 나라에도 있는 법이오. 아무튼 조스 씨, 당신만이라도 지금 항간에 떠돌아 다니는 소리에 현혹당하지 말고 긴 안목으로 지켜보아주오.

조스  그럴 작정이오. 이번의 인터뷰 기록을 10년 후에 내가 가지고 오리다. 그때 가서 한번 군사정권의 행적 전반에 걸쳐 같이 체크해봅시다.

송  그렇게 합시다. 10년 후면 강산이 변한다는 말이 우리나라엔 있으니까.

조스  10년 후면 당신은 54세가 되겠군. 나는 60세가 되겠구. 한번 기다려볼 만하지 않소.

송　10년 후면 그 사람 나이는 56세가 되겠군.

조스　그때까지 박 장군의 정권이 계속될까?

송　만일 그때까지 그가 집권을 하고 있다면…….

조스　하고 있다면?

송　그만둡시다. 그런 얘기…….

조스　당신이 그때쯤 대통령이 되어 있으면 내 어깨가 으쓱할 텐데…….

송　조스 씨 농담이 심하십니다.


조스가 녹음기의 테이프를 갈아 끼우자 송요찬이 돌연 불안한 표정으로 방 안을 휘둘러보았다.

"혹시 녹음장치가 되어 있을까봐 그러는 거요?"

조스가 웃음을 섞어 물었다.

"아니 그런 건 아니지만."

하면서도 신경이 쓰이는 모양이었다.

"송 장군, 그 점만은 절대로 걱정 마시오. 혹시 비밀 녹음장치가 되어 있을지 모른다고 생각해서 라디오 음악을 틀어놓은 거요. 내가 뭐 무드를 잡기 위해 지따위 음악을 틀어놓은 줄 아시오? 방 안에 라디오 소리가 있으면 녹음장치는 작용을 하지 못하오. 그런데다 내 녹음기엔 특수장치가 있어서 다른 데에 녹음되지 못하도록 하는 강력한 흡수력을 가지고 있소."

"이쯤 하고 다음엔 조스 씨의 여행담이나 들읍시다."

조스가 손을 저었다.

"그보다 나는 송 장군의 러브 스토리가 듣고 싶은데."

하고 라디오의 볼륨을 올렸다.

"어때요 송 장군, 미국 아가씨하고 연애한 얘기나 하시오."

조스가 재촉했다.

"나는 워낙 그 방면에 재주가 없어서."

송 장군이 씨익 웃으며 말했다.

인터뷰의 녹음은 여기까지였다. 이 다음의 대화는 녹음을 하지 않고 진행된 모양이다.

조스는 이 녹음 테이프를 그해 11월 한국을 떠나기 직전 성유정 씨에게 맡기며

"10년 후 공개할 것이니 반년마다 한 번씩 재녹음을 해달라."

는 부탁을 잊지 않았던 것이다.

# 컵 속의 폭풍

　1962년의 마지막 계절도 신과 악마가 서로 발언권을 주장하여 조금의 양보도 없이 팽팽히 맞서서 다툰 내용으로 꽉 찬 시간이었다.

　임의로 그 당시 어느 날의 신문을 펴본다.

　소련이 화성을 탐색할 위성을 발사했다고 으스댔다. 이건 미국의 우주인 시라 중령이 지구의 궤도를 여섯 바퀴 돌고 무사히 돌아왔다는 보고가 있은 지 한 달쯤 후의 일이다.

　소련은 북극의 동원凍原에 산재하고 있는 수용소열도에 1천만 가까운 사람들을 몰아넣어 아사 직전의 상태에서 중노동을 시키고 있으면서 수백억의 돈을 써서 이런 호사로운 모험을 감행하고 있는 것이다.

　사정은 미국도 비슷하다. 1천여만의 인구가 고픈 배를 움켜쥐고 집으로 돌아가야 하는 사정에 있다는 것은 케네디 대통령 자신도 언급하고 있는 사정인데 그런 사정과는 무관하게 미국은 수백억의 돈을 들여 화려한 우주탐험 경쟁을 벌이고 있다.

　그런 까닭에,

　"우주경쟁을 위해 소비되는 경제력과 두뇌의 힘을 지구상의 불행을 없애는 데 서로 합심하여 이용한다면 인류를 보다 잘살게 할 수 있을 것인데 도대체 이 무슨 수작이냐."

이렇게 버트런드 러셀을 비롯한 인류의 지혜들이 주장하고 있는 것이지만 그게 어디 모기 소리만한 의미를 가지기나 할 수 있었던가. 기껏 머리는 좋으나 주책이 없는 부류들의 잠꼬대 비슷한 것으로 취급되는 형편이다.

미국과 소련이 이런 화려한 경합을 하고 있을 때 중공과 인도는 엉뚱한 싸움을 시작했다. 중공의 대군이 인도와의 접경지대 열두 군데를 침범했다. 당황한 네루 수상은 인도 전국에 비상사태령을 선포하는 동시, 자기가 우방이라 생각하는 나라에 "우리를 살려달라"는 호소문을 보냈다. 일찍이 중공에 동정을 표명한 것도 네루 그 사람이고, 자유 진영의 나라로서 중공을 승인한 첫 번째 국가도 네루의 인도인데 중공으로부터 이런 수모를 당했을 때 그 심사는 어떠했을까.

오죽했으면 한국의 군사정부 박정희 의장에게까지도 애절한 편지를 보냈을까. 11월 3월자 모 신문의 칼럼에 의하면 군사정부는 네루 수상의 편지를 놓고 세 시간 반 동안 토의했다고 되어 있으나 그 결과가 어떻게 되었는지에 관해선 말이 없었다. 솔직하게 말해 한창 흥겨운 처지에 있는 군사정부의 장군들이 남의 나라의 불행에 참견할 겨를이 있을 까닭이 없다.

바로 이날 박정희 최고회의 의장은 5일에 개헌안을 공고하겠다고 발표했다. 모 신문사의 기사를 그대로 옮겨본다.

"박정희 의장은 1일 하오 헌법 개정안에 대한 최고회의의 의견 교환 석상에서 법이 만능이라 할 수 없겠지만 최선의 법을 만들어 민주주의의 기틀을 마련해야 한다고 강조하고, 독재정권의 출현 방지와 부정부패의 재대두를 막도록 해야 한다고 말했다. 박 의장은 또한 지조 있는 정치인과 건전한 정당을 완성하는 데 지대한 관심을 표명하고 그 철저한 공명선거가 보장되도록 해야 한다고 말했다."

이와 나란히 이런 기사도 있다.

"뉴욕, 1일발, AP＝동화同和. 김종필 중앙정보부장은 31일 이곳 재미 교포들에 대하여 민정은 가장 공정하고 정당하게 모범적인 선거를 통해 내년에 복귀될 것이라고 말했다. 김 부장은 비록 선출된 의원들이 각계각층을 망라하지 못할지언정 선거는 가장 공정하고 자유스러운 분위기 속에서 실시될 것이며 이리하여 군사정부는 우리의 2세들에게 자랑스러운 명성을 남겨줄 것이라고 말했다. 뉴욕 주재 한국 총영사관이 베푼 환영회에 참석한 교포 유학생 약 3백 명 앞에서 김 부장은 군사정부는 보다 나은 한국을 위한 초석을 놓음으로써 젊은 세대들이 조국 발전을 계속 추진시키도록 할 것이라고 말했다.

김 부장은 31일 하오 6시 30분 인터내셔널 호텔에서 개최된 환영회에서 행한 30분 동안의 연설을 통해, 우리는 조국의 번영을 위하여 생명을 걸고 가장 어렵고 위험한 일을 하고 있으며 여러분 학생들이 배턴을 이어 받고 조국 재건을 이룩할 것을 확신해 마지않는다고 말했다. 김 부장은 유학생들에 대해 조국에 헌신할 수 있도록 열심히 공부해야 한다고 강조하고 정부는 유학생을 도와주기 위해 가능한 모든 힘을 다하겠다고 약속했다."

그런데 김종필 씨는 워싱턴에선 조금 다른 내용의 말을 한 모양으로 이후락 씨의 발언이라고 해서 다음과 같은 기사가 같은 날짜의 신문에 나 있었다.

"1일 하오 이후락 공보실장은 앞으로 수립될 민정은 어디까지나 민정이지 군정의 연장이 될 수 없다고 말했다. 이 실장은 앞으로 4년간 혁명 주체세력이 참여하는 과도적 성격의 민정이 될 것이라는 김종필 중앙정보부장의 워싱턴 언명에 대한 논평을 요구받고 이와 같이 말했다. 그는 이어 김 부장의 발언은 표현상의 뉘앙스일 것이라고 전제하고, 혁명 주체세력이 민정에 참여해도 군복을 벗고 민간인 자격으로 참여하게 될 것이므로 과도적 형태의 민정이 될 수 없다고 논평했다. 현역으로 민정에 참여할 수 없다고 잘라서 말한 이 실장은 군복을 벗고 출마할 것인지 입고 출마할 것인지는 선거 절차의 문제인 것이라고 강조했다."

이밖의 기사로선 비료 10만 톤을 일본 미쓰비시 상사를 통해 수입한다는 것, 한일행정협정에 관한 실무자 회의가 있었다는 것 등이다.

성유정 씨는 이 신문의 내용을 중요시한 모양으로,

"소상하게 이 기사를 간직해두라."

고 하며 다음과 같은 요점을 지적했다.

"그는 민주주의의 기틀을 만드는 법이라야 한다고 강조했다. 그런데 법 자체가 기틀이 될 수 없다는 것은 법을 유린한 사람이 바로 그 사람이기 때문이다. 우리가 주시해야 할 것은 자기가 만든 법을 자기 자신이 어떻게 지켜나갈 것인가 하는 점이다. 둘째, 그는 독재의 재출현을 막아야 한다고 주장했다. 이것도 따져보면 이상하다. 다시는 이승만 독재와 같은 현상이 생겨나지 않도록 하기 위해 내각책임제로 하는 헌법을 만들었는데 그 헌법을 짓밟고 현재 독재를 하고 있는 사람이 독재 재현을 방지하겠다고 한 이것을 어떻게 이해해야 할 것인가. 자기가 하는 독재 이외의 독재는 용인하지 못한다는 말인가. 그러나 그의 말을 일단 믿어두기로 하고 새로 제시될 헌법안의 내용과 앞으로의 실천을 지켜볼 일이다. 셋째, 지조 있는 정치인이란 말이 있었는데 정치에 있어서 지조란 무엇인가. 국민들 앞에서 한 말과 약속을 철저히 지키는 것이 곧 지조 아닌가. 국민을 배신하지 않는 것이 곧 지조 아닌가. 그가 내건 공약을 과연 어떻게 지킬 것인지, 앞으로 국민 앞에 약속을 한 것을 어떻게 지킬 것인지 두고 볼 일이다. 그리고 부정부패의 재대두를 없애야 한다고 했는데 재대두가 문제 되기 전에 지금 부정부패가 성공하고 있다면 어떻게 될 것인가. 김종필 씨가 한 말도 이에 못지않게 중요하다. 후세에 명성을 남길 민정 복귀를 하겠다는 말은 반갑지만, 이미 합헌정부를 짓밟아버림으로써 민주역사상 결정적인 오점을 만들어 놓고 무슨 수단으로 어떻게 2세들이 자랑으로 알 민정 복귀를 할 것인지, 그 기적과도 같은 약속을 주목할 만하지 않는가.

공정하고 공명한 선거란 것도 문제가 안 될 수 없다. 전체적인 분위기가 자유로워야 공명선거의 전제가 된다. 마음대로 조건을 만들어 공민권을 제한한 사정은 벌써 자유가 아니다. 선거엔 불가피하게 자금이든다고 할 때 공명선거는 기약하기 어렵다. 노골적인 선거 간섭을 안하는 것만이 공명선거가 아니다. 오늘의 사정을 보아 정부기구 전체가 특정인을 위해 협력할 것이 확실할 때 어떻게 공평한 선거가 이루어질 수 있겠는가. 진실한 공명선거는 인격과 능력 이외의 조건에 있어선 스타트라인이 같은 지점이라야만 했다. 42킬로미터의 마라톤에 비유하면 어떤 사람은 42킬로미터 목표지점의 2킬로미터 전방에서 출발하고 어떤 사람은 42킬로미터 전 코스를 앞에 하고 출발해야 된다고 할 때 그 레이스는 이미 공정할 수 없는 것이 아닌가."

성유정 씨의 말은 지나치게 과격한 것이 흠이지만 이와 같은 말엔 수긍할 점이 없지 않다. 요컨대

―독재의 출현을 막아야 한다.

―부정부패는 용인하지 않겠다.

―공명선거를 하겠다.

―지조 있는 정치인이라야 한다.

―건전한 정당을 만들어야 하겠다.

―최선의 법을 만들어야 한다.

박정희 의장의 이와 같은 약속이 과연 이행될 수 있을 것인지가 문제인 것이다.


헌법개정안이 드디어 공고되었다.

11월 6일자 모 신문의 기사를 옮겨본다.


박정희 대통령 권한대행은 5일 하오 헌법개정안을 정식으로 공고했다. 전문 121조, 부칙 9조로 된 이 개헌안은 국가재건비상조치법 제9조에 의거하여 최고회의 발의로 이날 하오 2시 소집된 임시 각의의 의결을 거쳐 공고된 것이다.


이와 같은 전문前文에 이어 기사는 다음과 같이 계속되었다.


제헌 이래 다섯 번째로 고쳐질 이 개정안은 30일간의 공고 기간을 거쳐 12월 5일 최고회의에서 의결되면 다시 제2차 공고를 거쳐 12월 17일 국민투표로서 확정될 예정이다. 3일 하오 최고위원 전원(체미 중인 김종필 위원과 해외시찰 중인 오정근 위원 제외) 서명으로 발의된 개헌안은 현행 헌법 103조를 거의 전면 개편한 것으로서 전문

수정前文修正을 포함하여 그 어느 때보다도 개정의 폭이 크다.

제3공화국의 기틀이 될 전문 121조 부칙 9조로 된 이 개정안은 내각책임제와 양원제 권력구조를 완전히 바꾸었으며, 기본권 문제에 있어선 대체로 현행 헌법과 비슷하게 보장하되 그 내용은 구체화했으며, 근로 규정에 있어서의 '이익균점제'를 규정한 조항을 삭제하고 있다.

사법부의 독립을 보다 더 보장한 이번 개헌안에는 헌법재판소를 두지 않기로 한 대신 위헌 여부의 법률심사권을 대법원에 이관했으며 탄핵 문제는 탄핵위원회를 설치하여 위임하고 있다. 또한 이번 개헌안에는 건전한 정당의 육성으로 정당정치를 발전시키기 위해 대통령과 국회의원의 입후보는 소속 정당의 공천을 받아야 한다고 규정하여 무소속의 입후보를 일절 봉쇄하고 있으며 당선된 국회의원의 징계 사유를 엄격히 규정한 것 등이 현행 헌법과 판이한 점이다.

그밖에 심계원審計院과 감찰위원회를 통합하여 대통령 직속하에 두어 비위 사실을 철저하게 규명하도록 기구를 강화하고 있다.

또한 개헌안에는 국가안전보장회의의 신설과, 개헌 절차에 있어서 발의권을 국회와 국민에게 한정했으며, 헌법 개정은 국회의 결의를 거쳐 국민투표로써 인정게 한 것 등이 특색이다.

헌법안의 공고가 있은 날 모 신문사 논설위원실에선 다음과 같은 말들이 오갔다.

—1948년 헌법이 제정된 이래 오늘까지 14년, 그 14년 동안에 여섯 번 헌법이 바뀌었다. 국민의 요구에 의해 바뀐 것인가, 일부 인사의 권력욕에 의해 바뀐 것인가, 그것을 밝혀보는 논설을 쓸 수 있으면 좋겠다.

―이것은 박정희 의장이 자기의 대통령 취임을 전제하고 승인한 헌법일 것인데 대통령의 임기를 1차에 한해서만 중임할 수 있다고 하는 규정을 과연 지킬 것인가, 지키지 않을 것인가.

―이승만 대통령의 장기집권에 대해 맹렬히 반발한 사람이라고 하니까 그럴 까닭이야 없지 않겠는가.

―만일 있다면?

―노코멘트.

―쿠데타에 의해 정권을 빼앗은 사람이 헌법의 존엄성을 어느 정도로 인정하고 있는지가 문제로 될 것이 아닌가.

―걸핏하면 국민투표하겠다는 규정이 있는데 이것이 국민의 의사를 존중한다는 발상인가, 국민을 우중으로 하고 국민의 의사쯤은 떡 주무르듯 할 수 있다는 발상에서 나온 것일까.

―대통령은 현행범이 아니고선 체포될 수 없다는 규정이 있는데 만일 바로 그 대통령이 현행범일 경우엔 어떻게 할 것인가. 헌법이 중단된 상태에선 문제로 할 수도 없겠지만 헌법이 되살아난다면 당연히 문제가 되어야 하지 않겠는가.

―법이 만능일 수 없다고 단서를 붙인 사람이 누구인지 알고 말씀하시지.

―아무튼 우울하다.

―왜?

―우리나라 헌법은 기생 팔자를 닮았어. 젊었을 동안엔 대감의 환영을 받다가 나이가 들면 버림을 받는 꼴이니 말이다.

―신파 연극의 문서에 그런 게 있지, 왜. 화류계 사랑은 담뱃불 사랑, 피우다가 버리면 그만인 사랑.

―이 헌법안이 성립되었다고 치고 얼마나 지속될지.

　―대통령의 임기가 4년이고 1차 중임하게 돼 있으니까 8년, 그럭저럭 7년 동안은 무사할 수 있겠지.

　―그러나저러나 헌법안의 공고를 두고 무언가 코멘트를 해야 할 것 아닌가.

　―좋으나 궂으나 헌정의 회복은 좋은 일 아닌가. 헌정회복을 촉구하고 헌법의 존엄성을 강조하는 글을 써야지.

　―우등생의 답안을 써라 이건가?

　―우등생 아닌 열등생이 우등생의 답안을 쓰려니까 우울한 거지.

　―우울이 어제 오늘 시작했나.

　―불령지도不逞之徒들의 집단이란 건 도리가 없군.


　그러나 개헌안의 공고까지도 결코 순탄하지 않았던 것은 박 의장을 절대 지지하고 있는 어느 장군의 다음과 같은 말로 미루어 알 수가 있다.

　―지금 현재 그분(박 의장)을 두고 달리 지도력을 가진 사람이 있는가. 절대로 없다. 그분은 생명을 걸고 혁명을 했다. 우리도 그분의 뜻을 받들고 생명을 걸었다. 그렇다면 그분의 포부를 살리기 위해선 현재와 같은 강력한 체제로서 앞으로 10년쯤은 밀고 나가야 한다. 10년이 안 되면 5년간이라도 좋다. 그래야만 모처럼 시작한 혁명과업을 완수할 수가 있다. 줄잡아 경제 5개년계획을 마무리지을 때까진 버텨야 하는 것이다. 그러지 않고 민정이양이니 뭐니 해봐. 설혹 그분이 계속 정치를 주도한다고 해도 죄다 원점으로 돌아가고 말아. 그렇다면 무엇 때문에 혁명을 했느냐 이 말이야. 목숨을 걸고 밤중에 일어난 사람들이 미국의 압력에 호락호락 굴복해? 외교는 뭣 때문에 있는 건가. 국민당 중

국의 장 총통이 좋은 예가 아닌가. 스페인의 프랑코도 있지 않은가. 우리나라에 맞는 정치를 해야 해. 민족적 민주주의, 한국적 민주주의라야 한다, 이 말이야. 게다가 민주주의가 또 뭐꼬. 우리의 민도로써 민주주의를 해? 서툴게 민주주의하려고 했다간 죽도 밥도 되지 않고 말걸. 두고 봐, 그분도 생각을 돌리고 말 테니까. 아무리 미국이 압력을 가한다고 해도 그것은 정도 문제야. 끝까지 우리가 고집을 하면 저희들이 어떻게 할 테야. 만일 미국의 압력에 굴복한다면 나는 정말 실망할 것이야. 그러지 않길 바라.

시내 어느 일류 요정에서 한 장군이 토한 기염인데 그 자리에 있었던 몇몇 인사들은 모두들 '지당한 말씀'이라고 머리를 조아렸다고 한다. 당시 그 가운데 낀 언론인의 한 사람이 투덜댔다.

"박 의장이 작년 미국에 갔을 때 민족의 태양으로 되지 않았소? 광화문 네거리에 큼지막하게 세운 아치에 크게 써 붙이지 않았습니까. '민족의 태양, 박정희 장군'이라구. 헌데 민족의 태양이 어떻게 선거전에 나오겠소. 기껏 상대가 달이 아니면 별들일 텐데 태양이 어찌 그들과 겨룬단 말이오. 만일 그렇게 된다면 태양이 태양 아닌 것으로 변질하든지 태양 아닌 것을 태양이라고 한 것으로 되지 않갔소."

이 말을 들은 장군은 벌겋게 흥분하고 따졌다.

"당신 말뜻이 뭐요."

"총통제 헌법을 만들고 박 의장의 영구집권을 보장하도록 해야 한다는 말이오."

언론인의 말이 이렇게 나오자, 그 장군은 덥석 그 언론인의 손을 잡고

"앞으론 우리 같이 손잡고 일합시다."

하고 감격했다는 것이다.

그러나 사태는 진전되어 12월 17일 국민투표가 실시되고 18일 압도적인 다수표로 개헌안은 승인되었다. 그리고 12월 27일에는 박 의장의 내외신기자 회견이 있었다.

12월 28일자 모 신문의 기사를 옮겨본다.

박정희 국가재건최고회의 의장은 국내외의 관심을 총집중시킨 가운데 12월 27일 상오 10시 15분 내외신기자단과 회견하고 미리 제출한 12개 항목에 걸친 질문서를 중심으로 다음과 같은 문답이 있었다. 이어 기자들의 보충 질문에 대해서도 다음과 같이 답변했다. 이 자리에는 각 상임분과위원장과 이후락 공보실장이 참석했다. 박 의장의 기자회견은 작년 12월 7일 이래 만 1년 20일 만에 이루어진 것이다.

문　헌법도 확정되었으니 대통령 선거·국회의원 선거·새 국회 소집·민정이양식 등 국정이양에 따른 구체적인 일정을 밝혀주십시오.

답　대통령 선거는 4월 초순, 국회의원 선거는 5월 말경으로 예정하고 있으며 신국회 소집과 민정이양식 일정은 아직 구체적으로 결정하지 않고 있다. 그러나 새 헌법 아래서 새 정부를 구성하는 것은 공약대로 8월 중순으로 희망하고 있다. 그리고 대통령 선거와 국회의원 선거를 경비 절약과 번잡을 피하기 위해 동시에 하자는 의견이 있으나 대통령 선거와 국회의원 선거를 분리해서 실시하려는 것은 신국회의원 선거는 정당 활동의 전통을 수립하고 올바른 정당정치를 구현하기 위함이다. 또한 선거구도 종전의 배로 확대되는 만큼 대통령 선거와 국회의원 선거를 같이 한다면 도리어 번잡을 가져오고 혼동을 가져올 우려가 있기 때문에 따로따로 실시하려는 것이다.

문　최고위원은 행동을 통일하여 민정에 참여하게 됩니까?

민정에 참여하는 경우 지역대표제와 비례대표제 중 어느 것을 택할 것인가, 또 선거에 출마할 때엔 군복을 입은 대로 할 것인지, 또는 일단 예편을 한 후 할 것인지 그 방법에 대한 의장의 견해를 말씀해 주십시오.

답　오랫동안 논의된 문제로서 모든 국내의 정세를 고찰하고 종합 검토해 군에 복귀하는 것과 민정에 참여하는 것 어느 편이 보다 국가에 봉사할 수 있겠는가를 살펴본 결과 최고위원들은 모두 군복을 벗고 민간인 자격으로서 적극적으로 민정에 참여하는 것이 국가에 봉사하는 길이라는 결정을 내렸다. 물론 이 중에는 삼군三軍 참모총장과 해병대 사령관 등 당연직은 제외된다. 최고위원들이 민정에 참여하는 것은 공약 위반이 아니냐고 할 사람이 있을지 모르나 군복을 입고 어떤 특혜를 받는 것이 아니고, 민간인으로 돌아가 국민의 신임을 묻고 민정에 참여하는 것이 보다 더 공약을 충실하게 이행하는 것으로 보며 공약 위반은 절대로 아닌 것이다. 최고위원들이 비례대표제로 출마할 것인가, 지역대표제로 출마할 것인가는 당의 결정에 따를 것이다. 비례대표제로 출마하는 최고위원도 있을 것이고, 지역대표제로 출마하는 최고위원도 있을 것이다. 여기서 확실하게 말할 수 있는 것은 최고위원 전원이 비례대표제로 출마하진 않는다는 것이다.

문　박 의장의 차기 대통령 출마가 불가피하다는 견해가 단편적으로나마 표면화되었는데 의장께서는 출마 권고를 수락하실는지 또는 야인으로 돌아가실는지 그렇지 않으면 원대복귀를 하게 될 것인지 이에 대해 분명히 해주십시오.

답　최고위원의 한 사람으로 민정에 참여하기로 결정했다. (이 답

변에 앞서 박 의장은 "여러분들이 궁금하게 여기고 있는 모양인데" 라고 전제) 대통령에 출마할 것인지의 여부는 지금 본인으로서 말할 입장에 있지 않고 말할 시기도 아니다. 이 문제는 앞으로 조직될 정당에서 당의 총의와 결정에 따라 결정될 것이다. 당에서 결정하면 당원은 당의 명령에 복종해야 한다.

문  구정치인의 추가 구제 계획과 정치활동 허용 시기를 말씀해 주십시오.

답  정치활동은 8·12성명대로 명년 1월 1일부터 허용된다. 구정치인의 추가 구제는 연내에 할 것이며 그 숫자는 1백70명 내외가 된다.

문  앞서 의장께서는 혁명이념을 계승하는 정당의 출현을 희망한다고 밝힌 바 있는데 정치활동 허용에 즈음하여 혁명 주체세력이 중심이 될 정당의 발족 대략의 윤곽을 밝혀주십시오.

답  차기 정권을 담당할 정당은 혁명이념과 혁명과업을 강력히 추진할 정당이기를 희망한다. 신정당의 발족 시기는 명년 1월 말이나 늦으면 2월 초가 될 것이다. 정강 정책은 자유민주주의와 철저한 반공을 표방해야 한다. 혁명 공약과 이 정강 정책에 찬동하면 여하한 사람일지라도 당에 참가할 수 있을 것이다. 정부는 복수정당제 구현을 위해 최대한의 지원을 할 것이다.(이하 생략)

이 기자회견에 참가한 어느 미국 기자가 후일 술회한 바에 따르면

—여러 차례 혁명이념, 혁명과업이란 말이 있었는데 도대체 그 혁명이란 뜻이 쿠데타를 했다는 사실 이외에 또 다른 것이 있느냐고 물어보고 싶어 혼이 났다. 정치의 방향은 자유민주주의, 외교의 원칙은 미국을 비롯한 자유진영의 일원이고자 한다면 민주당 정권을 혁명한 뜻이

어디에 있느냐. 군복을 입은 사람들이 군사정부를 만들어보았다는 의미 이상의 것이 없는 게 아니지 않는가. 군사정부에 이념이 가능하다면 수틀리면 쿠데타를 불사한다는 것 이외에 무엇이 있겠는가 말이다.

외국 기자의 반응이야 어떻든 국내 신문의 반응을 한번 살펴보기로 한다. 다음은 모 신문의 사설인데 국내 신문 논조의 대표적인 것이 아닌가 해서 재록한다.

### 박 의장의 기자회견을 보고

최고회의 박정희 의장은 27일 상오 10시 15분부터 국내외신기자들과 회견하고 민정이양에 관한 스케줄과 자신 및 최고위원들의 거취 문제에 관해서 국민이 궁금하게 여겨온 바를 명확히 밝혀주었다.

미리 제출되었던 질문서는 12개 항목에 걸친 것으로서 그중에는 한일 문제, 경제개발 5개년계획, 언론자유 보장 문제 등 모두 중요한 내용이지만 국민의 관심이 가장 크다고 볼 수 있는 것은 민정이양 및 이에 관련해서 발생하는 최고위원들의 거취 문제와 혁명 주체세력이 중심이 될 여당의 성격 등이라고 하겠다.

박 의장의 언명에 의하면 대통령 선거는 명년 4월 초순, 국회의원 선거는 5월 말경, 그리고 국회 소집은 8월 중순경이 될 모양이니 작년의 8·12성명 그대로이며 대통령 선거와 국회의원 선거를 동시에 실시하지 않는 것은 선거의 중복에서 오는 혼잡을 피하려는 데 그 이유가 있다는 점을 수긍할 수가 있다.

그다음 최고위원의 거취 문제에 있어서 민정에 전원 참여하는 것이 공약 위반이냐 아니냐 하는 것은 견해에 따라서 상반될 수 있으나 군에 복귀한다는 것보다는 민정에 참여하는 것이 보다 더 국가에 봉사하는 길이며 군인도 군복을 벗으면 일반 국민의 자격으로서 참정권이 부여된다는 이론에 이의를 제기할 수는 없다. 박 의장의 말에 의하면 현 최고위원들이 군복을 입고 자동적으로 민정에 참여하는 것은 공약 위반이지만, 군복을 벗고 일반인과 동일한 자격으로 민정에 참여하는 것은 오히려 충실한 공약 이행으로 해석된다는 것이다. 우리는 일부 최고위원들의 주장에도 불구하고 군복을 입은 채 출마하는 전례를 남기지 않겠다는 결정을 환영하면서 차기 선거가 여야 균등한 조건 아래 사상 초유의 공명선거로 되어지기를 기대할 뿐이다. 만일 이것이 혁명지도자들의 약속대로 안 된다면 그동안의 백 가지 약속이 모두 허언으로 돌아갈 것이다. 또한 차기 집권당은 혁명이념을 계승하고 혁명과업을 강력히 실천할 수 있는 정당이기를 희망하는 것은 당연하나 새 헌법에서 복수정당제를 보장하고 있으므로 야당의 육성에도 최대한의 지원을 하겠다는 것은 건전한 사고방식이다.

박 의장은 자신의 대통령 출마에 대해선 명확한 언급을 회피하고 정당의 공천을 받아야 한다고 내세우고 있으나 국민 일반은 박 의장의 출마를 기정사실로 받게 되었고 그와 대결할 만한 야당인사가 없다고 보고 있으니 결국 제3공화국의 집권자로 다시 등장하게 될 박 의장의 애국심과 민주주의에 대한 신념에 변함이 없기를 바랄 뿐이다.

이 얼마나 답답한 사설인가. 이 사설 가운데 그 논설 필자가 할 수 있었던 유일한 진실은
"혁명지도자들의 약속대로 안 된다면 그동안의 백 가지 약속이 모두 허언으로 될 것이다."
하는 대목이다.

그러나 이 무렵엔 김종필 씨가 비밀리에 정당조직을 준비하고 있다는 풍문이 나돌고 있었다. 이른바 혁명주체들의 귀에도 이 풍문이 들어가 있어 일부 최고위원들은 불만을 터뜨릴 수도, 가만있을 수도 없는 기분으로 저미低迷하고 있었다.

이러던 차 12월 23일 김종필 씨는 최고위원들에게 정당 사전조직의 사실을 알렸다. 민정이양의 스케줄이 발표된 이상 언제까지나 비밀에 부쳐둘 수도 없는 형편이었고, 앞으로 민정에 참여할 최고위원들을 어차피 그 당에 묶어야 할 필요가 있었던 것이다.

김종필은 '재건동지회'란 가칭으로 1962년 1월부터 정당조직을 비밀리에 진행했노라고 자랑스럽게 말을 꺼냈다. '여러분들을 위해 나는 이처럼 고생했다'는 투가 되었던 것은 김종필 본인이 그렇게 믿고 있었기 때문이었다. 사실 대부분의 최고위원들은 막상 민정에 참여한다고 해도 갑자기 어떻게 해야 할지를 몰랐다. 나름대로 자기의 직무에 몰두하고 있었기 때문이다. 그러한 최고위원들에게 소속할 당과 갈 길을 마련해준 것이니 김종필은 응당 고맙다는 의사 표시가 있을 것으로 믿었던 모양이다.

그런데 사정은 달랐다. 대부분의 최고위원들은 격분을 참을 수가 없었다. 평소 김종필의 독주에 대해서 최고위원들은 적잖은 불만을 품고 있었다. 기왕에 있었던 이른바 반혁명 사건이란 것도 거개가 김종필의 독주에 대한 불만이 원인으로 된 것이었다.

최고위원들은 김종필이 그들을 초대한 워커힐이란 장소부터가 비위에 맞지 않았는데 무슨 큰 공로를 공개하는 듯 시작하는 김종필의 설명을 듣자 견딜 수 없는 충격을 받았다.

김종필은

―앞으로의 민정은 정당이 우위에 서서 국정을 처리해야 합니다. 민정의 의미라는 것은 바로 여기에 있는 것입니다.

하고 강의조로 시작해선

　―그리고 그 정당은 국회의원과 사무국과의 이원조직으로 운영되어야 하는데 사무국이 우위에 서게 됩니다…….

하는 설명이 이어지는 바람에 최고위원들의 분격은 극도에 달했다.

　사무국이 우위에 선다는 말이 무슨 뜻이냐. 김씨의 생각으로선 국회의원은 당선되기도 하고 낙선될 수도 있는 것이지만 당성黨性을 항구적으로 지녀나가고 당의 생명을 이어나가는 것은 사무국의 당원들이니 이들의 이념과 당성으로 인해 당이 운영되어야 한다는 얘기가 되는 것이겠지만 최고위원들로서 그야말로 최고의 존재로서 자처해온 사람들에겐 모욕적으로 들릴 수밖에 없었다.

　뿐만 아니라 자기들 몰래 근 1년 동안이나 사전조직을 했다는 것은 사무국 요원을 양성했다는 뜻이 되지 않는가. 김종필이 양성한 사무국 요원들이라면 그것은 김종필의 심복들일 것이 틀림없다. 막바로 말해 그것은 김종필의 당이다.

　―이제 와서 우리는 김종필이 만든 당에 양자처럼 들어가란 말인가?

　우리가 김종필의 볼모가 되기 위해 혁명을 했던가?

　―우리에게 알리지 않고 사전조직한 저의가 뭔가.

　―불순한 저의가 없고서야 무슨 까닭으로 비밀로 해왔겠는가.

　―모든 정치활동을 금지해놓고 혁명 주체세력이 그런 짓을 했다는 것을 알면 국민들이 과연 용납할 것인가.

　―우리가 김종필의 공범이 되란 말인가.

　―우리는 국민을 속이기 위해 혁명에 가담한 것이 아니다.

─정정당당해야 한다. 무슨 꿍꿍이속이 있었기에 박쥐 같은 짓을 했느냐 말이다.

이 사건을 계기로 최고위원들은 김종필파와 반김종필파로 선명하게 분열되었다. 전부터 생긴 분열이 이를 계기로 보다 확연한 빛깔을 띠게 된 것이다.

반김종필파가 반박정희파로 굳어진 것은 최고위원들의 이 같은 격분을 달랠 기미도 없이 박 의장은 김종필이 사전조직한 모임에 '민주공화당'이란 이름을 붙여 발족케 한 까닭이다.

그러자 반김종필계는 가만있지 않았다.

─사전조직은 불법이다.

─그 조직엔 불순분자가 끼어 있다.

─혁명 주체세력을 대우하는 바탕이 되어 있지 않다.

─사전조직을 위해 쓰인 자금은 불순하다.

공격의 선봉에 선 사람은 최고회의 외무국방 위원장인 김동하였다. 해병대 출신의 장군으로 경골硬骨로 알려진 사람이다.

그는

─이런 정당을 바탕으로 민정에 참여해본들 그 결과는 뻔하지 않느냐.

하고 말하며 박 의장에게 항의하고 4대 의혹 사건을 들고 나섰다.

─4대 의혹 사건의 근원이 어디에 있느냐. 누구에 의해 무엇을 위해 저질러진 사건이냐. 그 사건을 있게 한 돈은 어디로 사라졌느냐. 그게 곧 공화당 사전조직의 자금으로 쓰인 것이 아니냐.

이렇게 일단 불이 붙고 보니 감당하기 어려운 국면으로 번졌다.

박 의장은 최고회의 내부의 분규를 무마하려고 무진 애를 썼다.

그런데 뜻밖에도 전 육군 참모총장이며 한때 군사정부의 내각수반이었던 송요찬 장군이 박 의장의 정면에 등장했다.

　—나는 몇 차례 박 의장을 아끼는 마음으로 공산당식으로 조직된 공화당에 동조하면 망신만 당할 것이라고 건의했지만 그는 들으려고도 하지 않았다. 박 의장을 망칠 사람은 바로 그자다. 혁명한 지 얼마 되지 않아 그자가 저질러놓은 짓을 보아도 알 게 아닌가.

하고 신문기자들 앞에서 노골적으로 투덜댔다. 송요찬이 '그자'라고 지칭한 사람이 누구인지는 새삼스럽게 설명할 필요가 없다.

　송요찬 다음으로 김종필을 비난하고 나선 사람은 유원식柳原植 최고회의 재경분과위원장이다. 유씨는 원래 김씨를 좋아하지 않았다. 김씨 또한 그러했다. 그 무렵 유씨는 박 의장의 신임에서 차츰 떨어져가고 있었는데 그 이유가 김종필에게 있다고 생각했다. 그러한 사분私憤에 공분이 겹쳐 유원식은 극한적인 표현까지 서슴지 않았다.

　뭐니뭐니 해도 김동하의 반발이 가장 거셌다. 그는 1963년 1월 21일 다음과 같은 골자로 성명을 발표했다.

　—나는 박 의장에게 김종필을 후퇴시키고 당을 전면적으로 개편하라고 건의한 바 있다.

　—최고위원들도 모르게 정당을 만들어놓고 우리보고는 박수부대가 되라는 말인가. 어불성설도 유민부득이다.

　—당의 이원조직은 20만 당원의 선량인 국회의원을 로봇으로 만들려는 수작이다.

　—국민 전체에겐 정치활동이 금지된 시기에 당을 만들었을 뿐 아니라 지방조직까지 완료했다는 것은 역사의 심판을 받아야 할 것이다.

　이렇게 열거한 다음 김동하는

　—나는 국민을 배신할 수 없어 최고위원직과 공화당 발기인 자리는

물론 모든 공직에서 물러난다.

고 선언했다.

이러한 거센 바람에도 불구하고 김종필은 창당 작업을 포기하지 않았다. 그 이유 가운데는 박 의장의 강력한 후견이 있었기 때문일 것이란 추측이 성립될 수 있다.

이왕 민정에 참여할 바엔 든든한 기반이 있어야 하는데 박 의장은 자기가 출마했을 경우를 예상할 때 적잖은 불안이 있었다. 그 불안을 김종필의 노력에 의해서 어느 정도 불식할 수 있을 것이니 사전조직된 그기반을 쉽사리 포기할 수 없었을 것이다.

박 의장과 김종필의 밀실에 있어서의 대화가 짐작되지 않을 바도 아니다.

—전국적으로 조직이 완료되어 신호만 떨어지면 일사불란하게 목적을 향해 돌진할 태세가 다 되어 있습니다. 이러한 전국적인 조직을 불과 몇 안 되는 불평분자와 맞바꿀 작정이십니까. 최고회의의 불평분자들을 처리하는 건 간단한 작업입니다.

이건 가상이지만 박 의장은 김종필이 마련한 배를 타기로 했다.


1963년 1일 김종필은 중앙정보부장의 직을 사임하고 창당 작업에 전념하게 되었다. 후임 중앙정보부장은 김용순 소장이었다.

앞서 기록한 송요찬 장군의 박 의장에 대한 반박 성명은 바로 이튿날인 8일에 있었다.

1월 18일 민주공화당이 발족했다. 그날의 신문을 인용해본다.

"혁명이념의 계승과 혁명과업을 이을 민주공화당은 이날 상오 10시, 조선호텔 그랜드홀에서 신당 발기선언을 했다. 이 선언문은 발기인 총회에서 선출한 의장 김종필 씨에 의해서 낭독되었다. 혁명 주체세력이 중심이 되어 범국민정당을 표방하고 나선 신당은 발기선언에서 우리는 자유민주주의의 새로운 기치를 들고 일어섰으며 민족중흥의 이념을 품고 오직 구국을 위한 선구자적 정신으로 일어섰다고 말했다."

이어 지방조직, 대통령 후보 지명에 관한 당의 스케줄이 나열되어 있고, 김종필 씨의 공화당 진로 설명이 있었고,

"활발한 정치활동에 만족한다."

는 뜻의 박 의장의 담화 발표가 있었다.

그런데 불평분자들의 처리는 김종필 씨 말대로 간단한 작업은 아니었던 모양이다.

─4대 의혹 사건 같은 어마어마한 죄악을 저질러놓고 비밀조직에 업혀서 우리는 무엇을 하겠단 말인가. 우리가 저지른 일 우리 손으로 처리하고 우리는 군대로 돌아간다.

일부 최고위원들은 이같이 말하며 공화당에 참여하지 않기로 결의하는 한편 '4대 의혹 사건'의 진상을 철저하게 규명해야 한다는 강경한 요구를 들고 나왔다.

박 의장은 중대한 단안을 내리지 않으면 안 될 궁지에 몰렸다. 2월 18일의 난안이 그것이다. 박 의장은 2월 18일, 자신은 민정에 참여하지 않겠다는 폭탄선언을 했다. 도하의 신문들은 호외까지 발행하여 이 사실을 보도했다.

이날의 신문은 예외 없이 다음과 같은 기사로 메꾸어져 있었다.

"18일 정오 박정희 최고회의 의장은 드디어 중대한 단안을 내렸다. 박 의장은 이날 직접 발표한 담화에서 자신의 거취 문제를 포함한 정국의 안정 수습방안 9개 항을 제시하면서, 이 9개 방안을 모든 정치지도

자들과 정당이 2월 23일까지 수락한다면 자신은 민정에 참여하지 않겠다고 선언했으며, 아울러 정정법政淨法에 묶인 구정치인들의 전면 해제도 밝혔다.”

박 의장의 성명 내용은 다음과 같다.

지난 1월 1일부터 시작된 정치활동 50일간에 각 정치인들의 구태의연한 실태를 보고 실망과 국가 장래를 위해 무한한 불안을 느끼고 있다. 이러한 정치인들의 움직임은 혁명을 필요치 않은 것으로 생각하고 있으며 5·16혁명의 역사적인 사명을 망각하고 있어 혁명정부와 정치인 간의 반목이 극도에 달하고 있음은 5·16 전으로 다시 후퇴하는 결과가 된다. 따라서 앞으로 혁명과업의 평화적인 계승과 평화적인 민정이양을 위하여 다음과 같은 정국수습안을 국민 앞에 제출하는 바다.

(1) 군은 엄정한 정치적 중립을 고수하고 민의에 의해 선출된 정부를 지지한다.

(2) 다음에 수립될 정부는 4·19정신과 5·16혁명이념을 계승할 것을 확약한다.

(3) 혁명 주체세력은 개인의 의사에 의하여 군에 복귀할 수도 있으며 민정에 참여할 수 있다.

(4) 5·16혁명의 정당성을 인정하고 앞으로 일절 정치적 보복을 금한다.

(5) 혁명정부가 합법적으로 임명한 공무원에 대해서는 계속 그 신분을 보장한다.

(6) 유능한 군인은 국가에 대한 공로를 인정하고 능력에 따라 가

급적 우선적으로 기용한다.

(7) 모든 정당은 모략중상 등 구태의연한 정쟁을 지양하고 뚜렷한 정책을 국민 앞에 제시하고 국민의 신임을 물어야 한다.

(8) 국민투표에 의하여 확정된 신헌법의 권리를 보장하고 앞으로 헌법 개정은 국민의 여론에 따라 합법적 절차로 실시한다.

(9) 한·일 문제에 대하여는 초당적 입장에서 정부 방침에 협력한다.

(10) 상기 제안이 수락되면 본인은 민정에 참여하지 않겠다. 자유민주주의의 기본질서를 부정하는 행위를 한 자, 혁명행위를 방해한 자, 부정축재자 중 환수금을 완납하지 않는 자, 그리고 형사책임을 면할 목적으로 해외에 도피 중에 있는 자를 제외하고 정정법에 의한 정치활동 금지를 전면 해제토록 한다.

어떠한 사정이 그 이면에 깔려 있었는지는 몰라도 박정희 씨는 선언을 통해 망신 직전의 위치에서 탈출한 셈이다. 이어 바로 다음다음날 김종필 씨의 플레이가 있었다. 그는 모든 공직을 사퇴하고 초야의 몸이 되겠다는 극적인 발언을 했다. 이 사건 또한 호외가 발행되었을 만큼 충격적인 깃이었다.

모 신문 기사는 이 사건을 다음과 같이 전했다.

박정희 의장이 시국수습안을 제시하고 이를 정당 대표와 정치 지도자들이 수락한다면 민정에 참여하지 않을 것이라고 성명을 발표한 이래 김씨는 침묵을 지켜오던 끝에 이날 그의 거취를 밝혔다. 50여 명의 내외신기자단 앞에서 그는 미리 준비한 성명을 낭독했는데 그는 많은 동료들과 나라를 위해 일하는 모든 사람들은 역사와 세대의 전환점에서 폭넓은 이념으로 굳게 뭉쳐 병폐 없는 정치풍토를 이룩해 새 정부와 새 국회를 세워주기 바란다고 요망했다. 이날 기자회견에는 정구영 부위원장과 김성진, 이원순 분과위원장이 자리를 같이 했다. 김종필 씨는 이날 공직 사퇴 성명에 앞서 박정희 의장을 공관으로 방문, 장시간 요담했다. 기자회견 내용은 다음과 같다.

문  당직을 떠난 뒤 대통령 특사로 외국으로 떠난다는데 사실인가.

답  이 땅에서 떠나고 싶은 생각은 조금도 없다.

문  김 위원장이 당직을 사퇴해도 공화당이 잘 되겠는가.

답  남은 사람들이 잘할 것이며, 창당대회 때까지 정구영 부위원장이 내가 맡았던 일을 물려받아야 할 것이다.

문  위원장뿐 아니라 당원직도 사퇴하는가.

답  내게는 모든 일이 벅찬 일이고 따라서 부족하기 때문에 모든 직을 떠난다.

문  공화당에 미치는 영향이 어떨 것이라고 생각하는가.

답  심리적인 변동이 있을지 모르나 남아 있는 당원들이 뭉쳐 해결해나갈 수 있을 것이다. 당이 어떤 개인의 움직임 여하에 따라 좌우되진 않는다.

문  초야에 묻힌 뒤 정세 변동이 있으면 다시 하겠는가.

답  지금 나로서는 그만두겠다는 생각 외엔 아무런 잡념도 없다.

문  박 의장의 성명을 어떻게 생각하는가.

답  나는 박 의장과 몸이 떨어져 있는 한이 있더라도 마음은 같을 것이다.

문 박 의장 성명을 수락해야 하겠는가.

답 그렇게 생각한다.

문 외부인사를 추대해서 지도자로 내세우는 문제를 고려해보았는가.

답 오늘 이후의 일은 말 못 하겠다.

문 사전조직설과 증권파동에 대해 한마디 해달라.

답 박 의장 성명에서 밝히겠다고 했으니 밝혀질 날이 있을 것이다.

문 김 위원장의 사퇴와 박 의장의 성명과는 무슨 관련성이 있는 게 아닌가.

답 아무 관련도 없다.

문 주체세력이 민정에 참여해야 옳겠는가.

답 내가 대답할 문제가 아니다.

문 당을 떠나는 심정이 어떤가.

답 지나온 발자취는 여러분이 너무나 잘 알고 있다. 상상에 맡기겠다.

문 김 위원장이 5·16혁명의 핵심인데 지금 공화당을 그만두는 것은 혁명의 실패라고 생각하는가.

답 그렇게 생각지는 않는다.

문 박 의장이 대통령이 되어야 한다는 종전의 주장엔 변함이 없는가.

답 그렇다. 그러나 박 의장은 이미 성명에서 자신의 거취를 밝힌 바 있다.


같은 날짜의 신문에 전 내각수반 송요찬 씨의 담화가 있었는데

"김씨의 정치적 과오에 보복행위를 해선 안 된다고 생각한다. 그러나 그가 범한 형사적 책임을 박 의장이 어떻게 처리할 것인지를 주목하겠다."

는 내용이 이채를 끌었다.

이처럼 한편에선 형사적 피의자로 몰고 있는데 다른 한편에서는 김씨를 실각한 영웅처럼 아쉬워하고 있다는 것은 다음 기사에서 알 수가 있다.

"박 의장의 2·18성명 후 안타까울 정도로 침묵을 지켜오던 김종필 씨는 20일 하오 5시 30분, 공화당 당사 2층에 마련된 기자회견에서 모든 공직에서 떠나겠다는 극적인 선언을 했다. 재건복 차림에 약간 피로의 기색을 보인 김씨는 미리 준비된 성명서를 빠른 속도로 낭독했는데 이 자리에서 60여 명의 내외신기자와 김씨의 회견에 큰 관심을 가진 사무당원들이 회견장을 메웠다. 정구영·이원순·김성진 씨를 좌우에 앉히고 기자회견을 한 김씨는 몸은 떨어져도 마음은 박 의장과 같이 한다는 발언을 두 번씩이나 되풀이했으며, 김 위원장의 회견이 끝나자 동석했던 한 열성당원은 김종필 씨 만세를 외치면서 공화당은 김씨가 없더라도 끝까지 잘해나갈 것이라고 부르짖었다. 초조와 긴장이 감도는 가운데 진행된 약 15분간의 회견이 끝난 뒤 복도에서 서성대던 사무당원들은 눈물까지 글썽거리는 침통한 모습을 보여주며 삼삼오오 당사 밖으로 총총히 걸음을 옮겼고, 김씨는 기자들에게 둘러싸여 사퇴 이유가 석연치 않다는 질문에, 시간이 지나고 보면 알 때가 올 것이라고 말하면서 술이나 한잔합시다 하는 어색한 농담을 남기고 새나라 차에 몸을 실었다."

김종필 씨의 공직 사퇴 선언이 보도된 이날의 신문은 정치가 일시에 만발한 것 같은 느낌을 주었다.

　의혹 사건을 조사 중이란 김현철 내각수반의 언명이 있는가 하면 박 의장의 시국수습안을 무조건 수락하겠다는 민정당의 성명이 있었다. 민주당 대변인 송원영 씨는 김종필 씨의 사퇴가 우선 본인을 위해 좋을 것이라고 논평했는가 하면, 공화당의 대변인 윤주영 씨는 일전 송요찬 씨가 '공화당의 해체'를 요구한 데 대해 반박 성명을 발표했다.

　―전 내각수반 송요찬 씨가 민주공화당을 해체하라고 말한 것은 민주공화당 발기 이래 오늘날까지 혁명이념을 계승하기 위해 당에 집결된 애국인사들을 모독하는 발언이다. 비밀당원이 24만 명이라고 한다면, 또 이들이 공산당식으로 조직되었다고 한다면, 한국의 현실에서 이런 일을 행할 수 있다는 것을 전제로 한 것으로 한국의 정치 현실과 한국의 정치의식, 정치수준을 무시하는 것과 같은 것으로 나아가서는 한국 전체에 대한 모독이 아닐 수 없다. 민주공화당은 그에게 24만 명의 비밀당원이라는 근거를 밝힐 것과 공산당식으로 조직되었다는 사실을 해명해줄 것을 요구하는 바다.

　그밖에

　―박 의장의 시국수습안은 민주 재건을 위한 최소한의 조건이다. 하며 무소속도 출마할 수 있도록 하라는 변영태 씨의 발언이 있었다.

　최고위원의 거취에 관한 기사도 있었다. 김윤근·정세웅 씨 등은 원대복귀할 의사를 밝혔는데 어떤 최고위원은 군의 순수성을 지키기 위해 민정참여도 안 할 것이고 원대복귀도 안 할 것이라고 했다. 이로써 최고위원의 거취는 민정참여파·예편파·원대복귀파의 세 갈래로 나눠진다는 것이다.

　흥미 있는 기사 가운데 하나는 쿠데타 세력의 주체이며 김종필 씨도 그 가운데 끼어 있는 육사 8기생들 가운데 20명이 민정당에 입당했다는 사실이다. 조재건 등 20명의 연서로 된 그들의 성명서 내용은 다음과 같다.

—군사정부의 구호에만 그친 정책을 지양하고 난국에 처한 민심의 수습과 명실상부한 공명선거로써 민정이양을 실질적으로 실행하기 위해 일체의 비민주성을 제거하여 당면한 불안과 공포를 해소해야 한다. 그런 뜻에서 우리는 이 나라 민주주의의 토대를 구축하기 위해 민정당 발기에 참가하기로 결정했다.

2월의 드라마는 클라이맥스를 향해 치닫고 있었다.

25일 하오 3시 30분 김종필 씨는 노스웨스트 항공기 편으로 외유의 길을 떠났다. 박 의장의 전권순회대사의 직책이었다.

그가 떠난 그 이튿날 상오 10시 20분 서울 시민회관에선 민주공화당 창당 선언이 있었다. 대의원 1천3백여 명이 참석한 이 대회에서 미리 짜인 각본대로 총재 정구영 씨, 당의장 김정렬 씨의 선출이 있었다. 주체세력의 탈당설이 나돌고 있었지만 공화당은 이 설을 강력하게 부인하기도 했다.

드디어 클라이맥스.

어제 민주공화당의 창당대회가 있었던 바로 그 장소인 시민회관은 2월 27일 또 다른 흥분으로 휩싸였다. 박 의장의 2·18선언을 수락한다는 선서와 박 의장이 민정에 참여하지 않겠다는 선서식이 거행되었다. 이 선서식엔 12개의 정당, 7개의 정치단체 대표와 개인 자격으로 27명의 정치인, 국방부장관, 육·해·공 3군 참모총장, 해병대 사령관이 참석했다.

선서의 내용은 2월 18일 박 의장이 제시한 방안 그대로다. 정치인 대

표로 이윤영 씨가 선서문을 읽었고, 군인 대표로선 박병권 국방부장관
이 선서문을 읽었다.

각군 참모총장은

—군은 정치적 중립을 견지할 것이며 민의에 의해 선출된 정부를 지
지한다.

는 선서문을 읽었다.

마지막에 박 의장의 선서가 있었다.

—오늘의 선서식전은 매우 중대한 의의를 지니고 있다. 혁명정부는
당초 기도했던 세대의 교체라는 정치 목표에 있어서 완전히 실패하고
말았음을 솔직히 자인한다. 한국의 정치적 새 기풍의 조성, 정치세대의
교체는 혁명정부의 정치 목표였으나 대다수 정치인들의 완고한 반대
에 부딪치게 되어 일대 정치적 난국을 초래케 되었으며 오늘 정부는 대
폭적인 후퇴와 양보로 이 정국을 수습하기에 이르렀다. 또다시 힘없는
정부, 정국의 혼란이 재현될 때 그것은 바로 여러분들의 씻을 수 없는
책임으로 돌아간다는 것을 분명히 명심해야 할 것이다. 본인은 민정에
참여하지 아니하겠다. 정정법에 의한 정치활동 금지를 오늘 날짜로 전
면 해제 조치할 것을 선서한다.


이것이 터무니없는 만화였다는 것은 곧 알게 되는 것이지만 정치활
동을 할 수 있다는 것과, 강적 박정희가 경합대상에서 물러섰다는 사실
에 대부분의 정치인들은 들떠 이 만화적인 쇼가 지닌 의미를 알 수가
없었다. 그런데 그때 청년 시기의 대부분을 중국에서 지낸 어느 노 애
국자는 뱉듯이 다음과 같은 노여움을 토했다.

—빌어먹을. 선서는 무슨 선서냔 말여. 뭐라구? 5·16의 혁명이념을

계승하겠다구? 박정희가 노린 게 바로 그거야. 자기가 민정에 참여하지 않겠다는 것을 미끼로 정치인들의 항복을 받은 거다 이 말이여. 어째서 5·16을 승인할 수 있단 말인가. 목숨이 무서워 외고 펴고 반대선언을 못한다면 가만히 입을 다물고 방구석에 남아 있기나 할 일이지, 제발로 뚜벅뚜벅 걸어나가 국민 앞에서 쿠데타를 승인할 뿐 아니라 충성을 다하겠다고 선서를 해? 정치인들의 꼴이 그 모양이니까 지각없는 패거리들이 노략질을 하게 된 거야. 그리고 또 뭐라더라, 정치의 파국과 혼란은 주첸가 뭔가 하는 그들의 자중지란에서 비롯된 것 아닌가. 그런데 뭐라구? 정치인들의 완고한 반대에 부닥쳐 정치적 난국을 초래했다구? 이 2년 동안 정치인들이 꿈쩍이나 했나. 말 한마디라도 했나? 정치인들이 어떻게 했단 말인가. 그런데 난국의 책임을 정치인들에게 뒤집어씌워? 선서식엔가 뭔가에 간 놈들은 그런 책임을 뒤집어쓰기 위해 지랄을 한 놈들인게 말할 것도 없지만 그 창피를 우리는 앉아서 당해야 되니 분해서 죽겠다. 놈들의 입으로 앞으로 어떻게 5·16을 비판할 수 있을 것인가. 그런 걸 보면 박정희란 사람은 영리해. 꼼짝 못하게 정치인들의 항복을 받아버리지 않았는가.

　그 노 애국지사의 노여움을 이해하지 못할 바는 아니지만, 그 선서식이 만화가 되었다면 그 만화의 주인공도 무사할 수가 없지 않겠는가.
　2월의 클라이맥스는 만화적인 쇼로서 끝났다고 하지만 3월의 드라마가 전개되기 위한 준비에 불과했던 것이다.

# 3월의 드라마

정당인·정계 지도자·3군 참모총장이 모인 자리에서

"본인은 민정에 참여하지 않겠다."

고 박 의장이 선서한 것은 2월 27일인데 3월에 들자 이상스런 바람이 불기 시작했다.

"각하는 누구에게 정권을 맡기시렵니까. 나는 때 묻은 정치인의 한 사람이지만, 구정치인들에게 정권을 돌려주었댔자 각하에게 돌아올 것은 보복뿐입니다. 이 어려운 난국을 헤쳐나가는 길은 오직 의장 각하께서 군복을 벗으시고 대통령이 되시는 것 이외에는 없습니다. 그렇게만 마음을 굳히신다면 얼마 남지 않은 저의 여생 오로지 의장 각하를 위해서 바치겠습니다."

원로 정치인 Y씨가 이렇게 박 의장에게 호소했다는 말이 흘러나왔다. 박 의장이 바라는 말을 Y씨가 골라 말한 것이다. 권력자라는 것은 이래서 좋다. 필요한 말을 하는 사람이 언제 어디서나 나타나게 마련이기 때문이다.

Y씨에 뒤이어 이 말을 하기 위해 많은 인사들이 줄을 서게 되었다. 이 말을 하는 것이 충성 증명처럼 되어버렸다. 그러나 그런 정도로선

일대 스펙터클까지 연출해가며 행한 선서를 번복할 수 있는 계기는 되지 못한다.

"무언가 있겠지"

하고 있는데 아니나 다를까 '박 의장 암살음모 사건'이란 것이 터졌다. 3월 11일에 있었던 일이다. 그날의 신문은 제1면에 "박 의장 암살음모 사건 사전에 탄로"란 타이틀을 크게 뽑고 "주모자는 육군헌병감 이규광·예비역 중장 김동하 전 최고위원, 박임항 건설부장관도 구속"이란 중간 제목으로 다음과 같이 센세이셔널하게 보도했다.

"박정희 의장 암살음모 사건이 고위 수사당국에 의해 사전 발각되어 주모자로 알려진 이규광 예비역 준장(전 육군헌병감)을 비롯하여 공군 대령 2명, 중령 5명 등을 포함한 21명 중 19명의 예비역 영관급 장교 등이 8일 하오 중앙정보부에 의해 구속, 문초를 받고 있다. 정부 대변인 이원우 공보부장관은 10일 밤 공군 예비역 장교들이 주동이 된 박 의장 암살음모 사건이 '사실이었음'을 시인했으며 김재춘 중앙정보부장은 11일 상오 11시 동 사건의 전모를 최고회의에서 정식 발표할 것이라고 한다."

기사는 다음과 같이 이어진다.

"이번 사건이 박 의장 암살음모에만 그친 것인지 현 군사혁명 정부를 전복하기 위한 쿠데타 음모인지 그 성격과 배후세력 등은 전혀 알려지지 않았는데 믿을 만한 소식통에 의하면 약 2, 3일 전 수원에 있는 모 공군부대 내에서 모의되었다고 하며 큰 규모의 것이 아닌 것으로 알려졌다. 또 다른 소식통은 건설부장관인 박임항 육군 중장과 김동하 예비역 중장도 이번 사건에 관련된 것같이 수사대상에 올랐다고 말했다. 박 장관은 지난 8일 부산으로 출발했으며 10일 하오 6시경 부산 시내 모다방에서 중앙정보부원으로 보이는 2명과 동행, 공군 수송기 편으로 이날 하오 8시 40분경 여의도공항에 착륙, 귀경했다고 밝혔다. 한편 장성환 공군 참모총장은 10일 하오 1시경 중앙정보부를 방문, 이 사건에 관해 고위간부들과 요담했다. 이 사건에 관련되어 전 내각수반 송요찬 씨가 구속되었다는 설이 9일 저녁부터 퍼졌으나 이는 낭설임이 판명되었다. 송씨는 지난 8일 그의 생일날 아침 10시경 친구인 모씨와 함께 온양 방면으로 낚시질을 갔다가 10일 하오 5시경 귀가했다. 송씨는 이날 기자에게 박 의장 암살음모 사건으로 자기가 구속되었다는 소문이 서울에 퍼졌다는 이야기를 듣고 귀가했다고 하고 이번 사건에 관해선 전연 아는 바 없다고 말했다. 그는 이규광 씨가 송씨 자신이 미국에서 돌아온 이후 한 번도 인사차 찾아온 일도 없다고 했다. 그런데 송씨 구속설은 이규광 씨가 송씨 참모총장 시에 육군 헌병감으로 있었다는 데서 나온 낭설이었던 것이다."

김재춘 중앙정보부장의 발표는 다음과 같다.

"민정이양을 앞둔 이 중대 시국하에 집권의 야욕을 표시한 일부 불순분자들은 현 정부가 실시한 구정치인 전면 해제에 대한 불만과 더불어 자기들이 장기집권할 의도하에 무력으로 최고회의 의장·최고위원·행정부 각료 및 해금된 구정치인 전원을 살해 기타 방법으로 제거하고 유혈로써 정권을 장악할 것을 기도한 망상된 음모가 행동 전에 발각되어 중앙정보부에서 입건 수사 중이다."

사건은 확대되었다. 3월 14일의 신문은 현역 장성 등 열 명을 추가 구속했다는 발표가 있었는데 그 열 명 가운데 전 해병대 사령관이며 최고위원이었던 해병 소장 김윤근, 제5관구 사령관 최주종 육군 소장이 끼어 있었다.

3월 14일의 신문기사를 초록해본다.

"군부 쿠데타 음모 사건은 그 수사 범위가 확대되어가고 있음이 12일 저녁 밝혀졌다. 쿠데타를 음모한 자들은 3월 15일 최종적으로 회합하여 3월 하순께나 4월 상순께 현 정부를 전복하는 정부요인을 암살하는 거사 일정을 정할 계획이었으며 거사 후 혁명위원회를 조직 그 위원장에 박임항 건설부장관을 앉히기로 계획했다."

"군부 쿠데타 음모를 수사 중인 김재춘 중앙정보부장은 기자들과 만난 자리에서 이와 같이 밝히고 주모자는 2, 3명이었다고 말했다. 그러나 그는 주동인물의 명단을 밝히려 하지 않았는데 주모자는 박임항·이규광·박창암 등 3명인 것으로 전해지고 있다. 김 부장은 쿠데타 음모자들이 철저한 계획하에 정부를 전복시키고 정부요인을 비롯한 구정치인을 암살하는 행동대까지 조직했다고 그간의 수사결과를 밝혔다. 주모자로 구속된 박임항 중장 등은 그들의 모의 사실을 순순히 자백하고 있다고 한다. 이 사건의 배후 인물에 미국에 있는 정일권·강문봉 장군이 끼어 있다는 일부 풍설에 대해 김 부장은 수사가 진행 중이므로 알 수 없다고 말하고 지금까지의 수사결과로선 외국에 거주하는 사람으로서 관련자는 없다고 말했다."

같은 지면에 외유 중인 김종필 씨가 여정을 단축했다는 기사가 있었는데 다음과 같은 코멘트가 이채를 띠었다.

"……김종필 씨가 50일간의 여행을 단축한 것이 그의 주요한 적수 김동하 중장의 피체 소식에 기인한 것인지의 여부에 관해선 알 수가 없다."

그러고 보니 사건의 주동인물로 알려진 사람들은 거개 공화당의 사전조직 문제로 인하여 김종필 씨에게 맹렬한 공격을 퍼부은 사람들이었다.

"반대파 인사를 제거해놓고 김종필 씨가 돌아온단 말인가?"

항간에선 이 문제를 두고 구구한 억측이 많았다. 대부분이 정부가 발표한 그대로를 믿으려 하지 않은 것이다.

발표문마다에

"구정치인을 암살할 행동대까지 만들었다."

는 대목이 있는데 우선 이것이 의혹을 샀다.

"뭍에 오른 물고기 같은 구정치인을 뭣 때문에 죽이려고 들었겠느냐."

"그들에게 대한, 즉 검거된 사람들에게 대한 반감을 대중화하기 위한 조작이 아니냐."

"김동하·김윤근 등이 그처럼 무모했을 까닭이 없지 않느냐."

"공화당 사전조직에 관한 후유증을 없애기 위한 연극이 아니냐."

등등.

이런 말이 표면에 나타날 까닭이 없지만 사회의 밑바닥에선 이런 유의 풍문이 돌고 있었다.

박 의장의 충성파들은 물실호기 이 기회를 놓칠까 보냐고 계엄령을 선포하고 군정을 연장해야 한다며 설치고 나섰다. 3월의 드라마가 그 시막을 끝낸 것이다.

제2막은 미국대사 관저에서 시작되었다. '박 의장 암살음모 사건'으로 미국이 떠들썩하고 있던 3월 14일 미국대사 새뮤얼 버거는 박 의장을 만찬에 초대했다. 세상 돌아가는 상황이 이상했던 때문이다.

"박정희 장군은 민정에 참여하지 않기로 국민 앞에 선서까지 했다."

는 보고를 국무성에 보낸 것이 바로 엊그제 있었던 일인데 혁명 주체세력 내에 계엄령을 선포하여 군정을 연장하자는 의견이 대두되고 있다고 하니 버거 대사는 불안을 금할 수가 없었던 것이다.

박 의장과 더불어 초청된 사람은 김종오 참모총장·김재춘 중앙정보부장이었다. 미국 측으론 버거 대사 이외에 UN군 사령관 멜로이와 유솜 처장 킬렌, 하비브 참사관과 CIA 한국책임자가 참석했다.

버거는 작금 발생한 이른바 '쿠데타 음모 사건'을 언급하곤

"그러나 박 장군의 탁월한 영도력은 이미 증명되고 있는 바이니 별반 걱정하지 않는다."

는 뜻으로 박 의장을 추어올리는 동시에 그 사건을 아무것도 아닌 것처럼 취급하려고 했다.

멜로이 장군도

"불평분자는 어느 사회에도 있는 법이니 그 정도의 사건은 문제될 것 없다."

고 하고 김재춘의 민활한 수사 능력을 높이 평가했다.

하비브는

"일부에서 계엄령 선포 운운하는 말이 있는 것 같습디다만 나는 군사정부가 그런 정도의 사건으로 계엄령을 선포해야 할 만큼 약체라곤 생각하지 않는다."

며 계엄령 선포는 되레 정부의 위신을 추락시키는 결과가 될 것이라며 김종오 참모총장에게 물었다.

"군의 동정은 극히 평온한 것으로 아는데 어떻소?"

김종오는

"군 내부, 물론 다수의 예비역이 끼어 있다고는 하나 군 일부에서 그런 사건이 발생하고 보니 의장 각하에게 대해 면목이 없습니다."

하고 고개를 숙였다.

버거는 계속 박 의장을 추어올렸다.

민정에 참여하지 않겠다는 결의는 실로 역사에 기록될 만한 사실이며 그로써 박 장군의 순수한 애국심이 증명된 것이라고도 했고, 진정한 민주주의를 한국에 심는 위대한 공로자가 될 것이라고도 했다.

킬렌 처장은 경제적인 업적을 들어 박 의장을 칭찬했고, 멜로이 장군은 군의 기강을 들어 박 의장을 칭찬했다. 하비브는 이미 결정한 방침 그대로 나가기만 한다면

"버거 대사님을 비롯하여 우리 대사관 직원들은 성의를 다해 도울 것이며 본국에 요청해서 뭣이건 필요한 일이면 응해드릴 수 있도록 하겠소."

하고 최대의 호의를 보이기도 했다.

박 의장은 미국인들의 포근한 정의를 처음으로 느끼는 기분이었다. 이런 자리에서 솔직한 심정을 털어놓아야겠다는 충동마저 느꼈다. 거기다 최고급 스카치를 연거푸 마신 취기가 겹쳤다.

박 의장은

"새뮤얼 버거 대사·멜로이 장군, 그리고 킬렌 처장·하비브 참사관의 호의에 충심으로 감사를 느낀다."

고 전제하고 한국의 징세를 소상하게 설명하기 시작했다. 기성 정치인들이 돼먹지 않았다는 설명도 있었다. 그들에게 정권을 넘겨준다고 해보았자 다시 혼란이 시작될 뿐이란 말도 있었다. 금번의 반정부 음모사건은 크다면 크고 작다면 작은 사건인데 이로 미루어 군 일부와 정치인 사이에 불안 요소가 잠재해 있다는 사실만은 부인할 수가 없다. 자칫 잘못 서둘다간 모처럼 시작한 혁명이 수포로 돌아갈 뿐 아니라 되레 화근이 될 염려마저 없지 않다……

"민정에 참여하지 않겠다는 내 결의엔 변함이 없고, 빠른 시기에 민정을 복귀해야 한다는 방침엔 변함이 없으나 이제 설명한 바와 같은 사정이니 민간정치인들이 정권을 인수받을 수 있는 정신적인 준비가 될 때까지 민정이양의 시기를 다소간 늦추는 것이 상책일 것 같다."

고 덧붙였다.

장내에 긴장이 감돌았다. 버거 대사의 표정이 일순 핼쑥해졌다. 버거는 하비브를 쏘아보았다.

하비브가 어물어물 물었다.

"다소간 늦추는 것이 좋겠다고 했는데 대강 얼마쯤으로 생각하오."

"4년쯤."

"군정을 4년 연장하겠다는 말인가요?"

멜로이가 물었다.

"그렇소."

박 의장이 힘주어 말했다.

파티는 그 순간부터 얼어붙었다.

버거 대사는 입을 다물어버렸고, 멜로이 장군은 날씨 이야기를 시작했다. 킬렌과 하비브는 버거의 얼굴만을 바라보고 있었다.

이렇게 되면 손님들은 일어서야 하는 것이다.

박 의장은 미국인들의 침묵을 자기의 안에 그들이 찬성은 안 했을망정 반대는 안 했다고 받아들였던 모양이다.


미국대사 관저에서의 파티가 제2막의 제1장이었다면 3월 15일 아침 최고회의 의장 공관에서 열린 회의는 제2장이 된다.

이 회의의 참석자는 박 의장을 비롯하여 박병권 국방부장관·김

76

종오 참모총장·김재춘 중앙정보부장·홍종철 최고위원과 최고위원 A·B·C·D ······기타.

먼저 김재춘의 정세 보고가 있었다. '쿠데타 음모 사건'이 주된 내용이었다. 이어 홍종철의 발언이 있었다.

"마땅히 계엄령을 선포해야 합니다. 이런 위급한 때에 가만있을 수 있습니까. 계엄령을 선포하고 호시탐탐 남침을 노리는 북괴의 도발을 미연에 방지해야 합니다."

A위원과 기타 위원들의 발언이 뒤따랐다.

"동시에 군정의 연장을 발표해야죠."

"군정 4년 연장을 발표해야죠."

"우선 군정의 연장만 발표하고 기한은 정세를 보아가며 추후에 하면 어떨까."

"안 돼요. 4년이라고 못을 박아야 하오."

박 의장이 자기 뜻대로 진행되어가는 회의를 반눈을 뜨고 지켜보고 있는데 돌연

"안 돼."

하는 벽력 같은 소리가 터졌다. 박병권 국방부장관의 발언이었다.

"2·27선서를 한 지 며칠이 되었소? 겨우 보름 남짓한데 이게 무슨 소리들이오."

박 장관의 흥분한 음성이 찌렁찌렁 울렸다. 박정희 의장이 담배를 잡은 손이 바르르 떨고 있었다. 떨고 있는 손으로 담배를 끈다는 것이 재떨이가 아닌 책상 위에 비벼대고 있었다.

"군정을 연기하기 위해선 계엄령 선포가 필요합니다."

홍종철도 흥분하고 있었다.

"군정 연장 안 됩니다."

박병권이 굳이 자기 주장을 고집하려고 들었다. 회의장은 소란하게 되었다. 다시 군정 연장 불가피설이 대두되고 대부분의 최고위원들이 이에 찬성했다. 박병권은 퇴장하고 말았다.

3월 16일 하오 4시, 단斷이 내렸다.

이날의 신문보도는 다음과 같다.


### 박 의장, 중대 성명을 발표

박정희 의장은 오늘 하오 4시. 앞으로 4년간 군정기간을 연장하는데 대하여 그 가부를 국민투표에 부쳐 국민의 의사를 묻겠다고 선언했다. 박 의장은 가능한 한 최단 기간 내에 이 국민투표를 실시할 것이며 국민의 올바른 판단을 저해할 염려가 있는 모든 정치활동을 일시중지하는 조치를 취하겠다고 말했다.


그 성명문을 간추리면

―혁명정부가 국민투표에서 신임을 얻을 때에는 앞으로 4년간 국민의 대권을 위임받아 사회 안정을 회복하고, 경제개발 5개년계획의 결실을 거두어 민생을 안정케 하여 민정이양을 위한 확고한 민족 만년의 터전을 마련함에 전력을 다할 것이고, 만일 군정 연장에 대한 국민의 신임을 얻지 못할 때에는 즉시 정치활동의 재개를 선언하고 계획된 대로 민정이양을 실시할 것이며 우리는 일절 민정에 참여하지 않고 정치인들에게 정권을 이양하겠다. 그런데 국민투표에서 국민의 신임을 받을 경우에는 1. 과거의 정파나 계보에 구애됨이 없이 널리 인재를 등용하여 혁명정부에 참여케 하여 거국정치의 실을 거두며, 2. 직능대표·지

역대표 등 민간인이 참여하는 입법기관으로 최고회의를 개편할 것이며, 3. 초당적 정계의 중진으로 자문기관을 설치하고 민정이양을 위한 연구기관을 설치하는 동시, 4. 건전한 양당제도의 발전을 위한 정치 분위기 조성을 위해 최선의 노력을 다하겠다.

그런데 그 성명의 전문을 읽어보면 스스로 낯간지러운 대목이 한두 군데가 아니다. 우선 그 일례만을 인용하면

─……친애하는 국민 여러분, 우리는 다시 혁명을 낳지 않는 건전한 체질의 민정 탄생을 기다려야 할 것인지, 그렇지 않으면 다시 혁명의 가능성을 내포한 채라도 민정이양을 서둘러야 할 것이냐는 두 갈랫길에 대하여 심각하게 생각하지 않을 수 없습니다. 20세기 후반기에 들어선 오늘, 후진 국가들을 개관할 때 군사혁명은 하나의 유행처럼 잇달아 일어나고 있습니다. 이것은 군인의 집권욕에 기인한 것으로도 보이지만 오히려 그 민족이 처해 있는 고루한 타성적 사회성에 기인한 것이며 그 사회적 구각을 탈피하려는 하나의 체질개선의 민족적 대수술을 뜻하는 것이라고 할 수 있습니다. 이 체질개선이 성공한 국가들은 민족적 비약을 약속할 수 있을 것이나 그 체질개선을 이룩하지 못한 국가들은 혁명의 되풀이를 면치 못할 것이며 그것은 이미 역사가 증명하고 있습니다…….

역사를 읽어보기라도 하고 한 말인지, 무턱대고 역사를 들먹이고 있는 것인지 그 성명의 전문을 읽어보면 알게 된다. 세상 어느 나라에 군인이 쿠데타로써 정권을 잡은 경우 체질개선을 이루어 민족적 비약을 한 적이 있기라도 했던가.

3월의 드라마 제3막은 군정 연장에 대한 국민의 반발로서 시작된다.

군정 연장을 반대하는 데모가 전국 각지에서 일어나는 것과 때를 같이
하여 미국은 노골적인 혐오를 보이게 되었다.

　미국은 잉여농산물을 싣고 한국으로 떠나는 배를 정지시키고 이미
항해 중인 선박에까지도 지령을 내려 한국에 기항하지 못하게 했다. 뿐
만 아니라 한국에 대한 모든 정책을 수정하는 방향으로 정계는 움직여
나갔다.

　지리멸렬하던 이른바 구정치인들도 이 사태에 대한 반대에만은 의
견의 일치와 행동의 통일을 보였다. 드디어 구정치인들은 '3·16선언'
을 취소하지 않으면 극한투쟁을 하겠다고 선언하기에 이르렀다.

　버거 미국대사는 3월 21일 박 의장을 방문하여 '2·27선서'의 사태로
돌아갈 것을 정중하게 권고했다.

　박 의장과 그 충성파들도 이러한 시국을 어떻게 할 수가 없었다. 4월
8일 박 의장은 '군정 연장에 관한 국민투표'를 보류하겠다는 성명을 발
표하지 않을 수 없었다. 이렇게 3월에 시작한 드라마는 '번의'라는 신
조어를 만들어놓고 4월 8일에야 막을 내렸다.

　그런데 이 드라마를 있게 하기 위해 연출된 또 하나의 드라마는 '군
일부 쿠데타 음모 사건'이란 타이틀을 달고 그 후로도 오랫동안 계속되
었던 것이다. 군사정부의 병리적인 특징을 알기 위해서 이 사건의 진상
은 밝혀볼 만하다. 이 사건의 내용을 묶어본다.


　이 사건은 ① 박임항, 이규광 등 열네 명의 피고인 ② 김동하, 박창
암 등 여섯 명의 피고인과 ③ 공군 관련자 이종환 중령 등 다섯 명의
피고인 사건으로 구분하여 기소되었다.

　(一) 박임항, 이규광 등 피고인에 대한 공소사실

가. 피고인 박임항은

(1) 1963년 1월 초순경 건설부장관실에서 이규광으로부터 쿠데타를 계획하고 있으니 이에 동조하여 달라는 요청을 받고, 책상을 탁 치면서 "좋다"고 하고 이규광에게 계획 내용을 설명하라고 요청했다.

(2) 1963년 1월 중순 역시 장관실에서 이규광에게 쿠데타 계획에 관한 설명을 요구했던바 이규광은 "시일을 좀더 주십시오"라고 했는데 박임항은 "나도 혁명에 관한 이상 책임 문제가 있으니 되도록 빨리 설명을 듣고 싶다"고 독촉했다.

(3) 1963년 2월 어느 날 이규광이 전방의 보병부대 수개 연대와 포병 1개 대대, 인천에 있는 고사포 1개 대대, 수원에 있는 전투비행대대를 동원할 계획이란 설명을 들었다.

(4) 1963년 2월 어느 날, 장관실에서 이규광으로부터 수도방위사령부 작전계획이 입수되지 않아 곤란하다는 말을 듣고 그것은 육군본부에서 입수하도록 하라고 이르고 거사 자금으로 약 10만 원을 제공할 용의가 있다고 말했다.

(5) 1963년 2월 하순 이규광이 장관실에서 "동지들의 결의로 장관님을 혁명지휘관으로 선정했으니 혁명군의 지휘를 맡아주십시오" 하자 즉석에서 이를 응낙했다. 이규광이 "장관님은 앞으로 친한 최고위원들과 손을 끊어야 합니다" 하고 말하자 "좋다. 나도 일을 할 때 냉정한 사람이다. 절대로 염려하지 말라"고 했다.

(6) 1963년 3월 3일 17시경 서울시 장충동의 집에서 이규광과 회합하고 거사 추진 상황을 묻고, 시일을 끌지 말고 빨리 해치우라고 하며 이른바 '4대 의혹 사건'의 수사결과 발표 시도 좋은 시기의 하나일 것이라고 말했다.

나. 이규광·정진·양한섭은

(1) 1962년 12월 초 어느 날 20시경, 서울시 종로구 서린동 태화관에서 이규광·정진·이종태 등이 회합하여 무력에 의한 쿠데타를 감행할 것을 논의한 결과 3인이 이를 찬동하여 단체를 구성하고 앞으로 동지를 규합할 것을 결의했다.

(2) 1962년 12월 초, 태화관에서 이규광·정진·이종태 등이 모인 자리에서 쿠데타 방법론을 논의하고, 이규광과 이종태는 거사자금을 책임지고, 정진은 군 동원을 책임지기로 했다.

(3) 1962년 12월 13일 19시경, 성북구 정릉동 소재 정진의 집에서 이규광·정진·이종태가 회합하여 자금은 이규광, 계획은 이종태, 부대 동원은 정진이 책임지기로 각자 부서를 담당하고 부대 동원은 3인이 합력해서 하기로 하여 정진은 자기의 부하였던 제3사단 제23연대장 한민석 대령과 육군사관학교 생도대장 박준호 대령을, 이종태는 자기 부하였던 육군본부 작전참모부 작전처장 김명환 대령을 동지로서 포섭할 것을 결의했다.

(4) 1962년 12월 21일 19시경, 정진 자택에서 이규광·정진·이종태가 회합하여 이규광이 남한산성 밑에 있는 육군 서울교도소 재소자들을 거사에 동원할 것을 제의하자 정진은 죄수를 동원하는 것이 거사에 명분이 서지 않는다고 반대했다.

(5) 1963년 1월 초 어느 날 16시경, 국토건설단 보좌관실에서 이종태가 포섭한 양한섭을 이규광이 조직의 일원으로 가입시켜 군의 동향 및 정보수집 책임을 맡겼다.

(6) 1963년 1월의 어느 날 이규광과 이종태가 있는 자리에서 양한섭이 "김명환이가 현 정부에 대한 불만을 품고, 박 의장이 대통령으

로 출마하면 자기도 출마할 작정이다. 그러면 박 의장이 미워서라도 자기에게 표를 찍어주겠지" 하더라는 정보를 제공하자 이종태로 하여금 김명환을 포섭하도록 결의했다.

(7) 1963년 1월, 이규광의 사무실에서 이규광·양한섭·이종태가 회합하여 김명환으로부터 양한섭이 입수한 정보는 "육군본부는 외관상 평온하나 내부적으론 뒤숭숭하고, 박 국방부장관 중심으로 소위 혁명공약 강행실천투쟁위원회 같은 것이 태동하고 있다"는 데 대한 검토를 하여 김명환의 포섭을 서둘러 거사계획에 참고로 하기로 결의했다.

(8) 1963년 1월 중순경, 정진은 육군사관학교 생도대장 박준호 대령을 그의 자택으로 방문하여 현 정부를 전복하는 쿠데타에 가담해 줄 것을 요청했던바, 박준호는 "그 이념에는 찬동하지만 시기를 보아야겠다"고 말했다. 그 이튿날 정진, 이규광은 이 문제를 토의한 후 박준호를 포섭하는 노력을 계속하자고 결의했다.

(9) 정진은 1963년 1월 14일 19시경, 음식점 남산옥에서 박준호와 만나 그를 포섭코자 했으나 목적을 이루지 못했다.

(10) 1963년 1월 15일, 음식점 남산옥에서 이규광·정진·박준호가 만났다. 이규광 등은 박준호를 포섭하려 했으나 박준호는 "그 이념엔 찬동하나 현 정세하에선 무력행사는 곤란하다. 미국 고위층을 타진해본 결과 그들도 무력행사엔 불찬성이었다. 육사생도는 언제든지 동원할 수 있으나 타 계열에선 움직일 수가 없다. 나는 생도 하나하나를 면담하고 있는데 앞으로 현 정부가 과오를 시정하지 않으면 시기를 보아 협력하겠다"고 말했다.

(11) 1963년 1월의 어느 날 12시경, 정진은 과거 재향군인회에 재

직하고 있을 때의 부하인 윤병호를 데리고 경기도 포천으로 가서 한민석을 만나 쿠데타에 가담해줄 것을 요청했으나 거절당했다. 그런데 정진은 한민석의 동의를 얻은 것처럼 이규광에게 보고했다.

(12) 1963년 1월 중순의 어느 날 이규광은 자기 집에서 공군 제10전투비행단 인사처장 공군 중령 이종환을 만나 혁명의 필요성을 강조하고 육군 예비역 장교들이 규합하여 정부 전복 준비를 하고 동지를 포섭 중이니 가담해달라고 요청하여 이종환의 동의를 얻었다. 이종환은 거사 당일 시위비행으로 이에 호응하기로 했는데, 시위비행엔 1개 편대면 만족할 만하다며 이규광은 거사가 성공한 연후엔 공군 내의 정군整軍을 이종환에게 일임하겠다고 했다.

(13) 1963년 1월 중순 어느 날 16시경, 이규광의 사무실에서 이규광·양한섭·이종태가 회합했는데 양한섭은 미8군 정보관 이문항(미국인)이 2월 25일 한국에 오면 미군 측의 반응을 이종태와 함께 내탐하기로 하고, 이규광은 자기가 알고 있는 미국인 하우스맨을 통해 미군 측 반향을 알아보기로 결의했다.

(14) 1963년 1월 10일 14시경, 양한섭은 국방부 하층에서 제1고사포여단 부여단장 김병철 중령을 만나 김병철이 자기의 신상 문제에 관해 정부에 대한 불평을 토로하는 것을 기화로 동인을 정부 전복 거사에 가담케 하여 거사 시 고사포 1개 대대를 동원할 것을 권고하고, 동년 1월 하순경 이규광은 이종태로부터 김병철을 접선 포섭 중이란 보고를 받았다. 그리고 동년 2월 17일 14시경 소공동에 있는 삼화다방에서 양한섭·이종태·김병철 3인이 만나, 다동 동방여관으로 가서 김병철을 정부 전복 거사에 가담케 했다.

(15) 1963년 2월의 어느 날 12시경, 음식점 금수장에서 이규광·정

진·이종태·김제영 등과 회합한 자리에서 이규광이 "모 인사로부터 잡지사 설립기금으로 돈 1백만 원이 나왔는데 이것을 우리는 거사자금으로 전용할 것이니 여러분 힘을 내어 일해주시오"라고 했다. 그리고 정진은 제3사단 23연대장 한민석 대령과 육군사관학교 생도대장 박준호 대령을, 이종태는 육군본부 작전참모부 작전처장 김명환 대령과 국방부 기획조정관실 보좌관 강계삼 대령, 제11고사포여단 부여단장 김병철 중령을 각각 포섭할 것을 결의하고, 이종태는 남대문 부근에 잡지사 사무실을 구득하기로 결의했다.

다. 김병철은

(1) 1963년 1월 10일 14시경, 국방부 하층 복도에서 양한섭을 만나 그로부터 무력에 의한 정부 전복 쿠데타에 고사포 1개 대대를 동원하여 쿠데타에 참여할 것을 권고받고 이에 찬동의 의사를 표시한 후,

(2) 1962년 2월 17일 14시경, 동방여관에서 이종태·양한섭으로부터 꼭 같은 권고를 받고 이에 동의함으로써 정부 전복 음모단체의 구성원이 되고,

(3) 1962년 2월 10일 13시경, 삼화다방에서 양한섭으로부터 공작금으로 돈 1만 원의 보증수표(조흥은행 충무로 지점 발행) 한 장을 받았다.

라. 김재영은

(1) 1963년 1월 말경, 국토건설단 보좌관실에서 이규광으로부터 쿠데타에 가담할 것을 권고받고 이에 동의, 그 단체의 구성원이 되고,

(2) 이규광의 소개로 이종태와 수차례에 걸쳐 접촉해 오던 중 동년 2월 22일 10시경, 서울 북창동 소재 백호빌딩 4층에 근거를 둔 쿠데타를 위한 위장회사인 흥신소 사무실 내에서 이종태로부터 흥신

소 사무원들을 2인 1조로 편성하여 시내에 위치한 관구사령부·방첩부대·중앙정보부·수도방위사령부 등 20여 개 처의 각 군부대 위치와 명칭 그리고 현 정부요인의 주소를 확인하라는 지시를 받고,

(3) 그 지시에 따라 2월 22, 23일경에 동 사무실에서 전 행동대원을 집합시킨 다음 2명씩 11조로 하되 우선 3개조를 편성하여 1조인 이용권·서병원에겐 한강 영등포 일대의 조사를 맡기고, 2조인 강남기·오성근에겐 마포구 서대문구의 조사를 맡기고 3조인 정태진·서동훈에겐 중구 성동구 일대의 조사를 맡겼다.

(4) 정태진·오성근을 1조로 하여 전 대통령 윤보선·전 내각수반 송요찬의 주소를 답사하여 약도를 작성 보고케 하고,

(5) 강남기·서동훈을 2조로 하여 전 최고위원 윤원식 및 구정치인의 주소를 답사, 그 약도를 작성 보고케 하고,

(6) 윤병호에겐 각조에서 제출된 각 요인의 주소 및 각 군부대 위치와 명칭을 종합하여 서울시 지도상에 표지케 하도록 지시하는 등 각 행동부대원들의 임무를 분담 지시하고,

(7) 1963년 2월 23일과 24일, 사무실에서 이종태로부터 검거 및 제거 대상자로 박 의장을 위시한 최고회의 각 분과위원장·군 참모총장·수도방위사령관·해병대사령관 등의 명단을 교부받아 동 주소를 확인할 것을 지시받았다.

(8) 1963년 2월 23, 24일 19시경 백호빌딩 아래층에 있는 태양다방에서 이종태로부터 이규광과 오래전부터 정부 전복 쿠데타를 음모하고 있는데 이규광은 재정조달 책임이고, 정진은 부대동원 책임, 이종태 자신은 계획수립 책임, 양한섭은 정보수집 책임으로 각각 활동 부서를 결정하고, 흥신소는 쿠데타를 위한 정보수집과 행동을 목

적으로 위장된 사무실이란 설명을 듣는 동시, 김제영이 행동대 조직 운영의 책임자로서 일하라는 지시를 받았다.

(9) 1963년 2월 24일 사무실에서 행동대원인 윤병호·정진태·서동훈·이용권·강남기·서병원 등을 모아놓고 "지시한 사항에 대해선 절대 복종하고 지시 내용에 대해서는 그 내용을 묻지 말고 상호간의 업무에 대해서는 간섭하지 말라. 우리가 하는 일에 대해선 절대비밀을 엄수하고 가정이나 친구지간에도 이야기하지 말라"고 주의를 주었다.

(10) 1963년 3월 초순경 윤병호로부터 제6관구 예하 각 보급 지원 부대의 위치와 명칭이 기재된 일람표를 받아서 2시경 이종태에게 보고했다.

(11) 1963년 2월 17일부터 동년 3월 8일까지 사무실에서 이종태로부터 전후 5차에 걸쳐 쿠데타 추진자금으로 현금 4만 5천 원을 받았다.

마. 정태진·서동훈·이용권·강남기·윤병호는 김제영이 쿠데타를 계획하고 있는 정상을 알면서도 그 단체에 가담한 후,

(1) 정태진·서동훈은 1963년 3월 초순 김제영의 지시에 따라 1조가 되어 최고회의·중앙청·시청·방송국·제5163부대(수송대)·제5160부대·국방부 정훈국 등 주요 관청 주둔 부대의 위치와 명칭 등을 답사 파악하여 2시경 사무실에서 김제영에게 보고하고,

(2) 정태진은 1963년 2월 22일부터 3월 초순까지 쿠데타의 공작금으로 1천5백 원을 김제영으로부터 받고,

(3) 서동훈은 3월 초순 사무실에서 김제영으로부터 공작금으로 4백 원을 받고,

(4) 이용권은 1963년 2월 하순 김제영의 지시에 의해서 서병권과 1조가 되어 영등포와 한강구역 일대에 주둔하고 있는 육군본부 직할 사진제작중대·제6관구사령부·제62헌병중대 공군본부 및 해군본부 등 기타 12개의 군 주둔 위치와 명칭 등을 답사 파악하여 2시경 김제영에게 보고하고, 2월 말일경 김제영으로부터 공작금 2백 원 상당을 받았다.

(5) 강남기는 1963년 2월 말일 김제영의 지시에 의하여 오성근과 1조가 되어 마포구 서대문구 일대에 있는 주요 관청 주둔 부대의 위치와 명칭을 파악하러 가서 중요 건물이 없다고 보고하여 공작금 현금 8백 원을 김제영으로부터 받았다.

(6) 윤병호는 김제영의 지시에 따라 행동대원들의 보고를 종합하여 서울 시내 지도에 표지하는 임무를 실천하여 2월 말부터 3월 초순까지 전후 8, 9차에 걸쳐 공작금으로 1천5백 원을 김제영으로부터 받았다.

바. 이상영은 1963년 3월 18일경, 서울역전 옥호 미상 다방에서 약 7년 전부터 친숙히 지내오던 친구 윤병호로부터 제6관구 예하 보급지원부대 명단 및 위치 일람표를 구하여 달라는 부탁을 받고, 소속중대에서 보관 중인 제3급 비밀문서인 일람표를 자의로 끌어내어 타자병 일병 노동섭으로 하여금 복제 완성시킨 후 이를 동일 18시경 윤병호에게 보고했다.

사. 김명환은 1962년 12월 초순 어느 날 16시경 서울 중구 음식점 남산옥에서 이종태와 만나, 그때 이종태가 무력으로 정부를 전복하기 위한 반국가단체를 구성하고 있다는 정상을 충분히 알고 있으면서도 이를 범죄수사에 종사하는 공무원에게 고지하지 않았다.

아. 한민석은 1963년 1월 23일 19시경 경기도 포천군 소재 자기 집에서 정진과 만나 정진이 그때 정부를 전복시키기 위한 반국가단체를 구성하고 있다는 정보를 충분히 알고 있었음에도 불구하고 이를 범죄수사에 종사하는 공무원에게 고지하지 않았다.

(二) 김동하·박창암 등 여섯 명의 피고인에 대한 공소사실

가. 이들은 만주 광명중학교의 동창생 또는 만주 출신으로서 김동하를 중심으로 규합해 친교를 맺어오던 중, 혁명과업 수행의 일익을 담당하기 위하여 설치된 중앙정보부의 처사가 부당하다는 구실하에 국가재건회의에 그 시정을 요청한 바 있으나 시정될 요망이 보이지 않을뿐더러, 민정이양에 대비하여 전 중앙정보부장 김종필이 창당 준비를 하고 있는 민주공화당의 이원제 조직체계의 구성인물 등으로 미루어 보아 김동하 등의 정치적 기반을 구축할 길이 없고, 장차 사실상 거세하고 말 것임을 염려한 나머지 당의 이원제는 비민주적 조직체계라는 구실하에 심한 불만을 품고 1963년 1월 10일경부터 해병대 출신 최고위원인 오정근과 자주 상종하여 상호 정보를 교환하면서 끝끝내 만사가 뜻대로 되지 않을 경우에는 혁명정부의 전복조차 불사할 것을 암암리에 기도하고, 이에 대한 외국의 반향을 살피는 한편 1963년 1월 15일 김동하가 예비역으로 편입됨과 동시에 민주공화당 창당 발기인으로서 동당의 창당에 관여해본 결과 동당의 기반이 너무도 확고하여 김동하의 세력을 부식할 여지가 전혀 없음을 깨닫고 김동하는 공직을 사퇴한다는 성명을 통해 혁명정부를 비방함으로써 혁명정부로부터 민심을 이탈케 하는 한편 해병대를 동원하여 무력충돌을 일으킴으로써 강압적으로 국가재건최고회의 및 중앙정보부 등 국가기관의 기능 행사를 불가능하게 하여 혁명과업

수행을 방해할 목적으로

(1) 이종민은 1963년 1월 20일 국가재건최고위원 오정근 위원실에서 동인으로부터 해병대를 동원하여 쿠데타를 일으킬 방안을 연구해보자는 취지의 제안을 받은 다음, 1월 22일 20시경 서울 명륜동 소재 이종민 집에서 마침 내방한 방원철에게 해병대를 동원하여 힘으로 해버리는 것이 어떠냐는 취지의 말을 하여 무력봉기를 종용하고, 이에 관하여 서로 협의한 끝에 후일 김동하 집에 모여 다시 논의하기로 합의했다.

(2) 1963년 1월 23일 20시 경부터 김동하 내실에 피고인 등 전원이 모여 먼저 김영주가 김동하의 1월 21일자 사퇴 성명 후 사태가 매우 긴박하니 우리가 선수를 써서 해병대를 동원하자는 취지의 제안을 하자 모두 이에 찬성하고 그 구체적 방안을 다음과 같이 논의했다.

A. 김동하가 오정근을 통해 김포 주둔 해병여단과 서울 지구 해병대헌병을 동원하기로 한다.

B. 한강이 결빙되어 있으므로 중장비를 제외하고는 쉽게 도강할 수 있으나 중장비 없이는 승산이 약하므로 한강까지만 진격하여 한강교 중간지점에 백기를 꽂아놓고 협상조건을 제시한다. 그 조건은, 첫째 김종필을 외유시킬 것, 둘째 워커힐 사건·증권파동 등 소위 4대 의혹 사건을 국민 앞에 공개할 것, 셋째 민주공화당을 백지화해야 한다는 것 등이다.

C. 육군사관학교 생도대장 박준호는 동교 생도를 동원하여 쿠데타를 위한 시위를 한다.

나. 박준호는 1963년 1월 15일 음식점 남산옥에서 정진과 이규광으로부터 혁명정부를 무력으로 전복코자 하니 사관학교 생도들을

동원해달라는 요청을 받음으로써 이들이 국가를 변란할 목적으로 반국가단체를 구성할 것을 음모하고 있음을 인지했음에도 불구하고 이를 범죄수사의 직무에 종사하는 공무원에게 고지하지 않았다.

다. 김동하는 1963년 1월 15일 예비역으로 편입되었음에도 불구하고 당국의 허가 없이 1963년 1월 16일부터 1963년 3월 12일까지 군복무 당시 입수했던 이탈리아제 권총 1정, 실탄 9발, 25구경 권총 1정, 실탄 5발, 종류 미상의 권총 1정, 실탄 3발, 카빈 M2 1정, 실탄 1백63발, 엽총 1정, 실탄 3발을 자기 집에 은닉하고 있었다.

라. 박창암은 1963년 1월 30일 예비역으로 편입되었음에도 불구하고 당국의 허가 없이 소련제 신호탄용 권총을 비롯하여 카빈 소총 등 무기를 불법 소지하고 있었다.

(三) 공군 측 관련자 이종환 중령 등 다섯 피고인에 대한 공소사실은 공식적인 문서를 간추릴 수밖에 없다.

1962년 9월이었다. 공군 중령 이종환은 사촌동생인 이종근의 취직 알선과 자신의 진급 문제 등을 곁들여 이규광에게 의논하러 갔다. 이규광은 육군헌병감을 지낸 전력이 있으며 당시엔 국토건설단장 보좌관이었다. 이종환은 과거 육군군기대에 근무한 적이 있었는데 이규광과는 그때부터 면식이 있었던 것이다.

그날은 이럭저럭 인사말과 부탁만 하고 헤어졌는데 12월 말경 적선동 모처의 다방에서 다시 만났다. 그때 이규광이 이종환에게 이런 말을 한 것 같다.

"혁명 주체세력인가 뭔가 그들 사이에 지금 분열이 생겨 우습지도 않아. 군인이 정치에 물들고 보니 이건 참으로 큰일이야. 군의 통수계통은 말도 안 되게 문란해졌고, 경제정책의 실패로 민생고는 더해만 가고, 아무래도 이런 사태는 시정해야 해. 그러자면 젊은 장교들이 정신 바짝 차리고 앞장서야 할 태세를 갖추어야 해."

이때 이종환은

"공군 내부도 엉망입니다. 인사처리가 공정하지 못하니 큰일입니다. 나라가 잘되기 위한 일이라면 목숨 걸어놓고 하겠습니다."

며 이규광과 의기투합했다.

그러고는 서로 자주 만나게 되었는데 공식 문서는 그의 죄상을 다음과 같이 열거하고 있다.

(1) 정부를 전복하기 위한 병력의 동원은 이규광을 중심으로 한 육군 측이 주동이 되어 연대 병력과 해병대 일부 병력 및 인천 고사포부대의 병력을 동원하고 수도방위사령부의 병력도 포섭하되 공수부대는 5·16의 주체세력이므로 동원은 피하고 내부 교란을 하여 쿠데타를 방해하지 못하도록 견제하기로 합의했다.

(2) 이종환은 공군 측 책임자로서 가담자를 포섭하여 쿠데타 당일 2개 편대의 비행기를 동원하여 공군도 쿠데타에 가담했다는 표시로 시위비행을 하는데 공중에서 쿠데타 지상군을 식별하기 위하여 오렌지색으로 상호 연락하기로 결의하고 조종사를 포섭하기 위한 공작금으로 2월 2일, 2월 9일에 각각 2만 원, 2월 16일, 2월 23일에 각각 2만 원을 이규광으로부터 받았다.

(3) 쿠데타 거사 당일 완전무장한 육군 1개 중대 병력으로 공군 수원기지를 점령하고, 역시 육군 2개 소대 병력으로 공군본부를 점거하기로 결의했다.

(4) 쿠데타 성공 후에는 과도적으로 쿠데타 주체세력 3분의 2, 민간인 3분의 1로 국가안전보장회의를 구성하여 육군 모 3성장군을

추대하고, 현 정부의 요인과 부패한 정치인들을 제거한 후 조속한 시일 내에 참신한 정치인에게 정권을 이양하기로 한다.

(5) 쿠데타가 성공하면 각 군별로 인사정리를 하되 공군 측은 이종환과 공군 가담자가 주동이 되어 부패하고 무능한 자에 대한 인사조치를 단행한다.

이상이 군사정부가 밝힌 '군 일부 쿠데타 음모 사건'의 전모다. 이렇게 밝혀지자 모국某國의 정보책임자는 자기 나라에 다음과 같은 보고를 보냈다.

"……군사정부의 발표는 이상과 같다. 그런데 주목해야 할 것은 사건 구성이 범인으로 지목된 사람들의 자백 또는 고문에 의한 강제진술로써 되었다는 추측 이외의 사실은 하나도 없다는 것과, 소위 행동대에 속한 분자들이 공작금의 명목으로 받았다는 금액과, 행동대들이 했다는 공작이 기껏 모모 인의 주소, 모모 기관의 위치를 알기 위해 서둘렀다는 사실이다. 단 한 가지 구체적인 사실은 김동하·박창암의 무기 불법소지일 뿐이다. 이로써 그 진상을 파악하기 바란다. 그리고 또 알아두어야 할 것은 이 사건에 관련된 사람들이 김종필의 반대진영에 속한 분자들이며 비교적 순진한 성격의 소유자들이란 사실이다. 한국군 일부에선 금번의 처사를 알래스카 숙청이라고 하고 있다. 한국 군부에서 알래스카라고 하는 것은 함경북도를 말하며 함경도 출신의 인물을 숙청한 것으로 보고 있다. 원래 함경도 출신은 직정경행直情徑行하는 저돌성을 지니고 있다는 것으로 유명하다. 불의를 참지 못하는 이들이 P와 K에게는 아주 불편한 존재들이다."

이 사건에 연루된 자들은 각각 1심에서 다음과 같은 형을 받았다.

박임항(건설부장관·육군 중장) – 사형

이규광(국토건설단장 보좌관·준장) – 사형

정진(예비역 대령) – 사형

양한섭(동화통신 기자) – 징역 15년

김제영(예비역 대위) – 징역 7년

김병철(고사포여단 부여단장) – 징역 3년

이상영(상사) – 징역 2년

정태진·서동훈·강남기·윤병호·이용권·한민석 – 각각 무죄(1963. 8. 10. 언도)


공군계

이종환 – 사형

권찬식 – 15년(1963. 8. 24. 언도)


김동하계

김동하 – 징역 7년

박창암 – 징역 7년

김영주·박준호·방원철·이종민 – 각각 징역 6년(1963. 9. 27. 언도)


그런데 이 가운데서 한 사람도 선고된 형량대로 복역한 사람은 없다. 사형선고를 받은 사람도 감형되거나 사면의 형식으로 풀려나 3년 이상 감옥에 있는 사람도 없다.

4월 8일에 있었던 박 의장의 성명은 군정 연장을 위한 국민투표를 9월 말까지 보류하겠다는 사실 그대로를 말한 것이지 '3·16성명'을 철회한 것이 아니란 대변인의 발표가 적잖은 물의를 일으켰다.

4월 15일 김병로·김도연·김법린·김준연·박순천·백두진·윤보선·이범석·이인·전진한·정일형 씨 등 재야 정치인 열한 명의 연서로 된 성명이 발표되었다. 역사적인 문헌이므로 재록해본다.

군사 혁명정부는 과거 2년간 민주 헌법의 기능을 중지시키고 삼권을 수중에 장악하여 그 소신대로의 임의 독재정치를 감행하여왔으나 무모·무정견하고 조변석개하는 시책과 건설적인 비판을 용납할 줄 모르는 군사정부의 독선적인 결과는 오늘날 경제질서의 파탄과 전례 없는 참혹한 민생고를 가져오게 했고 소위 혁명 주체세력 외부의 분열과 갈등은 정치적 혼란을 격화했을 뿐만 아니라 마침내는 국토방위의 지대한 사명을 지닌 국군의 단결과 질서마저 약화시키고 말았다.

세칭 4대 의혹 사건을 비롯한 허다한 부정의 초점은 군사정부의 부패상을 여지없이 드러내어 부패와 부정을 일소하겠다고 하던 당초의 혁명공약을 무색하게 했다. 혁명정부는 그야말로 과거 어느 때의 정권보다도 무능하고 부패함으로써 자기의 공약과 국민의 기대를 무참하게 유린했다. 우리나라의 모든 국민은 그의 선로를 민정이양이 될 날을 오직 갈망하고 고대하는 마음에서 모든 것을 참아왔던 것이다. 그러나 2·27선서 후 불과 2주일이 지나지 않아 혁명정부는 또다시 그 공약을 저버리고 군정 연장을 강행하려는 횡포무비한 3·16성명을 발표했으니 이로 말미암아 국내외에 준 충격은 이루 헤아릴 바 없고 혁명정부가 기도하는 가공할 저의가 무엇인지 가히 알고도 남음이 있는 것이다.

국민의 여론이 강력하게 군정 연장을 반대하자 군사정부는 또다시 무모한 강압책을 써보았으나 이를 반대하는 국내외의 노도와 같은 집중 공격은 드디어 4·8성명을 발표케 했다. 그러나 소위 4·8성명이란 것을 살펴보면 이는 2·27성명에 있는, 8·15까지 민정이양을 완료하겠다는 공약에 대한 부정이요, 더욱이 민정이양의 확약도, 집권 욕망의 포기도, 국민투표의 철회도 아무것도 찾아볼 수 없는, 이는 또 하나의 기만적인 책략으로 이 위험스러운 시기에 처한 국가의 혼란을 가하여 파국으로 몰아넣자는 저의밖에는 다른 것이 없을 것이다.

재야 정치인이 정면에서 군사정부에 도전하고 나선 것은 처음 있는 일이다. 군사정부는 꼼짝달싹 못하고 코너에 몰리게 되었다. 재야 정치인들은 국민의 절대적 지지와 우방의 협력이 배후에 있다는 것을 깨달았다. 4월 22일 이윤영·이범석·장택상·김준연·전진한 등을 의장단으로 하는 '군정연장반대전국투쟁위원회'가 범야세력을 망라하여 조직되었다.

그동안 4월 19엔 서울대학교 문리대·법대·상대 학생들이 "군정 연장 반대, 구정치인의 자숙을 요구한다"는 플래카드를 들고 침묵데모를 감행했는데 이것이 전국적인 연쇄반응을 일으켰다.

이 무렵에 있었던 일이다. 형무소에 있는 이 주필로부터 받은 엽서 가운데

"구경거리가 크게 벌어진 것 같은데 유감스럽게 관람석이 낮아 구경할 수가 없구나."

하는 내용의 것이 있었다.

형무소 검열관이 이런 엽서를 어떻게 통과시켰을까 싶은 마음이 있

었다. 성유정 씨는 그 엽서를 들여다보더니

"형무관도 사람인지라 이 주필의 기분에 공감했겠지."

하고 나에게 말했다.

"최영오 일등병의 총살형 집행의 사정과, 최영오의 어머니가 한강에 투신자살한 사건에 관한 자료를 모아두어야 할 것이다."

최영오 일등병 사건이란, 최영오가 자기에게 온 어머니와 애인의 편지를 몇몇 상급자들이 뜯어보고 놀려댈 뿐 아니라 그런 처사에 불만을 품었다고 해서 최영오에게 갖은 박해를 가하자 최영오가 상급자들을 쏘아 죽인 사건을 말한다.

당시 군법회의에선 그 죄상을 '상급자 살해 사건'으로 몰아 최영오에게 사형을 선고하고 3월 18일 하오 2시 30분 수색에서 총살형을 집행한 것이다. 그의 어머니 이숙자 여사는 그 충격으로 해서 한강에 투신자살했다.

"정치보다도 무엇보다도 이런 사건이 중요해. 살인은 안 되는 것이고 더욱이 상급자 살해는 엄하게 다스려야겠지만 이 사건은 너무나 소홀하게 다루어진 점이 있어. 청명하지 못한 정치풍토에서 재판인들 제대로 되겠는가."

하고 성유정은 최근에 있었던 생활고로 인한 '일가족 집단자살 사건'에도 언급했다.

"그러나저러나 나라의 꼴이 어떻게 될까요."

하고 최근 발생한 정치사태를 화제로 꺼내 그의 의견을 듣고자 했지만 성유정은

"정치 문제엔 정말 흥미가 없다."

고 잘라 말했다.

그러나 나는 정치 문제에 등한할 수가 없었다.

드디어 최고회의는 7월 28일, 공고 중인 개정헌법안을 22의 제안자 중 17명의 서명으로 정식 철회하고 민정이양의 스케줄을 다음과 같이 발표했다.

(1) 공고 중인 개정헌법안의 철회를 위한 조치를 즉각 취한다.

(2) 대통령 선거는 1963년 10월 중순에 실시하고 국회의원 선거는 11월 하순에 실시한다.

(3) 공명정대한 선거를 위하여 정부는 선거관계법의 정비 및 그 운영에 만전을 기한다.

(4) 총선 후 최초의 국회는 12월 중순에 소집되며 동시에 제3공화국의 탄생이 선포될 것이다.

그리고 정부는 27일 하오, 개정 헌법에 관한 공고를 철회할 것을 정식으로 공고했다.

박정희 의장은 개정 헌법에 의한 총선거 실시 계획에 관한 담화를 발표했다.

"혁명공약과 4·8성명에서 국민에게 약속한 대로 민정이양의 과업을 이행하겠다."

그런데 박 의장은 이 담화에서 3·16성명과 4·8성명이 나가게 된 배경을 설명하곤

"지금까지 민정이양의 구체적인 계획을 공표할 수 없었던 우리의 정치 현실에 대해 국민과 더불어 가슴 아프게 생각했다."

며 박의장은 이어 혁명이념을 계승하는 건전한 민주적 민정의 평화적 탄생을 정치적 지상과업으로 삼아 모든 노력과 성의를 다한다는 것을 밝히고

"국민을 저버리거나 주권자인 국민의 의사에 의하지 않고 우리의 개혁 의지를 관철 강행할 뜻은 조금도 없다."

고 말했다.

그는 아울러

"연내 민정이양을 앞두고 정계에 새 풍토와 기풍이 조성될 것을 희망한다."

고도 했다.

7월 28일의 성명이 있자 종로 관철동 모 요정에서 만난 언론인들 사이에 이런 말이 오갔다.

"또 번의할 것 아닌가?"

"설마 그럴 수야."

"설마가 그 사람들에게 통해?"

"하기야 그렇지, 변덕이 죽 끓듯 하는 사람이니까."

"세상에, 몇 번의 변덕이야. 불과 1년 동안에 부린 변덕만이라도 헤아릴 수가 없으니."

"요컨대 자신이 없으니까 그런 것 아닌가."

"어떻게 자신을 가질 수 있겠나. 최고회의 내부도 엉망으로 돼 있는 것 같은데. 이론비 주체세력마저 분열을 일으키고 있다면 자신을 가질래야 가질 수 없지."

"군 일부 쿠데타 사건이란 것도 애매하더먼."

"쉬잇, 누군가가 들을라."

"아냐, 책임 있는 자의 말이었으니까."

"그래도 그런 말은 함부로 하면 못써."

"나는 박임항이란 장군을 잘 알고 있어. 정의파로서 할 말을 시원시원하게 하는 사람이지만 대비도 없이 그런 어리석은 짓을 할 사람이 아니거든."

"그거야 김동하 장군도 마찬가지지. 박정희·김종필에게 대한 불평은 물론 가졌겠지만 그따위 어리석은 짓을 할 사람은 아냐."

"그 문제는 그만 해두기로 하고 4대 의혹 사건이 흥미 있지 않은가."

"만일 그 진상이 만천하에 폭로되면 군사정부는 총사직을 해야 할걸?"

"어떻게 총사직을 할 수 있나."

"책임질 곳이 없는 정부란 가관이다."

"그러니까 독재란 게 아니냐."

"4대 의혹 사건도 흐지부지하고 말 것 같애."

"그럴 가능성이 농후하지."

"그러니까 그걸 파헤치는 데 우리는 사명감을 가져야겠어."

"어떻게."

"정보와 자료를 모을 수 있는 데까지 모으는 거야."

"그렇게 해서 그걸 발표할 수 있겠나?"

"지금 못하면 먼 훗날에 가서라도 해야지."

"지고난행至高難行이라. 뜻은 높지만 행하긴 어려우니."

"아무튼 우리 언론인은 정신 차려야 하겠다. 자칫하면 무문곡필의 도徒로서 그들의 공범이 될 위험이 있다."

"위험이 있는 것이 아니라 벌써 공범이 되어버린 건 아닐까?"

"술맛이 쓰군."

언론인들이 이런 말을 하고 있는 동안 정당인들은 '공명선거투쟁위원회'라는 것을 만들고 성명을 준비하고 있었다. 따끔한 내용이라야 한다며 벼르고 별러 발표했다는 것이 다음과 같은 문장이었다.

"사상 유례없는 공명선거의 실시를 국내외에 다짐한 군사정부는 실제 그들의 행동이 공명선거를 보장하기에는 너무도 거리가 멀어 우리는 날이 갈수록 의혹과 두려움을 금할 길이 없다……. 우리의 주장은 결코 재야 측에게 더 유리함을 바라는 게 아니며 여야가 1대 1의 동등한 조건하에서 경쟁하자는 것뿐이다. 만일 군사정부가 진실로 사상 유례없는 공명선거를 할 결의가 돼 있고 자기에 대한 국민의 신임에 자신이 있다면 이 같은 것을 우리가 요구해서 비로소 응할 성질의 것이 아니다. 그럼에도 불구하고 이 같은 우리의 최소한의 요구도 들어주지 않는 것을 볼 때 앞으로 있을 선거란 참된 선거가 아니고 결과가 미리 확정돼 있는 선거 연극의 일막에 지나지 않을 것이다. 국민은 그런 연극에 동원될 꼭두각시가 아니다(앞서 야당들이 선거법 개정에 있어서 의견을 제출한 바 있었는데 군사정부는 그 의견을 한 가지도 들어주지 않았던 것이다). 군사정부가 끝까지 지금 같은 어리석은 고집을 버리지 않을 때는 중대한 사태를 각오해야 할 것이며 그 책임은 전적으로 그들이 져야 할 것이다. 박 의장이나 현 최고위원들은 선거공무원이 아니다. 비선거공무원은 선거에 임하여 그 직을 사퇴해야 하며 이것은 민주국가의 범례다. 그들은 삼권을 한 손에 쥐고 있는데 현직을 지닌 채로 출마한다면 가뜩이나 과잉충성이 보편화된 이 나라의 현실하에서 어떻게 공명선거를 바랄 수 있겠는가. 우리는 공명선거를 갈망하는 온 국민과 함께 다시 한 번 군정 당국자의 각성과 결단을 촉구한다."

이 주장이야 나쁠 것이 없다. 그러나 재야 정치인들은 군사정부의 각성과 결단을 촉구하기에 앞서 그들의 각성과 결단을 다짐해야만 옳왔다.

군사정권이라고 하는 마치 철벽에 비유할 수 있는 막강한 권력집단에 대항하기 위해선 전 국민의 의지를 하나의 공격력으로 집중해야 하는데 재야세력은 벌써 민정·신정·민주·민우·정민회 등으로 군웅할거하여 그 구심점을 잃어가고 있었던 것이다.

성유정 씨가 정치엔 관심이 없다고 잘라 말한 이유는 바로 이런 사정이 있었다. 군사정부는 8월 14일 대통령 선거는 10월 15일, 국회의원 선거는 11월 26일 실시하기로 결정했다고 발표했다. 야당 지도자들이 미리 짐작하고 있었던 대로 '선거연극'의 스케줄이 발표되었다는 의미 이상의 것도 그 이하의 것도 아니었다.

# 갈수록 산

"ABC는 동질이다."

라틴아메리카의 모 군사정권을 비평하는 글 가운데서 아르베르 미쇼는 이렇게 서두를 꺼내면서

"이들이 동질이라는 것은 첫째, 다양성에 관한 인식의 결핍이다. 정치란, 특히 민주정치는 다양성에 대한 승인이며, 각기 대립하는 갖가지 주장의 조절과 조화에 있고 때론 보류할 수도 타협할 수도 있는 것인데 ABC는 그것을 할 줄 모른다. 언제이든 극한상황까지 몰고 가서 노름을 하는 식으로 결판을 내고 만다. 그러니 당하는 것은 국민이다. 나는 이러한 나라에 태어나지 않은 것만으로도 다행이라고 생각한다."

는 익살을 부렸다.

그리고 그는 A는 아미, 즉 군대이며, B는 볼셰비키, 즉 공산당이며, C는 크리스챤, 즉 기독교 신도라고 했다.

일견 그럴싸한 말이다.

군대와 공산당은 명령계통에 의한 획일이란 점이 동질적이고, 크리스챤은 유일신에 대한 귀일, 즉 신앙으로서의 획일이다.

지휘계통을 문란하게 하는 분자는 군에 있어선 적이 되고 공산당에

서 지령에 복종하지 않으면 반동이 되고, 신앙을 어지럽히는 자는 기독교에선 악마가 된다. 그러니 이론상 다양성을 인정할 수 있는 바탕이 전연 없는 것이다.

결국 감시를 조건으로 하는 유예, 참회를 전제로 하는 용서 등이 일종의 윤활유가 되어, 그 자체 다양성으로 얽혀 있는 현실 속에 어찌어찌 존재를 지탱해나간다. 이러한 동질성을 국한된 어느 사회의 국면에만 적용한다고 해도 어느 정도의 무리를 감당해야 하는데 국민 전체의 이해 문제를 그 내용으로 해야 하는 정치에 작용된다고 할 때, 아르베르 미쇼의 말마따나 불쌍한 건 국민이다.

그런 까닭에 어디서나 군사정권의 인기가 없는 것이지만 그러한 가운데 김재춘이란 군인은 드물게 보는 융통성을 가진 사람이랄 수가 있다.

그 사전조직과 관련하여 이른바 혁명주체는 반대하는 파와 맹종하는 파로 색도별이 되었는데 김재춘은 무모하다고 할 수 있는 대안을 가지고 나섰다. 일시적이나마 정보를 책임진 사람으로서 박정희 의장이 공화당의 창당에 깊숙이 관여하고 있다는 사실을 모를 까닭이 없는데도 자유민주당을 만들어 민주공화당에 대치하거나 그러지 못할 경우엔 공화당과의 대결도 불사하겠다고 나선 것은 결코 군인적인 사고방식만으로 가능한 일이 아니다.

결과적으로 실패하고 말았지만 김재춘은 주체세력 속에서 다양성과 정치와의 관계를 파악한 유일한 군인이 아니었던가 한다. 아무튼 송요찬 장군을 업어내기까지 한 기발한 행동이 박 의장의 내심과 술수의 일부를 노출시키게 되었다는 것만으로도 역사적인 의미를 가지고 있다.

8월에 들자 자연의 기후 못지않게 정치가 열기를 뿜어대기 시작했다.

야당들은 확정된 선거법에 크게 반발했다. 최고위원은 군복만 벗고 현직 그대로 선거에 입후보할 수 있다는 조항이 야당들을 자극한 것이다.

"최고회의는 입후보할 공무원들이 사임해야 할 기일을 정하는 등 하면서 최고위원들만은 현직을 떠나지 않아도 된다는 것이니 말이 안 된다."

"최고위원도 공무원이 아닌가."

"아냐. 최고위원과 일반 공무원이 같을 수가 있나."

"최고가 아닌가, 최고."

이렇게 빈정대는 말들이 항간에 퍼졌고, 야당들이 야무지게 덤볐는데도 최고회의는 철벽과 마찬가지였다. 그러면서도 노상 '사상 유례없는 공명선거'를 할 것이라고 염불처럼 되뇌고 있었다.

이럴 때 야당 정치인들은 무슨 각오와 결의가 있어야 하는 것이다. 예정된 대통령 선거와 국회의원 선거까지라도 기일을 정해놓고 단일조직, 단일후보를 밀고 나가는 결의와 각오다.

국민들 앞에,

"계속 군사정권을 원하느냐, 민간정부를 원하느냐?"

하는 양자택일의 과제를 주어야 할 것인데 야당 정치인들은 그러지를 못하고 제각기 엉뚱한 생각만 하고 있는 것이니 싹이 노랗다고 할밖에 없었다.

8월 6일 최고회의는 박 의장의 예편을 비쳤다. 대통령으로 출마하겠다는 의사표시다. 그러자 전 내각수반 송요찬 장군이 8월 8일 박 의장을 대상으로 한 공개장을 『동아일보』에 발표했다. 다른 신문에 나지 않고 유독 『동아일보』에만 난 것은 당시의 사장 이희승 씨와 편집국장 천

관우 씨의 과단이 있었기 때문이라고 알려졌다.

송 장군은 박 의장의 민정참여는 공약 위반이란 사실을 지적하고 그 이유를 열거하는 가운데 박 의장이 3백80억 원을 부정 대출해서 증권 파동을 일으켰다는 폭탄선언을 했다.

어떻게 될 것인가 하고 국민들이 보고 있는 가운데 송요찬 씨는 11일 하오 1시 반 중앙정보부에 의해 체포되었다.

그날의 신문은 이 사건을 다음과 같이 보도했다.

"전 내각수반 송요찬 씨를 구속"

이것이 타이틀이고 중간 제목은

"11일 하오 1시 반경 중앙정보부서"

그리고 전문前文은

"전 내각수반 송요찬 씨는 신당동 자택에서 돌연 구속되었다. 송씨 측근자의 말에 의하면 송 장군이 구속된 혐의는 6·25전란 당시 조영구 중령(당시 수도사단 17연대 2대대장)을 즉결처분했다는 사실과 4·19 당시의 경무대 발포 사건이라 한다."

이어

"이날 송 전 내각수반은 자택에 들어온 세 명의 중앙정보부원으로부터 구속영장을 제시받았으며, 상오 10시경부터는 수사기관원으로 보이는 사람들이 송씨 자택 주위를 거의 포위하다시피 했다고 하며, 송 장군은 구속되어 가면서 그의 측근자에게 중앙정보부원에게 끌려간다고 말했다고 한다. 지난 8일자 『동아일보』에 박 의장에게 보내는 공개장을 발표하고 10일에는 기자회견을 가짐으로써 박 의장의 대통령 출마와 군정 연장을 강력히 반대해온 송 장군은 당년 46세다. 그런데 송 장군이 서울 서대문 교도소에 수감되었는지는 확인되지 않았다.

송 장군에게 대한 구속 이유로 되어 있는 ① 4·19 당시의 발포 사건과 ② 살인 사건을 들어보면 다음과 같다.

△ 발포 책임 관계: 1960년 4월 19일 정오경 중앙청 앞에서 경무대로 향해 연좌데모를 하던 서울 시내 각 대학생 약 2만 명이 하오 1시 반경 경찰 저지선을 뚫고 효자동 전차 종점에 도착하자 경무대를 경비하던 경찰의 실탄 발사를 받았고 이날 하오 3시 정부는 하오 1시로 소급하여 경비계엄령을 선포하면서 당시 육군 참모총장이던 송요찬 중장을 계엄사령관에 임명했다. 이때 경무대를 경비하던 병력은 경무대 경비원과 6관구 헌병대원들이었고, 이 발포 책임자로서 곽영주 경무관이 특검과 혁재를 거쳐 이미 처형되었는데 이번 송씨에게 대한 구속 이유로 다시 그 문제를 다룬다고 하니 당시 경무대에 배치되었던 군대병력에 대해서 어떤 새 사실이 있었던 것이 아닌가 추측된다.

△ 살인혐의 관계: 이 사건은 1960년 8월 12일 고 조영구 중령의 아우 조용구 씨에 의해 피소되었다가 약 1개월 후인 동년 9월 15일 불기소가 된 사건이며, 불기소가 결정된 날 송 장군은 미국으로 갔다. 사건의 개요를 보면 송씨가 6·25동란 중인 1950년 10월 수도사단장직에 있으며 경주 작전을 지휘했을 때 예하 제17연대 2대대장 조영구 중령이 근무시를 무단이탈했다는 이유로 헌병대를 시켜 즉결처분했다는 것인데, 이것이 피해자의 아우 조용구 씨에 의해 고소된 후 지검 이용환 검사(현재 군 법무관으로 재임 중)가 다루어왔으나 ① 당시의 정세로 보아 즉결처분은 정당한 이유가 있었으며 ② 피해자 조 중령은 2차에 걸쳐 근무지를 무단이탈했는데 이는 육군훈령에 밝혀져 있는 즉결처분 여건에 해당된다는 이유로 9월 15일 불기소 처분이 내렸던 것이다."

이 사건은 당연히 반발을 유발했다.

민정당의 대변인 이충환 씨는

"송요찬 씨 개인에 대한 범죄사실 여부는 관계할 바 아니나 군사정부 요인에게 대한 비판문이 모 일간지에 게재된 직후에 구속되었다고 하는 것은 선거를 앞두고 야당인사를 탄압할 우려를 보여준다. 송씨는 우국의 충정으로서 민정이양의 한계, 방안을 제시한 것으로 보이며 정부를 비방하거나 허위사실을 유포한 것은 아닌 것 같다. 송씨의 혐의 내용은 새삼스러운 것이 아니며 만약 혐의가 있는 것으로 알고 내각수반으로 기용했다면 군사정부 인사행정의 실패를 노정시킨 것밖엔 안 된다."

고 했고, 신정당 대변인 송원영 씨는

"공식발표가 없어 송씨가 어째서 구속되었는지 알 수 없으나 보도 내용이 사실이라면 박 의장 하야 등을 주장하는 정치적 언동을 해온 송씨가 묵은 사건으로 구속되었다고 하는 것은 의혹이 갈 만한 일이다. 이번 송씨를 구속한 것으로 알려진 사건의 혐의 내용은 5·16 전에 이미 취급된 것으로 알며 그 후 송씨가 군사정부의 내각수반으로 임명되었던 사실은 이번의 그의 구속과 관련해서 생각할 때 믿을 수가 없다. 특히 선거를 앞두고 국민을 공포 분위기로 몰아넣은 인상을 주고 있다."

고 했고, 민주당 대변인은

"두 가지 혐의 사실을 이번에 새삼스럽게 법적으로 문제삼을 수 있는가 하는 점도 매우 의심스럽지만, 그보다도 일찍부터 공지되었던 사실을 알고도 내각수반직에까지 등용했던 군사정부가 이제 송씨를 그가 박 의장에게 비판적인 공개장을 발표한 3일 만에 돌연 구속한다는 것은 정치적 보복이라는 인상을 강하게 하는 것이며 선거를 목전에 두고 매우 불길한 감을 국민에게 주는 것이다."

이날의 신문기사는 이 사건으로 해서 화려하기도 했는데 이와 나란히 다음과 같은 기사도 있다.

"박 의장 계속 집권 위한 것이 뚜렷하다"

는 서브타이틀을 단

"정부 강경노선을 채택"

이란 제하에

"군사정부는 다가오는 민정이양을 위한 선거를 앞두고 강경노선을 채택하게 되리라는 것이 분명하다. 그러나 이러한 강경노선을 택하려는 의도에 관한 설명으로 간주될 조치는 아직 없었으며 다만 박 의장과 더불어 동래에 머물러 있는 박 내무부장관이 11일 정부가 곧 재야 정치인에 대한 경고 담화를 발표하게 될 것이란 담화를 발표했다.

박 내무가 예고한 경고담화가 박정희 의장 명의로 발표될 것인지 또는 그 자신 명의로 발표될 것인지는 밝혀지지 않았고 더욱이 그 내용이 구체적으로 어떠한 것인지도 밝혀지지 않았다. 그러나 이 예고만으로서도 정부의 대야 강경책 채택 결의는 뚜렷한 것으로 보인다. 박 내무의 예고는, 그 거취와 동정을 싸고 늘 말썽이 있어온 김종필 씨의 귀국 예보가 진해지고 또 전 내각수반 송요찬 씨의 돌연한 구속이 알려진 것과 거의 때를 같이 한 것이었다. 송요찬 씨의 구속 사건이 선거를 앞두고 공포 분위기를 조성하는 방향으로 작용하지 않기를 희망한다는 재야 정치인들의 반발에 바로 그들에 대한 경고 담화를 발표하겠다는 예고가 정부 측으로부터 들려온 것이다.

송요찬 씨의 구속 사건은 둘째로 치고 박 의장이 총재에 취임하고 김종필 씨가 사무총장에 취임한 것이 내정된 것으로 전해진 민주공화당의 개편계획만으로도 정부나 공화당이 강경노선을 어떠한 것이든 간에 박정희 의장의 계속 집권을 위해서 마련된 것이란 것은 의심할 여지가 없다. 다만 재야 정치인에 대한 군사정부의 경고 담화가 공화당의 개편에 이어 추구될 방책이 공명선거에 대한 정부의 약속이나 또 공명선거를 통한 정권이양에의 희망을 버리게 하는 방향으로 작용되지 않기를 바란다는 의사를 표명할 뿐이다."

김종필 씨가 8월 25일경 귀국한다는 것과 공화당 지도층의 불화가 노골화되어가간다는 보도는 어떤 사람들에겐 더위를 잊게 하는 신나는 여름의 랩소디가 될 것이고, 어느 사람에겐 무덥고 지루한 여름의 우울이 될 것이지만 이에 대해 아르베르 미쇼의 ABC이론은 무시할 수가 없을 것 같다.

그는 폴리티크 즉 정치와 콘폴리티크——우리 말로는 정치征治라고밖엔 풀이할 수 없는 말을 만들어놓고 라틴아메리카에서 행해지고 있는 상황을 정치 아닌 정치征治의 개념으로서 설명하고 있기도 했는데, 라틴아메리카 아니라도 아리스토텔레스의 '정치학'이 카이사르의 '정치론'征治論의 적수일 수는 없는 것이다.

8월 30일 박정희 의장의 전역식이 있었다.

엘바섬으로 탈출한 호랑이를 며칠 후엔 파리에 환어還御한 신황제로 만든 신문의 필법으로 그날의 신문은 예외 없이 극채색으로 그 상황을 보도했다.

다음은 어느 신문의 필법인데 모든 다른 신문도 어휘의 극한, 표현의 극한, 레이아웃 기술의 극한을 다해 보다 아름답게 보다 감동적으로 전역식의 광경을 보도한 사정에 있어선 마찬가지였다.

"군복 안녕! 민정대열에"

"호화찬란한 박정희 대장 전역식"

"30일 상오, 부슬비 내리는 지포리서"

"옛 전우와 시종 미소로"

"석별의 정 나누며 군의 발전 기원"

"내외귀빈 6백 참석, 감격적인 마지막 열병"

이와 같은 대·중·소의 제목으로 장식하고 그 본문은

"대통령 권한대행·국가재건최고회의 의장인 박정희 대장은 부슬비 내리는 30일 상오 11시, 철원군 갈말면 지포리에 있는 육군 2913부대에서 베풀어진 가장 성대한 전역식을 통해 17년간 복무하던 정든 육군을 떠났다. 2년 전 5월 16일 군사혁명을 성공시켜 혁명정부를 이끌어온 박정희 대장은 군정의 종식을 고하는 차기 대통령 선거에 그 자신이 공화당 후보로 출마하려고 이날 4성四星에 빛나는 군복을 벗었다. 박 대장의 전역식장인 이곳 제 2913부대 연병장에는 3부 3군 및 언론·교육·금융·정부관리·기업체 등 국내 요인과 외교사절단장, UN군 고위 장성 등 6백여 명의 내빈이 참석하여 그의 성스러운 이 자리를 빛내주었다. 이동화 준장 지휘로 기행된 이날의 의식은 21발의 에포가 울리는 가운데 국기에 대한 경례 및 혁명공약 낭독이 있은 다음, 박 의장의 군복무의 마지막이 될 열병에서 국방부장관 및 미 육군 총참모장을 대동하고 사열했으며, 8월 30일자로 예비역 편입을 선언하는 일반명령 낭독이 있었다. 김 국방부장관의 식사에 이어 박정희 대장은 5·16군사혁명이 이 나라에서 마지막 혁명이 되어야 함을 강조하고 군사혁명을 국민혁명으로 이끌어가기 위한 대열에 서기 위하여 제3공화국의 민정에 참여하기로 결심했음을 강조하는 전역 인사를 감격 어린 목소리로 말하면서 군의 발전을 거듭 당부했다. 식은 참가한 부대의 보무당당한 분열을 끝으로 폐막되었는데 이날 시종 내린 이슬비는 그의 전역을 한결 슬퍼하는 것같이 보였다."

이어 신문은

"군 생활서 삶의 철리를 추구했다"

"조국 재건을 위해 민정에 참여한다"

는 등의 중간제목을 뽑고 박 대장의 연설 전문을 제1면에 깔았다.

그 내용을 여기에 전재할 필요는 없을 것 같고 몇 사람의 평만을 적어본다.

"워싱턴의 고별연설처럼 장중하고 제퍼슨의 독립선언문처럼 엄숙하다."

고 한 것은 윤이란 성을 가진 사람의 말이었고,

"사전에서 이처럼 아름다운 말만을 골라낼 줄 아는 기술만도 높이 평가해야 한다."

고 한 것은 S라는 사람이다.

이러나저러나 다음과 같은 대목엔 주목할 만하다.

"그날 국정은 문란을 거듭했으며, 우리가 부르짖던 자유 민주주의는 한낱 장식에만 그쳤고, 도의의 타락과 사회혼란은 극심한 위에 부정부패의 독재는 민주주의의 외형에나마 그 존립을 위태롭게 했습니다. ……내 평생과 이 민족에게 영원히 잊지 못할 5월 16일, 비분과 눈물을 머금고 겨레가 피로에 지친 새벽, 수도에 혁명의 총부리를 돌려야 했던 것입니다……."

이 연설에 따른 박수와 환호성이 결코 카랑할 수 없었던 것은 이슬비가 빚어낸 습도의 탓이었다.


　무대는 숨가쁘게 회전했다.

　30일 지포리 전역식 단상에 섰던 박정희 의장은 31일 서울 시민회관의 단상에서 민주공화당의 당 총재로 추대되는 동시 대통령 후보 지명을 받았다.

　이 무렵 성유정이

　"나라의 꼴이 제대로 되려면."

하고 이런 이야기를 했다.

　"조그마한 이해와 의견의 차이를 일제 무시해버리고 그야말로 초당적인 국민전선을 형성해서 군사정부와 대결해야 할 것인데 벌써 서둘고 있는 꼬락서니를 보니 한심스럽다."

　"니힐리스트가 그런 말도 할 수 있는 겁니까?"

　내가 야유하는 투로 말했다.

　"어쩐지 절박한 기분이 드누만."

　성유정 씨의 이 말에 나는 이 주필의 모습을 상기했다. 야당이 민정으로 복귀하지 못하는 한, 이 주필의 감옥생활은 형기 그대로 계속될 것이란 성유정 씨의 말이 생각났던 것이다.

　"박 의장이 당선돼도 민정으로 돌아갈 땐 설마 감형이라도 있지 않겠습니까."

　이건 나의 희망적 관측이었다.

　"그렇게 할 배려가 있는 사람들이 8·15를 그저 지내버렸을까. 다른 재소자들에겐 사면도 있었고 감형도 있었는데 반국가행위라고 규정한 사람들은 깨끗이 제외해버렸다."

"아르베르 미쇼의 ABC이론 아닙니까."

"제기랄."

성유정 씨는 상스런 말을 뱉고 잠잠해버렸다.

한편 신문인 가운데선 이런 논의가 일고 있었다.

"야당이 단일후보를 내세우되 남대문역에 가서 지게꾼 하나를 뽑아다가 입후보시키는 거야. 그렇게 해서 총력을 기울여 싸워 공화당에 이기면 국민이 군사정권을 얼마나 혐오하고 있는가를 결정적으로 알리게 되는 계기가 될 것인데……."

"공명선거가 이루어졌을 때 그것도 할 말이다. 지금 상황으로 봐선 공명선거도 나무 위에 앉아 물고기를 구하려는 격이 아닌가."

"4·19가 어제 있었던 일인데 형식적으로나마 공명선거를 할 것 아닌가."

"다른 세력의 정치운동은 금해놓고 사전조직했다는 것부터가 공명에 위배된 일이다. 게다가 선거법을 봐."

"그렇다 치더라도 투표와 개표만은 공명하게 할 것 아닌가. 그렇게만 되면 20킬로미터쯤 앞세워놓고도 경주에 이길 수가 있어. 아무튼 단일후보가 되어야 해. 국민이 군사정권을 싫어한다는 결정적인 의사표시를 해야 해."

"해야 한다는 것과 그렇게 된다는 건 다르니까. 이 나라 역사에 어디 한번이라도 해야 하는 방향, 그렇게 되어야 한다는 방향으로 일이 되어본 적이 있나?"

이러한 생각이 야당인사들 가슴엔들 없었을 까닭이 없다. 그 자각이 곧 '국민의 당'의 태동이다. 하나의 당의 결집을 놓고 많은 국민이 '국민의 당'에 대해서처럼 깊은 관심을 두고 바라본 적은 없다. 국민들은 위태위태하다는 느낌으로 지켜보면서도 한 가닥 '국민의 당'이 성공하길 바라는 마음을 포기하진 않았다. 그런데 국민의 이름을 빌렸던 '국민의 당' 창당은 쇼로 끝났고, 국민으로 하여금 우롱당했다는 쓰디쓴 뒷맛을 맛보게 했다.

염재용 씨 기사를 골자로 하여 '국민의 당'의 궤적을 더듬어보기로 한다. 염재용 씨는 서두에

"정당이, 그리고 정치인이 정권을 탐내지 않는다고 하면 그것은 새빨간 거짓말이다. 그러나 마키아벨리즘의 정수를 자처(?)하여 목적을 위해선 물불을 가리지 않는 만용을 부린 이들 일부 정치인들에게 우리는 무엇을 바랄 수 있겠는가 하고 곰곰 생각하곤 한다. 그들의 이성과 지성에 우리가 어떻게 생긴 미래상을 세워볼 수 있겠느냐는 말이다."

이렇게 분통을 터뜨렸다.

야당의 통합 없인 군사정권에 대항할 수 없다고 문제를 제기한 것은 허정이다. 이에 공감한 이범석이 앞장을 서서 무조건 3당 통합을 선언하고 '국민의 당' 창당 준비위원회를 결성한 것은 8월 1일에 있었던 일이다.

준비위원회에서 김병로·허정·이범석 제씨를 대표위원으로 선출했다. 민주당의 박순천 대표 최고위원은 원치엔 찬성한다고 해놓고 참석하진 않았다.

난산 끝에 김병로·허정·이범석 세 대표위원은 8월 16일 밤 1백31개 지구당 가운데 1백6개 지구당 조직 책임자를 뽑았다. 그 비율은 민정당계 47, 신정당계 32, 민우회 17, 무소속 10으로 되었다.

그런데 민정당계는 자파 지구당 책임자로서 과반수가 안 되는 사실에 불만을 품었다. 그런 상황으로선 자파에서 대통령 후보를 옹립할 수

없게 될 위험이 있었기 때문이다.

"이럴 바에야 국민의 당을 할 필요 없이 우리 민정당을 고수해서 나가자."

고 47명의 조직 책임자가 일괄사퇴를 결의했다. 이때 난조는 시작되었던 것이다.

"유리하면 합동하고 불리하면 나가겠다는 그 심보가 뭐냐."

고 이범석이 노발대발했으나 마키아벨리즘이 골수에까지 침투된 정객들을 상대로 하곤 청산리의 영웅도 어떻게 할 수가 없었다.

8월 20일 세 대표위원들은 일부 지구당 조직 책임자를 재조정하겠다는 말로 불평파를 무마시켜 창당을 스케줄대로 밀고 나가기로 했다.

8월 26일 민정당의 윤보선 씨는 자기는 대통령 선거에 출마하지 않겠다고 성명하고 대신 김도연을 후임후보로 천거했다. 자기의 출마를 포기하는 대신 조직 책임자를 더 많이 따내겠다는 속셈이 있었던 것 같다.

그런데다 유진산이

"목숨을 걸고라도 대통령 후보는 사전조정하겠다."

고 장담하고 나섰다.

유진산의 이 말은 허정이 대통령 후보가 될 수 있도록 사전조정하겠다는 뜻을 암시하고 있었던 것이다. 허정은 그렇게 될 바에야 좋다는 의향으로 민정당계에 지구당 조직책 과반수를 허용하게 되어 인선에 따른 파동은 일단 매듭지어졌다.

9월 3일 재야 지도자회의와 야당 단일후보협의회의 구성 멤버는 반민정계가 우세했던 까닭도 있어 허정 씨를 단일후보로 천거했다. 그런데 민정계가 가만있지 않았다. 민정당은 윤보선 후보라야 한다고 고집하고 나섰다. 그러자 윤보선은

"나는 당의黨意를 저버릴 수 없다."

며

"뭐니뭐니 해도 박정희의 강적은 나다."

하고 출마할 의사를 비쳤다.

후보자의 결정은 사전 조정하겠다는 언약 같은 것은 휴지조각이 되었다. 민정당은 지명대회를 열어 표결로써 결정하자고 나섰다. 민정당은 지구당 조직 책임자 총 1백31명 가운데 66개 지구당을 이미 장악하고 있었기 때문에 표결만 하면 윤보선의 승리로 돌아갈 것이었다.

야당연합체와 재야 정치지도자회의의 뒷받침을 받고 있는 비민정계는 당초 약속된 대로 사전조정 원칙을 앞세워 12인위원회를 구성했다. 그러나 거기서 결론이 날 까닭이 없었다. 김병로·윤보선·허정·이범석 등의 4자회담을 가져보기로 했다.

"박정희와의 대결은 내가 해야 한다."

는 투로 윤보선 씨가 우겼고,

"군정에 동조한 행위가 이제 무슨 낯을 들고 군정과 대결할 거냐."

고 이범석은 흥분했다.

"누가 대통령이 되는 것이 문제가 아니라 군정을 물리치는 게 문제 아니냐."

고 허정은 스스로의 자신을 내세웠고

"이렇게 지각들이 없어서야."

하고 김병로는 한숨을 쉬었다.

"그러니까 지명대회에서 정정당당 표 대결을 하자는 게 아니냐."

윤보선이 민주주의 원칙을 들먹였다.

"사전조정 원칙이 있었기 때문에 지구당 책임자의 비율을 민정계에 유리하게 한 것인데 그런 사기적 수법을 어디에 쓰느냐."

고 허정이 분통을 터뜨렸다.

"누가 사기를 했단 말이냐."

고 윤보선도 가만있지 않았다.

이렇게 해서 4자회담도 뒤죽박죽 욕설의 수라장이 되고 말았다. 표결하자, 사전에 조정해야 한다, 이렇게 의견이 맞선 채 9월 5일 서울 시민회관에서 '국민의 당' 창당 겸 지명대회가 열렸다.

그것은 창당대회이기에 앞서 욕설의 대회이고 주먹다짐의 투기장이었다. 이윽고 회의는 유회하고 말았는데, 신이 난 것은 김형욱이었다. 부하들로부터 보고를 받은 김형욱이 헐레벌떡 청와대로 뛰어가선 박의장에게 자초지종을 전하며

"각하, 우리 앞길엔 탄탄대로가 있을 뿐입니다."

하고 자기가 연출한 드라마인 것처럼 으스댔다.

그러나 국민의 당을 깨지 않으려고 안간힘을 쓴 비민정계에선 김병로를 대통령 후보로 천거했다. 김병로는 민정당의 최고위원이니 그를 내세움으로써 윤보선의 고집을 꺾자는 의도에서였다.

그러자 윤보선은 김병로가 지팡이를 의지하고 앉아 있는 모습을 뒤돌아보며

"정권을 담당하려면 건강해야 한다. 건강이 첫째 조건이다."

하고 정면에서 반대의 뜻을 표명했다.

8일도 무위로 끝나고 9일엔 비민정계가 중앙위원회를 소집하자 회의장 안팎에서 난투극 소동이 벌어졌다.

안에선 비민정계가 일방적으로 의사를 진행하자 정해영이

"불법회의."

라고 외치며 설쳐댔고, 밖에선 신정계의 손원일, 무소속의 이필선이 민정계에 의해 뭇매를 맞았다. 이렇게 되자 윤보선을 지지하는 민정계를 제외한 '야당연합'이 형성될 기운이 싹텄다. '국민의 당' 비민정계는 9월 1일 낮 4시 57분 중앙선거관리위원회에 창당등록을 했다. 한편 민정계는 10일 서울 민사지방법원에 '등록금지 가처분 신청'을 내고 '국민의 당'의 해체를 꾀했다.

12일 드디어 사건이 폭발했다.

윤보선계는 아침 일찍 시민회관에 자리 잡고 대기하면서 아스토리아 호텔에서 열릴 예정인 허정계의 대회를 방해하기 위해 서범석을 선두로 장정들을 파견했다. 근처의 다방에서 두 파의 협상이 있었으나 결론을 얻지 못했다. 허씨 파가 대회를 열자 단상에선 마이크 쟁탈전을 비롯한 난투극이 벌어졌다.

민정계는 이날 예정대로 윤보선을 후보로 지명했다.

13일 '국민의 당' 창당 공고가 나왔고 민정계의 '국민의 당' 해체 결의서와 가처분 신청은 기각되었다. 14일 '국민의 당'은 허정을 대통령 후보로 지명했다.

이러한 추태가 국민들 눈에 어떻게 비칠까 하는 짐작도 못 하는 사람들이 과연 국민을 위한 정치를 할 수 있을까.

"거지들끼리 자루 짼다."

며 어느 신문의 편집국장은 이것을 큰 컷으로 뽑으려다가 그만두었다. 가사한 토끼들을 나무라기엔 그 정상들이 너무나 가련했기 때문이라고 한다.

9월 15일.

대통령 후보는 7인으로 낙착되었다.

민주공화당 박정희

추풍회 오재영

자유민주당 송요찬

정민회 변영태

민정당 윤보선

국민의 당 허정

신흥당 장리석

신문지상에 난 그들의 사진을 훑어보며 성유정 씨의 말이 있었다.

"닭 쫓는 X들."

"그 험구 좀 삼가시오."

했으나 나는 성유정 씨의 익살에도 일리가 있다는 것을 인정하지 않을 수 없었다.

"이렇게 일렬로 세워놓고 보니 관상학적으로도 박정희 씨가 제일 똑똑하게 보이는군."

성유정 씨의 그 말도 타당했다. 박정희 씨를 제외한 사람들의 모습은 아무래도 들러리의 모습이지 승리를 기할 사람들의 모습이 아니었던 것이다.

여섯이 함께 힘을 모아도 될까 말까 한 판국에 그 힘을 여섯 갈래로 분산하고 있으면서 이들은 승산의 근거를 어디에 두고 있는 것일까.

"사람의 마음은 알고도 모를 일이다."

하고 나는 중얼거렸다.

"자넨 누구한데 투표하겠는가."

성유정 씨가 물었다.

"기권의 자유가 없다면 나는 오재영 씨에게나 할까 하는데요."

"왜?"

"추풍회란 이름이 로맨틱하지 않습니까. 정치의 빛깔이란 조금도 없는 단풍진 나뭇잎을 연상케 하는 추풍회, 나는 그 이름에 투표하겠습니다."

"선거가 끝나면 박정희 씨는 이 사람에게 공로훈장을 주어야 할걸."

"그건 또 왜 그렇습니까."

"죽으면 죽었지 박정희 씨에겐 안 갈 표라는 것이 있을 게 아닌가. 만일 추풍회가 없었더라면 그 표가 윤보선 씨나 허정 씨의 표를 불려주게 될 것 아닌가. 박정희 씨의 당락을 결정하는 관건이 추풍회에 있다고 나는 생각하거든."

"투표로써 결정될 거라고 선배님은 믿고 계십니까?"

"일단 그렇게 치고 말해보는 거지."

"투표에 굴복할 사람이 수도에 총부리를 돌렸을까요?"

"이 교수는 나보다도 의심이 많군."

"그럴 수밖에요."

"그러나 투표는 비교적 순탄하게 진행될지 몰라. 대립 후보 여섯 명을 상대로 오직 자기 하나인데 자신만만할 것 아닌가."

"그럴 수도 있겠지요."

"추풍회가 로맨틱하다는 이 교수의 의견엔 나도 동감이다. 그런데 그 로맨티시즘이 심리주의자 이상의 현실적인 의미를 만들어낼 수 있으니 역사란 묘한 게 아닌가."

선거운동이 한고비에 이르렀을 무렵, 즉 9월 28일에 윤보선 후보는

전주에서

"여순 사건의 관련자가 정부 안에 있다."

는 연설을 통해 박정희 후보가 여순 사건에 관련됐다는 시사를 했다.

이로써 전국은 발칵 뒤집혔다.

여순반란 사건의 관련자라면 박 후보는 빨갱이었단 말인가. 그가 말하는 민족적 민주주의는 그럼 공산주의를 가리킨 것이냐.

박 후보에게 적의를 가지고 있는 사람들은 고의로 의혹을 부풀려 올리려고 했고 박 후보를 지지하는 사람들은 분격을 금치 못했다. 김형욱을 필두로 하는 충성파와 공화당의 추종자들은 윤 후보에게 강경한 대책을 강구해야 한다고 서둘러 즉각 고발조치를 취했다.

윤보선 후보는

"그렇다고 해서 박 의장이 공산주의자라고 말한 것은 아니다."

하곤

"하지만 그의 민주주의 신봉 여부가 의심스럽다."

고 덧붙이기도 했다.

뿐만 아니라

"박 의장의 저서 『국가와 혁명과 나』라는 것을 보면 '구민주주의는 대한민국에 맞지 않는다.'라는 말이 있는데 이것은 무엇을 말하는가. 또 러셀을 찬양하고 히틀러도 쓸 만한 사람이라고 했는데 이 사람이 과연 민주주의를 신봉하는 사람인가 의심하지 않을 수 없다."

고까지 했다.

이에 대해 박정희 후보는 9월 28일 서울에서 가졌던 선거연설에서

"구석구석에 박혀 있는 용공주의 세력을 혁명으로 일소하여 우리나라의 공산화를 막은 나를 공산주의자라고 하는 것은 당치도 않은 말"

이라고 반박했다.

박 후보의 이 말은 정당하다. 어떤 경위에서였건 박 후보는 여순반란 사건을 전후하여 공산주의자를 군에서 몰아내는 숙군시절에 대단한 반공 실적을 올린 사람이다. 말을 바로 하려면 윤보선 후보는 다수의 공산분자들을 폭로하여 숙군에 공로를 세운 박 후보를 찬양할 수 있을망정 비난할 순 없는 것이다.

박 후보의 반박이 있은 바로 이틀 후 윤 후보와 가까운 친척인 윤치영 씨가 광주에서 또 한방을 터뜨렸다.

"썩은 구정치인이 집권하면 또다시 혁명이 일어날 것이다."
라고 해버린 것이다.

이때부터 상황은 벌집을 쑤셔놓은 것처럼 돼버렸다.

허정과 송요찬은 야당 단일화에 보탬이 되기 위해 레이스에서 이탈했다. 입후보자는 박정희·오재영·윤보선·변영태·장리석 다섯만 남았고 그러고 보니 윤보선은 사실상 야당의 단일후보처럼 되었다.

추풍회는 로맨틱하고 변영태는 돈키호테적이고 장리석은 아나크로니즘 이렇게 되어 선거 정국은 박정희와 윤보선의 대결로 압축된 것이다.

오재영과 장리석이 탈락하지 않도록 하기 위해 모측에서 안간힘을 쓰고 있다는 풍설도 돌았다.

사정은 급박해졌다.

10월 3일 박 후보는 여순반란 사건 관련 여부와 일본자금 수수설에 대해 구체적인 해명은 없었으나 자기의 결백을 밝히기 위해

"선거가 끝나고 나면 반드시 법의 이름으로 흑백을 가릴 결심이다. ……선거가 끝날 때까진 선거법을 위반한 어떠한 야당인사도 구속하지 않을 것이지만 일단 선거가 끝나면 법으로 엄중하게 처단하겠다."

고 경고했다.

"여순 사건에 관련되었다는 야당의 주장에 대해 해명할 순 없느냐."

는 신문기자의 질문에 대해선

"허무맹랑한 일이기 때문에 해명할 필요조차 없다."

고 잘라 말했다.

10월 4일 여순 사건 진압에 지휘관으로 활약했던 원용덕 육군 중장이 기자회견을 자청하여 다음과 같은 담화를 발표했다.

"박정희 씨와 반란사건과는 아무런 관련이 없다. 오히려 박씨는 반란군 토벌작전 참모로서 많은 공을 세웠다. 박씨가 그 후 군대 내에서 빨갱이로 몰려 15년 구형을 받은 것은 사실이지만 곧 무사하게 되었는데 그것은 당시 김창룡 특무부대장이 조작한 숙군공작 때문이었다. 그땐 박씨뿐만 아니라 수백 명의 국방경비대 장교들이 같은 화를 입었었다."

다분히 수수께끼 같은 부분을 남겨놓은 발언이었지만 여순반란 사건을 진압한 책임자의 한 사람인 원용덕 중장의 말이고 보니 이른바 사상논쟁의 양상이 바뀌지기 시작했다. 윤 후보는 뚜렷한 증거를 찾아내지 못하는 형편에서 거물급 간첩 황태성의 문제를 끌어댔지만 이것도 태산명동서일필泰山鳴動鼠一匹의 꼴이 되고 말았다.

윤 후보가 시작한 사상논쟁은 걸핏하면 빨갱이로 몰려 학대를 받고 있던 삼남지방의 백성들 마음에 박정희 후보에 대한 동정심을 안겨주는 결과가 되었다. 반공의 영웅이 돌연 빨갱이로 몰리는 억울한 문제적 인물이 되어버린 것이니 윤 후보는 실컷 박 후보의 선거운동을 도와준 격이 된 것이다.

박 후보는 이러한 민심의 동향을 재빠르게 포착했다. 10월 9일 박 후보는

"사상 문제로 말미암은 연좌제를 폐지하겠다."

고 공약을 내걸었다.

　당해 본 사람이 사정을 안다는 공감을 유발했다. 남도지방의 사람들은 8·15 이후 좌우의 충돌이 격심했던 환경 속에서 일가친척에 좌익분자가 없는 예는 극히 드물었다. 때문에 언제나 연좌로 인해 관의 압박을 받아왔던 것인데 그것을 없앤다고 하니 얼마나 기뻤겠는가.

　그런데다 10월 10일 윤 후보의 응원변사 김사만이

"대구와 부산엔 빨갱이가 많다."

는 이른바 안동 발언이 있었다.

　선거전력 치고는 가장 졸렬한 전략이었다.

　'대세는 끝났다.'

고 성유정 씨의 얼굴엔 우울한 구름이 끼었다. 이 주필의 신세가 말이 아닌 것이다.

　'설마' 하면서도 성유정은 '혹시' 하고 윤보선의 승리에 희망을 걸고 있었던 모양이다.


　10월 17일 상오. 중앙선거관리위원회의 발표가 있었다.

　장리석 19만 8천37표

　박정희 4백70만 2천6백42표

　오재영 40만 8천6백42표

　윤보선 4백54만 6천6백13표

　변영태 21만 6천2백53표


　결국 박정희 후보의 당선이었다.

선거 직전 한국에 와 있던 조스는

"한국 국민은 위대하다."

고 했다.

"무슨 소릴 그렇게 해. 쿠데타를 승인한 국민이 어째서 위대하단 말이냐."

성유정이 버럭 화를 냈다.

"아니다. 미스터 성. 투표결과를 보라구. 박정희 후보의 반대표가 70만 표나 상회하고 있지 않는가. 이만 했으면 한국 국민의 위신이 섰다. 윤보선 씨의 낙선을 패배로 보아선 안 된다. 미안한 얘기지만 나는 두세 번 민주당 정권 때 그를 만난 적이 있지만 대중적인 인기는 찾아볼 수 없는 사람이었다. 그런 사람이 그만한 표를 모았다는 것은 대단한 일이다. 싫어하면서도 표를 찍은 국민들의 마음을 알 만하지 않는가. 윤보선은 패배해도 국민은 승리했다고 보아야지. 그러나저러나 한국 국민의 위신을 이만큼 보였으니 박정희 씨의 당선은 한국 국민을 위해 잘된 일이다. 박정희 씨는 당선되어 대통령으로서 실패해야 한다. 그렇게 되어야만 쿠데타의 악순환을 방지할 수가 있다. 만일 그가 낙선되었더라면 어딘가에 누군가의 가슴에 미련이 남는다. 그 미련을 말끔히 지워버리기 위해서도 이런 식으로 당선해야만 한다."

조스의 이 말에 성유정 씨와 나도 하도 어이가 없어서 웃었다.

"걱정이야."

하고 성유정 씨가 이 주필 얘기를 꺼냈다.

"걱정할 필요가 없다."

조스는 자신 있게 말했다.

# 15만 표 차의 의미

승리는 어떻게 축하하게 되는 것일까.

그 하나의 예가 사마천의 『사기』에 기록되어 있다.

유방이 천하를 평정하여 한나라를 세웠다. 유방 곧 한고조다. 사마천은 이렇게 썼다.

고조는 고향인 패沛로 돌아와 패궁沛宮에 주석을 마련하고 옛 친구들과 부형들, 그 자제들을 초청하여 상하불문 노소동락의 잔치를 베풀었다. 마을의 아이들 120인을 모아놓고 노래를 가르치곤 잔치가 무르익었을 무렵 고조는 축祝(악기)을 치며 스스로 노래를 불렀다.

대풍大風이 일어나니
구름이 나는구나.
위威를 해내海內에 떨쳐
고향에 돌아왔도다.
어느 메에서 맹사猛士들을 얻어
사방을 지킬손가.

아이들로 하여금 창화케 하고 고조는 일어서서 춤을 추었다. 강개감상慷慨感傷하여 고조의 뺨에 몇 줄기 눈물이 흘렀다. 패읍의 부형들에게 고조는 울먹이며 말했다.

"나그네는 고향을 생각한다든가. 나는 관중에 도읍을 정했지만 만세의 훗날까지 나의 혼백은 패를 그리워할 것이다. 나는 패공沛公으로 입신하여 폭역한 자들을 주誅하고 드디어 천하를 얻게 되었으니 패를 나의 탕목읍湯沐邑으로 하여 백성의 부역을 면하고 세세로 부담을 덜게 하리라."

패읍의 부형들과 환락을 같이하며 지나길 십여 일 고조는 이별을 아쉬워하며 고향을 떠났다……

한고조의 득의에 찬 기쁨의 배경엔 영웅 항우를 비롯하여 적과 동지의 시체가 누누이 쌓여 있다. 박정희 씨의 기쁨도 한고조의 기쁨에 비길 수가 있고 그 배후의 사정도 엇비슷하다. 권력에의 길은 남의 죽음을 개의치 않는 길이다. 권력의 사상은 죽음을 수단으로 하는 사상이다. 그래도 승리가 좋은 것을 어떻게 하랴!

승리의 술잔이 황홀한 맛이라면 패배의 술잔이 쓰디 쓴 것은 필지의 사실이다. 그런데 황홀하지 않거니와 그다지 쓰지도 않은 술잔이 있다. 아웃사이더의 술잔이다.

박정희 씨의 승리가 결정된 며칠 후의 밤, 아웃사이더 네 사람이 부산 서면에 있는 성유정 씨의 집에 모였다.

"한고조는 고향 패읍에서 대풍생회운양비大風生會雲揚飛라고 노래 불렀는데 박정희 씨는 무슨 노래를 불렀을까."

128

마산에서 온 배을환이 이런 말을 꺼냈다.

"그 사람,「황성 옛터」노래 잘 부른다고 하던데요."

신문기자 장성백의 말이다.

"피아노를 치며 「고향의 봄」쯤 불렀겠지."

한 것은 나.

"일본 군가를 불렀을지 모르지."

하고 성유정이 일어서더니 서가에 가서 얄팍한 책 한 권을 꺼내놓았다.

"그게 뭐요."

내가 물었다.

"안톤 체호프의 희곡 『벚꽃 동산』이다."

하며 성유정이 제3막 마지막 부분을 폈다.

"나는 박정희 씨의 심정이 로파힌의 심정을 닮아 있지 않을까 해."

하곤 성유정이 웃었다.

로파힌은 자기 할아버지와 아버지가 종노릇을 하고 있었던 귀족의 영지인 벚꽃 동산을 산 사람이다. 희곡 『벚꽃 동산』 제3막 마지막 부분은 은행채 때문에 경매에 부쳐진 그 땅을 산 로파힌이 감격에 겨워 외쳐대는 장면이다. 벚꽃 동산의 주인 라네프스카야 부인의 '경매는 어떻게 되었느냐', '누가 샀느냐'는 질문에 답하여 로파힌은 이렇게 외친다.

"내가 샀습니다. ……우리들이 경매장에 도착했을 땐 데리가노프가 벌써 와 있더군요. 가에프(라네프스카야의 오빠)는 1만 5천 루블밖엔 준비하지 못하고 있었는데 데리가노프는 대뜸 저당액에 3만을 더 붙여 호가했어요. 이크, 이것 안 되겠다 싶어 내가 4만을 불렀지요. 그랬더니 데리가노프는 4만 5천이라고 합디다. 나는 5만 5천이라고 외쳤죠. 데리가노프는 5천씩 올려 부르는데 나는 1만씩 높여 갔습니다. 그리고 결판이 난 거죠. 저당액 위에 9만을 더 얹어버렸지. 그래서 내가 이 땅을 경락했소. 벚꽃 동산은 내 것이 된 거죠. 벚꽃 동산이 내 것이 되었단 말입니다. 아아 어찌 된 일인가, 벚꽃 동산이 내 것이 되다니 여러분, 마음대로 지껄여요. 내가 술에 취했다고 해도 좋소. 내가 돌았다고 해도 좋소. 꿈을 꾸고 있다고 해도 좋소. 여러분 웃질 말아요. 아버지와 할아버지가 무덤에서 기어나와 이 상황을 볼 수 있다면 어떻게 될까. 그 에르모라이가, 언제나 두들겨 맞기만 하던 에르모라이가, 글자 하나 제대로 쓸 줄 모르던 에르모라이가, 겨울에도 맨발로 돌아다녔던 그 꼬마 바로 그 에르모라이 로파힌이 세계에서 비할 데 없이 아름다운 영지를 샀다, 이겁니다. 아버지와 할아버지가 종노릇을 한 주인댁의 영지, 그 부엌에도 들어갈 수 없었던 주인댁의 영지를 내가 산 겁니다. 나는 지금 잠꼬대를 하고 있는 것일까? 돌았는가? 천만에, ……어어이 악사들, 풍악을 울려라! 내가 들어주마! 그리고 여러분, 구경하러 오십시오. 이 에르모라이 로파힌이 벚꽃 동산을 개간할 테니까. 나무를 베어내고 여게 수많은 별장을 지어제낄 테니까. 그러고는 내 손자, 증손자들이 새로운 생활을 즐기도록 할 테니까. 에에이 악사들, 풍악을 울려라! 벚꽃 동산의 주인님이 납신다!"

성유정은 왼손으로 책을 펴들고 오른손으로 제스처를 써가며 한바탕 외쳐대고 나선 덧붙였다.

"주인집 영지를 산 로파힌의 기쁨과 천하를 장악한 박정희 씨의 기쁨을 같은 차원에 놓고 비교한다는 건 말이 안 되지만 그러나 두 사람의 기쁨엔 동질성이 있는 것 같애. 부모님이 다시 살아나서 자기들의 호화스런 모습을 보아주었으면 하는 마음의 가락이 닮았기 때문이다.

내가 들은 바에 의하면 가난 속에서 어렵게 자란 박정희 소년은 어머니에게 입버릇처럼, 두고봐요. 저 논밭을 내가 죄다 사드릴 테니까요, 하고 구미 앞 들을 가리켰다고 했어. 그러니까 승리의 축배를 들었을 때 박정희 씨는 로파힌처럼 외쳐대고 싶은 충동을 느꼈을 것 아닌가."

"내일 죽어도 원도 한도 없게 되었지."

신문기자 장성백이 중얼거렸다.

"이 사람 무슨 소릴 해. 억울해서 어떻게 죽어 천년만년 살고 싶을 텐데."

배을환이 핀잔을 주었다. 그러고는 장성백에게 물었다.

"신문기자는 왜 그 모양인가. 대통령 선거에 관한 기사만 나오면 15만 표의 근소한 차로 이겼다는 말을 꼭 쓰더만. 내가 박정희 씨 같으면 호통을 치겠어. 어째서 15만이 근소한 차냐구. 15만이면 15개 사단을 편성할 수 있는 숫자다. 광장을 꽉 메울 수 있는 군중이다, 나폴레옹 같은 지휘관을 만나면 남북통일을 할 수도 있는 병력이다, 하구 말이다."

"배 선생, 그 15만의 표 차란 게 이상합니다."

하고 장성백이 싱긋 웃었다.

"뭣이 이상하단 말인가."

"우리 신문기자들의 계산에 의하면 낙수落穗 45만이란 게 있어요. 전국적 규모의 선거를 하면 집권당이 이삭 45만 표는 수월하게 주울 수 있다는 거죠. 선거구가 130여 개, 투표구가 3천 가까이 되지 않습니까. 한 투표구에서 기권표, 무효표, 어쩌다 남은 표 해서 이삭 150표를 못 줍겠어요? 그걸 합하면 45만 표가 된다, 이겁니다. 공무원이나 선거 종사원은 집권당 편이니까요. 전부가 집권당이 아니라도 집권당에게 유리한 행동을 하려는 사람을 적발하진 못하는 겁니다. 말하자면 집권당은 최소 45만 표 내지 50만 표는 공짜로 먹고 들어간다고 돼 있지요. 개표 때의 조작은 말할 것도 없구요. 절대로 남의 눈에 띄지 않을 조작으로 한 개표구에서 기천 표의 에누리는 생긴다는 게 신문기자들의 상식입니다. 시골로 갈수록 참관인들은 어수룩하니까요. 그런 상식인데 15만 표 차의 승리라고 하면 민정당 대변인 말 그대로 실질적으론 민정당이 이긴 겁니다. 그러니까 신문이 15만 표를 자꾸 들먹이는 거지요. 함속에 밀봉되어버린 표는 어떻게 할 수 없지만 나타난 숫자 들먹이는 거야 자유가 아닙니까."

"장군 말은 짐작으로 하는 것 아닌가. 15만 표의 차가 났으면 그만이지 엉뚱한 짐작으로 어러쿵저러쿵 하는 건 위생상 나빠."

배을환의 말이다.

"그러니까 누가 뭐라고 합디까. 상식과 통념이 그렇게 되어 있다뿐이지."

"상식이나 통념이야 어떻건."

하고 장성백의 말을 받아 성유정이

"이래저래 박정희 씨는 운이 좋아. 15만이라는 표 차를 공명선거를 했다는 증거로서 제시할 수가 있거든. 뿐만 아니라 부하들 때려잡는 구실로 삼을 수도 있구."

"아닌 게 아니라 공화당원들 혼이 난 모양입니다. 이원조직이 완벽하다고 떠벌여놓았었죠? 압도적 승리는 틀림없다고 장담했죠? 돈은 물 쓰듯 했죠? 그래서 공명선거의 흉내라도 내려고 한 건데 결과가 그런 꼴이 되었으니 아마 한동안은 등골이 오싹했을 겁니다. 따지고 보면 대통령 선거에 박정희 씨가 얻은 표는 공화당원들이 획득한 표가 아닙니다. 늙은이가 쓸데없는 사상논쟁을 시작하곤 뒷감당을 못한 데 대한 반응, 김사만인가 하는 사람의 경남북엔 빨갱이가 많다는 망발이 유발한 반작용이 박정희 씨의 표를 만들어준 겁니다. 윤보선 씨와 그 일당은 모든 정력을 기울여 박정희 씨의 선거운동을 해준 셈이지요."

"장성백 군의 말엔 일리가 있어. 그런데 윤보선 씨가 시답잖은 사상논쟁을 일으키는 대신, 일본이 물러간 지 채 17년 될까 말까 한 이 마당에 아무리 이 나라에 사람이 없기로서니 일제의 하급장교 다카키高木 중위를 대통령으로 모실 수 있겠는가 하고 나왔더라면 어떻게 되었을까."

"성 선생께서 윤보선 씨의 참모가 되었더라면 역사를 바꿔놓을 뻔했군요."

하고 장성백이 익살을 부렸다.

"나는 윤보선 씨가 이기길 원했지만 내가 도와주면서까지 그분이 이기길 원치 않았다."

고 성유정이 텁텁하게 말했다.

"듣고 보니 중대한 문제이군. 해방된 지 16, 17년 될까 말까 한 판국에 다카키 중위를 대통령으로 모시다니. 쿠데타로 선출하는 것하곤 성질이 다른 것이거든."

그닙지 않게 배을훤의 얼굴이 침울했다.

"과거를 묻지 마세요, 아닙니까."

장성백이 비어 있는 술잔을 골라 술을 따랐다.

"독립운동한 지사들이 그분으로부터 독립유공의 훈장을 받고 좋아하고 계시니 그런 얘기는 한장 넘어가버린 얘기가 아닌가."

고 내가 말을 끼었다.

"하기야 이제 와서 그런 말 꺼낼 필요가 없지. 우리들의 수치만 되는 거니까."

성유정 씨의 말이 뜻밖에도 부드러웠다.

"하기야 윤보선 씨가 다카키 중위를 들먹이지 못할 사정이 있기도
해요."

장성백의 말이었다.

"이상을 말하면 애국으로 일생을 관철한 어른들이 정권을 잡고 있다
가 일제에 때묻지 않은 세대로 넘겨주는 것인데 세상이 어디 이상적으
로만 될 수가 있나."

하고 성유정이 화제를 바꾸었다.

"앞으로 국회의원 선거는 어떻게 되겠나."

"국회의원 선거 따위에 관심을 가지시는 걸 보니 성 선배님의 심경
에 변화가 생긴 겁니까."

내가 물었다.

"아냐, 모처럼 신문기자를 모셨으니까 물어본 거야."

"말이 났으니 말이지, 15만 표라고 하는 근소한 표 차가 공화당 내부
에 바람을 몰고 올 것 같아요. 박정희 씨는 공화당의 현상을 불신하는
눈칩니다. 이대로 선거를 치렀다간 망신하지 않을까 하는 걱정도 있는
모양입니다. 현재 지구당 위원장이 공천을 받는 것이 원칙이겠지만 그
렇게 될 순 없을 겁니다. 무슨 변동이 생기겠지요."

"그놈이 그놈인데 사람을 바꾸면 뭣 해."

"당선이 가능한 사람을, 이른바 구정치인 가운데서 영입하려는 움직
임이 있답니다."

"구정치인? 민정당·민주당 계통은 아닐 테구."

"자유당 인사를 대거 영입할 것이란 소문입니다."

"4·19 정신을 계승한다고 해놓구서? 물론 그 말에 알맹이가 없다는 것을 알구 있었지만 그렇더라도 너무 노골적인 배신이 아닌가."

"자유당 인사 가운데도 비교적 나은 사람이 있지 않겠습니까."

"그거야 그럴 테지만 생신이라고 했던가 청신이라고 했던가. 그런 인사를 등용해서 정당을 만들겠다는 이념과 너무나 멀지 않은가."

"국회에 안정세력이 있어야 할 것 아닙니까. 울며 겨자를 먹는 격이지요, 뭐."

"결국 15만 표란 근소한 차가 박정희 씨를 수렁으로 끌어들이는 작용을 하누먼."

"그겁니다, 바루. 그 표 차 때문에 무리를 안 할 수 없는 겁니다."

"무리를 해서 잡은 정권은 결국 무리를 하지 않곤 지탱될 수가 없다. 무리, 무리의 악순환이 되다가 보면 강경책을 필요로 하게 되고, 강경은 그 강경도를 자꾸만 높여가야 효과를 볼 수가 있구. 이제 박정희 씨는 고생길에 들었구먼."

"고생을 해도 좋으니 대통령 한번 해봤으면 좋겠습니다."

성유정 씨와 장성백의 대화를 듣고 있다가 내가 말을 끼었다.

"이 주필 등 정치범을 석방한다는 소식은 없나?"

"야당 일각에서 정치범을 석방하라고 떠들고 있지만 야당이 떠드니까 더 어려워지는 것 아닌가 해요. 야당이 떠든다고 석방해주면 생색은 야당에게 있게 되니까요. 참 일전에 이 주필 면회를 갔어요. 기자들 몇이서 말입니다. 그런데 이 주필 하는 말씀이 10년 징역을 꼬박 살아도 좋으니 윤보선 씨가 당선되었어야 하는 건데 하고 우울한 표정이시던데요."

"그 친구 약이 올라놓으니 그 따위 소릴 하는 거다."

"아닙니다. 이 주필은 윤보선 씨를 그다지 좋아하지 않았거든요. 그래서 내가 물었죠. 전엔 윤보선 씨를 그다지 평가하지 않았는데, 언제부터 그렇게 되었느냐구요. 그랬더니 윤보선 씨가 너무 훌륭하면 선거에 이겼어도 의미가 없다고 하시더만요."

"그건 나도 동감이다."

성유정 씨는 베트남에서 최근 발생한 쿠데타에 화제를 돌리며,

"우리나라 문제는 박정희 씨에게 맡겨두기로 하고 베트남 걱정이나하자."

고 했다. 그리고 나에게 외국에서 온 잡지를 건네주며 읽어보라고 했다.

사이공의 그 주일은 죽음에서 시작하여 죽음으로 끝났다. 그 주가 시작할 무렵 분신자살 일곱 번째의 승려가 디엠 대통령에 항거하는 가장 독살스런 방법을 선택했다. 가솔린을 전신에 뿌린 그는 기름방울을 뚝뚝 떨어뜨리며 사람들이 밀집해 있는 광장으로 달려와서 불을 붙였다. 누군가 말릴 틈도 없이 온몸이 불꽃투성이가 되었다. 주말엔 디엠 자신이 아우인 딘누와 나란히 누워 서서히 신중하게 준비된 불에 타서 죽었다.

"문장이 좋지?"

성유정 씨가 물었다.

"사람이 죽는 기사를 아름답게 쓰면 뭣 합니까."

"사람이 죽는 광경뿐만이 아니라 어떤 비극도 아름답게 쓸 수 있는 것이 아웃사이더가 아닌가. 인사이더는 죽고 죽이고 하는 역할을 맡은 사람들이다. 그들은 그들의 의미를 모른다. 그들의 운명을 그저 살 뿐

이다. 그런 만큼 충실한 삶이라고 할 수 있을지 모르지. 분신자살이 보통으로 충실한 자살 방법인가. 쿠데타 군에게 붙들려 참살당하는 것이 보통의 생명인가. 아웃사이더는 그처럼 열렬하게 살 순 없다. 아름다운 문장을 감상하듯 생을 감상할 뿐이다. 승리의 기쁨이 없는 대신 패배의 아픔도 없다. 승리자들이 고대광실에서 샴페인을 터뜨릴 때 아웃사이더는 누옥에 앉아 소주를 마시면 된다."

이런 소리를 하는 것으로 미루어 성유정 씨의 극도極度가 높아진 모양이었다.

"아웃사이더가 좋은 것이로군요."

장성백의 혀도 약간 꼬부라들었다.

"그것도 사람 나름이다. 샘이 많은 사람이 아웃사이더가 되면 견딜 수가 없지. 소외감을 이겨낼 수 없으니까. 아웃사이더로서 만족하려면 소외에 쾌감을 느껴야 해. 영락에 향수를 느껴야 하구. 마지못해 아웃사이더가 되는 사람이 있고 자청해서 아웃사이더가 되는 사람이 있어."

"그럼 이 주필은 아웃사이더입니까, 인사이더입니까."

"타락한 아웃사이더지. 참다운 아웃사이더는 신문사의 주필 같은 것을 하면 안 되는 거다. 더더구나 형무소 같은 데 가선 안 되는 거구."

그러다가 보니 다시 이 주필의 문제로 돌아와버렸다.

"그자를 감옥에 두곤 내 마음이 편하질 않아. 세상이 어떻게 되어가는지에 대해 관심이 쏠려. 아웃사이더는 세상이 어떻게 되건 말았건 그걸 감상하면 그만인데 그 사람이 감옥에 있으니 그럴 수가 있나. 나를 타락한 아웃사이더로 만든 것은 바로 이 주필이다. 그자만 감옥에 있지 않았더라면 때에 따라선 박정희 씨를 위해 만세를 부를 수도 있었을 텐데 말이다."

"나도 그런 심정이오. 이 주필 문제만 아니었어도 박정희 씨를 존경하게 되었을지 모르지."

하고 배을환이 눈을 깜박거렸다.

"박정희 씨의 최대 실수였다. 이 주필과 이 주필 비슷한 사람들을 무엇 때문에 감옥에 집어넣나 말이다. 자기의 사상성을 전시할 양이면 한두 달 수용소에 수용해두었다가 풀어주면 그만일 텐데. 박정희 씨는 그 때문에 수천 명으로부터 저주를 받게 되었어. 극소수의 사람이라고 하지만, 사람들로부터 저주를 받는다는 건 좋은 일이 아니다. 생명에 관계될 수도 있지. 정적을 감금할 수도 있고 때에 따라선 죽일 수도 있지. 그런데 박정희 씨가 잡아 가둔 혁신계 인사들이란 건 정적도 아니지 않는가. 더욱이 이 주필은 혁신계조차도 아니지 않는가."

성유정 씨는 점점 흥분의 도를 높여갔다.

"박정희 씨가 쿠데타를 했기 때문에 죽은 사람이 몇이나 될까?"

배일환이 문제를 제기했다.

"쿠데타할 때의 충돌로 말입니까?"

장성백이 되물었다.

"아냐. 혁명재판으로 죽인 사람, 그밖에 재판으로 죽인 사람, 요컨대 군사정부가 아니었더라면 죽지 않았을 사람이 죽은 사람을 말하는 거다."

"그것 한번 조사해볼 만한 일이군요."

장성백이 수첩을 꺼내 적었다.

"박정희 씨와 빛나는 치적이란 타이틀을 달고 기사화하면 특종이 될걸."

성유정이 빈정대는 투가 되었다.

그날 밤 대통령 선거에 관한 논평기사가 실린 『타임』을 성유정 씨한테 빌려와서 그 이튿날 아침에 읽었다.

보존해둘 만한 기록이라고 생각해서 전문을 번역해 본다.

지난 8월 대통령 선거전에 출마하기 위해 남한의 군사집단의 보스인 다부지고 작달막한 박정희 장군(46세)이 카키색 군복을 벗어던지고 평복으로 갈아입었을 때 많은 사람은 그가 치밀하게 준비한 선거전에 랜드슬라이드驚天動地의 승리를 거둘 것이라고 기대했었다. 그런데 결과는 그렇게 되질 않았다. 박이 이기긴 했으나 근소한 표차였다.

워싱턴 당국은 이번 선거가 민주주의적 모범이 되도록 하라고 압력을 가했다. 그러나 그렇게 되진 못했다. 입후보자의 하나인 예비역 송요찬(호랑이)이 선거연설에서 박을 공격하자 군사정부는 한국동란 당시 송 장군이 두 사람의 부하를 처형했다는 죄목으로 체포하여 서대문 형무소에 가두어버렸다. 그래도 그는 테이프레코드를 통해서 한때 선거운동을 계속했다. 그런데 한국의 야당은 치사스러울 정도로 분열되어 있기는 하나 많은 군중들이 야당 입후보자 윤보선의 연설을 들으려고 모여들었다. 윤은 골수 보수주의자로서 1961년 쿠데타로 박이 집권한 후에도 10개월 동안 대통령직에 머물러 있었던 사람이다. 또 하나의 입후보자는 전 국무총리 허정이다. 그들은 박의 무원칙한 통치와 경제적 위기를 야기한 폐정을 통렬히 공격했다. 뿐만 아니라 박이 기왕 공산주의에 동조하고 있었던 사실을 공공연하게 폭로했다.(주: 박은 박대로 윤을 매카시즘이라고 비난했다.)

믿기 어려운 일이지만 무당 등을 이용한 미신적인 선거운동조차 진행되었다. 흉년이 든 것은 군사정권에 대한 하늘의 보복이며, 키가 작은 사람의 통치를 하늘이 용인하지 않는다는 등등의 말이 나돌기도 했다. 박 후보는 때론 리무진을 타고 때론 전세 비행기를 이용해서 전국을 돌며 유세를 하는데 무기력한 선거운동이 불안해서 어떤 땐

"여러분, 내게 용기가 나도록 박수를 치시오."

하며 연설을 중단한 적이 있었다. 선거 당일 정부는 서울의 반박세력이 강한 지구에 한 다발의 투표용지를 살포했다. 그러나 그러한 투표 무효화 책동은 먹혀 들어가지 않았다. 한국의 개표일에 매양 쓰이는 방책은 투표용지를 바꿔치기하기 위해 정전사태를 빚는 일인데 이번 선거일에 정전한 곳은 부산에서의 한 지구뿐이었다. 투표함을 태우는 경우를 막기 위해 박 정권은 이번 선거를 위해 특별히 쇠로 만든 투표함을 준비했다. 결과는 박이 4,702,640표를 얻고 윤은 4,546,614표를 얻었다. 156,026이라는 근소한 차이였다. 명백한 것은 박 자신의 군인들이 그에게 반대투표했다는 사실이다.(주: 1948년 여수에서 공산 계열이 주도한 군사폭동이 발생했을 때 당시 대위였던 박정희는 체포되어 군법회의에서 무기형을 받았다. 그 후 사면되었는데 한국동란이 발생하자 다시 군에 복귀했다. 그러나 전투지휘를 하는 직책은 주어지지 않았다.)

—『타임』(1963. 10. 25.)


국회의원 선거를 앞두고 야당의 전열도 갈팡질팡하고 있었지만 공화당은 공천의 과정에서 심한 당내 반발이 있었다. 그 반발을 무릅쓰고 11월 1일 공천작업을 매듭지었는데 다수의 인사가 탈당 소동을 벌였다.

이날의 신문에 의하면

—세대교체 체질개선, 그리고 새로운 정치풍토의 조성을 이룩하겠
다던 공화당의 정치 지표와는 달리 131명의 공천자 중엔 구정치인이
37명이나 끼어 있다. 수적으로는 신진인사가 과반수 이상의 공천을 차
지했는데 이들은 대부분이 혁명 주체인 군인·교육자 및 관료 출신이
다. 특히 구자유당계 전직 민·참의원 35명이 공천을 받았는데 이것은
공화당이 이번 공천에서 의석 확보를 위한 당선 위주 원칙을 채용했다
는 증거이다. 이로 인한 당내 공천 반발 파동은 총선거 후 공화당 개편
이 불가피하다는 것을 말해주고 있다. 구자유당계 인사들이 많이 공천
을 얻게 된 이면에는 사무총장 장경순 씨와 중앙정보부의 역할이 컸다
는 것으로 전해지고 있다. 당내 파벌 면에서 보면 김동환·신윤창 씨계
의 인사가 절대다수로 공천자를 차지했고, 윤치영·백남억 씨계는 거의
전멸 상태가 되었다. 그런데 공천자의 평균 연령은 45세다.

또 하나의 기사를 소개하면

—공화당은 1일 하오 긴급 당무회의를 열고 다시 공천을 변경하면
더욱 심한 혼란이 일어나리라는 판단 아래 낙천자의 무마책을 연구하
여 당무위원 전원과 사무국장급 간부가 각 도별로 분담하여 무마공작
에 나서기로 합의하는 등 사태의 긴박성을 재확인했다. 일부 반발자들
은 당의 지도체제의 개편이 불가피하다고 주장하는가 하면 공천대회
까지 곁들인 지구당의 의사가 이처럼 무시당한다면 지구당의 존재 가
치조차 없는 것이라고 말하고 있어 공천자에 대한 지구당의 협조는 도
저히 기대할 수 없게 되었다. 낙천자들은 부정선거 관련자들을 비롯한
당 이념에 배치되는 타당 인사를 포섭, 공천한 데 크게 분노하고 있을
뿐 아니라 당무회의 때문에 비어 있는 중앙당 간부들의 책상을 치며

"같은 신진新進을 공천했다면 불평 않겠다."
라고 떠들어대는가 하면

"백남억 정책위원장을 만나기만 해봐라, 다리를 분질러 놓겠다."
는 등 살기가 등등한 형편으로써 당이 존폐의 기로에 섰다고 해도 과언
이 아니란 평이 나돌고 있는 것이다. 이와 같은 험악한 사태인데도 당
무위원들은 기정 방침대로 밀고 나가겠다고 장담을 하고 있으니 사태
의 추이를 주목할 만하다. 일부 중앙 상임위원들은 오는 3일에 가질 예
정인 상임위원회는 수라장이 되고 말 것이라고 예상하고 있어 과연 기
정 방침대로 이끌고 나갈 수 있을 것인지도 의심스럽다.

이러한 소용돌이 속에서 전 최고회의 문사위원장文社委員長이었던
손창규 씨는 돌연 자민당에 입당했다는 성명을 발표했고, 예비역 중장
강문봉 씨는 민정당의 비례대표 공천을 수락했다고 발표했다.


선거전이 중반에 들어섰을 무렵, 12월 11일 민정당 최고위원 윤보선
씨는 여수시 중장동, 진중근 씨 댁에서 기자회견을 자청하고, 지난 9일
박정희 씨가 여수에서 행한, 여순반란 사건에 대해 해명한 내용을 반박
하는 성명을 발표했다. 다음은 그 요지.

─사상논쟁에 관해서 이 여수에 와서 매듭을 짓는 것이 타당할 줄
안다. 9일 박정희 씨는 여순반란 사건에 관련하여 조사를 받은 적이 있
었을 뿐이라고 국민을 기만하는 발언을 했다. 박씨는 그 발언 가운데,
대통령 선거에 모 당 후보자가 중앙의 모 신문을 매수하여 삐라 6백만
장을 뿌렸다고 했고, 여순반란 사건 때 육군이 좌익을 숙청하는데 자기
형이 좌익이라고 해서 어떤 사람이 중상모략한 때문에 조사를 받은 일
이 있으나 혐의는 없었다고 말한 바 있다. 그런데 1949년 2월 17일자

『경향신문』과 1949년 2월 18일자 『서울신문』 보도에 의하면 그 내용은 선명하다. 1949년 2월 13일 대전 군법회의에서 박정희 씨는 처음엔 사형 구형을 받았다가 무기형을 받고 공범 중 두 명의 소령, 한 명의 중령이 무기형을 받고, 한 명의 중령은 총살형을 받고 집행되었다. 박씨가 이 기사를 읽으면 회상하는 게 있을 것이다. 박씨는 이제 와서 수사기관의 조사를 받은 일이 있다고 애매하게 말했다. 『경향신문』 『서울신문』에 보도된 대로 무기형을 받았느냐 안 받았느냐를 대답하라. 박정희 씨는 무기형을 받았을 당시, 군법회의 임시법정인 구 통제부 장교식당에 나섰을 때 이발을 새로 하고 머리에 기름을 많이 바르고 '구렛파' 복지의 정복을 입고 있었다. 박씨가 구 통제부 장교식당과 자기가 재판을 받았을 때의 모습을 회상하면 그때의 기억이 역력히 떠오를 것이다. 또 내가 듣기로는 박씨는 남로당 지령에 따라 이재복의 군부 연락책의 지시하에 육군 내 남로당 조직책을 담당했다고 한다. 박씨는 이중엽·이재복을 지금도 기억하고 있는지 없는지, 그리고 여러 가지 외지外誌에도 박씨가 당시 공산당과 관련 있었다는 기록이 있다. 그런데 국제적으로도 다 알고 있는 사실을 박씨는 부인하고 있다. 또 내가 듣기로는 박씨의 형이란 분이 대구폭동 사건의 주동자로서 총살형을 당했다고 듣고 있다. 국내에서 발간되는 영자신문에 박씨의 다른 형 한 분은 북괴정권하에서 정보관계 책임자로 있었다는 기사를 보았다. 이런 문제 등에 대해 대통령 권한대행 박정희 씨는 좀더 구체적으로 해명해서 국민 앞에 의혹을 풀 책임을 느끼지 않는가.

한편 자민당 대표위원 김도연 씨는 선거유세에서 중대한 발언을 했다.

"제3공화국의 대통령으로서 박정희 씨가 당선된 것은 불행한 일이지만 일단 당선된 이상 박씨가 잘하는 일엔 더욱 잘하도록 야당의 협조가 있어야 할 것이다. 9일 인편으로 일본에 있는 김재춘 씨로부터 편지를 받았는데 김씨는 4대 의혹 사건 관련자를 철저히 처벌하지 않는 한, 박정희 씨를 대통령으로서 지지하지 않을 것이며 공화당을 해체해야 한다는 주장엔 지금도 변함이 없다고 했다."

'국민의 당' 이범석 씨는

"군정은 극히 고식적이며 미봉적인 정책으로서 국민을 못살게 굴었고 우롱했다. 사실상으로 군정을 종식시키기 위해선 행정부를 견제할 수 있는 입법부가 그 기능을 발휘할 수 있도록 야당의원이 많이 당선되어야 한다."

고 각지 유세장마다에서 강조했다.

그러나 흥분하고 있는 것은 입후보자와 운동원들뿐이고 국민들의 전반적인 반응은 싸늘했다. 대통령으로서 박정희 씨가 당선된 이상 민정복귀란 실감을 얻을 수 없기 때문이다. 이승만 대통령의 체제하의 자유당 국회가 어떠했던가. 국민들은 그 이상의 국회를 상상할 수도 없었고 사실상으론 군정 연장일 것이라고 체관할밖엔 없었던 것이다.

성유정 씨나 나나 국회의원 선거에 무관심한 건 당연한 일이었다.

"백모삼년白毛三年이라 흰 고양이를 굴뚝에 잡아 넣어보았자 그 털을 검게 만들 순 없다. 평복으로 갈아입어보았자 알맹이는 군인이다. ABC의 A가 아닌가. 바랄 것은 이 기회에 이 주필이 나올 수 있어야 하는 건데."

하고 성유정 씨는 한숨을 쉬곤 했던 것인데 어느 날의 밤이다.

성유정 씨로부터 전화가 걸려왔다.

"신문 읽었나?"

하는 말이 튀어 나왔다.

"무슨 신문 말입니까."

그 무렵 나는 신문도 제대로 읽고 있지 않았던 것이다.

"어쩌면 이 주필이 나올 수 있게 될 것 같다."

성유정 씨의 들뜬 목소리였다.

"뭐라구요? 신문에 났어요?"

내 말도 다급했다.

"박정희 씨가 전주에서 한 발언인데 극좌를 제외한 혁신계 전원을 석방하겠다고 했다는구먼."

"그게 사실인가요?"

"사실이래."

"신문을 읽었어요?"

"나도 듣기만 한 거야."

"믿어지질 않구먼요."

하도 허무맹랑한 소문이 유포되고 있는 터라 쉽사리 믿을 수가 없었다.

"믿어지질 않더라도 믿어보기로 하자."

"믿어보고 싶지만 신문을 직접 읽지 않고서야."

"무작정 믿어보는 거다."

"제가 댁으로 갈까요?"

"뭣 하러."

"혼자 가만있을 수가 없습니다."

"통행금지 시간이 박두했는데 차를 잡을 수 있을까?"

"한번 나가보죠, 뭐."

나는 대강 옷을 챙겨 입고 거리에 나섰다.

질주하는 택시를 가까스로 잡고 흥정을 했다. 내라는 대로 돈을 줄 테니 서면까지 데려다달라고 애원하다시피 했다.

운전사는 통행금지 20분 전을 가리키고 있는 시계를 슬쩍 보더니

"천 원만 내시오."

했다.

"주지."

하고 나는 택시를 탔다.

서면까진 줄잡아 30분은 걸리는 시간이다. 운전사는 비상한 각오를 한듯 냅다 차를 몰았다.

"아무리 바쁘기로서니 최후의 종착역엔 안 가도록 하시오."

내가 견제하는 말을 던졌다.

"걱정 마시오. 생명이 아까운 건 나도 일반이오."

운전기술엔 자신이 있는 모양으로 운전사는 교통순경의 눈을 피하기도 하며 요령 있게 달렸다.

부두 옆길을 지나 서면 입구에 도착했을 때 통행금지 시간 5분을 남겨놓고 있었다.

운전사는 아는 사람 차고에다 차를 넣고 서면에서 자야겠다면서도 기분 좋게 성유정 씨 댁으로 통하는 골목 어귀에까지 가서 차를 세웠다.

성유정 씨는 주효酒肴를 준비하고 기다리고 있었다.

"이 주필을 석방시켜주기만 한다면 나는 앞으로 박정희 씨를 대통령으로서 지지할 참입니다."

이렇게 한마디 하고 나는 술잔을 받았다.

"얄팍하군."

"얄팍하지 않으면 어떻게 하겠습니까."

"허기야 나도 그런 심정이다. 어제 이 주필의 처남이 면회 갔다가 와선 며칠 전 장 기자가 한 것 같은 말을 하더군."

"그 사람 악에 받쳐 하는 소립니다. 석방시켜준다면 금방 마음이 달라질걸요."

"그건 모르지."

"그러나저러나 확인할 방법이 없을까요?"

"신문사에 전화를 해볼까, 참."

"이 시간에 누가 있을라구요."

"숙직이란 건 있겠지."

K신문에 전화를 걸었다. 숙직하는 기자는 없고 업무국에 있는 사람이라면서 그런 뉴스는 듣지 못했다고 했다.

밤중에 실례인 줄을 알면서도 K신문사의 K사장에게 전화를 걸었다.

뜻밖에도 전화를 받은 사람이 K사장이었다.

"실례인 줄 알면서도 하두 다급해서 전화를 걸었습니다."

하고 정치범 석방에 관한 기사를 보지 못했느냐고 물었더니

K사장은 깔깔 웃고

"내가 신문사를 그만둔 걸 모르십니까."

하는 말이 돌이왔다.

"신문사를 그만두시다뇨?"

놀라서 물었다.

"운영난에 봉착하다 보니 물러설 수밖에 없었습니다. 실력 있는 사람이 맡아서 해야죠."

"누가 맡았습니까."

"D재벌과 L재벌, 박선기 씨가 공동경영하는 형식입니다만 불원 D

재벌이나 L재벌로 낙착이 될 겁니다."

"섭섭하시겠습니다."

"섭섭하지만 어떻게 합니까. 그게 자본주의 사회의 원칙 아닙니까. 이 주필이 옆에 있었더라면 무슨 수를 쓰더라도 집착해볼 생각을 했겠지만 이 주필이 없고 보니 신문사에 있을 홍미가 시들어버렸어요."

"그럼 이 주필이 나와도 갈 곳이 없게 되었구먼요."

"이 주필이 원한다면야 신문사에선 환영할 겁니다. 모두들 이 주필을 알고 있는 사람이고 신문을 만드는 데 그만한 능력을 가진 사람이 흔하지 않으니까요. 그러나 이 주필이 신문사로 돌아가서 뭣 하겠습니까. 소신대로 쓸 수 있는 세상입니까, 어디. 그런데 이 주필이 나오게 되었다는 얘기는 어찌 된 일입니까."

나는 성유정 씨로부터 들은 대로의 얘기를 했다.

"듣던 중 반가운 소식입니다. 서울의 신문에 난 기사라면 내일쯤 부산의 신문에도 나겠지요. 그렇게만 되었으면 오죽이나 좋겠습니까."

"본인이 전주에서 대중 앞에 선언했다니까 그런 사실이 있었다면 틀림없겠지요."

"그 사람 알지 않습니까. 번의의 명수라는 것을."

"그러나 이 문제는."

"아닙니다. 대통령 선거전 때 연좌제를 없애겠다고 공언한 적이 있습니다. 그런데 그게 그렇겐 안 된답니다."

"정식으로 대통령에 취임하고 나면 실행하겠지요."

"내 친한 사람 가운데 연좌제 때문에 골탕 먹고 있는 사람이 있어요. 그래서 각별히 관심을 가지고 있는데 모 기관 사람에게 물었더니 대통령이면 아무거나 다 할 수 있다고 생각하는 건 오산이라고 합디다. 한국의 현 정세상 연좌제 철폐는 불가능하다는 겁니다. 솔직하게 말하던데요."

그 말을 듣고 나니 기가 꺾였다.

"그런데 밤이 늦은데 어떻게 전화를 직접 받으십니까."

"잠이 안 와요. 심한 불면증입니다. 깨어 있으니까 자연 전화를 받죠. 신문사에 있었을 때의 버릇 탓도 있구요."

아무튼 이 주필의 석방을 기대해보자는 말을 주고받고 전화를 끊었다.

전화 내용을 대강 짐작했는지 성유정 씨는 아무 말도 묻지 않았다.

이튿날 박정희 씨가 전주에서 그런 발언을 한 것이 사실이란 확인은 했다. 미심쩍은 점이 없지 않았지만 한 가닥 희망은 가질 수 있었다.

그런 희망을 갖고 가만있을 수가 없었다. 서둘러 이 주필의 가족에게 전하고 다음날 이 주필을 면회하러 성유정 씨와 같이 교도소로 찾아갔다. 이 주필은 지난 여름 부산 교도소로 이감되어 있었던 것이다.

특별면회를 신청하여 계호 과장실에서 만나게 되었다. 이 주필이 입은 옷이 하얀 옷으로 바뀌어져 있었고 얼굴이 창백했다. 병실에 있다는 것이다.

"이디기 이픈데."

성유정 씨가 물었다.

"갑자기 혈압이 높아지곤 합니다."

하고 이 주필은

"곧 석방될 거라느니 10년 이상짜리는 감형만 되고 나갈 수 없을 것이라느니 하는 말이 돌고부턴 신체에 이상이 생긴 것 같다."

며

"사람은 참말로 생각하는 갈대라."

하고 쓸쓸하게 웃었다.

"누가 당선되기만 하면 10년까지 채워도 좋다고 호언하더라기에 기고만장한 줄 알았더니 생각하는 갈대는커녕 시든 갈대이군."

성유정이 이맛살을 찌푸렸다.

"지금 심정 같아선 쓸 수만 있으면 무슨 수를 써서라도 바깥으로도 나가고 싶습니다."

이 주필의 눈에 애원하는 빛이 있었다.

나는 그 초라하고 비굴하게도 보이는 몰골이 안타까워 시선을 다른 데로 돌렸다. 저만큼 앉아 있는 계호 과장의 말이 있었다.

"재소자들은 출소일자가 얼마 남지 않았을 때가 가장 고통스러운 모양입니다. 그러니 나갈 수 있을까 없을까 하고 조바심을 갖게 되면 더욱더 고통스럽겠지요. 마음을 든든히 가져야 합니다."

"정치범을 석방하겠다고 박 의장이 전주에서 발언했어. 민정복귀가 시작하는 날이나 그 직전이 아닐까 해. 걱정 말고 마음 편안히 먹고 기다리고 있어. 그런데 그 소식을 우리가 안 것이 바로 어제 일인데 이 주필이 그 소식을 들은 건 언제인고."

성유정 씨가 물었다.

"한 달 전부터 나돌고 있는 말입니다."

이 주필이 말하자 계호 과장이 웃으며 말했다.

"재소자들은 민감하기 짝이 없어요. 희망적 관측을 사실인 양 조작해서 유포하는 경우도 있구요. 대통령 선거가 끝나면 특사가 있을 것이라고 당연히 추측하게 되는 거죠."

너무나 핼쑥한 이 주필의 모습이 마음에 걸렸던지 성유정 씨가 물었다.

"혈압강하제나 진정제 같은 것이 필요하겠지?"

"필요한 건 의무실에서 주지만 리브륨이 좋다고 합디다. 심할 땐 혈압이 170까지 올라가요."

"의사는 뭐라고 했어."

"신경성이라나요."

"천하의 이 주필이 이쯤의 일로 고혈압이 된다고 하면."

성유정 씨가 익살을 부리려고 하자

"성 선배도 이런 데 2년 7개월쯤 있어보슈. 아마 큰소리 못할걸요?" 하고 이 주필이 피식 웃었다.

"2년 7개월 갖고 그 모양인데 10년 꼬박 있게 되면 어떻게 되겠다."

"속절없이 뒷문으로 나가죠, 뭐."

뒷문으로 나간다는 건 죽어서 나간다는 뜻이다.

장담을 할 처지는 아니지만 이 주필의 석방이 확정된 것처럼 말을 꾸며야만 을씨년한 분위기를 구할 수가 있었다. 내가 확신하는 표정을 짓고 말했다.

"걱정 마. 제3공화국이 출발하는 날 이 주필은 나오게 될 테니까."

이 주필의 얼굴에 금방 생기가 돌았다.

"다른 분들은 어떻게 하고 있어."

성유정이 이렇게 물은 것은 이 주필과 함께 서울에서 이곳으로 이감해온 정치범들에 관한 것이었다.

"10년짜리 이상은 멍청해 있고 그 이하의 형을 받은 사람들은 나갈 준비를 하고 있습니다."

"10년 이상도 걱정 없을 거야. 박정희 의장은 분명히 언명했어. 혁신계 전원을 석방하겠다고."

내가 힘주어 말했다.

마지막으로

"마음 넉넉히 가지고 기다리라."

는 말을 남겨 놓고 우리들은 교도소를 나왔다.

교도소 앞에서 한길로 나오며 내가

"인구비율로 해서 감옥 인구가 제일 많은 게 이 나라 아닐까?"

하고 중얼거렸다.

"새삼스러운 말 아닌가. 어쨌건 불행한 나라다."

이렇게 말하고 성유정 씨는 의아한 얼굴을 했다.

"10년 이상은 못 나오고 그 이하는 나오게 된다는 말이 어디서 나왔을까. 그런 발표도 없고 신문에 난 적도 없었는데."

"글쎄요. 저도 이상하게 생각하고 있어요."

"만일 이 주필이 이번 기회에 나오지 못하면 안 되겠던걸. 그 사람 폐인이 될지도 몰라. 정치범들의 가족들 가운데 중앙의 기밀에 통하고 있는 사람이 있는 거다. 거기서 나온 말이 틀림없어. 그렇지 않고서야 10년 이상은 어떻고 10년 이하는 어떻고 하는 구체적인 내용으로 될 까닭이 있나."

"그럴지도 모르죠."

"반드시 근거가 있는 말일 거라."

하다가 성유정이 나를 돌아보았다. 그러고는

"서울로 가야겠다."

고 했다.

"가면 무슨 뾰족한 수가 있겠어요?"

152

성유정 씨가 이렇게 말하는 마음의 근거를 나는 알고 있다. 이 주필과는 친척도 되며 절친한 사이였기도 한 L변호사가 지금 가장 강력한 정보기관의 넘버 3의 자리에 있는 것이다.

"어쨌건 가만있을 순 없잖아."

"그 사람을 의지할 생각이면 그만두는 게 낫지 않을까요."

이렇게 내가 말한 까닭은 이 주필이 기소되었을 시기 변호인이 되어 줄 것을 의뢰했을 때 그로부터 거절당한 일이 있기 때문이다. 물론 이유는 있었다. 친척관계가 있고 보면 변호에 설득력이 없다는 것이었다.

"아무튼 그 사람은 스트롱맨 가운데 끼어 있는 사람 아닌가."

"그래도 정책이나 방침을 변경할 수 있을 정도로 강력하진 못할 텐데요. 그런데 있고 보면 남의 눈이 보이기도 할 거구요."

이런 말을 지껄이면서도 나는 이 주필을 구하는 길은 그 사람에게 호소할밖에 없다는 생각으로 기울어들고 있었다.

"생사의 문제가 걸려 있다고 할밖에 없지. 사실이 그렇기도 하구. 박 의장과 이 주필은 막상 모르는 사이도 아니니 어떤 방편을 꾸며볼 수도 있지 않겠는가."

"성 선배가 서울로 가실 작정이면 이 주필의 어머님을 모시고 가는 게 좋을 겁니다."

"좋은 생각이다. 그렇게 하지."

성유정 씨와 나는 양정동에 있는 이 주필 집을 찾아갔다.

이 주필의 어머니는 그날 아침 서울로 가셨다고 하고, 서울에선 아마 L씨 댁에 머물고 있을 것이라고 했다.

마침 잘된 일이었다.

성유정 씨는 그날 밤차로 서울을 향했다. 뒤에서 알게 된 일이지만 그때의 그 성유정 씨의 결단이 결정적인 보람으로 나타난 것이다.

예정대로 국회의원 선거전은 계속되었다. '공명선거'의 구호는 하늘만 맴돌고 있었고 지상에서의 선거운동은 기왕의 어느 때보다도 추잡한 양상을 띠었다.

이른바 선거공영제는 명목에 불과했다. 공화당 입후보자들은 물 쓰듯 돈을 쓰는데 야당 입후보자는 쓸래야 쓸 돈이 없었다. 선거의 공명성에도 문제가 많았다. 공무원이 선거에 관여했다는 공공연한 증거가 나타나자 내무부장관과 치안국장이 사표를 내지 않으면 안 될 국면으로 몰려들기도 했다.

선거의 양상이 어떻건 내가 관심할 바가 아니었다. 나는 이 주필이 석방될 수 있을 것인가에 대해 모든 신경을 쏟고 있었다.

그러던 중 11월 22일 미국 대통령 케네디가 암살되었다. 이 주필은 무척 케네디를 좋아했다. 그런 까닭에 케네디가 당선됐을 때 재빨리 축전을 보낸 것도 이 주필이었다. 그 축전의 답례로 재클린 여사로부터 넥타이핀과 켄터키 위스키를 선물받았다며 그는 하룻밤 우리를 초대하여 잔치를 벌인 적이 있었던 것이다.

나는 옥중에서 그 소식을 들었을 때의 이 주필의 심증을 상상했다.

케네디 암살 사건이 전해진 그날 밤이다. 4·19 때 부상하여 병원에 있다가 얼마 전 퇴원했다는 학생과 그 친구 몇 사람이 나를 찾아왔다.

4·19 때 부상한 학생이 대뜸 나에게 이런 소릴 했다.

"선생님, 우리나라는 테러의 단계에 있는 것이 아닐까 합니다. 민족의 적 민주주의의 적을 무자비하게 죽여 없애는 거지요. 반민족에는 죽음이 있다. 반민주에도 죽음이 있다. 이런 관념이 유포되고 난 후에라

154

야 정치를 시도해볼 수 있지 않겠습니까. 그런 까닭에 모든 이데올로기에 우선하는 것은 테러리즘입니다. 그밖엔 도리가 없어요."

그 말이 하도 격렬하기에 나는 다음과 같은 말을 했다.

"김일성이란 존재만 없다면야 자네의 말에도 일리가 있지만."

내가 한 말은 겨우 이것이었다.

그러자 그는 분통을 터뜨렸다.

"도대체 어쩌자는 걸까요. 그처럼 깔봐도 가만있어야 할까요. 이번 선거에 자유당 인사를 공천한 건 너무나 뻔뻔스러워요. 물론 그 사람들은 자유당원 가운데선 비교적 양심이 있는 사람들이겠죠. 정치 이전의 역량과 배경으로 당선이 확실시되는 사람들이겠죠. 그렇다고 해서 4·19의 피가 아직 마르지도 않은 이 판국에 공공연하게 그들을 공천자로서 내세워요? 사람 환장할 지경입니다. 지금 이 나라에 절실히 필요한 것은 민주주의가 아닙니다. 경제 번영도 아닙니다. 테러리즘 바로 이겁니다. 이것 말고는 아무것도 없습니다. 나는 앞으로 테러단을 조직할 겁니다. 애국한다는 것이 뭘지 보여줘야지요."

나는 테러로는 아무것도 해결하지 못한다고 역설했다. 소란의 악순환을 야기할 뿐이며 군대적 사고방식을 조장할 뿐이라는 것이 기껏 내가 한 말의 내용이었다.

그 청년의 예로써 겨우 알 수 있었던 것이지만 케네디가 암살된 사건은 일부 청년의 심성을 묘한 방향으로 자극한 것만은 사실이다.

1963년 12월 26일에 실시된 총선거는 이른바 제3공화국의 생리와 병리를 앞질러 나타내 보인 결과로서 낙착되었다.

이 선거에서 예상을 뒤엎고 공화당은 압도적인 다수 의석을 차지했다. 그런데 기권율이 30.2퍼센트였고 공화당의 득표율은 34퍼센트에 불과했다. 야당은 66퍼센트를 득표했는데도 공화당의 86석에 대하여 그 반인 43석이었다. 이것은 경쟁률 12대 1로서 나타난 야당 입후보자의 난립이 빚은 결과다.

요컨대 공화당을 반대한 66퍼센트의 의사가 34퍼센트의 지지밖에 받지 못한 공화당에 의해 지배되어야 하는 상황을 빚어내고 만 것이다.

"국회의 꼴이 우습게 되겠구나."

하고 어느 외국의 기자가 다음과 같은 논평을 했다.

"여당은 획득한 의석수가 많다는 것으로서 밀고나가려 할 것이고 야당은 66퍼센트의 투표율을 염두에 두고 자기들이 국민의 의사를 정당하게 반영하고 있다고 우길 것이니 다수결의 원칙이 그 도의적인 근거에 있어서 흔들리게 마련이다. 그러나저러나 한국의 야당이 이번 선거에서 보여준 것과 같은 생리를 고치지 않는 한, 이 나라에 민주주의가 정착하기란 어렵다."

이 논평은 한국엔 과잉할 정도로 정객이 많은 반면 건전한 정치인이 없다는 결론으로 이어졌는데 내겐 반박할 건덕지도 찬동할 정열도 없었다.

정치는 이래저래 국민의 성격과 능력과 그 도덕적 수준을 합친 정치환경의 반응이 아니겠는가. 다시 말하면 짧은 혓바닥으로 길게 침을 뱉으려고 해보았자 그게 가능할 까닭이 없는 것이다.

우리의 속담에

"짧은 바지 입고 대님 치려는 꼴."

이란 말이 있다.

양반 행세를 하려면 대님을 쳐야 하는데 입고 있는 바지가 짧고 보니 대님을 맬 수가 없다는 것으로 자기의 능력을 돌보지 않고 서두르는 인간의 꼬락서니를 비웃는 함축을 가진 말이다.

이 나라에 있어서의 민주주의란 결국 짧은 바지 입고 대님 치려는 꼴이 아닌가.

그렇다면 박정희 씨 같은 사람이 정권을 잡기에 알맞다는 것으로 되지 않을까.

야당의 실태失態는 이런 식으로 국민의 가슴에 체관을 심는다.

나는 정치엔 아무것도 바랄 것이 없다는 마음을 다지며 이 주필을 구출할 목적으로 서울에 가 있는 성유정 씨의 소식만을 고대하게 되었다.

신문은 제3공화국을 이끌어나갈 내각의 구성을 보도하고 오는 12월 17일 국회의 개원과 함께 헌정을 부활할 것이라고 전했다.

뜻밖인 것은 국무총리로 최두선 씨가 등장한 사실이다. 박정희 의장이 국무총리의 직을 맡아줄 것을 종용했다는 얘기가 나돌았다.

# 뒤안길에서

'호리毫釐의 차'란 말이 있다.

간일발間一髮이란 말도 있다.

호리의 차로서 간일발로서 죽을 사람이 살고, 살 사람이 죽는다는 얘기로 번질 수 있다.

성유정을 일으켜 세운 것은 이 주필의 수척한 얼굴이다. 아니 그보다는 상처 입은 짐승의 눈빛을 닮은 그 눈빛이다. 성유정의 의식세계에선 이 주필이 그런 얼굴, 그런 눈빛을 할 수 없게 되어 있었다. 그런 만큼 충격이 컸다. 이 사람을 위해 뭔가 하지 않곤 견딜 수 없다는 심정이 사무쳤다.

성유정이 서울행 밤 열차를 탄 것은 1963년 11월 11일. 침대차를 잡아놓았지만 초저녁부터 드러누워 있을 수가 없어, 3등차로 가서 자리를 비집고 앉았다. 그 칸엔 여행을 한다는 기분보다 쇠잔한 인생들이 짐짝처럼 실려 간다는 느낌이 자욱하다.

성유정의 앞자리에 앉은 중년 남자들 사이에선 선거 얘기가 오가고 있었다.

"명색이 공화당이라면서 그 작풍이 어쩌면 자유당을 그처럼 닮았는고."

"자유당 때 으스대던 친구들이 공화당의 일꾼이니 그럴 수밖에."

"이번 선거 결과로 구성된 국회가 자유당 국회나 다를 게 뭐가 있을까?"

"그게 그거지 별게 있겠나."

행상이 지나가자 소주를 사서는 서로 잔을 바꿔가며 마시고 있더니 화제는 일전하여 야당에 대한 욕설이 되었다.

"야당의 힘 전부를 모아도 공화당에 이길지 말지 한데 거지끼리 자루 쟀다고 그자들 하는 짓 보면……."

"고생문이 훤해."

"우리가 알 바 아니지 않는가."

"그래도 나라가 잘되어야만 하는 건데……."

하다가 성유정을 의식했던지 그 가운데 한 사람이

"우리들끼리 지껄여대서 미안합니다."

하며 성유정에게 술잔을 내밀었다.

거북했지만 술잔을 안 받을 수 없었다. 술잔을 받고 보니 피차 인사가 없을 수 없었다.

두 사람은 함안에 사는 사람으로 하나는 조씨이고 하나는 윤씨였다. 독농가篤農家로 보였다. 수원 원예시험장에 견학차 나섰다는 얘기였다. 성유정이

"원예시험장을 찾을 생각까지 하신 걸 보니 농업에 대한 성의가 대단하십니다."

하는 치사를 했다.

"배운 게 뭐 있습니까. 죽으나 사나 농사지요. 그런데 농사엔 종자가

제일입니다. 종자가 나쁘면 아무리 잘 가꾸어봐도 별게 없지요. 좋은 종자를 심어 잘 가꾸어놓으면 기가 막힙니다. 그런데 좋은 종자 얻기가 쉽지 않거든요."

하고 조씨가 열을 띠며 설명했다.

"그러니."

하고 윤씨도 한마디 했다.

"아무리 기술과 경영에 최선을 다해도 농업정책이 어긋나면 아무것도 안 됩니다."

"군사정부의 농업정책은 어떻습니까."

성유정이 넌지시 물어보았다.

"말 마이소. 어린애들 장난도 아니고 이건 전연 엉터립니다. 축산을 장려한다고 해놓고 사료에 대한 대책은 전연 없습니다. 축산 장려는 사료의 수급계획과 병행해야 합니다. 한 집에서 한두 마리 돼지를 키우려면 그럭저럭 사료를 자급자족할 수 있지요. 그러나 매호 세 마리 이상이 되면 자급자족은 불가능합니다. 별도로 사료에 대한 배려가 있어야죠. 이런 필요에 의해 사료공장이 생겨나기도 했는데 사료 값이 너무 비싸 수지가 맞질 않습니다. 게다가 일시에 다량의 돼지가 나돌고 보니 값이 형편없이 하락해버렸죠. 새끼를 낳으면 죽여버립니다. 비싼 사료 먹여 키워보았자 그 사료 값을 빼지 못하니까요……."

윤이란 사람은 이 외에도 갖가지 예를 들며 군사정부의 농업정책은 없었던 것만 못하다는 사실을 역설했다. 성유정이 물었다.

"농어촌의 고리채 문제는 어떻게 되었소?"

"농촌에 있어서의 신용생활의 질서만 뒤흔들어놓았을 뿐이지요. 못 사는 사람들만 골탕을 먹게 되었지요."

조씨의 대답이었다.

"사정이 정 그렇다면 농촌에서 공화당의 지지표가 나오지 않겠군요."

"그런데 그렇게 되어 있지 않은 게 농촌입니다. 두고 보시오. 농촌에서 공화당 표가 왕창 나올 겁니다."

조씨의 이 말을 받아 윤씨가

"사실을 말하면 우린 그 선거 꼴이 보기 싫어서 원예시험장에 볼 일이 있다는 핑계를 만들어 도망쳐 나온 겁니다."

하고 웃었다.

"그렇게 하면 혹시 반작용이 없을까요?"

"있지요. 그러나 우린 농협 돈 쓸 생각도 없고 정부의 보조를 받을 의사도 전연 없으니까요."

한 것은 조씨였다.

"우리는 도통 정부가 시키는 일은 안 하기로 하고 있어요. 돼지를 많이 키우라고 하면 우린 돼지의 수를 줄입니다. 정부가 무슨 품종의 벼를 심으라고 하면 논을 묵히는 한이 있더라도 심지 않습니다. 시키는 대로만 하면 손해 보는걸요. 양파를 장려한대서 양파 심은 사람들 작년에 녹았어요. 우리는 그 대신 숙지황 같은 약초를 심었죠."

한 것은 윤씨였다.

"반골이 농촌에서 사시려면 힘들겠습니다."

성유정이 이렇게 말하자 윤씨는

"각오를 하면 그만입니다. 되도록 정치완 담쌓고 기술껏 농사를 지어 연명해보자, 우리 둘은 이런 각오로 사는 거죠."

하고 활달하게 대답했다.

"그러나 우리 둘이라도 마음이 합해져 있으니까 견디어나갈 수 있지, 만일 혼자 갔으면 도시로 도망치고 말았을 겁니다."

조씨의 말이었다.

조씨와 윤씨는 같은 국민학교와 같은 농업학교를 나와 10리 상거에 각각 농장을 갖고 산다고 했다.

"내 세상은 조군이고 조군의 세상은 나입니다. 아마 우리는 평생을 이렇게 살아나갈 작정으로 있습니다."

윤씨의 말을 듣고 성유정은 살큼 감동했다. 두 사람의 우정으로 해서 가시덤불 사이에 꽃이 피고 있는 느낌이었다.

그 우정을 축하하는 뜻으로 성유정이 소주를 샀다. 그리고 이 얘기 저 얘기를 나누고 있는 가운데 성유정은 이 주필 얘기를 하게 되었다. 조씨와 윤씨의 우정에 촉발되어 자기의 우정도 피력하고 싶은 충동의 탓도 있었고 물에 빠진 사람 지푸라기라도 잡는다는 심정으로 그들로부터 좋은 아이디어를 얻어낼 수 있을지 모른다는 막연한 기대도 있었다.

조와 윤은 기왕 이 주필의 열렬한 애독자였으며 진정으로 동정하는 마음을 나타냈다.

"들리는 풍문에 의하면 징역 9년까진 민정이양을 계기로 풀어주고 10년 징역 이상은 감형만 한다는 겁니다. 헌데 이 주필의 건강이 말이 아니거든요. 그래서 가만있을 수가 없어 서울로 가는 길입니다만 막연할 뿐이오."

성유정의 이 말을 받아 윤이 말했다.

"선생님이 그 일로 서울에 가신다는 것, 그 마음씀만으로도 중요하다고 생각합니다. 서울에 가시거든 닥치는 대로 서둘러보십시오. 누굴 만나거든 배짱 좋게 나가십시오. 소급법에 의한 정치적인 재판인데 징역 9년과 1년을 구별할 필요가 어디 있냐고 하면서요. 아무런 힘이 되지 않겠지만 애독자 대표란 명의로 박 의장에게 진정서라도 쓰겠습니다. 이 주필에게 대한 우리의 존경심을 그대로 토로하겠습니다."

애독자 대표의 진정서가 무슨 계기가 될지 몰랐다. 성유정은 그 진정서에 필요할 듯싶은 사항을 대강 적어 윤에게 건네주었다.

기차가 대구에 도착하기까지 화제는 주로 이 주필을 중심으로 한 것이었다.

대구에서 성유정은 침대차로 들어갔다.

성유정은 조와 윤을 만난 것이 무슨 길조처럼 느껴지기도 해서 편안히 잠들 수 있었다.


이튿날 아침 서울역에 도착했을 때는 조와 윤을 만날 수 없었다. 서린여관에 여장을 풀고 목욕을 한 후 미리 전화를 하고 김종길 변호사를 찾아갔다. 김종길은 재판 때 이 주필의 변호를 맡은 사람이다.

인사를 나눈 후 성유정이 물었다.

"박 의장이 전북을 유세할 때 12월 17일까지 극좌를 제외한 혁신계 전원을 석방하겠다고 언명한 기사를 읽었겠지요."

"읽었습니다."

"그대로 될까요?"

"그런데 그게."

하고 김 변호사가 망설였다. 김 변호사의 말로는 박 의장의 그런 발언이 신문지상에 발표되자 최고회의에서 심한 반발이 일었다는 것이다.

―반공을 명분으로 한 혁명인데 민정에 복귀했다고 해서 용공분자를 석방하는 건 말도 안 된다.

―모든 정치범을 다 풀어주는 한이 있더라도 혁신계 인사만은 풀어

164

줘선 안 된다.

─그렇게 하면 박 의장에게 대한 오해가 더 두터워질 뿐이다.

최고위원들은 중구난방으로 이런 소릴 하며 박 의장에게 대한 공공연한 반대 태도를 노출시키고 있다는 얘기였다.

"기막힌 사람들이군. 혁신계 인사가 어떻게 용공분자란 말인가."

성유정이 투덜댔다.

"그 문제에 관한 얘기는 하나마나 한 것이 아닙니까. 최고위원들은 좋은 자리를 얻지 못하게 될 것 같으니까 그걸로 꼬투리를 잡으려는 겁니다."

하고 김 변호사가 웃었다.

"참 편한 사람들이군. 그래 그들은 자기들 분풀이를 위해 죄 없는 사람들을 희생시킨단 말인가?"

성유정이 자기도 모르게 흥분하고 있었다.

"그러나저러나 이 주필의 근황은 어떻습니까. 부산으로 이감한 후론 전연 소식을 모르고 있는데요."

"큰일 났습니다."

성유정의 말에 김 변호사는 눈이 휘둥그래졌다.

"무슨 일이 있었어요?"

"이 주필은 이번 기회에 석방되지 못하면 죽거나 폐인이 될 것 같습니다."

하고 성유정이 이 주필의 혈압이 170까지 올라갔다는 사실을 비롯해서 정신의 동요를 가누지 못하고 있는 상황을 설명했다.

"그래선 안 되는데, 이 주필은 대범한 사람인데."

김 변호사는 조심스럽게 중얼거렸다.

"만일 이번 기회에 출옥하지 못하면 그 사람 그 충격으로 죽을 것 같아요. 내가 서울 올라온 것은 그를 구할 무슨 방도가 없을까 해섭니다. 설마 박 의장이 최고위원의 일부가 반대한대서 자기의 공약을 먹어버리진 않겠죠."

"그렇게야 하겠소만 범위가 훨씬 줄어들 염려는 있을 겁니다."

"줄어든다뇨?"

"애초의 의도는 전원 특사로 할 작정인데 형벌의 정도에 따라 차등을 둔다든가……."

김 변호사의 말에 성유정은 9년 이하는 나가고 10년부터는 못 나갈 것이라는 형무소 안의 소문을 새삼스럽게 상기했다.

"차등이 있기로서니 10년 징역까진 석방대상으로 되겠지요?"

"내가 이때까지 한 말도 무슨 근거에 의한 것이 아니라 내 어림짐작입니다. 그런 일을 지금 어떻게 알겠습니까."

"누굴 붙들고 호소하면 될까요. 최고회의의 법사위원장에게 호소해볼까요? 내무위원장에게 할까요? 어떻건 사람 하나 살려놓고 보아야 할 게 아닙니까?"

성유정의 마음을 모르는 바 아니니 김 변호사는 딱했다. 아무리 생각해도 뾰족한 수가 없는 것이다.

"김 변호사나 박 의장은 대구사범 동기동창으로 친한 사이라고 들었는데 어떻소? 한 역할 안 하시렵니까. 이 주필 같은 사람 하나 구하는 것도 큰 공적이 될 겁니다. 면회 신청을 하세요. 그리고 이 주필의 구명을 탄원해주시오."

"성 선생님."

김 변호사가 조용히 말했다.

"나는 청와대 출입이 금지돼 있습니다. 박 의장이 민정에 참여하느냐 안 하느냐 하고 한참 문제가 되어 있을 때 나는 극구 민정에 참여해선 안 된다고 반대한 사람입니다. 그 이후로 선이 끊어졌어요. 측근자들의 조치인지, 본인 자신의 의사인지는 몰라도 나는 청와대에 출입할 수 없는 몸입니다."

가냘프나마 가슴 한구석에 끼워두었던 희망의 실이 끊어졌다. 성유정은 박 의장의 동창 몇몇을 들먹이며

"그분들에게 부탁하면 어떨까."

하고 물었다.

"성 선생님, 세상일은 그렇게 수월한 게 아닙니다. 성 선생께서 들먹인 그들은 남의 부탁 듣고 박 의장에게 간청할 사람들이 아닙니다."

"그럼 어떻게 하죠?"

"부득이 12월 17일을 기다려볼 수밖에 달리 도리가 없지요."

그럴 바에야 내가 미쳤다고 서울까지 왔겠느냐는 말이 나올 뻔한 것을 성유정이 얼른 삼켜버렸다.

김 변호사는 김 변호사대로 걱정하고 있는 것은 확실했다.

"당분간 서울에 계실 거죠?"

하고 문곤 좋은 방책이 생각나면 연락하겠노라고 했다.


김 변호사 사무실에서 나와 호텔로 돌아온 성유정은 S물산의 전무 안남선에게 전화를 했다. 안남선은 성유정과 친교가 두터울 뿐 아니라 이 주필과도 각별한 사이였다.

"이 주필 관계로 의논할 일이 있으니 오늘밤 높은 사람 많이 가는 일류 요정을 예약해두고 내게 연락을 해라. 그리고 자넨 어떤 바쁜 일도

취소하고 오늘 밤 나하고 자리를 같이 해야 한다."

성유정이 이렇게 나오자.

"꼭 너는 양반이 상놈에게 시키는 것처럼 호령이로구나."
하면서도 안남선은 쾌히 응했다.

안남선이 예약한 곳은 '삼정'이란 최고급 요정이었다. 실업가로선
재벌 이상, 그리고 별이 빛나는 신분이 아니면 출입할 엄두도 내지 못
하는 곳이라고 했다. 안남선은 그 집을 택한 이유가 진주 출신의 마담
이 좌지우지하고 있기 때문이라고 덧붙였다.

삼정에서 성유정은 평상시 보지 못했던 고급 자동차가 앞 골목을 꽉
메우고 있는 광경을 보았다. 패커드·뷰익 같은 것은 초라한 편이고, 캐
딜락·링컨·크라이슬러의 고급차가 광채를 자랑하고 있었다.

'어떤 성공이건 군사혁명은 성공한 것이로구나.'
하는 감회가 짙었다.

쿠데타 아니고서야, 혁명 아니고서야 2, 3년 동안에 어떻게 그런 고
급차가 요정 앞 골목을 메울 수 있을 사태를 만들어낼 수 있겠는가.

자동차를 앞까지 대지 않고 터벅터벅 걸어 대문간에 들어서자 종업
원들이 이상한 눈으로 성유정을 보았다.

"안남선 전무 와 있겠지?"
하자 그때서야 종업원들이 굽신굽신했다. 그 가운데 한 사람이 안내를
했다. S물산은 욱일충천하는 기세에 있었고, 그 S물산의 전무이고 보면
그렇게도 될 것이란 짐작이 들었다.

"손님 오셨습니다."
하고 종업원이 미닫이를 열자 병풍을 등지고 앉아 있던 안남선이 성큼
일어서며

"자네에겐 누추할지 모르지만 오늘 밤은 이 집에서 모시기로 했네."
하고 익살을 부렸다.

이윽고 마담이 나타났다. 김정희란 이름을 가진 그 마담은 진주가 낳은 유명한 작곡가 이 모 씨의 미망인이어서 성유정과도 안면이 있었다. 30세는 이미 지났을 텐데 천성의 미모가 그 밤 따라 더욱 구슬처럼 빛났다.

"이런 꼴로 뵙게 되니 죄송합니다."
하고 수줍은 표정이었다.

안남선이 김정희가 왜 이런 곳에 나오게 되었는가에 대해서 간단한 설명이 있었다. 작곡가 이 모는 박행의 사나이였다. 아들딸 셋만 남기고 적빈 속에서 세상을 떠났다.

"우리의 도움이 모자라 이렇게 된 것이 아닌가 싶으니 되레 송구스럽다."
고 했고 성유정이

"자네 그 많은 돈 벌어갖고 뭣을 할 건가."
하고 안남선에게 빈정댔다.

"김 마담은 내 돈 같은 것 필요 없다네. 장안 제일의 스타가 아닌가."
안남선이 껄껄 웃었다.

성유정이 김정희에게 물었다.

"김 마담은 혹시 이 주필을 아십니까?"

"알다뿐인가 이 사람. 김 마담의 부군과 이 주필은 둘도 없는 친구라네. 김 마담은 이 주필 걱정을 이만저만하고 있는 게 아냐."
하고 안남선이 대신 대답했다.

성유정은 이 주필을 둘러싼 작금의 정세를 설명하고 그를 구출하는 묘안이 없을까 하는 말을 꺼내놓았다.

성유정의 말뜻을 재빨리 파악한 김정희는 자기가 있는 삼정의 아가씨 몇과 청운각에 있는 아가씨 몇을 꼽아 보이며, 약간의 설명을 보태곤

"그런 일을 해낼 만한 능력이 아닙니다."

하고 잘라 말했다.

"돈 1천만 원쯤 줘도 불가능할까?"

하는 성유정의 말에 김정희는 한참 생각을 하더니

"이 주필은 그런 비루한 수단으로 자기의 석방을 원하지 않을 것입니다."

라고 말했다.

막상 틀린 말은 아닐지 몰랐으나 성유정은 석연할 수가 없었다. 혈압이 170이나 올라가보지 않은 사람이 어떻게 혈압 170이 되는 사람의 고통을 알까 싶었다. 그러나 김 마담의 이 주필에 대한 과대평가는 그대로 온존해두는 것이 좋을 것이었다.

"좋다, 그럴 바엔 술이나 실컷 마시는 거지 별수 있나."

하고 성유정이 아까 마담이 들먹인 아가씨들을 데려오라고 했다.

"재미없을 건데요."

김 마담이 말렸지만 성유정이 고집을 부렸다. 이윽고 두 아가씨가 들어왔다. 문희숙이란 아이는 당돌하기가 짝이 없어 함부로 손바닥을 딱딱 쳐서는 자기 먹을 것을 주문했고 손주영이란 아가씨는 자기의 글래머 스타일을 과시할 양으로 겨울인데도 모기장 저고리 같은 것을 입곤 가끔 팔을 들어 풍만한 젖가슴을 드러내 미태를 부렸지만 보는 사람으로 하여금 만정이 떨어지도록 입언저리를 축 젖히는 웃음을 웃었다.

보다 못해 안남선이

"너희들은 너무 고상해서 우리 천민과 더불어 있을 사람이 아니니 나가라."

고 한방 놓았다.

그 말이 떨어지기가 무섭게 두 여자는 후다닥 일어서서 나가버렸다.

"김 마담 좀 오라고 해요."

하고 종업원에게 이르는 안남선을 보고 성유정이 한마디 했다.

"앞으로 난 자넬 존경할 작정이다."

김정희가 웃으며 들어왔다.

"그런 것 데리고 장사가 돼?"

"특수용인걸요, 뭐. 손님 방에 들여놓질 않습니다."

"마담이 이 방에 노상 있진 못할 테고 좋은 아가씨 데리고 와요."

"진작 그랬으면 될 건데. 좋은 아가씨는 아마 지금쯤 남아 있지 않을 텐데요."

하면서도 바깥으로 나간 김 마담이 백란이란 아이와 소인희란 아이를 방에 넣어주고 돌아갔다.

아까의 그 당돌한 여자들과 대조도 되겠지만 백란과 소인희는 요조 숙녀란 형용이 어울린 참한 아가씨들이었다.

백란은 술병을 들더니

"후처의 술 한 잔 받으세요."

라고 했다.

"후처가 뭔데?"

성유정이 놀라자 백란이

"우린 우리의 신분을 잘 알고 있어요."

라며 웃었다. 덧니가 매력적인 아가씨였다.

"소인희란 이름은 드문 이름인데 소인희는 본명인가?"

안남선이 물었다.

"소는 본성이구요. 인희는 변명變名이에요."

"본명은?"

"본명을 댈 바에야 왜 변명을 말했겠어요. 용서해주세요."

하며 두 손을 모아 비는 흉내를 냈다. 그 모습이 가련하기조차 했다.

"소정방이란 사람 아는가?"

성유정이 물었다.

"사람은 몰라도 이름은 알아요. 낙화삼천을 꽃피게 한 당나라의 장군 아네요? 미안해요."

"뭣이 미안한가."

"우리 소가가 백제를 멸망시켰으니까요."

"백란도 변명인가?"

"그럼요."

"성까지두?"

"성은 내세우지 않았어요. 그저 백란이. 사람은 못돼 먹어도 이름 하나는 좋죠?"

"그렇군 그래."

씨알머리 없는 말들을 주고받고 있는데도 뭔가 훈훈한 분위기를 만들 줄 아는 아가씨들이었다.

"이 집엔 높은 사람이 많이 온다지?"

성유정이 슬그머니 장난기가 났다.

"사람 위에 사람 없고 사람 아래 사람 없다면서요?"

백란이 한 말이다.

"그 따위 거짓말이 어디 있어."

안남선이 호통을 쳤다.

"자네들 밤마다 사람 위에 있는 사람을 보지 않느냐. 때론 사람 아래 있는 사람을 볼 수도 있을 거구."

그러자 소인희가 받았다.

"백란 씬 모처럼 어쩌다 배운 철학을 말했는데 선생님은 에로틱하게 나가시네요."

"요것들."

하고 안남선이 웃음을 터뜨렸다.

"안군은 말이다. 모든 것을 에로틱하게 해석하지 않으면 직성이 풀리지 않는 부랑장년이다. 조심해야 해."

성유정이 한마디 끼었다.

"전 철학보다 에로틱이 좋아요."

하고 백란이 생긋 웃었다.

"자네가 말하는 에로틱이란 뭔가."

성유정이 물었다.

"얘기해드릴까요?"

"얘기해봐."

"공짜는 싫어요."

"사례금을 내라, 이 말인가?"

"그럼요 이건 저의 순수한 창작이거든요. 그리구 수치를 무릅쓴 연출이구요. 아무데서나 누구한테서나 들을 수 있는 거면 돈 받지 않아요. 돈을 받는 것은 창작에 대한 경의를 요구하는 거예요."

"얼마쯤 받을 생각인가."

"1원짜리 가지고 계셔요?"

"1원짜리가 어디 있어."

"그럼 10원은요."

"10원은 있겠지."

"약간 비싸다고 치고 10원 내세요."

"선불?"

"후불이라도 좋아요."

"10원이면 너무 싸지 않는가."

"창작의 정도를 제가 알고 있으니까요."

"좋아, 에로틱이 뭔가를 한번 해보게."

백란이 빈 접시를 냅킨으로 닦아 왼손에 들고 오른손엔 젓가락을 들었다.

"공연이 끝날 때까진 정숙을 바랍니다."

엄격한 말투를 꾸며놓곤 백란이 젓가락으로 쟁반을 세 번 두들겼다. 땅땅땅 하는 소리가 났다.

─땅땅 문 두드리는 사람은 누구인지요.

─땅땅 두드리면 어떻게 한단 말인가.

─땅땅 두드리는 것까진 좋아도 문을 열 생각일랑 마사이다.

─문을 열면 어떻게 할 텐가.

─문을 여는 것까진 좋지만 내 옆에 와선 안 되나이다.

─네 옆에 가면 어떻게 할 테냐.

─내 옆에 오는 것은 좋지만 내 몸에 손을 대선 안 되나이다.

─네 몸에 손을 대면 어떻게 할 테냐.

─내 몸에 손대는 건 좋지만 내 옷을 벗길 생각은 마사이다.

―네 옷을 벗기면 어떻게 할 텐가.

―내 옷을 벗기는 건 좋지만 그곳에 손을 대선 안 되나이다.

―그곳에 손을 대면 어떻게 할 텐가.

―그곳에 손대는 건 좋지만.

여기서 백란이

"이 다음은 풍기문란의 법률에 걸리기 때문에 삼가겠어요."

하고 끝내버렸다.

"그곳에 손대는 건 좋지만 그다음은 어떻게 되는 건가."

안남선이 물었다.

"풍기문란죄에 걸린다고 하잖았어요?"

"여겐 아무도 없잖은가."

"제 양심의 문제예요."

"양심? 거창하게 나오는데."

"에로틱에도 양심은 있어요."

"그러지 말구."

"절대로 그 이상은 안 돼요."

"안 될 게 뭐 있니."

안남선은 아무래도 다음이 궁금한 모양으로 계속 보챘다.

그래도 백란은

"풍기문란죄에 걸리기 전에 이 집에서 쫓겨나요."

하며 그 이상을 말하려 하지 않았다.

"다음은 우리가 상상하기로 하고 그쯤 해두게."

이렇게 안남선을 말려놓고 성유정이

"백란의 에로틱은 일류."

라고 감탄했다.

"소인희 씨의 에로틱은 없나?"

백란의 고집을 꺾지 못한 안남선이 물었다.

"제게도 에로틱은 있어요. 그러나 유감스럽게도 백란 씨 것처럼 창작이 아녜요."

"창작이 아니라도 좋아. 얘기해보렴."

성유정이 권했다.

"술 한 잔 주세요."

소인희가 술잔을 내밀었다.

성유정이 술을 따랐다. 주루루 단숨에 술잔을 비우고 나서 소인희는

"맹숭맹숭하면 제 에로틱은 바깥으로 나올 수가 없어요."

하고 잠깐 상을 찌푸렸다.

찌푸린 상을 풀고 소인희가 시작했다.

"초저녁에 청상과부집에 도둑놈이 들어갔다나요. 새벽이 되었을 때 도둑놈이 물건을 챙기기 시작했어요. 과부는 옆에서 거들어주구요. 텔레비전을 싸고 전축을 싸고 값나갈 만한 것을 죄다 싸고서도 두리번거리더니 도둑놈이 탁상시계를 집어 들어 보따리 속에 넣지 않았겠어요? 그걸 보고 과부가 뭐라고 했는지 아세요? 제 에로틱은 결국 이 수수께끼에 있어요. 뭐라고 했겠어요."

"이 아가씨들이 사람들 조바심 나게 하는 덴 선수로구먼."

성유정이 이렇게 말했고

"시원시원 얘기 못 할까?"

하고 안남선이 짜증을 냈다.

백란이 말했다.

"내가 알아맞혀볼까?"

"그래."

"욕심도 많구나."

"아냐."

"그럼 무정한 사람."

"그것도 아냐."

"그럼, 그 시계쯤은 내놓고 가?"

"그것도 아냐."

"뭐랬는데 그럼."

소인희는 제법 점잖게 포즈를 취하더니 뚜벅 말했다.

"죄다 가지고 가는 걸 보니 이제 가면 다신 안 올 작정이지?"

성유정과 안남선이 웃음을 터뜨리지 않을 수가 없었다.

안남선은 웃음을 거둬들이지는 못한 채

"너희들 지금 겨우 20세 안팎이지?"

하고 물었다.

"너희들 장차 뭐가 될 건고."

그러자 백란이

"무엇이 될꼬 하니."

하고 웃음을 머금었고 소인희는

"백여우가 되오리다."

하며 손으로 입을 가렸다.

"백여우가 되오리다가 아니라 벌써 백여우가 되어버린 것 아닌가."

안남선이 빈 잔을 들어 소인희에게 권했다.

성유정은 이 아가씨들이 손님들을 과연 어떻게 보고 있는지가 궁금

했다.

"이 집엔 높은 사람들이 많이 온다지?"

"돈 많은 사람들도 많이 오구요."

백란의 대답이었다.

"그런 사람들을 만나보면 기분이 어때."

"천하게 자란 아낙네가 올림피아의 신들과 노는 기분이 되어야 할 테지만."

하고 백란이 말을 끊었다.

"그런데 어떻단 말인가."

성유정이 다져 물었다.

"제 감수성이 부족한가 봐요. 시들한 기분으로밖엔 되질 않아요."

백란의 대답은 막상 농담이 아니었다.

"그것 중대발언인데."

안남선이 정색을 했다.

"중대발언일 것까지도 없어요. 올림피아 신이나 된 듯 으스대지만 사실은 그게 아니니까요."

백란에 이어 소인희가

"괜히 심각주의로 나가지 말고 오락주의로 나가요."

하고 이런 말을 했다.

"우리가 가장 높게 평가하는 손님은 우리의 마음을 편하게 해주고 곁들어 즐겁게 해주는 분이에요. 손님들은 우리를 향락의 도구로 삼고 있었지만 우리도 손님들을 향락의 수단으로 삼고 있거든요."

"게다가 팁까지 받고?"

안남선이 끼어들었다.

"물론이죠. 팁까지 받구요. 그러니까 우리가 한 수 더 뜨는 거죠."

성유정은 때론 재치가 있기도 하고 때론 솔직하기도 한 백란과 소인희의 말에 혀를 내두르는 심정이 되었다. 시속에 대한 가장 날카로운 비평가는 이 아가씨들이 아닐까 하는 마음마저 들었다. 그런 심정에서 다음과 같은 말이 나왔다.

"내가 이 요정을 찾은 것은 이곳엔 높은 사람과 친한 아가씨들이 많다고 듣고 어떻게 그런 아가씨의 도움으로 내 친구의 구명운동을 할까 했던 것인데 아까 마담의 말을 듣고 그런 공작은 포기하기로 하고 이제 아가씨들과 약속을 하나 하고 싶다. 만일 그 친구가 이번 기회에 출옥할 수 있으면 그 친구를 끼어 아가씨들과 근사하게 하룻밤 놀았으면 싶다."

그리고 그 친구가 지금 형무소에 있다는 얘기까지 곁들였는데 백란이나 소인희는 그 사람이 어떤 사람인가, 왜 형무소에 가게 되었는가에 대해선 물어보지 않았다. 체면치레라도 있을 법한 질문인데 그렇게 하지 않은 데 성유정은 호감을 느꼈다.


그 이튿날 아침 일찍 성유정은 L씨를 창선동 자택으로 찾았다. 육중한 대문이 열리기까지는 상당한 시간이 걸렸다.

응접실에 안내되어 앉아 있으니 출근할 채비를 하고 L씨가 나타났다. L씨에게도 성유정은 선배가 되는 관계로 L씨는 정중한 인사와 함께

"그 사람 때문에 오셨지요?"

하곤 미소를 띠었다.

그 사람이란 이 주필을 가리킨다.

"이번에 나올 수 있을지 없을지 그게 마음에 걸려 가만있을 수가 없어 와보게 되었소. 다만 체면에 걸리는 일이 있더라도 힘써주길 바라오."

"집안일인데 난들 범상하게 생각하겠습니까. 그러나 저 혼자 힘으로 될 일도 아니고, 제가 정면에 나설 수도 없고 참으로 딱합니다. 아주머니, 그 사람의 모친께선 며칠 전부터 제 집에 와 계십니다."

L씨의 말은 차분했다.

"대강 어떻게 되겠습니까."

"엊그제 최고위에선 합의를 보지 못하고 박 의장의 재량에 맡기기로 했는데 금명간 방침이 결정될 것으로 알지만 아직은 어떻게 말할 수가 없습니다."

"박 의장의 전주 공약으로선 혁신계 인사를 전원 석방하리라고 했는데 항간에 돌고 있는 말이 수상합니다. 징역 9년까진 풀어주고 10년 이상은 감형만 한다는 겁니다. 이 주필의 형기는 10년이거든요. 그 사람의 건강이 대단히 좋지 못합니다. 혈압이 170까지 올라갔다고 합디다. 자칫 잘못하면 이번 충격으로 그 사람 혈관이 터져 죽든지 병신이 되든지 할 위험마저 있습니다. 어떻든 최선의 방책을 다해주시오."

"내가 해야 할 일을 성 선배님으로부터 되레 부탁을 받으니 죄송합니다. 그러나 지금은 어떻게 말해야 좋을지 엄두가 나질 않습니다. 기회를 기다려봅시다. 전 출근을 해야 하니까 이만 실례를 하겠습니다."

"언제 또 찾아뵐까요."

"선배님이 필요하실 땐 언제이건 좋습니다."

성유정은 이 주필의 모당母堂을 만나뵙겠다며 응접실에 남고 L씨는 그 길로 출근했다.

L씨가 출근하고 난 후 이 주필의 어머니가 응접실로 나왔다. 언제 보아도 화창하고 유순하던 분의 얼굴이 수척해 뵈는 것이 안타까웠다.

"그 애 일로 서울까지 오셨구나. 고맙소."

하고 여사는 너그럽게 미소했다.

"일이 돼야 고맙고 뭐고가 있지 보람 없이 겉돌고 있는 처지가 그저 부끄럽습니다. 헌데 이 집 주인께서 무슨 말이 없었습니까."

"그 사람은 땅이 꺼져라 한숨만 쉴 뿐 별다른 말이 없어. 그런 걸 보니 내가 이 집에 있기가 거북하기만 하오."

"그래도 이 집에 버텨 있어야 합니다. 꼭 그러실 필요가 있습니다. 한 달 이내엔 결판이 납니다."

하고 성유정은 L씨의 집에서 나왔다.


12월 6일 김 변호사가 여관으로 성유정에게 전화를 걸어왔다.

"신직수 씨가 검찰총장으로 임명되었으니 L씨가 그 자리로 승진할 게 확실합니다. 그 자리는 법률관계의 직무에 있어서 책임자를 대행하는 자리이니 이 주필의 운명이 L씨의 수중에 있는 거나 다름이 없어요. 이 기회를 포착해야 합니다."

이 전화를 받고 하루를 기다렸다. L씨가 그 기관의 차장으로 임명되었다. 성유정의 머리는 기민하게 움직였다. 타이밍을 10일로 잡았다.

10일 9시경. L씨를 그의 사무실로 찾았다. 다행히 면회신청이 허락되었다. 회의 중이라고 해서 성유정은 부속실에서 두 시간을 기다렸다.

성유정을 만나자 L씨는, 9년까진 석방, 10년 이상부터는 감형으로 대강 방침이 굳어졌다며 괴로운 표정을 했다.

"그렇게 확정되었나요?"

"최고회의 의장 결재가 나지 않았으니 확정되었다고 할 수는 없지만 대체로 그런 방침으로 나가게 된 거지요."

"10년까지로 왜 확대할 수 없었던 겁니까. 좀더 강하게 주장하실 것을."

성유정이 끓어오르는 울화를 겨우 참았다.

"그 방침은 전임자가 있을 때 결정되었던 것 같습니다. 내가 안 것은 엊그제의 일입니다. 전임자의 결정을 특별한 사유 없이 뜯어고칠 수도 없고 실무자들 하는 대로 보고만 있는 거죠."

"용기라는 것이 어느 때 필요한 거요?"

성유정의 말이 거칠게 나왔다.

L씨의 대답이 없었다.

"당신은 이 주필이 빨갱이가 아니라는 사실을 누구보다도 잘 알고 있는 사람이 아니오?"

"그렇습니다."

"이 주필은 억울한 사람들 가운데서도 가장 억울한 축에 든다는 사실도 잘 알고 있지 않소?"

"그렇습니다."

"그런데도 속수무책으로 있을 거요?"

"방침으로서 결정해야 하지 개인 사정을 개재시킬 순 없습니다. 그게 고민 아닙니까?"

성유정은 흥분하고만 있을 것이 아니라고 생각했다.

"어떻소. 아직 그 문제는 실무자의 손에 있는 거죠."

"그렇습니다."

"그럼 그 실무자들에게 이유는 쏙 빼고 나를 소개해줄 수 없겠소?"

"그럴 수는 있겠죠."

"그럼 나를 그분들에게 소개해주시오."

L씨가 초인종을 눌러 몇 사람의 이름을 들먹였다. 이윽고 세 사람이

들어왔다. 그 사람들에게 L씨는 성유정을 소개했다.

"내가 동향의 선배로서 가장 존경하는 어른입니다. 해방 직후 좌우 투쟁의 혼란기에서도 선명하게 위신을 지킨 어른이고 일제 때의 그 어지러운 상황 속에서도 친일하지 않고 일관한 어른입니다. 만석 대지주의 아들로서 가난한 사람, 불우한 친구들에게 많은 은혜를 베푼 어른이기도 합니다. 그런데도 일절 지위나 공훈을 바라지 않고 시종 초야에 있으면서 공부만 하고 계시는 희귀한 인물입니다. 그런데 이분이 당신들과 의논하고자 하는 일이 있는가 봅니다. 가능하다면 이분의 말을 잘 듣고 이분의 뜻이 이루어지도록 해주셨으면 하오."

L씨의 소개가 이렇게 정중했던 탓으로 I씨, J씨, K씨 3인은 성유정에게 최대한의 경의를 표했다.

L씨의 방에서 나와 복도에서 성유정이 세 사람을 저녁식사에 초대하겠다고 했다.

"그럴 것 없습니다. 저녁식사 때를 기다릴 것이 아니라 선생님의 의견이 뭣인지 지금 당장 들어보기로 하죠."
하고 I씨가 자기 방으로 인도했다.

거기서 성유정은 이 주필에 관한 자초지종을 말하고 금번 특사에 꼭 낄 수 있도록 해달라는 간청을 했다.

"이미 방침이 결정되어 있으니……."
하고 난색을 표하기도 하고

"특례로서 첨가하자면 무슨 결정적인 계기가 있어야 할 텐데……."
하는 말이 있기도 했다.

성유정이 말을 보탰다.

"사실을 말하면 L씨의 집안사람이기도 합니다. 뿐만 아니라 초·중·

고등학교를 같이 다니고 같은 시기 도쿄 유학을 한 사이지요. 그러니 현재 가장 가슴 아파하는 사람이 바로 L씨일 겁니다. 중이 제 머리 못 깎는다는 속담 그대로 고민만 하고 있는 거죠. 이를테면 공사의 틈바구니에 끼여 이럴 수도 저럴 수도 없는 게 그분의 심정이 아닌가 해요."

"그렇더라도 무슨 계기가 될 만한 것이 있어야 하는데."

하고 머리를 갸웃하고 있던 K씨가 방금 생각이 났다는 듯

"며칠 전 청와대에서 내려온 진정서가 있었는데 그게 아마 이 주필에 관한 것이었지?"

하고 자기 방으로 돌아가더니 한 통의 진정서를 들고 돌아왔다. 얼핏 보았더니 성유정이 기차간에서 만난 조씨와 윤씨가 박 의장 앞으로 제출한 진정서였다.

세 사람은 그 진정서를 돌려보더니

"이 진정서를 계기로 만들 수가 있을 것 같다."

며, 결과는 어떻게 되건 법사위원회에 제출할 특사대상자 명부에 특례로서 이 주필의 이름을 끼워넣도록 노력해보겠다고 약속했다.

하루 사이를 두고 밤에 자택으로 갔더니 L씨는 덥석 성유정 씨의 손을 잡았다.

"잘될 것 같습니다. 성 선배께서 말씀을 어떻게 하셨는지 실무자들이 이런 기회에 보아주지 않고 언제 봐줄 거냐며 공적으로 당당히 명분이 통하는 서류를 만들어 법사위에 제출했습니다. 십중팔구 통과되리라고 믿습니다."

성유정은 붕 뜨는 기분이었다.

L씨는 이런 날 술 한잔 없을 수 없다며 부인에게 주효를 준비시켰다.

"선배님이 오시면 내가 모시고 서울 장안을 누비기라도 해야 하는데

내 처지가 이렇게 되고 보니 그럴 수도 없이 죄송하기 짝이 없습니다."

이런 변명까지 해가며 L씨는 성유정에게 술잔을 권했다. 어떤 자리에 있게 되면 그 자리의 무게 때문에 가장 가까운 사람의 사정까지도 보아줄 수 없게 되는 경우가 있다는 얘기도 있었다.

"그러나 이런 결과를 만든 것은 당신의 그 자리 덕택 아닌가."
하고 성유정은 L씨를 칭찬할 구실을 찾았다. 그러면서도 마음 한구석에선 이 주필과 L씨의 위치가 바뀌어 있었더라면 이 주필의 태도는 보다 결연했으리라는 짐작을 지워버릴 수가 없었다.

'그러나 결국 이 사람 덕으로 이 주필이 풀려나올 수 있게 되지 않았는가.'

성유정은 L씨와 이 주필의 우정을 극구 치하하고 통금 가까운 시간에 L씨가 마련해준 자동차를 타고 여관으로 돌아왔다.

여관으로 돌아온 성유정이 부산에 전화를 하려다가 이왕이면 법사위의 통과가 있은 후 해도 무방하다는 생각으로 그만두기로 했다.

12일 법사위의 심의가 있을 것으로 들었는데 그날 안으로 그 결과를 알아낼 순 없었다. L씨를 다시 찾아갈 생각도 없지 않았으나 지나치게 추근댈 수도 없어 13일을 기다렸다.

13일의 신문에 법사위의 회의 결과 즉, 혁신계 인사 중의 사면대상자로 결정된 사람들의 명단이 발표되었다.

그런데 그 명단에 이 주필의 이름은 없었다. 그리고 그 명단을 보도한 리드 기사엔 9년 이하만 사면을 하고 10년 이상은 5년형으로 감형한다는 내용이 있었다.

그 방침을 그냥두고 이 주필만을 예외로 취급할 수 있으리라고 믿었던 그 마음이 너무 안이했다고 뉘우쳤지만 만번을 뉘우친들 어떻게 하

라. 성유정은 부산으로 돌아갈 기력마저 잃었다. 커튼을 쳐서 방을 어둡게 하고 이불을 뒤집어쓰고 누웠다.

세상만사가 다 귀찮았다. 이 주필을 만날 면목도 없었다. 하물며 그를 어떻게 무슨 말로 위로한단 말인가.

"앞으로 2년 5개월이 남았다. 기왕 2년 7개월을 살지 않았느냐. 참고 견디어라!"

이러한 말이 가능이라도 할까.

참지 않으려고 해도 참아야 하는 것이 징역살이다. 견디지 말래도 견디게 되는 것이 징역살이다. 사람이란 스스로의 죽음마저도 견디어야 하는 운명적인 동물이다.

이렇게 말해버리면 그만이지만 성유정은 지난번 면회 갔을 때 본 이 주필의 몰골로선 2년 5개월 후를 바랄 수 없다는 절망감을 감당할 수가 없었다.

성유정은 이불을 뒤집어쓰고 누운 채 이 주필의 교우관계를 점고해 보았다. 많은 학자, 많은 실업인, 많은 제자, 군사정부 안에만 해도 많은 실력자, 예컨대 L씨 같은 최강의 권력선상에 있는 사람, 심지어는 박 의장이라고 하는 최고의 권력자까지도 그의 교우관계 속에 넣어 무방한 것이다.

그런데 그 많은 친구들이 그의 억울함을 구할 수가 없어 이윽고 그를 폐인으로 만들거나 최악의 경우 옥사케 하거나 한다면……

'살아볼 만한 인생이라고 할 수 없는 것이 아닌가.'

성유정은 이러한 시름을 달래기 위해 S물산의 안남선을 부를 생각마저 하지 않았다. 그의 성격은 자포자기의 술을 마실 취향을 갖지 않았다. 드문 일이지만 밀폐된 방안에서 자학과 자조를 가꾸는 것이 그의 버릇이었다.

성유정이 분한 것은 이번 사면에 부정선거를 감행한 이른바 원흉들에 대해선 하나 남기지 않고 석방할 정도로 관대하면서, 따지고 보면 아무런 죄도 없는 혁신계와 이와 유사한 억지 정치범들에게 대해선 가혹했다는 바로 그 사실에 대해서였다.

그러면서도 그는 만일 그 혁신계 패거리에 혁신계도 아무것도 아니면서 끼인 이 주필이 개재되지 않았더라면 비정한 방관자로서 이런 일들을 지나쳐버렸을 스스로를 자각하고 있었다. 성유정 자신의 말을 빌면, 그는 사분私憤도 공분公憤도 할 수 없는 비자격자인 것이다.

불면의 낮과 밤을 지내고 새벽녘에야 눈을 붙인 성유정은 14일 낮 요란한 전화벨 소리에 잠을 깼다.

L씨로부터 온 전화였다.

"부산으로 가셨는가 하고 걱정했는데 마침 계셔서 다행입니다."

하는 L씨의 말에 성유정은

"무슨 낯으로 돌아가겠습니까."

하고 볼멘소리로 대답했다.

"말씀드릴 게 있습니다. 곧 제 사무실로 오실 수 있겠습니까?"

"좋은 일이 있다면 기겠소."

"좋은 일이 있습니다."

"그럼 가지요."

하고 성유정은 세수를 하고 L씨의 사무실로 달려갔다.

사무실에 들어가자 L씨는 성유정의 손을 덥석 잡으며

"이 주필의 일이 방금 결정되었습니다."

하고 웃었다. 그런데 그 눈이 질퍽히 젖어 있었다.

"나오게 되었단 말이오?"

"그렇습니다."

"나는 어제 신문을 보고 골치가 아파 여관방에 이불을 뒤집어쓰고 아까까지 누워 있었소."

"크게 실망하셨을 걸로 알았습니다. 그래 부랴부랴 성 선배님을 찾은 겁니다."

"어떻게 된 거요."

L씨는 성유정을 응접 테이블 앞에 모셔다 놓고 응접 테이블 위에 몇 개의 서류를 포개놓고 설명을 시작했다.

"이 서류를 보십시오. 이 주필의 이름이 없지요? 이 서류를 보십시오. 프린트한 명단 말미에 이 주필의 이름을 펜으로 써넣고 있지요. 그런데 이 서류엔 이 주필의 이름이 프린트가 되었습니다. 이 주필과 함께 공범인 변노섭과 법사위원장과 친척관계가 되는 강 모의 이름이 같이 프린트된 것입니다. 그다음 프린트를 보십시오. 모처럼 프린트된 세 사람의 이름이 붉은 선으로 지워져 있지 않습니까. 그다음 서류는 이 주필과 변·강 모의 이름을 빼버린 프린트입니다. 이게 신문사에 배포된 것입니다. 그러고 나서 다시 또 이 주필·변·강 모의 문제가 대두된 것입니다. 마지막으로 박 의장이 실무자들의 설명을 들은 후 재토의를 시킨 거지요. 그래서 한 시간 전에 최종적인 심의를 거쳐 10년 이상으로선 이 주필·변·강을 포함한 사면대상자를 박 의장이 재가한 겁니다. 회의 내용을 대강 짐작하시겠지요? 참으로 아슬아슬한 고비였습니다. 이 주필은 성 선배님 덕택으로 살아났습니다."

L씨도 흥분하고 있었지만 성유정도 제정신이 아니었다.

"내가 뭣 한 것 있소. 당신이 수고했소. 당신 덕택이오."

"아닙니다. 성 선배가 서둘지 않았더라면 실무자들이 발 벗고 나서지 않았을 것이고 실무자들이 발 벗고 나서지 않았더라면 어디 가능이라도 했겠습니까. 실무자들은 공교롭게도 그 무렵 청와대를 통해 들어온 진정서를 멋지게 이용한 겁니다. 실무자의 성의가 없었더라면 그 따위 진정서는 휴지 조각이나 마찬가지인 문서일밖에요. 아무튼 이 주필을 구해낸 것은 성 선배님입니다. 새삼스럽게 제가 감사를 드립니다."

"천만 가지가 움직였던들 당신이 중심에 없었고서야 일이 진행되었겠습니까. 감사는 내가 드려야 하오."

하고 성유정은 빨리 부산으로 가서 이 주필에게 알려야겠다며 일어섰다.

"그건 걱정 마십시오. 의장의 재가가 있은 즉시 내가 이 주필에게 사람을 보냈습니다. 오늘 4시까진 부산에 도착할 것입니다. 그제 신문에 명단이 발표되고 해서 틀림없이 형무소 내에도 무슨 정보가 들어갔을 것이고 그것을 알면 그 사람이 얼마나 낙심할까 싶어 조금이라도 고통을 덜어주기 위해 우선 그 일부터 먼저 해놓았으니 걱정 마시고 오늘밤은 성 선배님, 나하고 같이 술이나 한잔 하십시다. 솔직하게 말해 내 인생에 이렇게 기쁜 날이 기왕에도 앞으로도 있을까 싶습니다."

자기 직책에의 의식을 전연 잊고 솔직한 기쁨을 표명한 L씨의 권유를 성유정이 거절할 수가 없었다.

그날 밤의 자리에 안남선과 김 변호사를 끼울 의논까질 합치고 성유정이 L씨의 사무실에서 나왔다.

어제 저녁까지만 해도 살아볼 만한 가치가 없다고 느꼈던 인생이 갑자기 살아볼 만한 인생으로 바뀐 것이 하도 신기해서 성유정은 겨울바람 속을 봄바람 속처럼 남산을 한 바퀴 돌았다.

1963년 12월 16일.

이 주필은 부산 형무소에서 출감했다.

그 기쁨을 새삼스럽게 기록할 필요는 없을 것 같지만 그 전후의 사정을 이 주필 자신의 입을 통해 들어둘 필요는 있을 것 같다.

그가 출감한 지 얼마 후 친구들이 모인 자리에서 이런 이야기를 했다. 다음에 나타나는 '나'는 이 주필 본인을 가리킨다.

—민정이양의 날이 박두하자 형무소 안은 술렁이기 시작했다. 광범위한 사면이 있을 것이라고 전해졌기 때문이다. 더욱이 혁명재판을 받은 혁신계 인사들의 기대는 부풀었다. 박 의장이 전주에서 한 발언, 즉 혁신계 인사는 민정이양까지 전원 석방하겠다는 공약이 있었던 탓이다.

민정이양의 날이 가까와지자 기대는 불안으로 변했다. 전원이 석방될 까닭은 만무하고 일부만 나가게 되리라는 풍문이 돌기 시작한 것이다.

어떤 근거로 그런 말이 나돌게 되었는진 모르나 5년, 7년짜리는 무조건 나가게 되어 있고 10년 이상은 감형으로서 그치리란 것이었다. 부산 형무소에 수감되어 있는 혁신계 인사들은 최고가 12년이고 10년, 7년, 5년으로 되어 있었다.

남의 생각을 할 겨를도 없이 나는 내 자신의 문제가 걱정이었다. 내 형기는 10년이다. 이번 기회에 나가지 못하면 비록 감형이 된다고는 하나 앞으로 2, 3년을 더 살아야만 했다. 고혈압 증세가 있었기 때문에 당시 나는 병사病舍에 가 있었는데 그런 불안을 느끼게 되자 그 증세가 더욱 악화되었다.

만일 이번에 나가지 못한다면 나는 나의 고혈압 증세도 감당하지 못하지만 공포증이 불안 요소로 첨가되어 심경에 압박을 가했다. 태연해야 한다는 마음먹이와 도무지 태연할 수 없다는 심리가 상격, 상승하는 작용을 일으켜 견딜 수가 없었다.

병사의 같은 방에 이종석 군과 양실근 군이 있었는데 이종석 군은 7년이고 양실근 군은 5년이었다. 이들은 기회 있을 때마다 이 주필도 함께 나갈 수 있을 것이니 걱정하지 말라는 말을 입버릇처럼 하고 있었다.

그러던 어느 날, 12월 13일의 밤이라고 기억한다. 나는 창 쪽으로 머리를 두고 누웠고 이군과 양군은 골마루 쪽으로 머리를 두고 누워 있는데 곧바로 골마루에서 움직이고 있는 교도관의 거동이 수상했다. 골마루와 병실과의 사이는 투박한 나무를 격자식으로 짠 창도 아니고 벽도 아닌 것으로 되어 있어 골마루 쪽에서도 방안을 들여다볼 수 있거니와 방에서도 골마루의 동정을 환히 알 수 있는 것이다.

나는 그날 밤의 교도관의 동정이 내가 잠들었느냐 어쩌냐는 데 관심을 둔 것으로 느껴졌다. 감방생활을 하고 있으면 이른바 눈치라는 것이 비상하게 발달한다. 나는 이불을 머리끝까지 뒤집어쓰고 잠든 척 꾸몄다.

그러면서도 전 신경을 귀에 집중했다.

그런 지 얼마 안 돼 무슨 종이쪽지 같은 것이 방안으로 미끄러져 들어오는 소리가 났다. 다음 순간 이군이 몸을 뒤쳐 눕는 동작이 소리로써 느껴졌다.

'옳지, 신문의 발췌 같은 것이 들어왔구나. 이것을 골마루 불빛에 비춰 읽으려고 이군이 뒤쳐 누웠구나.'

나는 그 신문의 발췌는 석방자 명단일 것이라고 판단했고, 내가 잠든 후를 노려 들여보낸 것이라면 그 명단에 내 이름이 없는 게 확실하다고 짐작했다.

이불을 뒤집어쓰고 누워 바스락하는 소리만을 듣고 나는 이 모든 것을 알아차린 것이다. 그러고 나니 가만있을 수가 없었다. 이불을 제치고 일어나 앉아 말했다.

"내가 그 명단에 빠져 있는 것을 나는 안다. 그걸 자네들이 내게 미안하게 생각할 필요가 없다. 어차피 알게 될 일 아닌가. 자네들이 먼저 나가 남은 사람들의 구출운동을 서둘러주면 그로써 고마운 일이 아니겠는가. 빠르고 늦을 뿐이지 결국 나가게 되는 건 매일반이니 어색한 짓은 말아라."

순전한 짐작만으로 한 것인데 그게 적중했다.

"아닌 게 아니라 이 명단에 이 선생님의 이름이 없습니다. 그러나 선생님의 말씀대로 조만이 있을 뿐이지 어디?"
하며 이군도 일어나 앉았다. 보여주는 명단을 보니 나뿐이 아니라 10년 이상의 형기를 가진 자의 이름은 하나도 없었다.

나는 굳이 대범하려고 애쓰며 그들의 출옥을 축하하고 아울러 출옥한 후에 남은 사람들의 석방을 위해 열렬하게 노력하라고 부탁했다.

그 이튿날 이군과 성군은 영치한 돈을 아낄 필요 없이 죄다 끌어내어 아침식사 때부터 호화판 음식을 장만했다. 나는 애써 아무 일 없는 것처럼 쾌활하게 행세하려고 애를 썼다. 그러나 가슴속에 공동이 생긴 듯 허전하기만 했다. 세 사람이 같이 살다가 두 사람이 나가버리고 나면 내 혼자 어쩔까 싶은 마음에 앞서 떠나가는 그들을 보낼 때 내 몸을 어떻게 지녀야 할까를 생각하니 웃음을 가장하려는 내 표정이 간혹 얼어붙는 듯한 기분이었다. 슬픔을 슬픈 대로 우울을 우울한 대로 표현할 수 없는 상황처럼 가슴 아픈 경우란 없다는 것이 절실한 느낌이었다.

그리하여 하루해가 저물려 하는데 일반사一般舍 저편에서 담요를 포대처럼 짊어지고 들어오는 사람이 있었다. 김용겸 씨였다. 그는 변호사 출신으로 사회당 경상남도 위원장을 하다가 징역 12년을 받은 사람이다.

버티고 버티다가 그는 석방자 명단에 자기가 탈락해 있는 것을 확인하고 마음을 수습할 도리가 없어 병사를 자원하여 들어오는 것이라고 나는 짐작했다. 아무튼 나는 그를 환영했다. 나는 그를 환영할 만했다. 내일 모래면 텅 비어버릴 방의 공허를 그가 채워주겠기 때문이다. 나가는 두 사람을 혼자 남아서 바라보는 것보다, 두 사람이 바라보는 것이 훨씬 위안이 될 것이었다. 나는 눈물을 흘리기까지 하며 그를 반겼다.

김용겸 씨는 곧 죽어도 군자풍을 잃지 않는 사람이다.

"저쪽은 어떻소."

하고 물었더니

"명단이 들어오고 난 뒤는 초상난 집같이 되어버려서 그 꼴이 보기 싫어 도망쳐 온 거다"

며 웃기까지 했으나 그 웃음이 애처로웠다. '저쪽'이란 본사本舍를 말한다. 본사엔 20명가량의 혁신계 정치범이 수용되어 있었다. 아마 그 반수는 이번 석방되는 축에 끼었고 반수는 남게 되어 있었다.

"나는 나 혼자 이 두 사람 행운아들에게 어떻게 처량한 내 몰골을 보일까 했는데 김 변호사와 같이 남게 되니 기쁘오"

하고 나는 쾌활한 척 꾸몄다. 쾌활할 정도는 아니라도 김용겸 씨가 왔기 때문에 마음이 놓인 것은 사실이었다.

어느덧 저녁식사 시간이 되었다.

이군과 양군의 배려로 진수성찬이 차려졌다. 그 무렵 병사에선 돈만 내어 취사장에 청구를 하면 제법 웬만한 요리를 먹을 수 있었다.

식사 도중에 나에게 전갈이 왔다. 특별면회가 있으니 계호 과장실로 오라는 내용이었다.

"이 시각에 무슨 면회일까."

하고 내가 일어서자

"이 주필도 나가게 되는구만."

대뜸 말한 것이 김용겸 씨였다.

"설마."

"아냐, 절대로 그래. 이 주필은 나가게 되는 거다."

김용겸 씨가 자신 있게 말했다.

무슨 근거가 있어서의 자신이었을까만 김용겸 씨의 눈치도 병적으로 빨랐다.

계호 과장실에 갔더니 어떤 낯모르는 사나이가 자리에서 일어서며 말했다.

"서울 이 선생 심부름으로 왔습니다. 모레 나가게 될 것이라고 전하라는 말씀이었습니다."

주위가 빙글 돌았다. 현기증이 났다.

가까스로 진정을 하고

"명단에 빠져 있던데요."

했더니

"그래서 절 특별히 보낸 겁니다. 선생님의 석방은 그 명단이 발표되고 나서 결정되었다고 했습니다."

"그럼 변노섭 군은 어떻게 되었을까요."

"그것까진 모르겠습니다. 제게 부탁한 것은 선생님에 관한 얘기뿐이었습니다."

계호 과장실을 나오니 다리가 휘청거렸다. 공소라도 하고 싶은 기쁨이 가슴 밑바닥으로부터 끓어올랐으나 혹시 변노섭 군이 빠졌으면 어쩌나 하는 걱정은 심각했다.

병사 가까이에 가니 내 방 창틀에 김용겸 씨·이군·양군이 조랑조랑 매달려 걸어가는 나를 바라보고 있었다. 외등이 밝은 곳이어서 나는 나의 표정을 어떻게 꾸밀지 당황했다. 굳이 포커 표정을 꾸미려고 했지만 될 일이 아니었다.

방에 들어서자 김용겸 씨가

"내 말이 맞았지? 그렇지?"

하고 물었다.

"그런데 당신을 혼자 두고 어떻게 나가지?"

나는 뜻밖의 눈물을 흘렸다.

"이 주필이 나가는 것은 내 나갈 날도 멀지 않다는 얘기가 아니오. 내 걱정 말고 먼저 나가 남아 있는 우리들을 위해 노력이나 하시오."

아까까지 내가 이군과 양군에게 하던 말이다. 그런 만큼 그 말이 얼마나 공소하고 쓸쓸한 뜻을 지녔는가를 나는 너무너무 잘 알고 있는 것이다.

"그건 그렇고 변군이 걱정이오. 나만 나가고 변군이 못 나간다면 이것도 큰일이 아니오?"

"이 주필이 나가면 변군도 나갑니다. 공범인 걸 어떻게 합니까. 못된 법률이라도 법률엔 그것에 따른 경우란 게 있는 거요."

김용겸 씨는 변호사다운 해석을 내렸다.

인생 어느 곳엔들 이별이 슬프지 않을까만 그곳에서의 이별처럼 단장의 슬픔은 없다.

우리가 걸어나오는 모습을 김용겸 씨는 창틀에 엉겨 붙은 채 바라보고 있었다. 하마터면 내가 될 뻔한 그 몰골을 김용겸이 대신하고 있었던 것이다.

나는 그를 잊을 수가 없다.

그리고 그 이튿날은 정복을 한 장군의 시대가 끝나고 평복을 한, 또 다른 장군의 시대가 제3공화국이란 이름으로 시작되는 것이다.

# 1963년 12월 17일

음력으로 치면 계묘년癸卯年 11월 3일.

이날 서울은 북서풍 내지 북동풍이 불고 갰다 흐렸다 하는 날씨였다. 최저 기온은 섭씨 3.2도, 최고 기온은 12.0도.

하오 2시. 박정희 대통령의 취임식이 시작되었다.

중앙청 건물을 배경으로 마련된 가설 식단의 상부엔 "제5대 대통령 취임"이란 플래카드가 양편 '축'자에 끼여 가로로 펼쳐지고 내외 경축 인사가 그 아래에 자리를 잡았다. 광장엔 선남선녀들이 정연하게 모였는데 겨울 날씨답지 않게 식장의 공기는 들뜬 분위기였다.

이윽고 박정희 씨는 헌법 제68조에 의해

"나는 국헌을 준수하고 국가를 보위하며 국민의 자유와 복리의 증진에 노력하여 대통령으로서의 직책을 성실히 수행할 것을 국민 앞에 엄숙히 선서한다."

고 읽었다.

그리고 취임사가 이어졌다.

"단군 성조가 천혜의 이 강토 위에 국기國基를 닦으신 지 반만년, 연면히 이어온 역사와 전통 위에 이제 새 공화국을 바로 세우면서 나는 국헌을 준수하고 신명을 조국과 민족 앞에 바칠 것을 맹세합니다. 오늘 우리가 당면한 현실은 준엄한 노정에의 새 출발입니다. 4월 혁명으로부터 5월 혁명을 거쳐 발전된 1960년대, 우리 세대의 한국이 겪을 역사적 필연의 과제는 정치·경제·사회·문화 모든 분야에 걸쳐 조국의 근대화를 조성하는 것이며 이를 위해 우리는 조성된 국기國基를 상실함이 없이 범국민적인 노력이 있어야 합니다. 이에 당위적으로 제기된 과제를 수행할 것을 목표로 하는 오늘, 일대 혁신운동을 제창하는 바이며 아울러 범국민적 호응과 열성적 참여 있기를 호소합니다.

정치적 자주와 경제적 자립, 사회적 융화 안정을 목표로 대혁신운동을 추진함에 있어 먼저 개개인의 정신적 혁명을 전개해야 합니다. 불의와의 타협을 배격하며 부정부패의 소인을 국민 스스로 절개수술해야 합니다. 대혁신운동의 정치적 목표의 일환으로 정치적 정화운동을 통한 새로운 차원의 정치활동 양상을 시현하고 국가 공동 목적을 위한 협조의 전통을 세우고자 합니다.

여하한 이유로도 성서를 읽는다는 명분 아래 촛불을 훔치는 행위가 정당화될 수는 없습니다.

나는 새 공화국의 대통령으로서 국민 앞에 군림하여 지배하려 함이 아니오, 겨레의 충복으로 봉사하려 합니다. 본인과 새 정부는 정치적 행동 양식에 있어 보다 더 높은 규범을 정립하여 극렬한 증오감과 극단적 대립의식을 불식하고 여야의 협조를 통해 의정의 질서와 헌정의 상궤를 바로잡을 것이며, 평화적 정권 교체를 위한 복수 정당의 활발한 경쟁과 신사적 정책 대결의 정치풍토 조성에 선도적 역할을 할 것입니다. 대혁신운동은 대중사회의 저변으로부터 사회적 청조운동淸潮運動의 새 물결을 이끌어 들여 새 사회 건설을 촉진시킬 것입니다. 그리하여 신의와 건전한 상식이 지배하는 평탄의 사회를 이룩할 것입니다.

오늘 동포 앞에 다시 한 번 우리 민족의 단합을 호소합니다.

본인과 새 정부는 앞으로 조속히 건실한 경제사회적 토대를 이룩하고 현 군사력 유지와 발전을 포함한 연합된 민족의 힘을 결속할 것이며, UN과 자유우방, 전 세계의 자유 애호인들과 유대를 공고히 하여 공산주의에 대항해 승리할 수 있는 역량의 내실을 기하여 민족 통일의 길로 매진할 것입니다.

우리 모두 생각하는 국민, 협조하는 국민으로 재기합시다."


이날의 어느 석간신문은
"자유와 번영의 염원을 안은 제3공화국의 기수"
라는 서브 타이틀 아래
"박정희 대통령 취임"
이라고 굵디랗게 메인 타이틀을 뽑고는
"정치자립·경제자립·사회안정을 목표로 대혁신운동을 제창했다."
는 리드로서 제법 감동적인 문항으로 보도했다.


파고다공원에 모인 노인들은 무표정한 얼굴로 그 신문을 돌려보고 있었는데 그 가운데 최학구 노인이 섞여 있었다.

최 노인의 아들은 혁신계 정당에 가담했다는 이유로 징역 10년을 선고받곤 지난번 사면으로 풀려 나오지 못하고 아직도 안양 교도소에 있었다.

최 노인은 옆의 사람이 들고 있는 신문을 슬쩍 스쳐 보다 말고 자기도 모르게 혀를 끌끌 찼다.

"왜 그러우?"

옆에 있던 노인이 물었다.

"신문이 비위에 거슬려."

최 노인이 뚜벅 말했다.

"무엇이 비위에 거슬린당가?"

"제3공화국이 뭐냐 말이시."

"선거에 의해 민정으로 복귀했으니 제3공화국 아닌가."

"그런가? 그렇게 되는 건가?"

최 노인은 이렇게 말하고 입을 다물어버렸다. 산더미 같은 할 말이 있었지만 어디 하고 싶은 말 다하고 살 수 있는 세상인가.

중구난방으로 얘기들이 오갔다.

"4대 의혹 사건 같은 건 묻어버리고 말 긴가?"

"새 국회에서 한바탕 떠들어대겠지."

"새 국회? 공화당이 절대다순데 누가 떠들 끼고."

"야당이란 것도 있지 않는가배."

"자유당 국회보다 더 했으면 더 했지 덜하지 않을 끼라 쿠는디 야당 있어봤자 소용없을 기고마."

"대혁신운동을 한다는디 혁신하겠단고 감옥에 처넣은 사람들의 혁신과 어떻게 다르다는 건가?"

"혁신운동하고 혁신정치는 다른 거라."

"신악이 구악 뺨칠 정도라는데 새 정부가 되면 조금 나아질 낀가 몰라."

"아주까리와 가분다리를 분간할 수 있을라꼬?"

"국무총리로 앉은 최두선 씨가 무던한 인물이라니까 다소 나아질지 모르지."

"국무총리가 맥이나 출 줄 알어? 방탄내각이란 말이 벌써 돌고 있지 않는가"

"방탄내각이란 게 뭔가."

"군정 때 못할 짓 많이 하잖았는가. 국회가 열리면 야당의원들이 그런 걸 들고 일어날 것 아닌가배. 그 공격을 피하려고 점잖은 어른 모셔다 탄환을 피해보자, 그런 말이어."

"꾀는 있구만."

"꾀 갖고 출세한 사람인디 말해 뭣 해."

"그런 소리 치우소이. 모처럼 새 정부가 들어섰는데 빈정대는 말 해서 쓰갔는가. 잘하도록 축복하고 국민 모두가 협력을 해야지. 정치 잘못되면 손해 보는 게 누군디. 우리 백성들 아닌가?"

"영감은 언제 민주공화당에 입당이라도 했수?"

"공화당인지 공활딩인지 나완 아무런 괸계도 없외다. 사리가 그렇단 얘기가 아닌개비여."

"영감, 말에도 일리가 있소. 파고다 국회에도 여당은 있어야제."

각 지방의 사투리가 뒤범벅이 된 이른바 파고다 국회는 땅거미가 져서야 끝장이 났다.


4·19 때 경무대 앞에서 척추에 충격을 받은 고병운은 아직도 병상에

묶여 있었다.

4년 동안의 투병생활이었다. 언제 완치될 수 있을는지 예견할 수도 없는 상황이다.

고병운은 위문차 찾아온 친구들이 들고 온 신문을 담담한 표정으로 읽고 있더니 푸념을 섞어 중얼거렸다.

"죽은 동지들이 살아나서 오늘의 상황을 보면 뭐라고 할까. 그 동지들은 괜히 죽었지, 안 그래?"

"비관하지 말어. 이제부터 시작이 아닌가. 그들은 4·19의 정신을 이어 받겠다고 노래처럼 하고 있으니까. 민주정치를 할지도 모르지 않는가."

위로를 겸한 친구의 말이었는데 고병운은 신경질을 냈다.

"너, 그 말 본심으로 하는 거야? 민주정치를 할 거라구? 군정 연장은 아니구? 히틀러에게 물어보면 웃겠다야."

"그러나 어떻게 할 수 없는 일 아닌가."

"그러니까 4·19 때 죽은 동지들의 죽음이 안타깝단 얘기다. 이런 꼴이 될 줄 알았으면 무슨 까닭으로 총탄 앞에 덤볐으며 탱크에 맞섰을까. 늙은 노인 죽을 때까지 대통령 해먹도록 두어둘 일이지."

"그렇게만 생각할 건 아니야. 얼이란 건 살아 있어. 4·19의 정신은 지하수처럼 현재에도 흐르고 있어. 바로 그 4·19가 또 다른 4·19를 일으키는 기폭력이 될 거야. 긴 안목으로 보자꾸나."

"내게 무슨 희망이 있겠노. 이 나라가 민주국가가 되는 걸 보고 죽었으면 하는 소원이 있을 뿐 아닌가."

"자네 소원이 즉 우리 소원 아닌가. 기필 그날이 올걸세."

고병운의 눈에도 그를 지켜보는 친구들의 눈에도 눈물이 비쳤다.

이처럼 박정희 대통령의 취임식이 3천만 국민 골고루의 축제는 될 수 없었다. 어느 사람들에겐 그지없이 불쾌한 날이고 어느 사람들에겐 저주의 날이다.

그러나 그런 사례가 있다고 해서 축제를 생략할 순 없는 것이다.

경회루와 그 근처는 밤이 되자 낮보다 더 휘황하게 밝았다. 대통령 취임을 축하하는 연회가 그곳에서 거행되었다.

그 영광스런 자리에 초청된 하객들의 가슴엔 나름대로의 감격이 있었다. 모두들 자기가 역사의 주류에 서 있다는 자각만으로 충분히 감격스러웠던 것이다.

술은 강물처럼 흐르고 미희들의 춤과 노래는 신났다. 모두들 상기된 얼굴로 거리낌 없는 아첨의 콘테스트에 참여하고 있었다.

연회가 한창 무르익을 즈음 팡파레의 반주와 더불어 마이크를 통해 소리가 들렸다.

"도탄에서 이 나라를 구해내신 박정희 장군을 위해 모두들 축배를 듭시다."

높이 든 잔에 샹들리에의 여운이 빛나고 환성이 터졌다.

"파멸의 위기에서 조국을 구출하신 박 대통령 각하를 위해 축배를 듭시다."

샹들리에가 춤을 추고 다시 환호가 일었다.

"민족 중흥의 영주 위대한 박정희 대통령 각하의 만수무강을 위해 축배를 듭시다."

빛나는 술잔, 열띤 환호가 터졌다.

"민족의 태양 박 대통령 각하의 행복을 위해 축배를 듭시다."

최고의 찬사, 최고의 미사美辭는 끝 가는 데를 몰랐다. 말이 풍부하다는 것도 하나의 은총이다.

경회루에서 축배, 축배가 연속되고 있는 동안 서울시내의 요정이란 요정, 살롱이란 살롱에서도 잔치가 벌어지고 있었다. 경회루에 초대되지 않은 사람들 가운데도 많은 박 대통령 지지자가 있었던 것이다.

외신기자 클럽은 취임식 취재차 온 외국인 기자들로 붐비고 있었다. 이 클럽에도 들뜬 분위기가 있었다. 그러나 구경꾼에 불과한 이들을 둘러싼 축제의 분위기에 시니컬한 익살이 섞여 있었던 것은 오히려 당연한 일인지 모른다.

구석진 스탠드에 자리를 잡고 『뉴욕타임스』의 특파원 H와 일본 교도 통신의 특파원 K가 나란히 앉아 있었다. 그들 앞엔 오늘 취임식장에서 받은 박 대통령 취임사의 영문 텍스트가 있었다.

그들은 이 얘기 저 얘기 끝에 취임사의 내용을 화제로 하며 한창 기분 좋게 술을 마셨다.

"너무나 형식적·의례적이다."

"감동이 없다."

"진부한 말의 나열이다."

하는 말이 오가고 있었는데,

"뭐니 뭐니 해도 한국 제일의 애국자 미스터 박을 위해 토스트."

하고 H가 자기의 글라스를 K의 글라스에 갖다 대었다.

"대통령 이상의 애국자가 또 있겠나."

K가 맞장구를 치며 글라스를 입으로 가져갔다.

"나는 군림하고 지배하려는 것이 아니고, 국민들의 충성스런 종이 되겠다고 하잖았나, 그 말이 좋았어."

하고 H가 다시 잔을 들었다.

"링컨이 한 말 비슷하지 않는가."

K의 말이다.

"아니지. 링컨은 지배자가 될 생각도 없지만 종이 될 생각도 없다고 했어."

H가 고쳐 말했다.

"그렇다면 링컨보다 한 술 더 뜬 게 아닌가. 그런 뜻에서 토스트."
하고 이번엔 K가 자기 글라스를 H의 글라스에 갖다 대었다.

"기막힌 대목은 또 있어. 어떤 이유로도 성서를 읽는다는 명목 아래 남의 촛불을 훔치는 행위가 정당화될 순 없다는 대목."

H가 술잔을 들며 한 말이다.

K가 물었다

"그건 어디서 인용한 말일까."

"나도 몰라. 그러나 토스트 할 만한 말이 아닌가."

"그래."
하고 술잔을 들곤 H가 말했다.

"촛불을 훔칠 순 없지만 쿠데타로 정권은 훔칠 수 있다'로 되는 걸까?"

"카이사르의 말을 어떻게 신문기자 따위가 번역할 수 있겠는가. 카이사르의 사전과 우리들의 사전은 다른 거다."

"정권을 빼앗기 전과, 정권을 빼앗고 난 후의 사상이 다른 것 아닐까?"

"아주 저차원의 해석이군. 아무튼 토스트할 만해."
하고 H는 주위를 둘러보고 말을 보탰다.

"보다도 중요한 것은 정권의 평화적 교체를 위해서란 대목이다. 당신 이걸 어떻게 생각하나. 무책임한 발언이라고 생각하나, 대담한 발언이라고 생각하나."

"의례적인 레토릭이겠지. 당신 나라 대통령의 취임 연설에도 흔하게 볼 수 있는 사례가 아닌가."

"물론 연설엔 의례적인 수사야 있지. 그러나 미국 대통령은 그런 중대한 대목을 의례적으로 수식하진 않아요. 내 생각으론 그 대목은 생략해버려야 하는 건데……."

"요컨대 취임연설이 아닌가. 축제의 절차인 걸 아무려면 어때."

K의 말이 의아했던 모양으로 H는 K의 얼굴을 말끄러미 쳐다보았다.

"그게 아마 동양과 서양의 차인가 보지? 우리 미국에선 정치가가 연설을 할 땐 어느 말이건 그것이 뚜렷이 기록됨으로써 언제 그 말의 책임을 추궁당할지 모른다는 경각심을 가져요. 우리 저널리스트들은 결단코 정치가들의 연설을 잊지 않아요. 대통령이나 그밖의 정치가들의 언행이 있을 때마다 우리는 기왕에 있었던 그들의 연설을 들춰내지. 그래서 전후에 행한 언과 행에 모순이나 상치가 있다고만 하면 한바탕 야단이 벌어진다. 정치가가 정치 생명을 잃는 것은 대강 그런 경우에 있어서지."

"점잖지 못하군."

"우린 점잖지 않게 행동함으로써 민주주의를 감시하고 지킨다는 자부를 가지고 있어."

"수고가 많군."

"빈정대는 건가?"

"아냐. 우리 일본에선 정치가의 말엔 그다지 신경을 쓰지 않거든. 필요에 따라 형편에 따라 적당하게 한 것이라는 것쯤으로 보아주지."

"그렇다면 신문기자 하는 일은 도대체 뭔가."

"할 일이 많지. 심심찮게 사건은 생겨나니까."

"수박의 겉만 핥고?"

"그런 것만도 아니다."

K가 이런 태도로 나오자 H는 멋쩍다는 표정으로 술을 마시고 있다가 중얼거렸다.

"그런데 일본의 황제나 영국의 국왕은 그럴듯해. 평생 한마디도 책임져야 할 말을 안 해도 되니까. 인격에 금이 갈 턱이 없지."

"그건 인격이 아니고 신격이 아닌가."

하고 K가 껄껄 웃었다.

"그래 그 신격을 위해서 토스트."

H가 잔을 들었다.

K는 잠깐 생각하는 듯하더니

"어때, 이런 건 기사가 되지 않을까. 머지않아 대한민국 대통령 박정희 씨는 신격으로 격상될 것이다. 아무도 촛불을 훔치려 들지 못할 것이고 평화적 정권교체를 요구할 만한 당도 나타나지 못할 것이니까."

"데스크가 그런 기사를 용인할까?"

H도 무언가를 생각하는 듯 그의 이마에 주름이 잡혔다.

그러곤 이런 말을 했다.

"내 상식으로서 하는 말이지만 박 정권은 다른 정권에게 인계할 수 있는 정권이 아니다. 다시 말하면 평화적으로 교체될 정권이 아니다. 라틴아메리카의 예가 그렇지 않은가. 너무나 심한 무리, 무법이 거듭되어 있기 때문에, 아니 원래 무법과 무리로써 시작된 탓으로 무리, 무리, 무리가 축적될 수밖에 없으니 그걸 어떻게 평화적으로 교체시킬 수 있겠는가 말이다."

"그렇게 말하면, 아니 당신의 말대로라면 이 나라는 너무나 불행하지 않는가."

K도 정색을 했다.

"불행하지. 쿠데타가 있었다. 그것이 성공했다. 거기서 벌써 이 나라의 불행은 시작된 거다."

"그건 지나치게 미국식의 사고방식 아닐까?"

"미국식 사고방식이 아니고 정치의 원칙이다. 남북전쟁이 한창일 때 링컨에게 이런 충고를 한 사람이 있었어.

군대가 쿠데타를 일으킬 염려가 있으니 그러한 움직임에 대비하라고. 그때 링컨은 이렇게 말했어. '나라의 위기를 기화로 군대가 쿠데타를 일으키는 따위의 사건이 난다면, 그리고 그걸 국민이 허용한다면 나는 그 따위 나라의 시민이 되기도 싫고 항차 그 따위 나라의 대통령은 하기 싫으니 그런 문제엔 신경을 쓰지 않겠다'고. 그리고 보라구. 쿠데타가 있는 나라치고 잘된 나라가 이 지구상에 있기라도 해?"

이런 얘기를 미끼로는 토스트를 할 수도 없는 처지인 것이다.

H와 K는 다른 기자들이 그 옆으로 몰려드는 바람에 화제를 바꾸고 말았다.

군정 총결산을 쓰라는 과제를 데스크로부터 받은 K신문의 기자 안필수는 이 자료 저 자료를 들춰 밤새워 다음과 같은 기사를 썼다.

1961년 5월 16일부터 1963년 12월 17일까지 9백45일간.

한마디로 말해 실로 파란만장한 드라마이며 그 과정은 앞으로 전개될 이 나라의 정치사를 위해서 소상하게 기록되어 하나의 교훈적인 거울이 되어야 하는데 그 공죄功罪를 따지는 건 후세의 사가에 맡길 요량을 하고 여기서는 나타난 사실만을 요약하겠다.

(1) 혁명에서 제3공화국 성립까지의 경위

1961년 5월 16일 새벽 일단의 혁명군이 수도 서울을 장악했다. 그리고 제1성은

"친애하는 애국동포 여러분!

은인자중하던 군부는 드디어 금조 미명을 기해서 일제히 행동을 개시하여 국가의 행정 입법 사법의 3권을 완전히 장악하고 이어 군사위원회를 조직했습니다. 군부가 궐기한 것은 부패하고 무능한 현 정권과 기성 정치인들에게 더 이상 국가와 민족의 운명을 맡겨둘 수 없다고 단정하고 백척간두에서 방황하는 조국의 위기를 극복하기 위한 것이었습니다."

하는 것이었는데 이것을 서두로 하고 이른바 혁명공약 6개 항을 선포했다. 그 공약의 내용은 생략하거니와 특히 주목할 것은 공약의 제6개 항에

"이와 같은 우리의 과업이 성취되면 참신하고도 양심적인 정치인들에게 언제든지 정권을 이양하고 우리들 본연의 임무에 복귀할 준비를 갖추겠습니다."

라고 특기한 사실이다.

그런데 그저 막연히 군부라고 하여 군 전체가 궐기한 것 같은 인상을 풍겼지만 사실은 다르다.

이른바 혁명군으로서 출동한 것은 해병대 공수단 제6군단 포병대

등으로 구성된 극히 일부의 병력이었다. 그리고 외견상으로나마 전 군적全軍的인 면모를 갖춘 것은 5월 17일이었고, 그동안엔

　"첫째, 야전군사령관을 무시한 혁명은 지지할 수 없다.

　둘째, 박정희가 혁명을 일으켰기 때문에 지지할 수 없다.

　셋째, 박정희쯤은 전차 1개 중대만 동원하면 해치울 수 있다.

　넷째, 혁명 주체자 중에 공산분자가 많다는 정보를 들었다."

는 등의 조건을 제시하여 제1군사령부의 완강한 저항이 있기도 했다. 그러나 국군 내부에서 서로 피를 흘리는 불상사를 일으키지 말자는 자각이 공감의 바탕이 된데다 참모총장 장도영의 승낙으로 거사는 성공되었다.

　5월 16일 오후 8시. 군사위원회 포고 제4호로서 정권 인수를 선언하고, 민의원 참의원 지방의회를 해산하고 정당과 사회단체의 정치활동을 일절 엄금하는 동시 국무 정무위원을 체포한다고 선언했다.

　5월 17일 박정희 소장은 아침 8시 30분경 방첩부대장을 불러 다음과 같은 명령을 내렸다.

　① 즉시 용공분자를 색출하라.

　② 방법은 군 수사기관을 동원하되 경찰의 협조를 얻어 경찰이 입수하고 있는 리스트에 의해 색출하라.

　③ 체포한 용공분자는 경찰에서 수용하도록 하라.

　이렇게 해서 출발한 거사 주동자들은 군사혁명위원회를 최고회의라고 개칭하고, 8월 12일 박정희 의장은 민정이양의 시기가 1963년 여름으로 된다는 예정과 3월 전에 새 헌법을 제정하고, 동년 5월에 총선거를 실시하여 헌법이 제정하는 바에 따라 정권을 완전 이양하겠다는 성명을 발표했다.

1963년 2·27 선서식이 있었다. 박정희 의장이 민정에 참여하지 않겠다는 것을 전제로 한, 박 의장 자신과 정치인과 각 군 책임자의 선서식이었다.

그러자 3월 16일 박 의장은 돌연 군정을 4년간 연장하겠다며 그 가부를 국민투표로써 묻겠다고 선언했다. 이 선언이 국내외에 미친 충격은 컸다. 데모가 있었고 미군 측의 강한 간섭이 있었다.

이윽고 박 의장은 4·8성명을 발표하지 않으면 안 되었다. 4·8성명의 내용은 3·16성명에서 말한 군정연장 4년간에 대한 국민투표를 9월 말까지 보류하겠다는 것이다.

이렇게 번의와 반전을 거듭하다가 8월 상순에 이르러 대통령 선거를 10월 15일에, 국회의원 선거를 11월 26일에 실시할 것을 발표하고 박 의장 자신이 민정에 참여할 것을 결의, 군복을 벗었다.

결국 그 스케줄대로 사태는 진전되어 10월 15일 선거에서 박정희 씨가 대통령으로 당선되고, 11월 26일 국회의원 선거에선 여당인 민주공화당이 175의석 중 110석을 차지하게 되었다.

이 동안의 파란은 박 의장의 거듭된 번의, 민주공화당의 사전 창당 등이 빚은 것인데 그 내용을 지금 단계에서 소상하게 밝힐 순 없다. 하여긴 이렇게 해서 1963년 제3공화국이 성립된 것이다.

(2) 군사정부가 한 일

(가) 첫째, 두드러진 업적은 군사정부가 1961년 5월 16일부터 1963년 5월까지의 사이 831개의 법률을 만들어젖혔다는 사실이다. 집권 기간을 945일로 칠 때 거사 직후의 유예기간과 공휴일 등을 제외하면 실로 하루에 법률을 두 개 이상 만든 경우도 있다는 것을 짐

작할 수 있다.

입법권의 근거가 어디에 있었느냐는 문제는 고사하고라도 최고회의의 이 부면에 있어서의 정력적인 활동은 알아둘 만하다. 동시에 군사정권이 이렇게 많은 법률을 만들거나, 개정하지 않을 수 없었다는 것이 필요 불가결한 처사였다면 자유당 국회나 민주당 국회는 무엇을 했느냐는 의심이 생겨나기도 한다. 그러나 이 모든 법률은 선거에 의해서 수권한 국회의 검토를 거쳐야 할 것으로 안다.

(나) 부정축재 처리

부정축재자 처리는 반민주행위자 처벌과 함께 2대 혁명과업 중의 하나이다. 군사정부는 부정축재처리위원회를 만들어 처리에 착수했는데, 대상으로 된 것은 일반 기업주가 27명, 전 각료가 4명, 전 국회의원이 13명, 예비역 군인이 7명, 판사가 1명, 기타 공무원이 7명, 전 국영기업체의 간부가 2명이었다. 이들의 부정축재를 환수하기로 하고 혁명재판에 걸어 징벌하기도 했으나 일반 기업주들에게 관한 처리는 불분명한 점이 없지 않다. 부정축재라고 해서 환수된 이상의 융자가 특정 기업체에 유출됨으로써 재벌로 비대화시킨 사례가 있기 때문이다.

(다) 정치정화법 발동 총 대상자 4천3백63명 가운데서 3천27명이 공민권 제한을 받았다. 그러나 266명을 제외하곤 금번 선거전에 해금되었다.

(라) 혁명재판

특수범죄 처벌에 관한 특별법을 만들어 혁명검찰부와 혁명재판소가 관할하도록 했는데, 부정선거 관련자 가운데 유죄 판결을 받은 사람은 1백7명. 그중 6명을 사형에 처했다.

선거에 관련된 난동 사건으로 유죄 판결을 받은 사람은 36명.

특수밀수로 유죄 판결을 받은 19명 가운데 1명 사형.

국사 또는 군사에 관한 독직으로 유죄 판결을 받은 35명 가운데 1명이 사형.

반혁명행위로 유죄 판결을 받은 42명 가운데 3명이 사형.

특수반국가행위, 즉 용공분자라고 해서 유죄 판결을 받은 1백 90명 가운데 사형이 5명.

폭력행위로 유죄 판결을 받은 6명 가운데 사형이 2명.

부정축재자로 유죄 판결을 받은 사람은 11명. 사형은 무.

혁명재판이 소급법에 의해 많은 사람들을 단죄했다는 데 법률상 또는 국가 체면상의 문제가 남는다. 무기형을 받은 사람들은 감형이 되고, 유기형 가운덴 금번 사면에 풀려나온 사람이 있고 감형되기도 했기 때문에 일시의 불운으로 돌릴 수도 있겠으나 사형이 집행된 사람들은 천추에 한을 남겼다고 할 것이다.

혁명재판에 의해 사형을 받은 사람의 수는 18명이다. 이들을 사형으로 몰고 간 법률이 소급법이었고 보니 5·16의 거사만 없었더라면 이들은 죽을 사람이 아니었다. 이것이 군사정부의 업적이 될 것인지 죄악이 될 것인지는 후세의 사기에게 그 판단을 맡길 수밖에 없다.

(마) 반혁명 사건 처리

이 사건도 5·16 거사가 없었더라면 나타날 까닭이 없는 사건들이다. 반혁명 사건은 군사정부의 병리를 여실히 표현한 '드라마'의 각 국면이라고 하겠다.

반혁명 사건을 열거하면

• 이종태 대령을 피고로 하는 '군사혁명 정보누설 사건'

- 박상훈 대령 외 2명을 피고로 하는 '제30사단 반혁명 사건'
- 김동복 대령을 피고로 하는 '기갑장교 반혁명 사건'
- 김웅수 소장 외 2명을 피고로 하는 '제6군단 반혁명 사건'
- 백동기 외 6명을 피고로 한 '민족청년단 일파 반혁명 사건'
- 장도영 외 44명을 피고로 한 '반혁명 사건'
- 장도영 외 2명을 피고로 한 '반혁명 사건'
- 이회영 외 17명을 피고로 '반혁명 사건'
- 조중서를 피고로 하는 '민주당 반혁명 사건'
- 장면을 피고로 한 '이주당 반혁명 사건'
- 박임항·이규광 등 14명을 피고로 한 '반혁명 사건'
- 김동하·박창암 등 6명을 피고로 한 '반혁명 사건'
- 이종환 공군 중령 등 5명을 피고로 한 '반혁명 사건'

오늘의 시점에서 볼 때도 애매한 사건들이다. 특히 주목할 것은 5·16 거사에 절대적인 공이 있을 뿐 아니라, 그 이름하에서 이른바 혁명사업의 터전을 잡을 수 있었던 장도영을 비롯한 많은 최고위원들을 반혁명으로 몰아 처단하지 않을 수 없게 된 사정, 야전 군단장으로 거의 유일하게 거사를 지지한 박임항 장군, 그것 없이는 성공의 가망이 없었을 해병대를 지휘하고 한강을 건넌 김윤근·김동하 장군, 혁명검찰부 부장으로서 혁명사업의 일익을 맡았던 박창암 대령 들이 반혁명으로 몰리지 않을 수 없었던 사정 등은 5·16 거사의 진의를 의심하게 할 뿐 아니라 군정의 본질에 회의를 느낄 만한 계기가 된다.

그러나 그 진상은 민정으로 복귀된 이상 불원 밝혀지리라고 생각된다.

(바) 행정에 관해서

지방자치가 겨우 움트려고 할 무렵 그것을 짓밟은 것이 행정의 전

214

진이냐 후퇴이냐 하는 문제가 대두된다. 그러나 박 의장을 비롯한 최고위원들의 빈번한 순시를 통해서 행정질서가 군대질서에 가까워진 것만은 사실이다. 신속한 상의하달과 상관에 대한 절대복종이 행정의 이상이라면 더 바랄 것이 없다고 하겠으나 그런 가운데 만연되는 무사안일주의와 면종복배, 여전한 부패 성향은 지적하지 않을 수 없다.

(사) 외교에 관해서

1961년 7월부터 8월에 걸쳐 거의 두 달 반의 기한을 두고 미주 지역, 동남아 지역·중동 지역·유럽 지역·아프리카 지역에 각각 친선사절단을 보낸 것은 군사정부를 인식시키기 위한 초미의 급무였다고 하겠으나 그 외교 성과가 컸다는 것은 솔직히 인정해야 할 것이다.

그 후로도 외교활동은 다른 어느 부분에 비해 활발하고 다양했다.

그 결과 5·16 후에 신설된 것만으로도 40으로 총수 61개가 되었다.

(아) 경제문제에 관해서

우선 특기해야 할 것은 1961년 7월 우리나라로선 처음으로 장기적이고 종합적인 경제계획, 즉 제1차 경제개발 5개년계획을 수립한 사실이다. 이 경제개발계획은

첫째, 자유경제체제를 원칙으로 하면서 강력한 계획성을 가미한 자본주의 경제체제를 채택하여 민간인의 자유와 창의를 존중하는 자유기업의 원칙을 토대로 하고 기간산업과 그 밖의 중요 산업에 대해서는 정부가 적극적으로 관여하거나 간접적으로 유도책을 써서 균형적인 성장을 도모하겠다.

둘째, 우리나라 경제의 구조적인 특성을 고려하여 자립적 성장과 공업화의 기반을 구축하도록 한다.

는 취지에서였다.

이러한 정책이 경제적 기반이 없거나 취약한 사람들에게 대해선 무시하는 방향으로 나가고 결국은 부익부 빈익빈의 현상을 빚을 것이 뻔한 일이라고 경제 전문가는 말한다.

자유경쟁체제를 원칙으로 한다면 보다 자본이 많은 사람이 우선할 것은 사실이고, 이에 정부가 적극적으로 관여한다면 우선한 사실에 중점을 두지 않을 수 없을 것이니 중소기업이 설 땅은 없는 것이다.

그러나 경제계획은 그 연도가 찼을 때의 성과를 보고 평가해야 하는 것이니 성급한 비판은 피하겠다. 그런데 농업의 침체를 우려하고 있으면서도 중점적인 시책이 이 부분을 등한히 하고 있다는 사실만은 지적하지 않을 수가 없다.

(자) 기타

이른바 혁명주체자들의 일부의 생활과 행동이 눈에 띄게 호사스럽다는 세평이 돌고 있다. 이러한 세평에 곁들여 갖가지 불미스러운 사건이 발생했다. 이른바 4대 의혹 사건을 살펴보자.

(i) 증권파동

결과만을 말하면 5천3백40명에 달하는 선의의 군소 투자자들이 몇 사람의 사기행위에 의하여 1백38억 6천만 원이란 엄청난 손해를 입고 더러는 패가망신하고 그 가운덴 자살까지 있었다.

모든 객관적 사실은 확실히 부정이 있었다고 증거하고 있다. 그리고 확실히 부정행위는 있었다. 농림부장관의 허가도 없이 어떻게 농협이 보유하고 있는 한전주韓電株를 시가의 5퍼센트 싸게 방출해 증권회사 창설을 위한 자본금으로 충당할 수 있었는가. 무슨 까닭으로 권한도 없는 재무부장관의 허가를 받았는가. 이러한 일이 과연 권력자의 개재 없이 이루어질 수 있는 일일까. 이 사건엔 김종필 씨의 부하가 관련돼 있는데 김종필 씨가 모르게 이런 일이 저질러질 수 있는가.

그런데 이 사전이 육군 보통군법회의에 송치되자 윤응상·서재식 등 10명의 피고가 모두 유죄 구형을 받았는데 판결에 있어선 전원 무죄 언도가 있었다.

무죄 언도의 이유 가운데

"한전주 매각에 있어서 강성원·이영근·정지원 피고인 들은 증권 시장 육성으로 경제개발 5개년계획 수행을 위한 내자동원이란 국가 시책에 순응, 애국적 충정에 의해 한 것이었다."

는 대목은 있으면서 무슨 까닭으로 감독기관인 농림부장관의 허가를 받지 않고 재무부장관의 허가를 받아 처분한 것에 대한 책임 추궁은 없는 것인가.

뿐만 아니라 한전주의 대량 매각으로 증시가 혼란에 빠질 것을 증권 당사자와 감독기관은 충분히 알고 있을 것이고 그로 인해 수천 명의 피해자가 발생했는데도 일언반구의 언급이 없었다는 것은 이상하지 않는가. 이 문제는 두고두고 그 진상이 밝혀져야만 군정이 위신을 되찾을 수 있고, 따라서 제3공화국의 도의적인 기초가 확립되는 것이다.

(ii) 워커힐 사건

워커힐 이사장에 수사기관의 공무원인 사람이 취임하고 있었다는 사실도 이상하고 그를 통해 정부의 주금株金 5억 3천만 원이 흘러들어 갔다는 사실도 이상하다.

워커힐은 원래 주한 유엔군의 휴양지를 마련하여 외화를 획득할 목적으로 창안되었다.

당시 중앙정보부 제2국장 석정선 씨 등이 주동이 되어 1961년 9월, 서울시 광장동 소재 부지 18만여 평을 수용하여 총규모 60억 원으로 이른바 사단법인 워커힐 관광사업 시설을 착공, 교통부로 하여금 관광사업법을 만들게 하여 워커힐을 창설하여 교통부장관의 주관하에 두었다.

이 시설의 공사 자금 21억 환은 재무부가 산업은행이 융자하도록 하여 공사를 추진 중이었는데 그 돈만으로 될 것이 아니어서 곧 자금난에 빠져 공사가 중단되는 사태에 이르렀다.

그러자 당시의 교통부장관 박춘식, 관광공사 이사장 신두영은 1962년 8월 13일부터 1963년 2월 21일 사이에 법적으로나 업무상 하등 관계없는 정부주금政府株金 5억 3천5백90만 원을 워커힐 이사장 임병주 중령(당시 중앙정보부 제2국 제1과장)에게 전용 가불케 한 사실이 밝혀졌다. 뿐만 아니라 교통부장관이 각 군의 공병감을 설득하여 1961년 9월부터 1962년 2월에 걸쳐 각종 장비 4천1백58대, 연인원 2만 4천여 명을 무상 노역케 하는 등 부정행위의 혐의가 있어 석정선·임병주·신두영 등은 서울 지검에 송치되어 서울 지법으로부터 임병주·유재명·정해직·이창호 등이 각각 유죄 판결을 받았으나 개재된 기타 인물에 대해선 별반 추궁도 없이 끝났다. 이 사건이 과연 이런 정도로서 끝날 수 있는 일인지 추상과 같은 군정의 사법행형에 비추어 볼 때 석연치 않은 점이 한두 가지가 아니다.

(iii) 새나라 자동차 사건

1961년 10월 김종필 씨는 대통령 특사로 대만으로 가서 대만의 자동차공업의 발전상에 자극을 받았다. 그 후 한일회담을 위해 일본으로 간 김종필 씨는 재일교포 사업가 박노정을 만나 한국의 자동차공업을 도울 것을 요청했다. 박노정은 전무인 안석규를 한국에 파견하여 당시 중앙정보부 차장보인 석정선과 접촉하게 되었다. 그 결과 만들어진 것이 새나라 공업주식회사다.

정부는 관광용 자동차 4백 대를 수입할 것을 결정하고 우선 그 대행 업무를 새나라회사에 맡겼다. 새나라회사는 이른바 소형 승용차인 '새나라' 1천4백2대, 소형 화물차 29대 외 기타를 합쳐 1천7백41대의 부품을 수입해서 조립 판매했다.

그런데 앞서 말한 4백 대의 수입에 있어서 석정선은 새나라회사의 수입허가 서류가 미비함에도 불구하고 상공부의 담당국장 등 관계관들이 빨리 서둘러주지 않았다는 데 감정을 품고 직무태만이니 하여 협박한 사실이 있다고 한다. 뿐만 아니라 그 지위를 이용해 새나라회사의 부지 선정 및 구입을 인천시장이 알선하도록 강요했다. 그리고 자동차 원자재 수입을 자기들에게 유리하도록 하기 위해 자동차보호법이란 것을 초안하여 주무부인 상공부가 이를 제출하도록 간섭과 압력을 가한 사실도 있다.

요컨대 국산 자동차공업을 발전시킨다는 구실 아래 막대한 재화만 소비하고 사업이 유명무실해지는 과정에서 횡령·배임 등 불미한 부록만 남았다는 것이 이 사건의 내용이다. 마땅히 그 책임의 소재는 근원적으로 규명되어야 할 것인데도 그렇지 못했다는 데 국민들의 의혹이 남아 있다.

(iv) 파칭코 사건

1960년 12월 중순경 재일교포 김태준은 재산 반입을 가장하여 회전당구기(파칭코) 1백 대, 구슬 10만 개, 모터 1대, 판매대 1개를 부산에 탁송하여 통관에 필요한 귀국 증명서를 위조하고 통관세를 포탈했다는 혐의로 기소되었다.

그런데 이런 사실이 있음에도 불구하고 자유당이나 민주당이 금지해 오던 도박성을 띤 파칭코를 군정이 영업 허가를 내주게 되었다. 새로 수입된 5백 대, 세관창고에 남아 있던 1백55대, 재산 반입 명목으로 들어온 5백80대에 대해 영업허가를 내린 것이다. 그 후 세인의 물의가 비등하자 영업허가를 취소하는 등 소동이 있었는데 그 내막은 아직 밝혀지지 않고 있는 것이다.

이상이 4대 의혹 사건인데 이 사건에 관한 책임은 비록 민정에 복귀했다고는 하나 군정 때의 책임자가 그냥 책임자로 눌러앉은 이상 반드시 규명되어야 하리라고 믿는다. 혁명공약이 내세운 명분이라도 세워야 할 것이 아닌가.

써나갈수록 정열과 필력이 줄어들어가는 것을 느낀 안필수는 여기서 펜을 놓고 우울한 생각에 잠겼다.

군정의 내부에 깊이 파고들어갈 수 없는 초조감과 함께, 부족하지만 이 정도의 결산서도 기사화되지 못할 것이란 위구심이 돋아났기 때문이다.

"지금이 어느 땐 줄 알아?"

하는 데스크의 냉소가 눈에 보이는 것 같았다.

"우리는 지금 파리에도 뉴욕에도 일본 도쿄에도 있지 않고 바로 이곳 대한민국에 있다는 사실을 잊지 말고 기사를 쓰라."

는 데스크의 늘상 하는 말이 귀에 쟁쟁하기도 했다.

언론의 자유가 없는 나라의 신문기자는 약간의 재치로써 겨우 영합성을 카무플라주하는 약삭 빠른 재주꾼이 되든지, 비판하는 척하며 영합하는 어용기자가 되든지, 아니면 감옥에서 경력을 끝마치는 운명으로 말려들어가든지 할 판이다.

안필수는 그 어느 편을 택할 수도 없었다. 신문기자가 된 것이 잘못이 아니었던가 하는 생각도 들었다. 군정의 언론에 있어서의 의미는 바로 이런 인간을 만들어낸 데 있는 게 아닌가 하는 마음을 자아내게 하여 쓴 웃음을 웃었다.

'만일 이 정도의 기사가 통용될 수 없다면 그만 두어야지.'
하고 생각하며 안필수는 자리에 들었다.


이날 이 주필은 아침부터 집을 나섰다.

처음 찾은 곳이 동래에 있는 문대현 씨의 집이다. 문대현 씨는 6·25가 발발했을 무렵 보도연맹원으로 있다가 학살된 아들의 시체를 찾으려고 유족회에 가담한 후 10년 징역을 선고받고 수원 교도소에서 복역 중 12월 17일을 앞둔 며칠 전에 옥사한 70세 가까운 노인이다.

문대현 씨의 부인은 노쇠해서 시중을 들고 있는 손주딸을 통해 겨우 몇 마디 말을 나눌 수 있었다. 부인은 얼마 전까진 젊은 사람들을 놀라게 할 정도로 원기가 왕성했는데 남편이 죽고부턴 갑자기 노쇠현상이 생겼다는 손주딸의 얘기였다.

그 사리에서
"왜 문대현 영감이 수원 교도소로 자원해 갔을까."
하는 얘기가 나왔다.

손주딸의 말은 다음과 같았다.

"수원 교도소엔 모범 죄수만 모인다고 했어요. 작업도 시키구요. 할아버지는 모범 죄수만 있는 수원 교도소에 가서 열심히 작업에 힘쓰면 감형이 되어 빨리 나온다고 하셨어요. 그래 그곳에 가서 열심히 일을 하셨나 봐요. 그런데 고혈압 증세가 있는데다가 과로가 겹쳐 돌아가셨어요."

70 가까운 노인이 조금이라도 빨리 출옥하려고 쉬지 않고 작업장에 나가 일하는 모습이 눈에 선했다.

그는 결국 빨리 출옥하긴 했지만 그것은 시체가 되어서였으니 얼마나 안타까운 일인가. 이 주필은 위로의 말도 채 못하고 그 집을 나왔다.

다음엔 감형을 받았으나 아직 나오지 못하고 부산 교도소에 남아 있는 사람들의 가족을 찾았다. 6·25 때 학살된 아버지의 유골이나마 찾으려다가 소급법에 걸려든 청년의 어머니는 생선장사를 하며 연명하고 있었다.

"잘못은 나라에 있는 것도 아니고 그놈에게 있는 것도 아니고 그 애비에게 있는 것이라요."

하며 독립운동을 한답시고 일제 땐 가족을 괴롭히더니 해방이 되어선 아들을 그 꼴로 만들어놓았다며 눈물을 글썽였다.

이집 저집 할 것 없이 모두들 궁한 살림들을 하고 있었다. 원래 가진 것이 없는데다가 생활의 중심인물이 감옥에 들어 있으니 그럴 수밖에 없었다. 이 주필은 결정적인 도움을 주지 못하면서 위로하려고 든 스스로의 꼴을 비참하다고 느꼈다.

오후엔 사회당에 관계하다가 사형을 받은 C씨의 부인이 부산 서면에 있다는 소식을 들은 적이 있어 물어물어 그 집을 찾아갔다.

판잣집의 문 한 귀퉁이에 재봉소란 종이쪽지가 붙어 있었다. 판자문은 소리 없이 열렸다. 주인을 찾았더니 20대 전으로 보이는 딸아이가 미닫이를 열고 마루에 섰다.

붉은 스웨터는 낡아 군데군데 터졌고 검은 스커트는 검다기보다 먼지 빛깔이었다. 단정한 이목구비이고 보면 한창 곱게 보이려는 본능이 발동해 있을 무렵이었지만 그런 곳에 마음을 쓸 수 없는 황량함을 주위의 공기로서 알 수가 있었다.

"엄마는 아파예."

딸아이의 눈에 경계하는 빛이 있었다.

이 주필은 자기의 이름과 찾아오게 된 이유를 대강 말했다. 그러자 방 안에서 말이 있었다.

"조금 기다리시라고 하네요."

딸아이의 말이었다.

10분쯤 기다렸을까. 헝클어진 머리칼을 막 손질한 듯한 모습의 한 중년 여자가 초췌한 모습으로 미닫이 안에서 나타났다.

"방으로 좀 드시지요."

이제 막 이불을 걷어버린 방안으로 들어가 이 주필은 C씨와는 동향인이나 다름없다는 것, 상종할 기회는 없었으나 동정은 대강 알고 있었다는 것, 불행한 소식을 들었을 때부터 찾아뵐 마음을 가졌다는 것, 자기는 바로 엊그제 출옥했다는 얘기 등을 하고 근황을 물었다.

"죽지 못해 사는 거지요. 저것만 없으면 나도 죽었을 겁니다."
하고 여인은 한숨을 쉬었다.

"엄마는 어세부터 밥을 인 묵이요."

딸아이가 눈물을 글썽였다. 초라한 밥상이 손을 댄 흔적 없이 벽 쪽으로 밀쳐저 있는 것이 눈에 띄었다.

"식욕이 없더라도 진지는 잡수셔야지요."

여인은 무안한 듯한 표정으로 고개를 숙이더니

"넌 좀 나가 있으라."
고 딸아이에게 눈짓을 했다.

딸아이가 나갔다.

"오늘 대통령 취임식이 있다지요?"

묻는 것 같지도 않게 말해놓고 여인은 말을 보냈다.

"이날만이라도 단식을 해서 죽은 사람을 추도하고 싶었을 뿐입니다. 그런데 저 애가 자꾸 보채는구면요. 그렇다고 해서 사정을 털어놓아 어린 마음에 멍들게 할 수도 없고."

여인은 눈물을 닦았다.

이 주필은 뭐라고 말할 수가 없었다.

정치에 관한 이야기, 특히 박 정권에 관한 얘기와 형무소에서 겪었던 일에 관한 얘기는 일절 하지 않기로 마음먹고 있었던 것이다.

이 주필은 씨알머리가 있을 수도 없는 몇 마디의 말과 준비해 온 봉투를 남겨놓고 그 집에서 나왔다.

그가 마지막으로 찾은 집은 역시 혁명재판에서 사형을 받고 처형된 J의 집이다.

결정적인 불행 앞에선 사람도 침묵할밖에 없다. 그 집은 폐허나 다를 바가 없었다. J의 어머니는 실성해 있었고 아버지는 연일 술에 취해 있는 상태라고 했다.

J의 아버지는 이 주필의 얘기를 듣자 대뜸

"당신은 팔자 좋게 살아 나왔구나. 술이나 한잔 사라."
고 중얼댔다.

당황할 수밖에 없는 자리를 수습할 수 있었던 것은 바로 그 이웃에 산다는 J의 종제뻘이 되는 사람 덕택이었다.

"사촌형님이 돌아가시고 난 후론 풍비박산이 되었습니다. 우리들로서도 힘이 약하고 보니 어쩔 수가 없구요. 용서하십시오."

"용서가 다 뭡니까. 그렇더라도 정신을 차리고 사셔야 할 텐데……."

"끝장이 난 겁니다. 새삼스럽게 어쩔 도리가 있습니까?"

하고 J의 종제는 J의 동생이 공장에 다니며 그럭저럭 굶어죽지 않을 정도로 살고 있다는 사정을 털어놓았다.

그 준수한 얼굴, 그 총명한 두뇌, 그 싱그러운 기백. 이 주필은 J의 얼굴을 상기하며 J의 아버지와 어머니의 몰골을 처량한 기분으로 바라보았다.

누구라도 그런 아들을 억울하게 잃고 보면 그렇게 되지 않을 수가 없을 것이었다.

그 집을 나섰을 때 이 주필은 피로가 일시에 닥치는 것을 느꼈다. 하루 종일 불행의 현장만을 돌아다녔으니 그럴 수밖에 없었겠지만 보다도 그러한 불행이 어디서 비롯되었는가 하고 새삼스럽게 솟구쳐 오르는 상념의 중압에 견딜 수가 없었던 것이다.


그래도 이 주필은 그날 밤 성유정 씨를 비롯해 수삼 인의 친구가 모여 있는 술자리에 나갔다.

그 자리에선 이 주필의 존재를 의식했음인지 끈덕지게 박 정권의 레지티미시(합법성)에 관한 논의가 되풀이되었다. 이 주필은 그 논의엔 일절 코멘트하지 않았다. 그러자 누군가가

"당신의 의견도 들어보자."

고 이 주필에게 물었다.

그래서 이런 말을 했다.

"정치에 있어서의 레지티머시는 그 정권 자체가 증명해 보일 수밖에 없는 것이 아닌가. 그리고 그것을 기록하는 것은 기록자일 것이고. 나

는 박 정권의 레지티머시 같은 덴 이미 흥미가 없어. 한국의 정치사는 쿠데타의 역사가 아니었던가.

익숙하지도 못한 민주주의 사상이 활자를 통해서 들어왔다고 해서 그것을 바탕으로 레지티머시를 운운할 텐가? 어리석은 소리야. 그보다 는 이 정권이 앞으로 그 나름대로 국민들에게 유익한 일을 해나가길 원 하는 게 옳지 않을까? 가능하다면 정권을 빼앗아볼 계획쯤을 꾸미는 것 은 좋지. 그러지 못할 바에야 이 정권이 잘해나가도록 마음을 합해줘."

이 말은 모두들을 놀라게 한 모양이었다.

"자네 그것 본심인가, 괜히 해보는 소린가."

하고 누군가가 빈정댔다.

"나는 이 정권의 편에 설 수는 없어. 세워주지도 않을 것이고. 그러나 반대할 의사는 없어. 나는 오직 지켜볼 뿐이야. 기어이 레지티머시를 획득할 수 있을 것인지, 끝끝내 그러지 못하고 파산할 것인지 지켜볼 뿐이다."

그리고 이 주필은 농담 반 진담 반으로 덧붙였다.

"나는 앞으로 이사마로서 행세하기로 했어. 가능하다면 이사마라고 불러줘. 이미 낙제한 주필의 이름을 달고 다니긴 싫다."

"결국 이 자리는 이사마의 명명식이 되겠구나."

성유정이 한 소리다.

"제3공화국이 탄생하는 날 이사마가 탄생했다. 뜻이 있겠다."

하고 중얼거리는 사람이 있자

"이사마의 탄생은 형무소 안에서 있었어. 오늘은 명명식일 뿐이다."

하고 성유정이 고쳤다. 그때 이사마가 말했다.

"이사마는 형무소에서 잉태되어 오늘 탄생했다고 해주시오."

226

했을 때 이사마의 머리에는 그날 돌아다닌 불행의 현장들이 펼쳐져 있었다. 모두들 이사마의 옥중생활 얘기를 듣고 싶어했으나 웃었을 뿐 대답하지 않은 것은 그의 가슴속에

'앞으로 10년 동안은 그 일에 관해선 말하지 않으리라.'

하는 다짐이 있었기 때문이다. 자리가 파하고 돌아오며 이사마는 성유정과 이 교수에게만은

"나는 서울에 가서 살겠다. 내일 출발한다."

고 하고 말하며 이유는 설명하지 않았다. 두 사람도 그 이유를 묻지 않았다. 그 대신 성유정의 말이 있었다.

"나도 서울 가서 살까 보다."

이 교수도 덩달아 말했다.

"나도 서울 가서 살까?"

그날 밤 집으로 돌아와 이사마는 이솝 이야기를 읽었다.

그 한 구절에

"어느 사내가 말하길, 내가 이왕 로더스에 있었을 때 올림피아의 승자들도 미치지 못할 만큼 높이 뛰었더니 모두들 놀라더라. 만일 그곳에 있었던 자가 있거든 증언해달라. 그러자 옆에 있던 사나이가 말했다. 네 밀이 틀림없다면 증언이 무슨 필요가 있는가. 여기가 로더스다. 여기서 뛰어라!"

# 망명의 피안

1963년 12월 18일 오전 8시, 이사마는 서울행 열차를 탔다. 형무소
에서 풀려나온 지 이틀 만의 일이다.

"며칠 쉬었다가 가도 되지 않겠니."

어머니의 말이었다.

"빨리 서울로 가야 합니다."

이사마의 대답이다.

"서울 가서 뭣을 할 끼고."

"차차 생각하죠, 뭐."

"서울 가서 어디 있을 꺼고."

"실마 있을 데 없으려구요."

어머니는 그 이상 묻지도 않았고 이사마도 그 이상 말하지 않았다.

2년 7개월 동안 집을 비웠으면 얼마 동안은 머물 수 있을 법도 한 일
이지만 이사마는 그러질 않았다.

이사마가 형무소에 들어갔을 무렵의 집은 5월의 신록에 곁들어 5월
의 꽃이 만발한 뜰을 갖추고 있었다. 그런데 나와보니 처남의 집 한칸
을 빌려 사는 궁색한 꼴이 되어 있었다.

어머니는 아들이 서울로 떠나려는 이유를 그 언저리의 사정에 있는 것으로 직감하고 있는 모양이지만 사실은 그렇지가 않았다. 감옥생활을 하고 나온 아들, 아비, 남편을 보는 육친들의 눈이 너무나 힘에 부쳤던 것이다. 그러한 눈과 눈을 비좁은 공간에서 견디어낼 만한 신경이 아니었다.

서울에 가서 무엇을 한다는 계획도 없었다. 서울에 가서 어디에 숙소를 정할지 그 요량도 없었다. 어머니는 서울에 가면 막내동생의 집이 있으니 당분간 그곳에 가 있겠지 하는 생각을 한 것 같지만 이사마는 그럴 작정도 아니었다. 집에서 견디지 못하는 육친의 눈을 동생 집에서 견디어내리라곤 상상도 못 할 일이다.

정거장까지 나오겠다는 가족들을 한사코 뿌리치고 이사마는 동행자로서 막내동생만 데리고 열차를 탔다.

열차가 움직이기 시작하자 차창 바깥으로 겨울 풍경이 전개되었다. 추위에 움츠린 듯한 판잣집의 나열. 가끔씩 보이는 콘크리트의 고층건물. 부서진 유리를 종이로 붙여놓은 앙상한 몰골. 그것이 지날 무렵엔 벗겨진 산이 나타나고 말라붙은 시내가 나타나고, 황막한 들에 점철된 마을, 그리고 이가 빠진 톱니처럼 놓여 있는 산의 능선과 그 위로 펼쳐진 회색 하늘의 찌푸린 표정⋯⋯.

이사마는 차창으로부터 시선을 떼었다. 감상이 물밀듯 가슴을 채웠다.

손목에 수갑을 채워 그 열차를 타고 천릿길 서울로 올라간 것은 27개월 전의 일이었다. 또다시 수갑을 차고 천릿길 열차에 실려 부산 형무소에 이감된 것은 7개월 전의 일이다. 이사마는 손을 앞으로 뻗어보았다.

손목은 수갑의 감촉을 아직도 기억하고 있을 것이었지만 현재 거기엔 수갑이 없었다.

인생에 있어서 그 이상의 모욕이 있을까. 아들이 보고 딸이 보고 무수한 제자들이 보고 있는 눈앞에서 팔목에 수갑이 채워진다는 노릇 이상으로 모욕된 일이 있을 수 있을까. 지금의 눈앞엔, 지금의 손목엔 없지만 수갑을 채웠다는 그 사실만은 영원히 지워지지 않을 것이 아닌가.

이사마는 눈을 감았다.

지사로서 뜻을 세우고 모범적인 인간이 되겠다고 서둔 일은 없었다. 훌륭한 인간으로서 대중의 사표가 되어야겠다고 벼른 일도 없었다. 그랬을망정 가능한 한 보다 바른 글을 쓰고 옳은 말을 하며 평범하나마 남의 손가락질은 받지 않게끔 마음을 써왔다는 것은 사실이 아니었던가. 그러한 그가 수갑에 채워져 천릿길을 오르내렸다는 것은 모욕이 아닌가. 그 모욕을 어떻게 잊을 수가 있을까.

그러나 이사마는 그러한 감정에서 벗어나려고 했다. 그러한 감정에 사로잡혀 가슴속에 독사를 키우는 것보다 비둘기 같은 눈을 하고 지금도 아직 감방 신세를 벗어나지 못하고 있는 억울한 사람들을 위해 노력해야 하는 것이다.

이사마는 다시 한 번 수갑이 채워져 있지 않은 자기의 손과 손목을 한참 동안 바라보았다. 선뜻 눈에 보이지 않는 사슬이 기왕 채였던 수갑 이상의 압력으로 손을 묶고 있다는 것을 깨달았다. 감옥생활을 하지 않아도 될 사람이 감옥에 있는 나라라면 그 나라 전체가 감옥이란 말은 마하트마 간디의 말이다. 간디는 인도 전체를 하나의 감옥이라고 보았다. 그런 까닭에 그는 감옥에 가는 것을 두려워하지도 않았고 감옥 밖에 있을 때도 감옥 속에 있는 것과 마찬가지로 행동했다.

대구역에서 5분쯤 정차했다가 열차는 다시 움직이기 시작했다. 이사마의 회상은 20년 전으로 거슬러 올랐다. 그때도 겨울이었다. 이사마는 학병이란 명목으로 수백 명 친구들과 함께 북행 열차를 타고 있었다.

그 열차는 반도를 종단하여 압록강을 건넜다. 압록강을 건널 때 '아리랑'의 노래가 찻간에 비등했다. 그 절절한 진도아리랑의 가사와 가락.

"왜 왔던고, 왜 왔던고,

울고 갈 길을 왜 왔던고."

그 노래를 일본 장교도 하사관도 억제하지 못했다. 그때 왜 그 노래를 부르는 심정을 저항의 불꽃으로 폭발시키지 못했던가.

압록강을 넘어서선 모두들 지쳤다. 아침이 되니 봉천이었다. 가도 가도 광야. 시간 의식을 잃었을 무렵에 산해관이 나타났다. 만리장성을 어떠한 감회로 보았던가. 천진天津·서주徐州·제남濟南을 거쳐 양자강 북안北岸의 포구, 거기까지 올 때 학병의 거의 반은 줄어들었다. 서주에서 내리고 제남에서 내렸기 때문이다.

양자강을 건너 남경南京. 거기서 또 기차를 타고 상주常州·무석無錫을 거쳐 목적지인 소주에 도착했을 땐 밤중이었다. 엷은 구름 사이로 겨울의 달이 중천에 있었다.

그때 그 열차에 탔던 사람 가운데 살아 돌아온 사람이 몇이나 되었을까. 아직 살아 있는 사람이 몇이나 될까. 그들은 지금 무엇을 하고 있을까.

자기의 의사완 전연 관계없이 순전히 외적인 힘에 의해 상상조차 못했던 곳으로 끌려가선 죽는 형편까질 견디어야 하는 꼴을 '운명'이란 말 한마디로 체념할 수 있는 것일까.

생각할수록 기구한 운명인 것을……, 나치에 의해 가스실에서 죽은 유대인의 운명에 비교하여 자위라도 해야 하는가. 스탈린에 의해 수용소에 끌려가서 참사한 운명에 비교하여 마음을 타일러야 하는 것일까.

'앞으로 어떻게 살아야 할까.'

하는 생각이 떠오르자 이사마는 얼른 그것을 지워버렸다.

생각하면 한 번도 뜻대로 되어본 적이 없었다는 것이 뇌리를 스쳤기 때문이다.

어렸을 때의 꿈은 십대에 들어서기가 바쁘게 아침 이슬처럼 녹아 없어졌다. 중학교 시절엔 터무니없는 군사 교련으로 인해 청춘을 잡쳐버렸다. 대학 시절의 계획은 일제의 강압에 의한 학병 문제로 산산이 부서져 버렸다.

해방 후에도 계획은 있었다.

충실한 교사가 되어보겠다는 겸손하면서도 야심 없는 다소곳한 희망이었다. 그런데 그 희망은 좌우익의 극한적인 대립 때문에 상처만 입고 말았다. 좌익사상에 물든 학생들은 자기들과 사상을 같이하지 않는 교사를 원수처럼 대했다. 이러한 상황 속에선 교육력을 발휘할 수도 없었고, 그러한 상황을 넘어서서 교육력을 발휘할 수 있는 능력이 그때 이사마에게 있었을 까닭도 없었다. 결국 이사마의 10년 동안의 교육자 생활은 자기 자신과의 투쟁에 지쳐 퇴폐의 늪으로 빠져드는 결과일 수밖에 없었다.

방향을 언론계로 바꾸었다. 이때 이사마는 이상과 현실 사이에 밸런스를 취하려고 애썼다. 이상에 치우쳐 급진적으로 될까봐 삼갔고, 현실에 밀착해서 저속화될까봐 염려했다. 그런 까닭에 진보적인 사람이 보면 지나치게 보수적이고, 보수진영에서 보면 약간 진보적이란 평을 듣기는 했어도 그런대로 많은 지지자가 있었다. 이사마가 이끈 K신문이 다른 어떤 신문 못지않게 관록과 품위를 유지할 수 있었던 것도 그런 때문이었다.

그런데 이러한 것이 이사마의 자부가 될 수 없었던 것은 5·16이란 사태의 회오리 속에서 모든 것이 유린되었기 때문이다. 이사마가 만든 신문에 대한 대중의 갈채는 안개처럼 사라지고 그 신문에 의해 비판당한 측의 복수는 각박하고도 철저했다.

이러한 과거를 지닌 사람이 어떻게 다시 계획이란 것을 의도해볼 수 있겠는가.

이사마의 침묵이 너무나 무거웠던 탓으로 동행하던 그의 아우가 한마디 말도 건네지 못하다가 점심때가 되었을 무렵 용기를 내었다.

"형님, 식당차로 갑시다."

"벌써 그런 시간인가."

하면서 이사마는 순순히 일어섰다.

식당차에서 맥주 한잔을 마시곤 창밖을 내다본 이사마가 물었다.

"여기가 추풍령 아닌가."

"추풍령입니다."

"한필국이 뛰어내렸다는 데가 추풍령이지?"

"한필국이가 누군데요."

아우는 의아한 표정으로 물었다.

"밀수범으로 붙들려 혁명재판에서 사형을 받은 사람이 있었지 않은가."

"아, 그 사람 말입니까."

"그 사람이 부산서 서울 혁명검찰부로 호송되어 올 때 추풍령 근처에서 뛰어내렸대."

"자살할 작정이었던가요?"

234

"아니지. 완행열차였을 것이니까. 범인 호송은 대개 완행열차를 이용하게 돼 있거든."

"그래서 어떻게 되었습니까."

"형사들이 기차를 세우고 그를 추격했겠지. 그러나 워낙 거리가 멀어 붙들지 못했을 것인데 마침 하교하던 국민학교 아동들이 한필국이 숨은 산을 포위한 거라. 국민학교 학생들 덕분에 체포할 수 있었다는 얘기였다."

"그 길로 가서 사형을 당했구먼요."

"그렇지."

이사마는 한필국에 관한 일을 되새겨보지 않을 수 없었다. 밀수를 했다는 사실은 벌을 받아 마땅하다. 그러나 그 당시 부산에선 밀수가 공공연한 비밀이었다. 부산에서 밀수가 성행된 이유 가운덴 관헌이 책임져야 할 부분이 있다. 그런 상황을 짐작하면 한필국 한 사람에게 밀수의 책임을 몽땅 지워 사형을 했다는 것은 아무래도 지나친 처사였다.

"그 사람 되게 악질이었던가 보죠?"

"밀수를 했을 정도론 악질이었다고 할 수 있을지 모른다. 그러나 죄상으로 봐선 5년 징역쯤이 고작일 것이란 전문가의 의견이었다."

며 이사마는 그런 의견을 말한 김용겸 변호사를 염두에 띠올렸다. 김용겸 변호사는 며칠 전 이사마가 떠나온 그 감방에 을씨년스런 몰골로 앉아 책을 읽고 있을 것이었다.

감방에서 책을 읽는다는 것이 어떤 일인가를 이사마는 너무나 잘 안다. 항아리 속의 물고기 모양으로 어리벙한 두뇌로 책을 읽는다는 것은 건성으로 활자를 쫓고 있는 동작이지 읽는 것으론 되지 못한다. 그에게 대한 안타까움이 뭉클하며 가슴에 솟았다.

"형님, 기쁘지 않으세요?"

아우의 말이었다.

"기쁘다니, 뭣이?"

"자유스런 모습으로 기차를 타고 있으니 기쁘지 않으세요?"

"기쁘다, 한량없이 기쁘다."

"저도 기뻐요. 형님을 이렇게 모시고 있으니까요. 그런데 형님은 조금도 기쁜 기색이 없으니⋯⋯."

"기쁘다고 춤이라도 추어야 하나?"

"아무튼 기쁘신 것 같지 않아서 안됐어요."

"이 기차를 타고 보니 갖가지 생각이 나서 그래. 기쁘지 않을 턱이 있겠나."

"기운을 내셔야 합니다. 지금부터 열심히 사셔야죠."

"열심히 살아야지."

"서울에 있는 형님의 친구들도 반가워할 겁니다. 친구들을 만나 앞으로의 일을 의논하면 좋은 일이 있을 겁니다."

아우의 그 말을 철이 없는 탓으로 이해하고 이사마는 쓸쓸하게 웃었다.

친구들을 만나 무슨 의논을 한단 말인가. 그는 친구들을 만나 의논할 건덕지를 가지고 있지도 않았고 친구들을 만나볼 의사조차 없었다.

이사마가 서울로 가고 있는 심정은 망명길을 떠난 심정이었다. 아는 사람이 별반 없는 대도시의 어느 골목에 은화식물처럼 호젓이 숨쉬며 살아가리라. 그러면서 주변에서 생기는 일들을 빠짐없이 차곡차곡 기록하리라. 2천 년 전에 사마천이 한 것처럼. 아니 그 본을 닮을 수가 없다고 해도 사람의 눈을 피해서 살리라 하는 것이 이사마의 심정이었다.

─도피하는 것, 그것도 대사업이다.

한 알랭의 말이 되살아났다.

참된 도피주의자는 어떠한 사람인가. 그것은 보이지 않는 사람이다. 누구의 눈으로부터도 모습을 감출 수 있는 사람이다. 국가로부터, 가정으로부터, 제도로부터, 모든 관습으로부터 철저하게 몸과 이름을 숨기고 살 수 있는 사람. 그런 까닭에 알랭은 도피하는 것도 대사업이라고 갈파한 것이리라.

그런데 과연 그러한 도피, 그러한 망명이 가능할까. 이사마는 다시 생각에 빠져들었다.


짧은 겨울 해가 서쪽으로 기울고 있었다. 이사마는 플랫폼에 첫발을 내딛는 순간 김순녀의 모습을 보았다. 어떻게 알고 그녀가 이곳에 나와 있을까. 김순녀는 달려와 이사마 앞에 섰다. 눈에 눈물이 그득했다.

김순녀는 무학성이란 댄스홀에서 댄서 노릇을 하는 여인이다. 이사마가 미결에 있을 땐 하루도 빠지지 않고 면회를 오거나 면회 온 사람들의 편리를 봐주었다. 기결이 된 후에도 사흘이 멀다 하고 내의와 책을 차입해주었다.

김순녀를 만난 순간에 이사마의 마음에 작정한 비기 있었다.

"나는 순녀 씨를 따라갈 테니까 자넨 집으로 가라. 2, 3일 후에 만나자."

하고 이사마는 아우에게 선언하듯 말했다.

형의 돌연한 태도에 아우는 적이 놀랐지만 아무 소리도 못하고 그저 우물쭈물했다. 그리고 기껏

"어머니는 형님이 제 집에 있을 것으로 알고 계실 텐데요."

하고 망설였다.

"어머니에겐 내가 편지를 쓰겠다."

고 해놓고 이사마는 김순녀를 따라 개찰구를 빠져나왔다.

아우로선 아무래도 석연할 수 없었겠지만 이사마로선 꼭 하라고 하면 할 말이 없었던 바는 아니다.

형무소에서 나오자마자 부랴부랴 서울로 올라와버린 심리의 한 가닥이 망명에의 의지였다면 아우의 집을 피하고 김순녀의 집으로 가려는 것도 그 심리의 연장으로 되는 것이다.

김순녀가 이사마를 데리고 간 곳은 공덕동의 후미진 골목 안이었다. 한 길가에 면한 약방집을 합쳐 네 가구가 세들어 있는 그 집은 전형적인 세입자의 집이라고 할 수 있었다. 가난해서 어쩔 수 없는 사람들이 모이게 되면 그 꼴일 수밖에 없을 거라는 표본적인 집이라고도 할 수 있었다. 고양이 이마 넓이의 뜰이 있고, 그 뜰 한가운데 수도가 있다는 것이 숨구멍을 틔울 유일한 시설이었다. 그러한 누옥이었지만 형무소 감방에서 견디어 살던 사람이 무엇을 견디지 못하랴 싶은 것이 이사마의 심경이었다. 망명생활에 알맞은 집, 철저한 도피에 적당한 집이란 점으로 해서 이사마의 마음에 들기도 했다.

며칠을 그곳에서 지내다 안 일이지만 빚 때문에 집주인은 도망을 쳐버려, 그곳에 사는 사람은 제 마음대로 갈아들고 나가고 하는 형편이어서 신경을 쓸 필요라고는 없고, 길 건너의 구멍가게엔 그런대로 상품이 풍부해서 술과 안주에 불편을 느끼지 않아도 되었다. 얼만가의 돈만 있으면 수년을 숨어 살 수도 있을 것인데 유감스럽게도 이사마는 너무 서둘러 상경하는 바람에 충분한 돈을 마련해 오지 못했었다.

허구한 날 댄서의 등에 업혀 살 수도 없는 형편이어서 하는 수 없이 얼마 후 아우에게 연락을 했더니 그 사이에 야단이 나 있었다. K신문사에선 서울지사 주재 논설위원으로 위촉해놓고 이사마의 소식을 기다리고 있다는 것이며, 높은 자리에 있는 재종형은 댄서집에 들어가 있다는 것을 알고 노발대발이란 것이었다. 뿐만 아니라 이사마가 서울에 왔다는 소식을 듣곤 친구들이 찾아서 난리가 났다는 얘긴데 아우의 말에 약간의 과장이 있었다고 치고도 공덕동에 그냥 엎드려 있을 수는 없는 처지가 되었다.

"돈이나 얼마 마련해 오면 될 건데 소문은 왜 퍼뜨리고 야단이냐." 고 이사마는 아우를 나무랐지만 뒷북을 치는 격이 되고 말았다.

철저한 도피를 하려면 어느 곳에서건 성을 쌓을 수 있어야 한다는 진리를 이사마는 늦게야 깨달았다. 성을 쌓으려면 돈이 있어야만 했다. 김순녀가 아무리 성의를 다해도 댄서의 처지이고 보면 성을 쌓을 자금까지 마련할 순 없는 것이다.

하는 수 없이 K신문의 지사에 나갔다. 전직 주필에 대한 예우라고 해도 글 한자 쓰지 않는 논설위원을 용납할 까닭이 없었다. 부산에 있는 성유정 씨와 이 교수에게 사전에 의논이라도 했더라면 1년쯤 망명할 비용은 수월하게 장만할 수 있었을 것이지만 시기와 찬스를 놓친 꼴이 되었다.

이사마는 논설을 쓰는 것은 거절하고 1회에 원고지 4, 5매로 충당할 수 있는 칼럼을 맡아 쓰기로 했다. 정치 문제엔 일절 터치하지 않아도 되었지만 이사마는 1961년 5월 16일부터 1963년 12월 17일까지에 있었던 일은 괄호 속에 묶어 불문에 부치기로 했다.

억울한 징역살이를 했대서 박 정권을 미워하게 될지 모를 감정을 극도로 경계하고 가능한 한 박 정권이 잘하는 일만을 문제 삼기로 했다. 애증의 감정을 넘어선 곳에서 객관적인 시야를 터득하려고 했던 것이다.

5·16부터 제3공화국 출발까지의 시기를 괄호 속에 묶어 책상서랍에 넣어버리고 보면 박 정권에 긍정적인 면이 없는 바도 아니어서 정신위생상 해독이 될 것도 없었다.

공덕동에서 두 달쯤 지내다가 이사마는 재종형의 협박적인 충고에 따라 혼자 내수동 하숙으로 옮겼다. 옥바라지를 해준 데 대한 은공과 남녀관계는 이를 혼동해서는 안 된다는 충고가 그의 자각으로 된 탓도 있었다.

내수동에서 한 달을 지내고 중구 저동의 셋방에 들었다가 마포아파트 12동 205호를 사서 이사를 한 것이 1964년 5월 초다.


프레더릭 조스가 이사마를 찾아온 것은 마포아파트로 이사를 한 지 한 달쯤 후의 일이다.

홍콩에서 사 가지고 왔다는 선물 꾸러미를 한 아름 마룻바닥에 던져놓곤 그것을 풀어볼 시간 여유도 주지 않고 조스의 속사포식 말이 터졌다.

작년 12월에 당장 날아왔어야 할 것인데 준비할 것이 있어 늦었다는 변명을 해놓고 대뜸 물었다.

"미스터 리, 망명할 생각은 없는가."

"나는 지금 망명한 기분으로 있다. 새삼스럽게 어디로 망명하란 말인가."

"영국으로 가자, 영국에 가면 걱정 없이 살 수 있다. 그곳에 가면 당신이 망명자 수당을 받을 수 있게 모든 조건을 내가 만들어놓았다. 망명자 수당을 받는 절차는 여간 까다로운 것이 아니지만 런던에서 발행되는 일간신문·기타 정기간행물에 언론의 순교자로서 당신의 프로필을 은근하게 소개해두었고, 당신의 망명이 필요불가결하다는 사실을 관계자들에게 설득하기 위해 책을 한 권 쓰기도 했다."

며 그는 한 권의 책을 꺼내놓았다.

그 책에서

"코리아에 있어서의 언론의 순교자"

란 타이틀 아래 이사마의 경력과 인간성을 소개하고 아울러 장기 형을 받은 경위를 소상하게 설명하고 있었다.

이사마는 조스의 그 친절에 대해 깊은 고마움을 표했다.

"결코 많다고는 할 수 없으나 망명수당으로 생활할 수 있을 뿐 아니라 하고 싶은 공부를 할 수 있는 여유도 있는 것이니 망명하는 게 좋을 것 같다. 이 정권 아래에선 당신은 형여자가 아닌가. 결코 기를 펴고 살수가 없어. 할 말도 제대로 못 할 것이고 쓰고 싶은 것도 쓰지 못할 것이다. 이 정권은 그리고 오래가지 못한다. 오래간다고 해도 10년을 넘기겠나. 그때 돌아온다고 해도 당신은 50세 안팎이 아닌가. 이번 특사로 나오지 못하고 10년 형기를 다 채우는 셈치면 될 게 아닌가. 영국으로 가자구. 영국에 가 있으면 프랑스에 내왕할 수도 있다. 거기 가서 공부나 실컷 해."

하고 조스는 만일 이사마가 동의만 한다면 근해를 지나가는 영국선英國船과 연락해서 홍콩까지만 가면 된다고 했다.

"홍콩의 총독에겐 은근히 내의內意를 통해놓았어. 문제는 당신의 결심에 있다."

조스의 호의에 눈물을 흘리며 고마움을 느끼면서도 이사마는

"그럴 수가 없다."

고 잘라 말했다. 그리고 그 까닭을 다음과 같이 설명했다.

"내가 비록 억울한 꼴을 당했다고 해도, 그리고 앞날 다시 억울한 꼴을 당할 위험이 있다고 해도 나는 이 나라를 떠날 수가 없다. 억울하면 억울한 대로 민족의 가슴팍에 무언가를 새겨놓지 못하고서야 어떻게 이 나라를 떠날 수 있겠는가. 이곳은 나의 조국이다. 내 조국에 무언가 보태야 하지 않겠는가. 나는 조국에서 동포와 같이 살면서 무언가 이 민족에 보탬이 되는 일을 해야만 하겠다. 그게 안 되면 민족의 가슴팍에 못이라도 박아야 하겠다. 그것을 못하는 한, 나는 아무 곳에도 갈 수 없다. 내게 만일 아인슈타인의 재능이나 토마스 만 같은 기량이 있다고 하면 어디라도 갈 수 있겠지. 어디에 가 있어도 민족에 보탬이 될 수 있을 거니까. 그러나 내 역량 갖곤 어림도 없다. 같이 살면서 슬퍼하고 기뻐하면서 자질구레한 글이라도 써서 결과적으로 뭔가를 남기게 되는 그런 방책을 강구할밖엔 없다."

조스가 이사마의 손을 덥석 잡았다.

"훌륭하다, 미스터 리. 과연 내가 믿고 있는 그대로의 인물이구나, 당신은 그럼 됐어. 나는 활달한 마음으로 돌아갈 수 있겠어."

그날 밤 조스와 이사마는 서울의 이 골목 저 골목을 돌아다니며 술을 마셨다. 그 사이 사이 이런 대화가 있었다.

"박 정권에 대한 미스터 리의 생각은 어때."

"나는 되도록이면 이 정권이 잘해나갔으면 한다. 이게 내 진정이다. 개인 감정이 개재될 여유가 없다. 박 정권이 잘못하면 그건 곧 국민의 고통으로 된다. 기왕은 어떠했건 잘하길 빌어."

"기왕을 잊을 수 있을까?"

"잊을 수 있는 데까진 잊어야지. 나는 1961년 5월 16일부터 1963년 12월 17일의 제3공화국 출범까지를 괄호 안에 묶어 캐비닛 속에 집어

넣고 자물쇠를 채워버릴 작정이다. 내 인생이 형무소에서 괄호 속에 묶인 것처럼. 그러고는 먼 훗날 그 괄호를 풀어볼 참이다."

"박 정권의 정통성에 대한 회의는 없을까?"

"쿠데타에 관해서 말인가?"

"그렇다."

"박 정권의 정통성은 앞으로 그들이 어떻게 하느냐에 따라 증명해 보일 수밖에 없다고 생각한다. 이미 있었던 일을 갖고 왈가왈부하는 것은 후세의 역사가가 할 일이고 지금 살아 있는 우리들의 힘을 넘어 있는 문제가 아닌가. 지금 할 수 있는 것은 그러한 사태를 빠짐없이 기록하는 일이다. 나는 솔직히 말해 박 정권의 레지티머시에 관해선 흥미가 없다. 쿠데타의 부당성을 보상하고도 남을 만한 치적을 이룩해주었으면 할 뿐이다."

"그게 어려운 일이다. 쿠데타로써 빼앗은 정권은 쿠데타로써 망하게 되어 있어. 이게 역사의 도리다. 쿠데타라고 하는 무리한 수단을 취하고 보면 다음다음으로 무리한 수단을 취하지 않으면 안 되게 되는 게 정치란 것 아닌가. 그런 뜻에서 나는 박 정권에게 기대할 것은 없다고 생각한다."

"당신은 외국인으로서 그렇게 말해 치울 수 있을지 모르지만 우리 국민 대부분은 그렇지 않다. 박 정권에 무언가 기대하고 있어. 기대하지 않고선 살아갈 수도 없고."

"그럼 당신은 박 정권을 지지하는 입장에 설 텐가?"

"나는 박 정권의 편에 설 순 없어. 그러나 잘하는 일이 있다면 서슴없이 지지할 것이다. 이를테면 케이스 바이 케이스로 되겠지."

"옳은 말이다. 그러나 미스터 리. 그런 태도가 대단히 위험하다는 사실을 잊어선 안 돼. 자칫 잘못하면 과거에까지 거슬러 올라가 쿠데타를 지지한 사람처럼 오해를 받기가 쉽단 말이다. 현재의 치적을 지지하는 것이 박 정권의 연유緣由 자체까질 지지하는 것으로 대중에게 인상 지워질 염려가 있단 말이다. 대중은 호기심이 강하지만 친절하진 못해. 한 가지를 들어 박정희를 칭찬한 것이 있으면 열 가지 모두를 칭찬한 것처럼 받아들이기가 쉬워. 그래서 하는 말인데 미스터 리는 가능만 하다면 침묵하는 게 좋을 거다.”

“좋은 충고다.”

“그 대신 앞으론 시사평론 같은 것을 쓰지 말고 소설을 써보는 것이 어떨까. 소설은 기교 여하에 따라 무엇이건 쓰고 싶은 걸 쓸 수 있는 게 아닌가.”

“소설을 쓰는 게 쉬운 일일까?”

“어렵지. 어려우니까 해볼 만한 일 아닌가?”

“미스터 조스는 한대의 사가 사마천을 아는가?”

“샤반의 책을 통해서 알지.”

“나는 사마천을 배워볼 생각이다.”

“그렇다면 더더욱 소설을 써야 하겠구나.”

조스의 말에 솔깃하지 않은 바는 아니었으나 그대로 수긍할 수는 없었다.

“보다도 나는 한동안 철저하게 도피하고 싶어. 이를테면 이 국내에서 망명하는 거다. 그리고 열심히 자료를 수집해선 묶어두었던 괄호를 푸는 거다. 5·16의 의미를 철저하게 밝혀 민족의 가슴팍에 못 박는 거지. 다신 그런 불행이 있을 수 없도록 말이다.”

“좋은 이야기다. 그러나 그건 불가능하다. 어중간한 도피는 아무짝에도 쓸데없는 게으름뱅이를 만들기 쉬워."

조스의 이 말을 받아 이사마는 알랭의 말을 인용했다.

"대단한 말을 알고 있구먼. 그 말은 내겐 초문인데 그럴듯해. 도피한
다는 것도 대사업이다."

"그래서 생각한 건데 사업을 해볼까 하는데 어떨까."

"사업? 돈을 벌겠단 말인가?"

"그렇다."

조스는 돌연 껄껄거리고 웃었다.

"왜 웃어."

"발자크를 연상하고 웃었다."

"발자크처럼 실패할 거란 말인가?"

"글 쓰던 사람이 사업을 하면 십중팔구는 실패하게 돼 있어."

"그건 또 왜 그런가."

"사업의 성패에 목숨을 걸어야 하는 건데 글 쓰는 사람은 그런 각오
를 하지 못해. 실천도 못하구."

"그것도 사람 나름이 아닐까?"

"대개 그렇다고 봐야지. 글 쓰는 사람은 분열을 일으키지. 보는 사람
과 보이는 사람으로. 돈을 벌겠다고 애쓰고 있는 스스로를 냉소적으로
보고 있는 또 다른 스스로가 생기게 된다는 것이다. 일이 잘될 땐 그냥
저냥 넘어가지만 일이 잘되어가지 못하면 시들한 기분이 앞서게 돼. 이
런 고생 안 하곤 살 수 없나 하는 기분으로 된단 말이다. 사업은 그것 안
하곤 아무것도 할 수 없는 사람이 하는 노릇이지, 책을 읽고 인생의 무
언가를 알게 된 사람은 사업을 못해. 나는 단언한다. 하기야 후진국에
선 정치적으로 권력자와 통하게 되면 벼락부자가 되는 현상이 더러 있

더군. 미스터 리는 권력자와 통할 수 있어? 그럴 리는 만무할 것이고. 아무튼 사업할 생각만은 마라."

조스는 그밖에도 사업을 해선 안 된다는 이유를 누누이 열거했다.

그리고 다음과 같은 충고를 했다.

"돈을 벌어갖고 도피할 생각은 엉뚱한 꿈에 불과하다. 도피를 하기 위해서도 소설을 쓰도록 하는 것이 좋을 거야. 도피에도 두 가지의 방향이 있지 않은가. 영원한 도피와 잠정적인 도피. 미스터 리는 설마 영원한 도피를 하려는 것은 아니겠지. 영원한 도피로서 민족의 가슴팍에 못을 박을 순 없을 테니까. 소설은 깨어 있기 때문에도 필요하고 도피의 성을 만들기 위해서도 필요한 거야."

이사마는 그저 듣고만 있었다.

조스가 서울에 있는 동안 6·3 대일 굴욕외교 반대 데모가 터지고 서울시 일원에 비상계엄령이 선포되었다.

조스는

"어째서 내가 가는 곳마다 사건이 발생하는지 모르겠다."

면서

"나는 사건이 났다고 해서 뛰어가는 신문기자가 아니고 사건의 현장에 있는 기자다."

라고 뽐냈다.

이사마는 부득이 조스의 취재에 협력하지 않을 수 없었다. 이사마는 이미 한일회담의 진전에 관해서 상당히 상세한 메모를 작성해놓고 있었던 것이다. 그것이 그냥 조스에게 도움이 된 것이다.

다음은 이사마의 메모다.

△ 제3공화국 정부는 한일국교 정상화를 최대과제로 삼았다. 그런데 1962년 11월 12일 당시의 중앙정보부장 김종필은 일본에 가서 일본의 오히라 외상을 만나 대일교섭의 방안을 대강 정해놓았다. 이때 김과 오히라 사이에 모종의 묵계가 있었다고 전해지고 있는데 그 소상한 내용은 아직 밝혀지지 않았다. 그 후 김종필이 실각되자 한일회담의 진전은 정돈상태에 빠졌다.

△ 1964년 3월 5일 청와대에서 한일농상회담을 3월 10일 열기로 결정했다. 이어 3월에 교섭을 타결하고 4월에 조인하고 5월에 국회의 인준을 받는다는 예정을 세웠다.

△ 그러자 국회의 민정당과 삼민회 소속의원들이 3월 1일 대일 저자세 외교 반대 범국민투쟁위원회를 결성할 약속을 하고 3월 9일 하오 2시 시민회관에서 사회단체 대표들을 초청하여 확대회의를 열었다.

그들은 원내투쟁을 하는 한편 원외투쟁을 병행하기로 하고 반대투쟁을 위한 지방유세를 계획했다. 첫 유세는 부산에서 3월 15일에 열렸고 3월 19일엔 대전에서 열렸다. 이 자리에서 전 대통령 윤보선이

"만일 민의를 무시하고 한일회담을 타결하면 국회의원직을 사퇴할 용의까지 있다."

고 강경한 발언을 했다.

21일 서울중고등학교 교정에서 열린 반대투위 강연회에선

① 매국외교를 즉시 중단하라.

② 평화선을 3억 달러에 팔아먹을 순 없다.

③ 현재의 협상대로라면 일본의 경제적 식민지를 만들 뿐이다.

④ 꼭 한일회담을 타결할 양이면 대일청구권을 27억 달러로 올리

고 전관수역을 40마일로 하라.

이 강연회 끝에 데모가 있었다. 이 데모에 의미가 있는 것은 5·16사태 이후 자취를 감추었던 데모가 거리에 나타났다는 사실 때문이다.

△ 국내의 정국이 이처럼 어수선할 때 김종필 공화당 의장은 동남아를 친선방문하고 있다가 예정대로 3월 20일 동경에 도착하여 일본 외상 오히라와 회담을 가졌다. 이때

① 4월 초 양국의 외상회담을 정식으로 가진다.

② 4월 20일부터 4월 25일 사이에 협정문 초안을 작성한다.

③ 5월 초에 조인한다.

는 예정을 서로 확인했다.

△ 다음날 김종필 의장은 자민당 총재실에서 일본 수상 이케다와 만나 한일 간의 국교정상화를 조속히 서둘자는 데 합의를 보고 어제 있었던 오히라 외상과의 약속을 재확인했다. 이날이 3월 24일이다.

△ 김종필과 이케다가 회담하고 있는 바로 그 시간에 서울대학 문리대 학생 약 5백 명이 '제국주의자 및 민족반역자 화형집행식'을 교정에서 올리고 거리로 나왔다.

이에 호응하여 고려대학·연세대학·대광고등학교 학생들이 데모를 시작, 이를 막으려는 경찰과 맞섰다.

△ 3월 25일 데모는 확대되었다. 서울대학 학생 약 5백, 연세대학 학생 약 3천 5백, 한양대학 학생 약 4천, 동국대학 학생 약 3천, 외국어대학 학생 약 5백, 배명·성동·수송중고교생 약 2천 명이 데모에 나섰고, 부산에서도 약 3천 명, 대구에선 약 1천5백 명, 전주에선 약 1백 50명의 데모가 있었다.

데모 대열이 청와대 쪽으로 가려고 하자 완전무장한 경찰대가 학

생들에게 최루탄을 발사했다. 이 문제는 정치 문제로 번져 국회에선 엄민영 내무부장관의 해임결의안이 제출되기도 했다. 이 해임결의안은 재석 1백52명 중 가 77, 부 71, 기권 4로 폐기되었으나 20명 이상의 공화당 의원이 해임안에 찬성표를 던진 것으로 알려졌다.

△ 3월 26일 한일회담에 관한 정부 방침이 발표되었다. 이와 때를 같이 하여 대규모의 데모가 있었다. 참가 인원은 약 2만 5천. 데모의 구호도 차츰 과격하게 되어갔다. 예컨대

"이것이 민족적 민주주의냐."

"박 정권은 부정과 부패를 청산하고 국민 앞에 사과하라."

지방에서의 데모도 치열했다. 부산·수원·대구·대전·원주·온양·이리·여수 등 8개 도시 12개 교 약 1만 2천 명이 동원되었다.

△ 학생들의 데모가 세를 더해 가자 일부 정치인들도 데모에 나섰다. 대일외교 반대투위 서울지부는 궐기대회를 열고 가두시위에 나섰다. 이런 분위기에 김준연 의원이 기름을 부었다.

"공화당 정부가 1억 3천만 달러를 일본으로부터 받았다."

는 발설이었다. 이 때문에 김준연은 구속되기까지 했다.

△ 3월 27일, 나흘째로 접어든 데모엔 약 1만 명이 참가했다. 3월 28일 박 대통령의 신급시시를 받고 돌아오는 김종필을 싱도하기 위해 학생들이 김포공항에 밀려들었다.

한편 국회에선 김성은 국방부장관을 불러, 데모 진압을 위해 병력을 동원하고 있는 것이 아니냐고 따졌다. 이에 대해 김 국방은

"안녕질서를 유지하기 위해 병력을 동원했으나 국가전복 같은 불상사가 발생하지 않는 한 무력행사는 안 하겠다."

고 말했다.

이날 하오 서울대학·고려대학·연세대학 학생들은 각각 학생회를 열고, 실력행사는 일단 보류하고 정부의 태도를 주시하겠다는 성명과 함께 데모의 중단을 선언했다.

△ 4월 8일, 데모에 앞장섰던 서울대학 학생 현승일·김중태와 연세대학 학생 안성혁, 고려대학 학생 박정훈·서진영 등에게 부산에서 소포가 왔다. 내용은 불온문서와 미국 달러였다. 학생들을 모함할 목적의 것이 명백하다고 하여 학원사찰 문제가 정치 문제로 되었다. 4·19기념일이 다가옴에 따라 정세는 다시 긴박하게 되었다. 정부의 대일자세에 변동이 없다는 것을 학생들이 확인한 때문이기도 했다.

△ 4월 16일, 다시 학생 데모가 시작되었다. 18일간의 침묵 끝에 터진 데모의 양상은 험악의 도를 더했다.

"학원사찰 즉각 중지하라."

"구속학생 석방하라."

는 것이 구호에 끼었다.

이들 데모에 대한 정부의 태도는 한결 경화된 느낌이다.

△ 4월 17, 18, 19, 20일로 데모는 계속되었다. 그런데 20일 서울대학 교정에서 있었던 4·19 4주년 기념식엔

"붉은 피는 매국정권을 증오한다"

는 플래카드가 눈을 끌었다.

△ 4월 21, 22, 23, 24일도 데모는 계속되었다. 24일 밤 서울시내 28개 대학의 총학장은 4개 항목의 대책을 세워 정부에 건의했다.

① 학원의 자유를 보장하고 정치사찰을 중지하라.

② 부정부패를 일소하고 학생이 다시 거리로 나오지 않도록 하라.

③ 정계는 대국적 견지에서 정쟁을 지양하라.

④ 학생들의 의사는 충분히 반영되었으니 학생들은 학원으로 돌아가라.

△ 4월 24일 최두선 국무총리가 데모로 구속된 학생들을 전원 석방하라는 지시를 내렸다. 그리고 모두 석방되었다. 불구속 송치된 83명의 학생들에겐 불기소처분이 내렸다. 이렇게 해서 조용해졌던 학원이 5월 20일 다시 폭발했다. 그동안 최두선 내각이 총사퇴하고 11일 정일권 내각이 들어섰다. 그런데 이번의 데모는

"굴욕외교 반대."

에서

"박 대통령 하야하라."

는 극한적인 구호로 바뀌었다.

이날 동원된 학생 수는 2만 5천, 연행된 학생 1천 명, 긴급 구속된 학생은 약 1백 명이다. 3·24 데모 이후 부상한 경찰관이 1천1백61명이란 발표가 있었다.

하오 1시 45분 서울대학 문리대 교정에선 '민족적 민주주의 장례식 및 성토대회'란 모임이 있었고 그 후 경찰관과의 유혈충돌이 있었다.

△ 5월 21일 새벽 4시 반 완전무장한 공수단 장병들이 법원에 난입하여 데모학생들에게 대한 영장을 기각했다고 해서 난동을 피운 사건이 발생했다. 같은 날 새벽 데모 주동자로 지목된 서울대학 학생 송철원이 괴한들에게 납치되어 폭행을 당해 실신하는 사건이 있었다.

△ 5월 25일부터 30일까지 데모는 연속적으로 발생했다. 범위는 서울의 각 대학을 비롯하여 지방의 대학까지 번졌다.

"신망 잃은 박 정권의 하야를 요구한다."

는 것이 공공연한 구호로 되었다.

서울대학에선 교수들이 긴급회의를 열고 다음과 같은 건의안을 정부에 제출했다.

① 정부는 실력행사만을 능사로 삼지 말고 원인을 규명하라.

② 군은 정치에 엄정중립을 지키고 학생은 최후의 순간을 제외하곤 학업에 전념하라.

③ 미술대학에의 경찰관 침입 사건에 대해 국무총리와 관계 장관은 공개사과하라.

④ 구속된 학생을 전원 석방하라.

⑤ 총학장 임명제를 즉시 시정하라.

⑥ 교수의 연구 자유를 보장하라.

△ 5월 30일엔 서울대학 문리대 학생 40명이 4월 학생 기념탑 앞에서 단식투쟁에 들어갔다. 지명수배 중이던 현승일이 경찰에 자수했다. 이날 밤 10시 검찰은 송철원에게 폭행한 범인 이동식·박영철·송명성을 구속했다. 자진출두 형식으로 나타난 이들은 모두 모 기관원들이었다.

△ 6월 1일. 이날 비가 내렸다. 사흘째로 접어든 서울대학 학생 단식투쟁자의 수는 1백30명으로 불어났다. 현상금이 붙어 있던 김도현이 단식투쟁 장소에 나타나 격려하곤 경찰에 자수했다.

△ 6월 2일 고려대학 학생, 서울대학 학생들이 교내에서 반정부 성토대회를 한 다음 거리로 몰려나왔다. 하오엔 동국대학 학생들이 일어났다. 안암동·신설동·종로 3가에선 경찰관과 학생들의 최루탄과 투석으로 인한 공방전이 치열했다. 이날 연행된 학생 수는 6백32명. 학생들의 구호는

"박 정권 하야하라."

"공포정치 지양하라."

는 거친 것이었다.

서울대학 8개 단과대의 학생회장들은 법대에 모여 단식투쟁을 중단하고 3일부터 실력행사에 들어갈 것을 결의했다. 단식투쟁 학생 수는 이날로 3백 명으로 불었으며 법대 안에 새로 1백 명이 단식을 시작했다.

동국대학에서도 약 20명이 단식을 시작했다.

△ 6월 3일.

학생들이 실력행사를 선언한 이날 서울대학의 약대·사대·수의대·치대·상대 등의 약 2천 명, 고려대학 2천 명, 한양대학 3천 명, 성균관대학 1천 명, 동국대학 1천5백 명, 홍익대학 1천 명, 숭실대학, 건국대학 약간 명 등이 거리로 쏟아져 나왔고, 수원으로부터 농대 학생 6백 명이 상경하여 데모에 참가했다.

시내 18개 대학 약 1만 5천의 학생들이 경찰관과 육박전을 벌였다. 국회의사당에서 청와대에 이르는 대로는 학생들과 경찰관에 의해 뒤범벅이 되었다.

경기도청 앞의 제2바리케이드가 무너진 것은 하오 4시. 경찰 병력은 수도경비사령부 병력과 교체되었다. 데모대는 중잉칭 정문 앞 제3바리케이드를 무너뜨리고 해무청 앞 제4바리케이드에 육박했다. 치안상태는 이미 엉망이 되었다. 경찰차와 군용차가 데모대원의 손에 넘어갔다. 파출소가 파괴되었다. (이 광경을 보고 있던 어느 신문기자는 비상계엄령을 선포하기 위해 정부가 고의로 조작한 상황일 것이라고 말했다.)

△ 정부는 이러한 상태를 긴박하다고 보고 국가안보회를 소집했

다. 하오 4시 반, 버거 미국대사와 하우즈 UN군 사령관이 헬리콥터 편으로 청와대에 들어갔다. 이 자리에서 계엄령 선포가 논의된 것이 틀림없다.

군대의 출동으로 데모대가 흩어진 하오 9시 50분, 정부는 하오 8시로 소급시켜 비상계엄령을 선포하고 군 병력이 서울시내의 요소를 경비하게 되었다.

각 대학의 캠퍼스 안에도 군대가 진주했고 대학의 교문은 굳게 폐쇄되었다.


조스는 이사마의 메모를 주의 깊게 읽고 있더니 한숨을 섞어 말했다.

"빈둥빈둥 놀고 있는 것 같더니 이만한 조사를 했다는 것은 참으로 놀랄 만하다. 이런 조사를 하면서도 도피생활을 하겠다구? 망명생활을 원한다고?"

"이런 조사를 철저히 하기 위해서도 도피생활이 필요하단 얘기다."

하고 이사마는 웃었다.

"아무튼 이 사태에 관해 당신의 의견을 묻고 싶다."

며 조스는 담배를 피워 물었다.

# 부화浮華의 그늘

6월도 24일이 되었다.

그 밤은 음력 5월 15일, 만월이었다.

조스와 이사마는 마포아파트 이사마의 집 베란다에 등의자를 내어 놓고 나란히 앉아 달을 보고 있었다.

조스는 2주일 전 서울 체재를 연장할 작정을 하고 이사마의 권고에 따라 그의 아파트로 옮겨온 것이다.

"호텔 값 아껴 술이나 마시자."

는 이사마의 말을 듣고 조스는

"당신에게 들은 최고의 아이디어."

라고 칭찬하고 그리로 옮겨온 것인데, 사실은 계엄령하이고 보니 호텔에 있어 보았자 에로틱 헌팅이 불가능한 것을 알고

"그럴 바에야 호텔 비용을 아끼자."

로 된 것이다.

"계엄령에도 달은 밝구나."

하고 조스가 먼저 말을 꺼냈다.

"유럽인들의 달에 대한 감수성을 동양인만 못한 것 같다."

고 이사마가 말하자 조스는

"무식을 폭로해도 그런 식으로 하면 유머조차도 없다."

며 희랍신화를 비롯하여 베를렌의 시에 이르기까지 문학에 있어서의 달에 대한 편력을 들먹이고 나서

"나처럼 달을 원망할 자격이 있는 사람도 없을 것이다."

라고 했다.

"왜 그런가."

이사마가 물었다.

조스는 스페인 내란 때 종군기자로 갔다가 괜히 기분을 내어 국제여단에 참가한 경력을 얘기하고 나서

"내가 프랑코군에 붙들려 정신이상을 일으킬 정도로 고문을 받게 된 원인이 달이다. 그래서 나는 달을 원망해."

하고 농담 같지 않은 표정을 지었다.

사라고사의 전투에 참가한 국제여단은 인민전선군의 좌익 전선을 담당하고 있었는데 탄환이 제일 적게 날아오는 곳이었다.

어느 날 밤 조스는 보초를 섰다. 그 밤의 달은 만월은 아니었으나 대단히 밝았다. 전쟁터에서 보는 달은 오스카 와일드가 묘사한 핏빛의 달이다. 조스는 그 피빛깔이면서도 무척이나 밝은 달을 바라보며 그 달에 흘렸다. 무슨 까닭인지 실연한 회상이 연이어 떠올랐다. 그는 눈물이 글썽해졌다. 글썽한 눈물을 통해 보는 달은 정말 아름다웠다. 이런 기분에 도취해 있는데 뒤에서 무슨 소리가 난 것 같더니 정신을 잃었다.

의식을 회복해보니 돼지우리 같은 데였다. 프랑코군의 포로가 되어 있었다. 큰 화근은 호주머니에 있던 신분증이었다. 조스는 그때 기자증

말고도 영국 정보부가 발행한 암호로 되어 있는 기관출입증을 가지고 있었다. 그는 그것 때문에 스파이로 몰렸다. 프랑코군은 포로에 대해서도 가혹했지만 그 포로가 스파이라는 사실을 발견하기만 하면 철저한 고문을 했다. 제네바 협정은 스파이를 도외시하고 있었기 때문이다. 스파이는 아무리 학대를 받아도 제네바 협정에 저촉되지 않는다.

조스는 프랑코군의 고문을 받고 정신착란을 일으켰다. 그 병을 고치기 위해 오랜 투병생활을 해야만 했었다. 그는 3년 후에야 정신착란증이 치유되었다는 증명서를 받고 병원 문을 나설 수 있었다.

"그런데도 내가 달을 원망하지 않고 배겨낼 수 있겠어?"

"엉뚱한 소릴 하누만."

이사마가 웃었다.

"그런데 참 당신은 달과 별을 거두어놓고 살았다며?"

조스는 이사마가 이규정 교수에게 보낸 편지를 화제로 삼았다.

"그것도 모두 쓸데없는 소리고…… 달에 대한 비감수성은 러시아 사람이 으뜸이 아닐까?"

하고 이사마는 안톤 체호프의 소설 『초원에서』를 들었다. 그 소설 가운덴 망망한 초원의 하늘에 걸린 신비로운 달을 푸른 벽지에 꽂혀 있는 압핀으로 표현하고 있다.

"또 무식한 소릴 하는군."

하고 조스는, 러시아 사람처럼 달에 감상적인 민족은 드물 것이라며 달을 들먹이기만 하면 센티멘털리즘의 강에 풍덩 빠져버리고 헤어날 줄 모르는 군소작가들에 대한 체호프의 반발이 달을 푸른 벽지에 꽂힌 압핀으로 만들어버린 것이라고 지껄였다.

이사마는

"유식한 사람과의 대화는 참으로 힘들다."

고 웃어넘길 수밖에 없었다.

"그건 그렇다고 치고 한국인의 달에 대한 감수성은 어떠냐."

고 조스가 물었다.

"『대동시선』과 『청구영언』에서 달을 제외하면 얄팍한 팸플릿밖엔 안 될 것이지만 그 감수성의 극은 이거다."

하고 이사마는

"달아 달아 밝은 달아

이태백이 놀던 달아……."

를 들먹였다.

그랬더니 조스는 킬킬거리며 테오필 고티에의 시를 읊었다.

"달을 원망한다면서 달의 송시는 잘도 외우고 있군."

이사마가 익살스럽게 말했다.

"말이 그렇지, 어찌 달을 원망할 수가 있는가. 시답잖은 과학자들은 달을 물질로 환원하고 적당하게 비속화하려고 들지만 어림이나 있는 소린가."

조스의 말투에 센티멘털리즘이 섞였다.

그 센티멘털리즘에 이끌린 탓인지 문득 생각나는 것이 있어 이사마는

"미스터 조스."

하고 불러놓고

"오늘이 무슨 날이냐."

고 물었다.

"어제의 내일이고 내일의 어제이지 별게 있나?"

"바로 내일이 6월 25일이 아닌가. 북한의 김일성이 남침한 날이 바로 13년 전의 내일이다."

"음, 그렇군."

하더니 조스는 시니컬한 표정으로

"그런데 그 전쟁에서 한국인들은 무엇을 배웠지?"

했다.

"전쟁이 무섭다는 것을 배웠지."

"천만에."

조스의 목소리가 돌연 날카로워졌다.

"한국인들은 전쟁이 무섭다는 것도 배우지 못한 것 같애. 전쟁의 두려움을 안 사람들이 이 모양인가?"

"최선을 다해 방어 노력을 하고 있지 않는가. 반공에 철저하고. 군인이 정부를 장악하고."

"이런 문제에 농담은 말자구. 진심으로 전쟁이 두려우면 이런 정치가 있을 까닭이 없어. 전쟁을 방지할 수 있는 건 첫째, 국민의 단결이다. 군비도 국민의 단결이 있어야만 보람을 다할 수 있는 것이다. 국민의 단결이 없으면 아무리 군비가 튼튼해도 소용이 없어. 마지노선이 약해서 프랑스기 독일에 진 게 아니다. 영국의 군비가 월등해서 독일에 이긴 것도 아니다. 영국 국민의 단결이 독일을 무찌른 거다."

"국민의 단결 운운하니까 파쇼적으로 들리는군. 국민의 단결이란 건 전체주의 국가에서 흔하게 쓰이는 말 아닌가"

"또 무식한 소릴 하는군. 전체주의 국가, 즉 나치스나 공산주의 국가엔 단결이란 게 없어. 감시, 탄압, 강제에 의한 획일성만 있는 거야. 획일성과 단결은 달라. 단결은 국민 개개인이 자발석으로 어떤 구심점을 지지하는 것이고 획일성은 밖에서 강제된 상태가 아닌가. 그런 까닭에 국민의 단결은 민주주의 국가에만 있을 수 있지, 독재나 전체주의 국가에선 있을 수 없는 현상이다."

"알 수 있을 것 같군."

"알 수 있는 정도가 아니라 바로 그렇다. 예컨대 국민 모두가 국회를 통해서든지 조합을 통해서든지 각자의 주장을 열심히 펴고 자유롭게 버티다가 결국은 다수의 의견에 따라가는 소수의 의견을 존중하고 다수의 의견에 따라가고 하는 것, 소수의 의견을 존중한다는 것은 끝까지 발언권, 즉 사상의 표현을 보장한다는 뜻이며, 그럴 때 소수 의견자들은 그들의 의사가 통하지 않는 것은 다수의 의견을 모을 수 없었기 때문이라고 석연할 수 있게 되는 것이지. 그럴 때 무슨 불평이 있을 수 있겠어.

민주주의가 실행되지 못하는 것은 권력을 쥐고 있는 측이 다수를 위조, 또는 강작強作하기 때문이다. 만일 국민의 의지가 공정한 여건하에서 소수와 다수로 확연하게 구별될 때 특별히 병적인 사람이 아니고서야 다수의 의견에 순종하지 않겠는가. 다음 기회에 자기들의 의견이 다수의 것이 될 수 있도록 노력은 하겠지만. 국민의 단결이란 건 이런 원칙을 지키기 위한 단결을 말하는 거다. 그리고 이 단결은 무섭다. 영국의 정치를 이상적이라고 할 수가 없고, 국민의 사상과 취향은 백 가지 천 가지로 분열되어 있고, 불평불만뿐 아니라 모순에 가득 차 있지만, 소수의 의견을 존중하고 다수의 의견에 따라가는 정치 관행을 지켜야 한다는 이 원칙에 대해서만은 완전히 단결되어 있다.

그리고 이 단결은 국난 또는 위기에 있어서 비상한 힘을 발휘하게 된다. 전쟁이 두렵다는 교훈을 배웠다고 하면 국민이 단결할 수 있는 바탕을 만드는 데 모두들 노력해야 옳을 것 아닌가. 그런 뜻에서 나는 한국인은 그 무서운 내란을 통해서도 배운 것이 없다고 하는 것이다. 외국인이 말하기엔 너무나 외람된 노릇이지만."

"결국 쿠데타가 발생할 수 있었다는 상황이 옳지 않다는 얘기가 아닌가?"

"그럴 수밖에. 몇 번을 되풀이하지만 쿠데타가 이 나라의 화근이다. 두고 볼 것도 없이 지금의 제3공화국이란 것이 그 증거를 노정하고 있지 않은가. 옳은 정치를 할 의욕보다 정권을 수호하는 데 급급하고 있거든. 한일 간의 협정 문제만 해도 그렇다. 한국과 일본이 국교를 정상화한다는 것은 중요한 문제일 뿐 아니라 극히 델리케이트한 문제가 아닌가.

줄잡아 백 년 전까지의 과거를 감안해야 할 성질의 것인데 어떻게 이 정부가 그처럼 숨가쁘게 서두르는지 이해하기 곤란하다. 한일 간의 국교정상화는 필요하고 또한 긴급하며 어느 측으로부터 압력을 받고 있는 것으로 예상도 되지만 그렇더라도 아무렇게나 해치울 순 없는 것 아닌가.

원래 외교와 국방은 초당적으로 처리해야 될 문제인 만큼 막후교섭은 누가 했건 정식 토의엔 야당 측 인사를 대폭 참여시켜서 국민의 총의가 반영되도록 해나가야 이치가 맞는 것인데……. 그래야만 정상화의 보람을 살릴 수도 있는 것인데, 이 정부는 그런 절차를 취하고 있지 않지 않는가. 결론적으로 말해 남의 나라와의 관계를 정상화하기 위해 계엄령까지 선포해야 한다는 것은 외교의 정상화를 위해 국민생활을 비정상화했다는 꼴로 되는 것이니, 다시 말하면 이런 짓이 이 정권의 뿌리가 온당하지 못한 데서 비롯된 것이라고 판단할 수 있지 않는가."

이런 상황은 조스의 설명이 없어도 이사마 자신이 충분히 알고 있는 사실이다. 그리고 문제의 심각성은 보다 깊은 데 있다는 것도 이사마는 짐작하고 있다. 그래서 이사마는 오래전부터 품어오던 의혹을 조스 앞에 털어놓을 작정을 했다.

"조스, 한번 들어봐. 이번 한일협정에서 이른바 청구권으로 거론되어 있는 액수는 3억 달러다. 그밖에 혹시 차관이 있을지 모르지만 일본으로부터 정치적·행정적으로 과거를 청산하기 위해 받을 수 있는 배상금, 이것을 청구권이라 하는 것은 일본인의 레토릭(수사)인데, 그 3억 달러 외엔 한푼도 없다는 얘기다. 그런데 나는 전쟁이 끝난 직후 일본 정부가 제2차 세계대전 때 전사한 그들의 군인·군속에 대해 한 사람당 미화 1만 달러에 해당하는 일시금을 지불했다고 듣고 있다. 이것은 정확한 정보에 의한 것이다. 제2차 세계대전 때 일본에 징병, 징용되어 간 한국인으로서 전사한 군인·군속의 수는 아마 20만을 넘을 것으로 알고 있다. 그런데 일본 정부는 보상금을 지불하는 대상에서 한국인을 제외해버렸다. 그렇다면 국교를 정상화하는 마당에선 당연히 이 문제가 거론되어야 할 것 아닌가. 일본이 통치하고 있던 시절 학살된 사람의 문제는 불문에 부치더라도 제2차 세계대전 때 전사한 사람들에게 대해선 적어도 그들 일본인의 전사자의 예에 준해서 대접해야 할 것이 아닌가. 그렇게 한다면 일본은 배상금으로 20억 달러는 준비해야 한다. 법적으로나 도의적으로 국교 정상화를 꾀하는 마당에 있어선 이 책임에서 벗어날 도리가 없다. 그런데도 그 문제에 관해선 일언반구의 언급도 없이 청구권 3억 달러로 낙착을 보았다. 일본 정부가 언급하지 않았다고 해서 한국 정부는 이 문제를 거론해볼 수 없는 일일까. 신문지상에 나타난 교섭 경위를 아무리 살펴보아도 그런 문제가 거론된 흔적조차 없다. 이것을 조스는 어떻게 생각하는가."

"그럴 리가 있나. 당신이 사실을 잘못 안 것 아닐까?"

"아니다. 일본 도쿄의 어느 절과 창고에 전사한 한국계 군인·군속의 유골 일부가 있다. 어떤 사람이 그 사실을 알고 유골 송환을 일본 후생성과 교섭하는 가운데 보상금 문제를 물어보았다. 그랬더니 후생성 관리의 대답이 그 문제는 양국 정부의 양해사항으로 불문에 부치기로 되어 있다는 것이었다고 한다.

그 사람이 돌아와서 한일협정의 한국 측 실무책임자에게 물었더니 하급관리인 자기들로선 아는 바 없다고 대답하더라는 것이다. 이렇게 20억 달러에 해당하는 문제가 한일협정의 전 단계에서 거품처럼 사라져 버렸다. 이건 확실한 이야기다."

"그 문제도 이번 반대 데모의 이슈로서 등장했는가?"

"등장하지 않았다."

"어찌 된 일일까?"

"학생이나 대중들이 그런 데까지 파고들지 못했기 때문이다. 만일 그 문제가 드러났더라면 금번 데모가 이 정도로 끝나진 않았을 것이다. 계엄령으로도 감당할 수 없는 사태로까지 번졌을지도 모른다. 그렇지 않은가. 한일 간의 국교가 정상화되려면 먼저 국민의 생명 문제가 가장 중요시되어야 하고 따라서 적어도 일본인 전사자에 준하는 처우는 당연히 청구힐 수가 있고 명분도 당당힌데 이께서 20억 달러 상당에 대한 문제를 그처럼 호락호락 포기할 수 있었겠는가. 일국의 정치를 맡아 하는 사람들이 그런 문제를 등한히 했다고는 볼 수 없는 일 아닌가."

"사실이 정 그와 같다면 이만저만한 문제가 아니군."

"이만저만한 문제가 아니면 뭘 하나. 지나가버리면 그만이지."

"한일회담의 전 단계를 맡은 사람이 누구인데."

"김종필 씨."

"그럼, 그 사람이 전사자들의 보상금을 청구하지 않기로 하고 개인적인 거래를 했단 말인가?"

　　"그것까지야 어떻게 알 수 있겠는가. 그리고 어찌 그 사람만을 문제로 하겠는가. 최고책임자의 동의가 없고서야 그런 끔찍한 짓을 할 수 있었겠는가."

　　"결국 시체를 팔아 사복을 채웠다는 얘긴데."

　　"그렇게 단정할 수야 없지. 그러나 아무런 이득도 없고서야 그런 중대 문제를 포기할 수 있었겠는가 하는 의혹은 남는 거지."

　　"국회에서 말썽이 났거나 한 적은 없나?"

　　"꼬집어 바로 그게 문제가 된 일은 없지만."

하고 이사마는 김준연이란 국회의원이 비슷한 문제를 제기한 적이 있다는 설명을 했다.

　　"김준연이란 어떤 사람인가."

　　조스가 물었다.

　　"삼민회 소속의 국회의원인데, 해방 후 한민당 창당 멤버이기도 한 원로 정치인이자 명물 정치인이다."

　　"명물이란 또 뭔가."

　　"김준연 씨는 아마 한국인으로서 일본의 동경제국대학을 나온 최초의 인물인데, 조선공산당의 초창기 당원일 뿐 아니라 모스크바까지 갔던 사람이다. 그 후 공산주의를 청산하고 민족진영으로 돌아왔는데, 소싯적엔 저널리스트였다. 『동아일보』의 편집국장을 했지, 아마. 해방 후엔 민족주의 정당으로선 최초인 한민당이란 보수정당을 창당하고 줄곧 국회의원이었다. 가끔 가다 엄청난 폭로연설을 하기도 하여 자유당 정부를 괴롭혔지. 그러나 이승만 대통령에겐 순종을 했던 모양이다. 두

번인가 부통령에 입후보한 적이 있다. 그 사람이 박정희와 김종필의 비행을 정면으로 폭로해버렸다."

"어떤 종류의 폭로인가."

"작년 선거 때 김준연 씨는 김종필이 일본으로부터 사적으로 70억 원을 받았다고 폭로했다."

"무슨 근거로 그런 소릴 했을까."

"일본 신문에 그렇게 보도된 모양이다."

"그럼 사실이 아닌가."

"만일 사실이 아니면 무슨 고발사태라도 있었을 것인데 그런 일이 없었던 것을 보면 사실일지 모르지. 김준연 의원은 그런 것이 모두 일본에 대해 저자세를 취하게 된 원인이라고 했다."

"마땅히 문제 삼을 만하군."

"그런데 그 김준연 의원이 금년 들어 국회 출입기자들 앞에서 군 정부가 1억 3천만 달러를 사전에 일본 정부로부터 받았다고 발설했다. 뿐만 아니라 국회 본회의장의 한일 문제에 관한 대정부 질의에서 그 얘기를 털어놓았고 이것이 정치 문제화되었다. 이 문제는 여당인 공화당 의원들을 흥분시켰다. 설마 그럴 리가 있을까 했지만 그들끼리도 의심을 했던 것 같다. 3월 30일 '일본자금 사전수수설 진상조사특별위원회 설치안'이 국회에서 가결되었다. 그런데 조사 범위에 대한 토론에서부터 여야 간에 의견이 대립되었다. 공화당은 김 의원의 발언대로 1억 3천만 달러를 받았는가 안 받았는가의 여부만 따지자고 했는데 야당은 첫째, 김과 오히라 사이에 오간 '메모'의 성격, 둘째, 민간차관과 정부 지불보증의 내막, 셋째, 재일교포 재산 반입 리스트 등을 조사하고, 넷째, 김종필·김동하·김재춘 등을 증인으로 채택하자고 했다. 김준연은 공개회의를 요청하고 조사위원회에 나와 자기에게 정보를 제공한 사람은 장택상이라고 밝혔다. 그런데 증인으로 나온 장택상 씨는 1억 몇 천만 달러를 받았다는 설이 있는데 그 진부眞否를 알아보라고 했다고 증언했다. 애매모호한 말이지만 장택상 씨의 처지로선 그 이상의 증언은 할수 없었을 것이다. 김준연이 폭로한 사실의 근거는 장택상 씨의 말과 일본 잡지에 기재된 기사, 우인기의 고소장 내용 등이었는데, 조사위원회는 몇 명의 증언만을 듣고 흐지부지 종결해버렸다. 정치적인 배려에서 본회의에선 그 조사 결과를 보고하지도 않았다. 그러고는 정부가 허위사실 유포죄 혐의로 김준연 의원 구속동의 요청서를 국회에 제출했다. 그것이 4월 18일에 있었던 일이다. 이에 앞서 공화당은 4월 7일 김준연을 고발했고, 김준연은 박 대통령과 김종필 씨를 걸어 외환죄혐의로 맞고소를 했다.

정부는 야당이 끈덕지게 군정시대의 비위 사실을 추궁하여 대정부 공격을 해댔기 때문에 본보기로 김준연 구속동의안을 제출한 것으로 본다.

김준연이 박 대통령과 김종필을 상대로 낸 고소 내용은, 군사정부가 1억 3천만 달러를 받아 공화당을 조직했고, 평화선을 포기하겠다는 미끼로 김종필이 일본 정부로부터 일화 수백만 엔을 받았다는 것이다."

"김준연 씨가 한 고소 사건은 어떻게 처리되었는가."

"검찰은 조사 결과 사실무근한 얘기라고 해서 그 고소를 각하시켜버렸다. 검찰이 어떻게 대통령을 상대로 한 고발을 달리 처리할 수 있었겠는가."

"김준연 구속동의안은 어떻게 되었나."

"공화당은 4월 20일 그 동의안을 표결에 부치려 했지만 야당 측의 의

사방해로 이루지 못했다. 제41회 임시국회 회기가 끝나는 21일 다시 표결에 부치려고 했으나 야당이 단상을 점거하는 등 극한적인 투쟁을 했기 때문에 일곱 번이나 정회를 거듭하고 협상을 시도했지만 끝내 실패로 돌아갔다. 결국 김 의원 구속동의안은 다음 회기로 넘어갔는데 국회가 폐회 중인 4월 26일 검찰은 김 의원을 구속해버렸다."

"그 후 어떻게 되었는가."

"검찰은 구속한 지 24시간 만에 즉 4월 27일 김준연을 구속 기소하여 야당에서 구속적부 신청을 낼 여유를 주지 않았다. 이 문제로 또 말이 많았지만 5월 2일 법원의 보석결정으로 김 의원은 풀려 나왔다."

"그 후 유죄 판결이라도 받았나?"

"아직 법원에 계류 중에 있다. 그러나 흐지부지되고 말 것이라고 모두들 말하고 있지. 아무튼 맹랑한 일들이다."

이사마는 '맹랑한'이란 형용사를 영어로는 '포미더블'formidable이라고 했다.

"포미더블이라."

하고 조스는 중얼거리더니 뚜벅 이런 소릴 했다.

"아무래도 나는 당신이 시간낭비를 하고 있는 것 같다."

"왜?"

"그런 자질구레한 문제에 관심을 쓸 필요는 없지 않은가."

"기록하기 위해서지."

"당신의 뜻은 알아. 알지만 허무한 것 같잖아?"

"허무하지. 그런데 나의 경우는 허무와의 투쟁이다. 누구나 사람들은 자기 마음속에 허무주의의 까마귀를 한 마리씩 키우고 있는 것이지만 나의 경우는 그게 심한 것 같애. 그래서 그 허무주의에 빠려 들어가지 않기 위해서 이 정권에 관한 기록을 서둘고 있는 거다."

"그러니까 소설을 쓰라고 권하는 게 아닌가. 기록이 기록대로 남아 버리면 특수한 목적을 갖고 찾는 사람이 없을 경우엔 먼지를 뒤집어쓴 고문서가 될밖에 없어. 기록이 생명을 가지고 만인의 가슴속에 살아 있도록 하려면 필경 문학으로 되어 있어야 해. 미스터 리, 당신은 소설을 써요. 감동적인 소설을. 그래야만 민족의 가슴팍에 못을 박든지, 민족의 머리에 화관을 씌우든지 할 것 아닌가."

"글쎄. 그런 능력이 있다면 얼마나 좋겠는가."

"당신은 역사를 어떻게 생각하고 있는지 모르지만 역사는 기대할 것도 못 되고 그렇다고 해서 불신할 필요도 없어. 소설가는 역사를 기다릴 필요가 없어. 후세의 사가를 기다린다는 것은 속수무책인 사람들이 할 노릇이고 소설가는 후세의 사가가 도달할 곳을 선취해야 한다. 소설가는 역사의 법정이 열리길 기다리기에 앞서 문학의 법정을 열어야 한다. 당신의 법정에 휴머니티를 위배한 피의자들을 끌어내서 단죄하는 거다. 비둘기의 탈을 쓴 여우를 찾아내고, 양의 가면을 가진 돼지를 적발하고, 인간 모양을 한 파충류들을 고발하고 재판하고 유죄를 선고하면 될 게 아닌. 그 판결이 정당한가 정당하지 못한가의 시비는 그야말로 후세의 사가들에게 맡길 일이다. 그렇게 해서 활달하게 살아봐요. 가슴속의 원한을 활활 털어내어 얼마 남지 않은 인생을 멋지게 살아보는 것이 어때."

이사마는 조스의 말에 갖가지 심정이 담겨져 있다는 것을 알 수가 있었다. 소화불량을 일으키고 있는 이사마의 정신상태를 정상으로 돌려놓고 싶어하는 조스의 심정을 너무나도 잘 알기 때문에 이사마는 고맙다는 말도 안 하기로 했다.

조스는 이야기를 계속했다.

"돈이란 걸 분석해보면 돈 벌 생각이 없어진다. 마찬가지로 권력이란 걸 분석해보면 정치 같은 것은 할 일이 못 된다. 정치는 달리 할 일을 가진 사람은 해선 안 되는 노릇이다. 아인슈타인이 정치를 하겠는가, 베토벤이 정치를 하겠는가, 톨스토이나 도스토예프스키가 정치를 하겠는가. 정치 말곤 달리 할 일이 전연 없는 사람 아니고선 할 게 못 되는 게 정치다. 링컨의 말에 그런 게 있지 왜. 모든 일에 좌절한 사람에게 남아 있는 두 가지의 길이 있다. 하나는 정치의 길이고 하나는 교육자의 길이라고. 스포츠처럼 해서 정치가 가능한 나라가 있다. 미국·프랑스·영국·스칸디나비아 같은 나라다. 그런 곳에선 즐기며 정치를 할 수가 있지. 그러나 당신 나라 같은 데선 안 돼. 성공해도 실패해도 다 어렵게 되어 있어. 성공도 실패도 아닌 중간의 부류는 머저리들이구. 애써 노력해갖고 머저리가 될 게 뭔가. 이 나라에서 성공한 정치가가 누구지? 실패한 정치가는 누구지? 미스터 리에게도 얼핏 정치에의 경사가 있는 것 같애. 그래서 충고하는 거다."

이사마는 조스의 말에 성실성이 없다고 느꼈다. 그러나 말만은 이렇게 했다.

"사업도 하지 밀라, 징치도 하지 말라, 기록지도 되지 **말라**. 그렇게 이곳저곳의 문을 탕탕 닫아버리고 나더러 어디로 가라는 건가."

"그러니까 소설을 쓰라고 하는 것 아닌가."

"재능 없이 소설이 씌어지나?"

"계발하는 거다. 노력하는 거다. 당신에겐 소질도 있고 능력도 있다."

"봐줘서 고맙군."

"봐줘서 고마운 건 달이다. 저 달을 봐. 앞으로 몇 번 만월을 볼 수 있는 기회가 있을지 모르지만 언제이건 저 달을 보거든 내 충고를 잊지 마."

"충고 고마워. 그런데 조스는 큰 오해를 하고 있는 것 같다. 당신은 내가 이 정권에 대해 엄청난 원한을 가지고 있다고 생각하고 있는 모양이지만 그렇진 않다. 나는 원한 같은 것을 지닐 그런 성격이 못 돼. 어쩌다 그렇게 된 것쯤으로 생각하고 있을 뿐야. 그런데도 이 정권을 주목하고 크고 작은 것을 기록해두려고 하는 것은 아까 내가 말했듯 내 속의 허무주의를 극복하기 위해서다. 그거라도 문제를 삼지 않으면 나는 허무의 나락으로 빠져들어. 아니면 무지 같은 존재가 될 뿐이다. 게다가 조금 뭣한 게 있다면 양심도 포부도 제 나름대로의 견식도 없는 인간들이 순전한 야심만으로 몇 사람의 생명을 잘랐다는 사실에 대한 석연치 못한 감정뿐이다."

"알겠다, 알겠어."

하고 다시 조스는 만월 쪽으로 얼굴을 돌렸다.


지난 6월 5일 김종필이 공화당 의장직을 사임했는데 그 이유가 뭔가. 그리고 6월 18일 김종필이 미국으로 떠났다는데 그 이유가 뭔가.

이른바 그들이 말하는 '혁명주체', 즉 쿠데타에 동참하여 최고위원으로서 한때 그들의 봄을 노래하던 사람들이 지금 어떻게 되어 있는가.

대충 이와 같은 문제를 놓고 조스는 취재에 바쁜 나날을 보냈다.

그런 취재를 뭣 때문에 하느냐는 이사마의 질문에 대해 조스는

"스위프트의 『걸리버 여행기』를 본따서 '극동의 기묘한 나라' 얘기를 쓸 참."

이라고 했다.

그런데 이사마는 조스의 취재가 치밀한 데 새삼스럽게 놀랐다. 조스는 며칠을 돌아다니더니 'YTP의 진상'을 밝혀냈다. YTP란 어느 기관의 조종을 받은 학생들의 집단이다. 바로 말하면 학원사찰을 위한 스파이다. 그 스파이들 때문에 학생들의 모의가 사전에 탄로나기도 하고 따라서 학생들 사이에 심각한 갈등이 빚어지기도 한 것인데, 그 정체가 한일협정 반대 데모도 정부와 학생 사이에서 옥신각신하는 동안에 폭로된 것이었다.

조스의 취재에 의하면

YTP(Youth Thought Party), 즉 청사회青思會의 근원은 1960년 8월 남녀 대학생 40명으로 조직된 '구국당' KKP였다. 이 단체는 족청계·자유당계와 몇몇 정치인들과 접촉하여 5·16 직전까지 전국적인 조직을 완료하고 2천 명의 당원을 포섭하고 있었다.

5·16쿠데타 후 이 조직은 MTP(문맹퇴치회)란 명목으로 모 정보기관과 인연을 맺어 학원에 침투해선 정보사찰운동을 벌였다. 그러다가 1963년 YTP란 이름으로 바꾸었는데, 이 당시의 회원은 7만 명이었다.

YTP는 군사정부 시대엔 회원 자격을 정회원, 준회원, 평회원 등으로 구분했는데 정회원은 4천5백 명, 준회원은 2만 명, 평회원은 8만 명을 넘지 못하도록 되어 있었다.

대학생 청년 지식층을 포섭대상으로 한 이 단체는 내부 규율이 엄하고 특수 훈련을 과했다. 그 교육과정은 첫째 '5·16혁명의 불가피성' '군사혁명을 지지해야 할 이유'를 가르치는 것을 제1단계로 하여 군사정부에 대한 충성심을 함양하고 각자 자기의 위치에 대한 충분한 긍지를 갖게끔 하는 동시 일반 훈련으로 들어갔다.

전 교육과정은 비밀스러우면서도 위협적인 분위기를 조성함으로써 훈련 효과를 높였다는데 그 구체적인 내용은 알 수가 없다.

처음 정치적인 비밀결사로 출발한 KKP가 YTP로 변모하는 동시 동료 학생과 교수들을 사찰하고 학내의 서클 활동을 감시 고발하는 그야말로 서글픈 스파이의 집단이 되어버린 것이다.

이와 같은 설명을 하고 조스가 덧붙인 말이 있었다.

"독재성을 띤 정부엔 대강 이런 것이 있다. 소련의 콤소몰이 이에 해당하고, 나치스의 히틀러 유겐트가 이런 것이며, 프랑코 정권하의 스페인 청년 팔랑혜도 이와 유사한 것이다."


그밖에 조스가 취재한 사건은 이른바 '삼분폭리'三粉暴利와 탈세 사건·사직공원 부정 불하 사건·H대학 시유지 교환 사건·삼청공원 용지 불하 사건·수유동 임야 부정 사건·정릉동 임야 불하 사건 등이다.

'삼분사건'은 제분·제당업자들이 교묘한 수단으로 폭리를 취하고 거액의 탈세를 했는데 정부가 이들 업자와 결탁해서 그러한 비행을 묵인한 사건이다. 삼분이란 설탕·밀가루·대맥을 지칭한 말이다.

이 사건이 폭로된 것은 1964년 1월 15일 국회에서 행한 삼민회 소속 박순천 의원의 기조연설에서다. 박 의원은

"5·16 혁명은 정권을 획득하기 위한 쿠데타이며 그들이 저지른 비행은 다방면으로 방자한 것인데 그 가운데 하나를 지적하겠다."
면서

"군사정부와 현 정부는 정치자금의 조달을 위해 수개의 삼분 재벌을 특혜 등으로 치부케 했다."
고 털어놓았다.

이것을 도화선으로 민주당은 당운을 걸고 진상규명에 나섰다.

민주당은 이들 업자들이 50억 원 이상의 부당이득을 취득했다고 주장했다. 공화당은 삼분업자의 부당취득액은 10억 원에 불과하다고 맞섰다.

민주당은 삼분폭리를 비롯하여 경제 의혹 사건의 진상을 규명하기 위해 특별 국정감사를 하자는 결의안을 제기했다. 그런데 여당인 공화당은 무더기 기권으로 응수하여 결의안 동의를 폐기시켜버렸다.

그러자 민주당의 유창렬 의원은

"정치 및 행정 권력이 재벌과 결탁하여 국민경제를 파괴했다는 것은 좌시할 수 없는 사례이니 그들 범법행위자들의 실태를 조사해야 한다. 그러기 위해서 특별위원회를 구성해야 한다."

고 주장했으나 제40회 임시국회의 폐회와 함께 흐지부지되어버렸다.

그런데 그 실상은, 정부가 배급한 밀가루 8백여 만 대袋를 시중으로 횡류하여 폭리를 취하고, 잉여농산물 원맥을 압맥으로 변형시켜 양조용으로 빼돌려 이득을 본 것, 설탕 시장가격을 폭등시켜 막대한 이득을 본 것 등인데 정부는 그 이윤율을 3퍼센트로 보고 아주 낮은 세율을 과하는 것으로써 탈세를 합법화시킨 것이다.

'사직공원 부정 불하 사건'은 공원용지로 예정되어 있던 임야 2만 3천1백90평, 수목 7천7백30주를 동양부동산회사 사장 김영동이란 자가 고위층과 결탁하여 시가 1백분의 1밖에 안 되는 3백82만 1천 원으로 불하받은 사건이다.

'삼청공원 용지 불하 사건'은 원래 도시계획상 매각될 수 없는 공원용지를 이배옥이란 사람에게 매각 불하했다는 사건이다.

'수유동 임야 부정 사건'은 수유리에 있는 국유임야 1만 6백20평을 전직 최고위원에게 헐값으로 불하했다는 사건이며, '정릉동 임야 사건'은 정릉의 임야 2만 4백 평을 아무런 연고권도 없는 자에게 불하했다는 사건이다.

이 모든 사건들을 취재한 후 조스는 이런 말을 했다.

"군사정부, 즉 최고회의의 내부 사정에 관해 『뉴욕 타임스』가 이렇게 쓴 적이 있다.

'그들의 권력투쟁에 있어선 정치철학적인 문제들은 전연 없고 단지 권력 그 자체만이 문제로 되어 있는데, 서울에서의 권력투쟁이 이때까진 격렬한 성명서 발표와 막후의 싸움에 한정되어 왔지만 권력을 장악하기 위해 무력 사용에 맛을 들이고 보면 그 권력을 지키기 위해 또 무력을 사용하고 싶어지는 유혹에 끌리지나 않을까 하는 우려가 있다.'

그런데 내가 보기엔 권력투쟁의 목적이 권력 자체에만 있었던 것이 아니라 물욕에도 있었다. 극히 드문 예이긴 하지만 권력만을 위한 권력의 추구라는 것도 있는 것인데, 이 경우도 대단히 위험한 것이긴 하되 단죄의 근거는 철학이 된다.

그러나 물욕이 엉겨 붙은 권력 추구는 그 부패과정이 빠를 뿐 아니라 국민 전체의 도의심을 마비시키는 독소적인 작용을 한다. 내가 취재한 이 모든 부정 사건이 빙산의 일각이란 생각이 드는 것은 그 수사나 그 규명과정에 권력의 압력을 받고 있다고 추측되기 때문이다. 닭 한 마리를 훔쳤대서 실형을 주는 상황에서 수천만 원의 국가 재산을 횡령한 사람이 이 핑계 저 핑계로 풀려나올 뿐 아니라 사문의 대상조차 되지 않는다는 것은 이상하지 않은가. 그러나 우울한 얘기는 그만하기로 하자."

조스는 무슨 뜻으로 우울한 얘기라고 하는지 모르지만 이사마는 또다른 의미에서 우울했다. 이 푸른 눈을 한 영국인이 무슨 까닭으로 이 나라의 치부를 이처럼 샅샅이 들춰내고 있는가 해서다. 이런 기분이 다음과 같은 말로 나타났다.

"나와 당신은 대단히 친하다. 그 친밀감은 국적을 초월할 정도라는 것이 나의 감각이다. 그런데도 당신이 이 나라의 치부를 들춰내고 있는 것을 보는 건 그다지 기분이 좋지 않은데 이런 감정을 심리학적으로 어떻게 설명하면 좋을까?"

"그런 감정이 없으면 사람이 아니게? 그런 감정을 가장 노골적으로 가진 사람들은 스위스인들이다. 영국인도 예외가 아니다. 그러나 걱정하지 마라. 취재는 나의 취미이고 버릇이다.

언젠가 내가 '기묘한 나라'의 얘기를 쓰겠다고 했지만, 하나의 우화를 쓸 작정이지 내가 이곳에서 취재한 모두를 기사화할 생각은 없다. 이 나라에 관한 취재를 정돈하면 그걸 당신에게 넘기겠다. 소설의 자료라도 하라구. 어쨌건 나는 그쯤의 델리커시는 가지고 있는 놈이니까. 앞으로도 내가 악착 같은 취재를 한다고 해서 언짢은 생각일랑 마라."

조스가 곧 서울을 떠날 것이란 소식을 듣고 부산에서 성유정과 이규정 교수가 올라왔다. 송별연을 하자는 것이다. 장소는 성유정이 정했다.

이사마의 석방운동을 할 양으로 S물산의 안남선과 간 적이 있는 '삼정'을 택한 깃은 복합된 이유가 있었기 때문이다.

그 요정의 마담이 이사마와 각별히 친했던 작곡가 이재호의 부인이었다는 사실이 이유의 하나이고, 둘째론 그곳에서 만난 기생들의 환발한 재기가 마음에 들었고, 셋째는 조스에게 서울 고급요정의 분위기를 알리고 싶었다.

안남선을 시켜 예약해두고 하오 7시쯤 '삼정'으로 갔다. 그 무렵엔 통행금지 시간이 0시부터 오전 4시까지로 환원되어 있었다.

"계엄령하인데 요정이 영업을 하는가?"

'삼정'으로 가는 도중 조스가 물었다.

"한국의 계엄령은 고무줄 계엄이란 걸 모르나?"

성유정의 대답이었다.

"고무줄?"

조스가 되물었다.

"신축 자재란 말이다. 필요에 따라 얼마든지 늘이고 당기고 할 수가 있지."

하고 성유정이 웃었다.

'삼정'의 마담은 이사마의 손을 잡고 눈물을 흘렸다.

"춘향과 이 도령의 상봉 같구나."

성유정이 익살을 부렸다.

"친구의 부인인데 그 무슨 소리요."

이규정이 핀잔을 주었다.

산수화 병풍이 한쪽 벽에 쳐져 있고 다른 한 곳엔 조선조의 장롱이 포개져 있는 방을 조스는 조심스런 눈빛으로 좇았다. 그러곤 그 목제품 가까이에 가서 자세히 살펴보곤

"목각으로선 조선조의 것이 동양 삼국에선 가장 뛰어난 것 같다."

며 조스는 소박이 호화보다 우위에 서는 경우로서 이 목각을 들먹였다.

"해적들의 후예가 무슨 예술을 안다고 그래."

성유정이 빈정대놓고 김 마담에게 물었다.

"작년 겨울 같이 놀았던 아가씨들 지금 있소?"

"누구더라?"

하고 고개를 갸웃하더니 생각이 난 듯

"백란이와 소인희였죠? 둘 다 있습니다. 그들을 부를까요?"

했다.

"사내가 네 사람이니 둘 더 있어야 할 것 아뇨."

하는 성유정의 말에

"그럼 하나만 더 부르죠. 제가 가끔 드나들겠어요."

하고 김 마담이 바깥으로 나갔다.

"이렇게 모이고 보니 감개가 무량하다."

고 성유정이 일동을 둘러보며 덧붙였다.

"이 주필이 없을 땐 이가 빠진 것 같았는데."

이윽고 술판이 벌어졌다.

백란과 소인희의 재치는 여전했다. 더불어 들어온 지란도 기지에 넘친 활발한 아가씨였다.

"내가 전번 여기에 왔을 때 감옥에서 친구가 나오면 데리고 오겠다고 한 말 기억하고 있나?"

하고 성유정이 백란과 소인희의 눈치를 살폈다.

"기억하고 있다뿐이겠어요? 기다리고 있었는데요."

한 것은 백란이었고

"그 때문에 딴 집으로 옮기질 못하고 이 집에 눌러 있었는건요."

한 것은 소인희였다.

"그럼, 그 사람이 누구겠는가를 알아맞혀봐. 알아맞히면 상을 주지."

"설마, 파랑 눈의 아저씨는 아닐 테고."

백란이 이사마와 이규정을 번갈아 보곤

"아무리 보아도 두 분 다 범죄형은 아닌데."

하는 바람에 모두 폭소를 터뜨렸다.

조스가 눈을 동그랗게 뜨고, 무슨 까닭이냐고 물었다.

성유정이 백란의 말을 통역하는데 '범죄형'이란 말을 '죄를 범할 경향을 나타낸 얼굴의 타입'이라고 길게 꾸며대는 때문에 또 한 번 웃었다.

조스는 '크리미널 타입'이라고 하면 그만이라면서

"한국인들은 쉬운 말을 어렵게 하는 버릇이 있다."

며 좌중을 웃겼다.

성유정이

"범죄형만 감옥에 들어가는 게 아니다."

하고 다시 소인희에게 누군지 알아보라고 일렀다. 그런데 소인희의 대답이 엉뚱했다.

"알곤 있지만 말할 순 없어요."

"그건 또 왜."

"친구인 백란을 제쳐놓고 나만 똑똑하다고 하긴 싫어서요."

그러자 백란이

"저기 계시는 선생님이죠."

하고 이사마를 가리켰다

"드디어 범죄형을 발견했단 말인가."

고 성유정이 물었다.

"아녜요. 저 선생님이 왠지 부끄러운 것 같은 얼굴을 하셨거든요. 아무래도 자기 얘기가 화제에 오르면 수줍게 되지 않겠어요?"

이 말을 이규정이 통역했더니 조스가 놀란 표정으로 백란을 보며

"당신은 이런 곳에 있을 것이 아니라 정보기관 같은 데 가라."

고 했다.

백란이 그 말을 받아

"당신은 이곳에 있을 게 아니라 영국으로 가세요."

하는 바람에 또 한바탕 웃었다.

기지와 유머가 있는 곳은 언제나 즐겁다.

백란이 성유정에게 물었다.

"손님, 개지랄이란 말 아세요?"

"알지."

"뭔데요?"

"형편없는 짓을 개지랄이라고 하는 것 아닌가?"

"그건 기성세대의 어휘구요. 새 세대의 뜻은 개성적이고 지적이며 발랄한 사람을 말하는 거예요."

하고 백란이 이런 얘기를 했다.

"술에 취한 언니가 말예요. 어쩌다 말이 빗나가 아주 높은 사람을 개지랄이라고 했어요. 그래서 자리가 발끈 뒤집혔는데 그 언니는 태연히, 자긴 개성적이고 지적이며 발랄하다는 뜻으로 줄여서 말한 건데 왜 야단이냐고 했어요. 그래 결국은 이 집에 못 있게 돼버렸지만 그땐 어떻게 할 수 없었죠. 참으로 재치 있는 언니였어요."

이 얘기가 계기가 되어 요정에서 만들어진 신조어들이 화제에 올랐다. 그 가운데 '이더메치'란 말이 있었다. 이 말은 벼락감투를 쓰고 우쭐대는 인간을 대상으로 만들어졌다고 한다. '아니꼽다' '더럽다' '메스껍다' '치사스럽다'를 줄여 '아더메치'라고 한다는 것이다.

"선생님, 처녀가 애 밴 걸 뭐라고 하는지 아세요?"

소인희가 성유정에게 물었다.

"글쎄, 미혼모라는 말은 있더라만."

"속도위반이라고 해요."

"그래 넌 속도위반을 몇 번이나 했노."

"아직 운전면허도 얻지 못했는걸요."

"그 거짓말은 참말인가?"

"거짓말 같은 참말이에요."

하고 백란이 끼어들었다.

"이브의 실수란 말도 있죠."

지란이 한마디 했다.

"속도위반이란 말보다 이브의 실수가 로맨틱하다."

고 이규정이 말했다.

"지란 언니 그 얘기 한번 해봐."

하고 백란이 지란에게 눈짓을 했다.

"애두."

지란이 눈을 흘겼다.

"제가 대신 얘기할게요."

백란이 이렇게 시작하곤,

"얼마 전이에요. 제가 지란 언니랑 같은 방에 들었는데 그 자리엔 아주 높은 사람이 있었어요. 지란 언니에게 야심을 품고 있는 사람이었어요. 지란 언니에게만 자꾸 술잔을 주었어요. 그러자 지란 언니가 그 손님을 보고 '손님은 지남철 같은 분'이라 했어요. 그랬더니 그 손님이 '내게 그처럼 인력引力이 있단 말인가'고 능글능글했어요. 지란 언니는 '여자를 보면 누구나 끌어당기려고 하니까요'라고 말했어요."

"그래? 이 아가씨들 앞에선 말조심을 해야겠군."

하고 이규정이 웃었다.

소인희가 이사마에게 물었다.

"아내와 바지, 어느 편이 중요하다고 생각하세요."

"나는 둘 다 중요하다고 생각하지 않는다."

"그런 대답이 어딨어요. 어느 책에 보니까 이렇게 써 있대요. 단연 바지가 중요하다. 왜냐하면 아내 없인 외출할 수 있어도 바지 없인 외출을 못하기 때문이라나요."

백란이 입을 열었다.

"영화가 끝나가는 밤 시간인데 어떤 사나이가 입장권을 사러 왔더래요. 표 파는 사람이 영화가 곧 끝난다고 했더니 그 사나이가 말하길 여편네에게 알리바이를 세우려고 한다고 하더래요."

이런 얘기를 이 사람 저 사람의 통역을 통해 듣고 있던 조스가 나도 한마디 해야겠다고 하고서는

"영국에선 스코틀랜드 사람이라고 하면 구두쇠라는 소문이 나 있지. 이건 그 스코틀랜드의 구두쇠 얘기다. 거지가 노인 옆에 다가가서 '돈 한푼 달라'고 했다. 노인이 여기서 '쓸데없는 짓 말고 네 고향으로 돌아가라'고 했다. 거지가 놀라며 '어떻게 내가 타처에서 온 사람인 걸 알았느냐'고 물었다. 노인의 대답은 이랬다. '이곳 사람이면 내가 돈 한푼 내지 않는다는 걸 다 알고 있다.'"

이렇게 시작해신

"두 구두쇠가 낚시질을 하고 있는데 지나가던 사람이 1파운드짜리 돈을 내보이며 누구이건 단 1분이라도 오래 물속에 잠겨 있는 사람에게 준다고 했더니 두 놈은 단번에 물에 뛰어들었다. 그리고 2년이 지나도 3년이 지나도 물에 떠오르지 않았다. 아마 지금도 그냥 물속에 잠겨 있을 것이다."

이어 다음과 같은 얘기를 했다.

"마이크 집에 친구 매크가 놀러왔다. 해가 지고 방이 캄캄하게 되었는데도 마이크는 전등을 켜지 않았다. '왜 전등을 켜지 않는가' 하고 매크가 물었다. '전등 없이도 얘기는 할 수 있지 않는가' 하는 마이크의 대답이었다. 조금 지나 매크가 어둠 속에서 무슨 동작을 하는 소리가 들렸다. '어두운 데서 뭣 하노.' '바지를 벗고 있는 중이다.' '바지를 벗고 뭣 하게.' '보이지 않는 데서 바지를 입고 있을 필요가 있나. 닳지 않도록 돌아갈 때까지 개어둬야지.'"

아가씨들은 배꼽을 잡고 웃었다.

조스가 말했다.

"아가씨들의 유머에 감동해서 자료를 제공한 거다."

"하나만 더 해줘요."

하고 백란이 졸랐다.

"스코틀랜드의 구두쇠 얘기는 너무 많아 무엇을 골라야 할지 곤란하다."

며

"스코틀랜드인 한 사람이 위스키를 한 병 사갖고 바지 뒷주머니에 넣고 기쁨에 넘쳐 집으로 돌아오는 도중 자동차에 받혀 뒹굴었다. 다행히 다리를 조금 삐었을 뿐이어서 찔룩찔룩하면서 다시 걸어가는데 액체가 흥건히 허리로부터 다리로 흘러내렸다. 이때 그는 낭패한 표정이 되어 속으로 하느님께 빌었다. '하느님, 지금 흐르고 있는 게 피였으면 좋겠나이다.'"

이렇게 웃음꽃을 피우고 있을 때 김 마담이 나타났다.

"뭣이 그처럼 재미가 있었죠?"

"댁의 아가씨들 덕택이오."

성유정이 말했다.

김 마담은 차례대로 술을 권하고 나서

"지금 저쪽 방에서 들은 얘긴데 계엄령은 곧 해제될 모양 같애요."
라고 했다.

김 마담의 얘기를 계기로 해서 시국에 관한 얘기가 잠깐 동안 오갔다.

어디선가 밴드와 노랫소리가 울리고 있었다.

"계엄령인데도 밴드를 하나?"

이규정이 의아한 표정이었는데

"계엄령이라고 해서 그 사람들 못할 짓이 있나요."
하며 김 마담이 웃곤, 이 방에도 밴드를 들여보낼까 하고 물었다.

"아가씨들이 심심할지 모르지만 밴드는 안 하는 게 좋겠다."
고 성유정이 말했다.

통행금지 시간이 가깝도록 아가씨들과 조스의 유머가 곁들여져 재미나게 놀았는데 성유정이 술값을 셈하려고 하자 김 마담이 완강하게 거절했다.

"이 주필을 위해 뭔가를 해드리고 싶었는데 오늘 밤은 저의 자축으로 하겠어요."
하는 심 마담의 산절한 소망이 있다.


수일 후 조스는 떠났다.

일본에 가서 한국계 군인·군속의 전사자 문제를 자세히 살펴보겠다고 했다.

그런데 파리로부터 김미선이 돌아왔다. 그땐 서로 모르는 사이였지만 김미선은 이사마의 인생에 적잖은 영향을 끼치게 되는 여성이다.

7월 28일 계엄령은 해제되었고 8월 14일 인혁당 사건에 관한 중앙정보부의 발표가 있었다.

# 고리孤狸의 길

기우奇遇라는 것이 있다.

예컨대 이사마와 김미선의 만남 같은 것이다.

그날 오후 이사마는 김포공항에 있었다. 조스를 떠나보낸 열흘쯤 후의 일이다. 이사마는 사카키酒木라고 하는 일본인 친구를 마중 나왔던 것이다.

사카키는 이사마와는 대학의 동기동창으로 각별한 친교가 있었던 사람이다. 이사마가 옥고를 치르고 나왔다는 소식을 듣고 별러서 한국 방문을 결심했다는 편지를 받고 그는 공항에 나가지 않을 수 없었다.

그가 타고 올 것이라고 한 비행기는 예정된 시각에 도착했는데도 사카키는 나타나지 않았다. 이사마는 돌아오려다기 말고 한 시간쯤 후인 하오 8시 반에 도착하는 노스웨스트 항공편을 기다려보기로 했다. 이미 게시되어 있는 승객 명부에는 그 이름이 없었지만 혹시나 하는 마음에 서였다. 게다가 아직 익숙하지 못한 공항 풍경이란 것이 이사마의 호기심을 자극하기도 해서 공항에서 서성거리는 기분은 과히 지루하지 않았다.

이사마에게 있어서의 공항은 전송을 하거나 마중을 나오는 장소라는 뜻 이상도 이하도 아니었다.

　어느 때인가 권력기관에 있는 재종형에게 이사마가

　"외국 친구로부터 초청장이 오면 나도 출국할 수 있을까."

하고 물었더니

　"헤엄이나 쳐서 나갈 작정이라면 몰라도 넌 비행기나 배를 타고 나
갈 생각은 말라."

는 속절없는 대답만 들었다.

　그때의 대화를 회상하고 이사마는

　'나는 영원히 이 공항을 이용해보지 못하고 말 것이 아닌가.'

하는 상념을 되씹었다. 살큼 우울한 빛이 깃든 상념이었다.

　예정 시간보다 30분쯤 늦게 노스웨스트 항공기가 도착했다. 이사마
는 출입구를 바라볼 수 있는 위치의 기둥에 기대섰다. 하나둘 손님들이
약간 피로해 뵈는 표정으로 출입구를 빠져나오기 시작했다. 백인, 흑인
들과 더불어 동양인들도 많았다.

　그 가운데 특히 이사마의 관심을 끄는 여성이 있었다. 간소한 베이지
색 원피스를 입고 밝은 빛 베레모를 짧게 깎은 머리 위에 얹은, 크지도
작지도 않은 키의 화장기 없는 한 젊은 여인이었다. 그 조소적彫塑的인
윤곽에 우수의 그늘이 끼어 있었다. 더욱 이채로웠던 것은 거의 모든
승객들이 주체 못할 만큼의 짐을 들고 나오는 데 비해 그녀의 짐은 간
단했다. 조그마한 트렁크 하나를 들고 있을 뿐이고 보아하니 출영 나온
사람도 없었다.

　이사마의 시선은 그녀가 공항 바깥으로 사라질 때까지 그녀를 좇았
다. 다시 시선을 돌려 세관 쪽에서 나오는 문을 응시했으나 끝내 사카
키는 나타나지 않았다.

이사마는 공항 건물에서 나왔다. 언제 시작되었는지 억수같은 비가 쏟아지고 있었다. 공항의 전등불에 비친 세찬 빗발은 아름답기까지 했다.

공항의 처마엔 비가 그치기를 기다리고 있는 손님들로 붐비고 있었다. 이사마는 빗발이 누그러진 틈을 타서 택시 타는 곳으로 갔다. 이사마 앞엔 많은 사람들이 줄지어 서 있었다. 택시는 가뭄에 콩 나듯 가끔씩 나타났다. 이러다간 상당한 시간을 기다려야겠구나 하는 생각과 함께 누그러든 빗발이긴 하지만 택시 탈 차례가 될 때까지 노상 비를 맞고만 있을 수 없다는 생각이 들었다. 이사마 앞에 서 있는 사람들은 미리 준비를 하고 있었던 것인지 마중 나온 사람들이 가지고 온 것인지, 모두 우산을 쓰고 있었다.

한참 망설이고 있는데 다시 빗발이 거세지기 시작했다. 도리 없이 비를 피하기 위해 막 줄에서 벗어나려고 했을 때였다. 우산이 그의 머리 위로 뻗어오며 젊은 여자의 목소리가 들렸다.

"같이 쓰도록 하세요."

돌아보니 아까 이사마의 관심을 끈 그 여자였다. 어느새 그 여자는 레인코트를 걸치고 있었다.

"감사합니다."

하고 이사마는 그 호의를 받아들였으나 그다지 크지 않은 우산이리서 둘 다 조금씩 비를 맞게 되었다.

"나 때문에 젖으시겠는데요."

"전 레인코트를 입었으니까요."

"그럼 우산은 제가 들죠."

이사마는 자연스럽게 우산을 받아들고 여자 쪽을 많이 가리도록 신경을 썼다.

"그럼 선생님이……."

하고 여자가 우산대를 이사마 쪽으로 밀었다.

"전 괜찮습니다. 이왕 젖은걸요."

"그래두."

비 오는 밤의 로맨스라는 상념이 이사마의 뇌리를 스쳤다. 앞도 없고 끝도 없더라도 택시 대기소에 있어서의 비에 젖은 이 한 토막의 시간만으로도 로맨스의 꽃이 필 수 있다는 생각은 제법 흐뭇했다.

이윽고 이사마가 택시를 탈 차례가 왔다. 그는 먼 곳에서 온 듯한 그 여인에게 택시의 차례를 양보하려고 했다.

"아네요. 먼저 타고 가시지요."

그러나 다음 택시는 아직 보이지 않았다.

"그럼 같이 탑시다. 모셔다드리고 집으로 가도 늦지 않은 시간이니까요."

여자는 잠깐 생각하는 듯하더니

"그렇게 하지요."

하고 동의했다.

택시가 출발하고 나서 이사마가 물었다.

"어디로 가시렵니까."

"조선호텔로 갔으면 합니다만."

그 대답이 이사마는 의아했다.

"서울에 집이 없으십니까?"

"있습니다. 있지만 미리 연락을 해두지 않았어요. 비 오는 밤에 불쑥 들어가기가 뭣해서요."

그 이상 따져 물을 수가 없었다.

두 사람의 침묵을 담고 택시는 한강을 건넜다.

그때 이사마가 물었다.

"어디서 오시는 길입니까."

"파리에서요."

"파리?"

이사마는 자기도 모르게 한숨을 섞었다. 파리는 이사마에게 있어선 플라톤의 이데아의 고향 같은 곳이다.

"그곳에 오래 계셨습니까."

"2년가량 있었어요."

물어보고 싶은 게 한두 가지가 아니었지만 이사마는 입을 닫아버렸다. 여자도 말이 없었다. 침묵 속에 택시는 조선호텔에 도착했다. 비는 완전히 멎어 있었다.

이사마는 공항에서의 친절에 대한 감사의 말과 함께 여자를 호텔 현관에 내려주고 아파트로 돌아왔다.

그날 밤 이사마는 일기에 다음과 같이 기록했다.

6월 X일.

― 철도청장 박형훈과 그 직원 13명 뇌물수수의 혐의로 구속.

망우리 무연탄 하치창 공사를 맡았던 동산토건회사가 공사를 맡게 해준 데 대한 사례와 공사 진행 중 또는 완성 후에도 편리를 보아달라는 명목으로 관계 공무원 13명에게 1백17만 원을 제공했다는 것이다.

기자들의 이야기에 의하면 검찰은 박 청장의 구속 여부에 관해 고민했다고 한다. 박형훈은 4대 의혹 사건의 하나인 '증권파동'을 재판한 재판장으로서 혁명 주체세력에게 유리한 판결을 한 사람이다. 말하자면 그런 공로가 있는 사람이고 보니 고위층의 사전 양해가 없인 함부로 구속할 수 없었다. 민복기 법무부장관과 신직수 검찰총장이 청와대로 가서 증거를 제시하고 누누이 설명하여 겨우 박 대통령의 동의를 얻는 데 성공했다는 얘기다.

박 청장의 구속은 서울지검 차장검사인 여운상 씨에 의해 집행되었다. 박 청장은 그밖에 현대건설·아주토건·창설사·삼부토건으로부터도 4백만 원의 정치자금을 거둬 공화당 국회의원 5인에게 주었다는데, 검찰 수사에서 임송본이

"박 청장으로부터 2백만 원을 받아 김종필 씨에게 전했다."

는 자필 확인서를 썼다고 한다.

한마디로 창피 막심한 꼴이다.


─오늘 사카키는 오지 않았다. 불의의 사고라도 있었던 게 아닌지, 그러나 오늘은 그의 덕분으로 물거품과 같은 것이었으나 조그마한 로맨스를 만났다. 그 여인은 파리에서 돌아왔다고 했다. 2년 동안을 그곳에서 머물러 있었다는데 단순한 그 사실만으로도 그녀는 극중劇中의 여인이다. 그 여인은 꾸미지 않음으로써 꾸민 것 이상의 효과를 낼 줄 아는 슬기의 소유자로 보였다. 집이 서울에 있다면서 호텔로 간 여자. 과연 그 여자의 정체는 무엇일까.

이름조차 묻지 않은 것은 내 절도의 승리라고 할 수 있을 것이다. 영원히 다시 만날 기회가 없어도 좋고 그런 기회를 원하지도 않지만, 그런 드라마틱한 여인이 서울의 하늘 밑에 존재하고 있다는 느낌으로서도 흐뭇한 기분이 드는 것은 웬일일까.

아닌 게 아니라 이사마에겐 그런 정도의 조그마한 자극도 청량제가 될 수 있었다. 무덥고 지루한 여름의 나날을 이사마는 K신문 서울지사 편집실의 한구석에서 매일 매일 2백자 원고지 5~6매의 칼럼 한 편을 쓰곤 대부분의 시간을 신문·잡지·외국 간행물을 읽으면서 지내고 있었던 것이다.

그러는 동안 6월이 가고 7월 29일 계엄령이 해제되었다. 이사마는 그 계엄령을 정리해보아야겠다는 생각을 했다. 다음은 7월 30일자 이사마의 일기다.

—1964년 6월 4일 자정부터 서울 일원에 계엄령이 선포되었다.

육군의 각 부대가 서울에 진주했다. 외적을 지켜야 할 부대가 서울 시민을 계엄해야 할 국면에 이른 것이다. 계엄령이란 곧 그곳의 주민을 적대시해야 할 필요에서 생겨난 조치다. 계엄사령관은 육군 참모 총장 민기식, 부사령관은 참모차장 김계원, 참모장은 유근창.

계엄사령관은 포고령 제1호로서 모든 옥내외 집회와 시위를 금지하고 언론·출판·보도의 사전검열, 각급 학교의 휴교, 밤 9시부터 새벽 4시까지의 통행금지 시간 연장을 발표했다.

그리고 제2호로서 영장 없이 압수·수색·체포·구속을 할 수 있다는 선언을 발표했다.

민정으로 이름을 바꾼 지 겨우 7개월, 계엄령 없인 정치를 할 수 없다면 이건 정치 역량의 부재를 표명한 게 아닌가. 그런데도 정권은 쥐고 있어야겠다고 하니 이건 체면도 명분도 없다는 얘기가 된다. 하기야 쿠데타로 정권을 잡은 사람들이 못할 짓이 있겠는가. 쿠데타는 쿠데타로써 명맥을 유지한다.

구속 감금의 선풍이 불었다. 데모의 주동자급 인물은 물론이고 그 배후세력으로 지목된 사람들, 데모를 과장 보도하거나 열정적으로 코멘트한 언론인들은 속속 구금되었다.

이때까지 구금된 학생은 1백68명, 민간인 1백73명, 언론인 7명이란 공식발표가 있었다. 계엄령 해제와 더불어 민재民裁로 인계된 피의자 수는 구속 1백72명, 불구속 50명.

계엄 기간 중 포고령 위반으로 8백90건, 1천1백20명이 검거되었고, 그중 5백40명이 군법회의, 86명이 민재, 2백16명이 즉결심판에 회부되었다.

이 기간 중 특기할 만한 사건은 김종필 공화당 의장이 계엄 선포 후 이틀째인 6월 5일, 공화당 의장직을 사임하고 6월 18일 외국으로 떠났다는 사실이다. 데모를 유발한 주요 원인 하나를 제거시킨 것이다.

6월 5일 문교부는 서울시내 각 대학 총학장에게 데모에 참가한 학생들의 처리 방침을 지시했다. 데모를 주동한 학생들을 그 정상에 따라 퇴학 또는 무기정학시키고 그 결과를 18일까지 보고하라는 지시이다. 학생 선도를 게을리 한 교수들을 징계하도록 한 것도 이 지시의 내용이었다.

10일에 개회된 제43회 임시국회도 정일권 국무총리를 불러

"비상계엄은 그야말로 국가가 비상상태에 이르렀을 때의 조치다. 지금 국가가 비상사태에 있다고 보는가. 이런 사태를 만든 것은 정부에 책임이 있지 않은가. 만부득이하다면 경비계엄 정도면 될 것이 아닌가. 일단 경비계엄으로 바꾸는 게 어떤가."

하고 정부 측의 의견을 물었다.

이에 대해 정일권 총리는

"비상계엄을 경비계엄으로 바꿀 바에야 차라리 계엄을 해제하겠다. 비상계엄은 꼭 그렇게 해야 할 필요가 있었기 때문에 취한 조치이다."
라며 강경하게 맞섰다.

6월 26일 박정희 대통령은 국회에 나가서 '시국 수습을 위한 특별교서'를 발표했다.

"현 시국을 수습하기 위해선 여야의 협상을 재개하고 학원의 과잉자유와 언론의 횡포를 막기 위한 안전판이 마련되어야 하겠다."
고 강조했다.

여당은 학원자유를 규제하고 언론의 횡포를 막는 법률을 미리 통과시키고 나서 계엄을 해제하겠다, 즉 선보장 후해엄先保障 後解嚴의 의견을 고집했고, 야당은 우선 계엄을 해제하고 나서 보장입법을 연구해보겠다고 의견을 내세우는 바람에 여야협상은 결렬되고 말았다.

7월 6일 제44회 임시국회 개회와 더불어 여야협상이 재개되었다. 이윽고

"공화당이 입법활동을 개시하면 삼민회는 이에 협조하기로 하고, 민정당은 계엄령 해제 후에 논의해서 찬성 또는 반대하지 않을 수도 있다."
는 알쏭달쏭한 성명을 내고 여야 공동으로 해엄결의안을 국회에 상정했다. 이 안은 28일 하오 129대 0으로 가결됐다.

결국 7월 29일 자정을 기해 계엄령은 해제되었다. 그런데 내가 듣기론 계엄령 해제에 관해서 미국 측의 비상한 압력이 있었다고 한다.

"계엄령을 항구화하려는 국가와는 우호관계를 계속 유지할 수 없다."

는 존슨 대통령의 전갈이 있었다는데 사실인지 어떤지 모르겠다.


8월 1일은 토요일이었다.

짤막한 칼럼 한 편을 쓰고 보니 무더위가 가슴에 배어왔다. 이사마는 멍청하게 앉아 유리창 밖의 여름 풍경을 바라보고 있었다. 이때

"이 주필님, 전화 왔어요."

하는 사환의 말이 있었다.

책상 위의 수화기를 집어들었다.

"이사마 선생이신가요?"

억양에 윤기가 흐르고 있는 듯한 여자의 목소리였다.

"그렇습니다만."

"면식도 없는데 전화로 실례합니다."

"무슨 용무이십니까."

"용무란 것도 없어요."

"그런데……."

"선생님이 쓰신 거죠? 「감금된 1월」이란 소설 말예요."

"그렇습니다."

"그 소설을 읽고 너무나 감동했습니다."

"……."

"당돌한 청입니다만 만나뵐 수 없을까요?"

"만나서 뭘 하시려구요."

"그저…… 드릴 말씀이 있을 것 같애요."

"……."

"드릴 말씀이 없을 것도 같구요."

시답잖은 장난전화 같았는데도 불쾌하진 않았다.

"말씀이 없을 것도 같다는 말 마음에 들었습니다."

"그럼 만나주시겠어요?"

"그렇게 하죠."

"어디서 몇 시에?"

"광화문으로 나오세요. D일보 맞은편에 초원이란 다방이 있습니다."

"그 다방은 알고 있어요. 시간은?"

"저는 그 초원다방이 있는 건물의 5층에 있습니다. 오후 내내 있을 작정이니까요. 초원에 오셔서 전화를 하세요. 내려갈 테니까요."

"그럼 한 시간쯤 후에 연락을 하겠어요."

이사마는 주필 시절 생면부지의 여자들로부터 흔하게 전화를 받은 적이 있어 그런 경우엔 별반 놀랄 것도 없었다. 그러나 소설을 읽고 전화를 걸어온 여자는 처음이었다.

하기야 난생처음 써본 소설이니 이전에 그런 전화가 있을 까닭도 없었다.

이사마는 조스의 권고가 있었다고 해서가 아니라 S라는 시인과 L이란 평론가가 하도 권하는 바람에 일주일 걸려 2백자 원고지 5백 장 정도의 중편소설을 써서 『세대』라는 잡지에 발표했다. 그 작품의 이름이 「감금된 1월」이다.

지난 달에 발표한 것인데 「감금된 1월」은 뜻밖에도 반응이 컸었다. 일간지, 주간지 할 것 없이 큼직한 스페이스를 할애해서 좋은 평을 실어주었다. 특히 백철이란 원로급 평론가가 거의 신문 한 면을 덮는 분량으로 격찬하는 바람에 많은 사람들의 관심을 모으기도 했다.

전화를 걸어온 여자도 그런 바람을 타고 살큼 장난기를 피워본 것은 아닐까. 그렇더라도 흥미가 일지 않는 바는 아니었다. 이사마는 그 여자의 연락을 기다리기로 했다.

한 시간쯤 지났을까.

연락이 있었다. 초원다방 입구에서 왼쪽으로 다섯째 좌석에 앉아 있다는 전갈이었다. 이사마는 화장실에 가서 소변을 누고 비누칠까지 하여 손을 세심하게 씻었다. 음성을 그대로 얼굴로 만들었다면 꽤 미인일 것이란 상상을 해보았다. 그런 상상을 하다가 이사마는 형무소 생활을 치르고도 아직 남아 있는 자기의 플레이보이 기질에 쓴 웃음을 지었다.

계단을 천천히 내려 초원다방의 도어를 밀었다. 왼쪽으로 다섯째 좌석을 헤아렸을 때 이사마는 깜짝 놀랐다. 그 좌석에 앉아 있는 여자는 한 달 전 비 오는 날 밤 공항에서 만난 바로 그 여인이었던 것이다. 좌석 가까이로 가자 여자도 깜짝 놀라는 표정이었다. 여자 역시 그날 밤을 상기했던 모양이다.

"이게 우연일까요?"

여자는 인사말을 빼버리고 이렇게 말했다.

"필연이겠죠."

이사마도 인삿말을 생략했다. 그런데 그럴 경우 있음직한 서먹서먹한 기분이 전연 들지 않았다. 꼭 만나야 할 사람들이 만났다는 그런 심정이 두 사람을 감쌌다.

"파리에서 지내는 것과 여기서 지내는 것은 어떻습니까."

"파리의 하늘과 이곳 하늘이 다른 점을 아무리 구별해보려고 해도 안 되네요."

하며 여자가 웃었다. 그 화사한 웃음이 이사마에겐 밉지 않았다.

"우리 참 통성명도 안 했죠?"

296

"선생님의 이름을 알고 있으니까요. 제 이름은 김선이라고 해요."

"김선이?"

"아녜요, 김선. 전엔 김미선이라고 했죠. 아름답다는 미에다 착할 선. 그 미를 빼버렸어요. 착할 선자도 선線으로 바꾸구요."

"이름을 바꿔야 할 특별한 이유라도 있었소?"

"있었지요."

"그걸 알고 싶군."

"언젠간 말씀드릴 때가 있을 거예요. 어쩌면 나만이 아는 비밀로서 무덤에까지 가지고 갈지도 모르구요."

"굉장한 스토린가 보죠?"

"너절한 얘길 뿐이에요."

주스를 한 모금씩 마시고 다시 대화가 이어졌다.

"무슨 일로 파리에 가셨소?"

"그것도 너절한 얘길 뿐이에요."

"파리에 간 게 너절한 얘기? 나는 파리에 갈 수만 있다면 성대한 얘기로 치겠소."

"파리엔 안 가셨나요?"

"인 긴 게 아니라 못 갔습니다."

"그럼 가보시도록 하시죠. 신문사에 계시는 분은 비교적 수월하지 않겠어요?"

"지금 나는 신문사의 사원으로 있는 게 아니라 객원으로 있는 겁니다. 사원으로 있어도 나는 아마 파리에 갈 수는 없을 겁니다."

"왜요?"

"그야말로 너절한 얘기지요. 정부 고위층에 있는 어느 사람의 말이

나는 헤엄을 쳐서 출국하면 몰라도 비행기나 배 타곤 어림도 없다는 얘기였소."

"농담 아니세요?"

"왜 농담을 합니까."

"세상에 그럴 수가?"

"그게 세상인걸요."

"그런데 알렉산드리아엔 언제 가셨죠?"

"알렉산드리아? 가본 적이 없습니다."

"「감금된 1월」의 무대가 알렉산드리아 아니었어요?"

"알렉산드리아가 무대로 되어 있죠."

"가보시지도 않고 썼단 말이에요?"

"그렇소."

"그런데 어떻게 그처럼 묘사할 수 있었을까요? 전 일주일쯤을 알렉산드리아에서 묵었는데 선생님이 묘사하신 그대로였어요."

"그건 묘사가 아니고 상상입니다. 브리태니커 사전에 있는 설명을 근거로 꾸며본 거지요."

"놀라운 재능이시네요."

"소설이란 대강 그런 것 아닙니까? 발자크의 소설은 여러 군데 지방을 무대로 하고 있지만 실제로 가보지는 않았답니다. 지리산전을 근거로 해서 꾸민 거래요."

"그런데 하필이면 왜 알렉산드리아를 무대로 하셨죠?"

"가장 가보고 싶은 데가 그곳이었으니까요."

"'감금된 1월'이란 제목은 무슨 뜻이죠?"

"작품 속에 설명이 들어 있었을 텐데요. 형무소의 감방 한쪽에 가로

세로 쇠창살이 격자무늬를 이루고 있는 창이 나 있지요. 그 창에 해와 달 그리고 별이 걸립니다. 그걸 무심코 보고 있으면 해와 달을 감금해 놓고 있는 것 같은 기분이 들 때가 있지요."

"선생님은 감옥생활을 하셨나요?"

"했습니다. 「감금된 1월」은 옥중기 요량으로 쓴 겁니다."

"옥중기로선 너무나 문학적이던데요."

"네루 같은 사람, 간디 같은 어른의 옥중기면 옥중기 그대로 내놓을 수도 있겠지만 나 같은 사람이 뭐 잘났다고 옥중기를 낼 수가 있습니 까. 그래 우선 작품이 되어야 하겠다고 그렇게 꾸민 겁니다."

"대단한 감동이었어요. 최근에 읽은 책, 아니 내가 읽은 책 가운데서 가장 감동한 것이 그 작품이었어요."

"과찬은 비례란 말이 있습니다."

"과찬이 아녜요. 파리에서 돌아와 할 일이 있어야죠. 이 책 저 책을 마구 읽고 있는데 선생님의 작품을 만날 수 있었어요. 솔직한 얘기로 그걸 읽고서 돌아오길 잘했다고 느꼈을 정도였으니까요. 염치불구하 고 전화를 하게도 된 거죠. 전 내 쪽에서 남자분을 만나려고 전화를 한 것은 평생 처음 있는 일이에요."

"영광입니다."

"영광은 제 쪽이에요."

"파리에선 무엇을 하셨습니까?"

"아무것도 한 게 없어요."

"아무것도 안 하시고 놀고만 왔다는 겁니까?"

"그렇습니다."

"상팔자이시군요."

"내력을 모르시니 그런 말씀 하시는 거예요."

했을 때 김선의 표정이 우울하게 변했다.

돌연 화제가 없어져버렸다.

침묵 속으로 「아모레 미오」란 영화음악이 흘렀다.

"어때요. 파리에서 얻은 감상을 써보기라도 하시면."

김선이 쓸쓸하게 웃었다.

"제게 그런 능력이 있다면 얼마나 좋겠습니까만. 쓸 능력이 있대도 기록해둘 만한 감상이 없구요. 제가 거처하고 있었던 곳은 센 강가에 있는 아파트의 다락방이었는데 그곳에서 2년 동안 살다가 보니 멍청해져버렸어요. 어떤 때는 일주일 동안 외출을 않고 굳어버린 빵으로 세 끼를 때우는데 그 빵을 먹는 게 최대의 과업처럼 되었던 거죠. 하얗게 칠한 천장에 동그란 전구가 달렸는데 그 전구가 비춰낸 비좁은 방이 파리에서의 제 세계였어요. 책을 읽을 수 있을 정도로 제 프랑스어는 익숙하지도 못하구요. 동사변화표를 들여다보다가 가끔 전구 쪽으로 팔을 뻗고 손을 응시하기도 하며 시간을 보내는 겁니다. 그러다간 이 세상에 가장 미워해야 할 건 내 자신이란 발견을 하는 거죠. 정말 슬픈 시간이었어요. 그렇게 살다가 돌아와보니……."

하고 김선은 한숨을 쉬었다.

"그렇게 살다가 돌아와보니 어떻단 말입니까."

"파리를 모독하기 위해서 파리에 간 것 같은 죄스러운 생각이 들어요."

"나는 감방에서 가끔 파리를 생각할 때가 있었소. 그럴 때마다 천국을 상상하듯 했지요. 마로니에의 꽃이 피고 철학과 문학과 미술과 음악이 얽히고설켜 향기를 발산하고 있는 거리를 황홀한 기분으로 공상하는 거죠."

"정말 파리는 그런 곳인지 몰라요. 그런데 그 파리를 전 감옥으로 만들고 살았어요. 그러니까 죄책감을 가질 만도 하잖아요?"

"그럼 파리로 다시 가서 그 죄책감을 씻고 와야겠습니다."

"언제가 될진 몰라도 그럴 생각을 해보곤 있어요."

"파리의 거리에서 우리가 만날 수 있게 된다면 반갑겠지요?"

이사마의 센티멘털리즘이 한 소리를 김선은 반짝 불이 켜진 듯한 표정으로 받았다.

"그런 날이 있기를 바라고 전 열심히 프랑스어를 익히겠어요."

듣기에 따라선 사랑의 고백 같기도 한 김선의 말이었다.

"그러나 그런 행운이 내게 있을지 모르겠네요."

이사마는 돌연 우울한 기분이 되었다. 다시 화제를 잃어버렸다.

이번의 침묵은 역시 영화음악인「심야의 블루스」가 물들이고 있었다.

그 음악이 끝날 때쯤 김선이 입을 열었다.

"혹시 이런 걸 물어도 될까요?"

"뭘 말입니까?"

"무슨 까닭으로 선생님이 감옥으로 가게 되었나 하는 질문 말입니다."

"그것도 그 작품 속에 나와 있을 텐데요."

"너무 막연해서 핀딘할 수가 없었이요."

"결국은 내가 내 자신의 관리를 소홀히 했다는 죄였지요. 그 이상으로 큰 죄가 있겠습니까."

"애매한데요. 확실히 알고 싶습니다."

"확실하게 말하면 쿠데타를 한 군인들의 미움을 산 거죠."

"왜 그들이 미워했을까요?"

"자기들의 생각에 동조하지 않을 사람으로 보았던 거죠. 그들은 장군들의 사상과 철학자의 사상이 일치된 나라라야 좋은 나라라고 생각하고 있는 겁니다. 국민은 이등병처럼 순종해야 된다고 생각하고 있기도 하구요."

"그런데 그들은 어떻게 선생님이 그들에게 동조하지 않을 것이라고 판단했을까요?"

"나는 수천 편의 논설을 썼는데 그 가운데 두 편이 문제가 된 겁니다. 그 두 편으로 10년 징역을 선고받은 거지요. 한 편당 징역 5년인 셈이죠. 그런데 다행인지 불행인지 2년 7개월 만에 풀려나왔습니다. 그러나 지금도 형이 집행되고 있는 거나 다름없습니다. 직장을 구할 수도 없고 외국에 나갈 수도 없으니까요."

"그 문제된 논설을 읽어볼 수 없을까요?"

"그런 걸 읽어 무엇 하시려구요."

"선생님을 이해하고 싶어서요."

"유치한 논설입니다. 그리고 나를 이해하셔서 무엇 하렵니까."

"그 말씀은 섭섭한데요."

"실례가 되었으면 용서하시오."

다시 침묵이 시작되었다.

이 여자의 정체가 뭘까 하는 호기심이 새삼스럽게 있었지만 이사마는 그 호기심을 억누르기로 했다.

"선생님 술 할 줄 아세요?"

"할 줄 아는 정도가 아닙니다."

"제가 술을 사겠다면 실례가 될까요?"

"김선 씬 술을 잘 합니까?"

"잘 한다고 장담할 순 없지만 술 마시는 분위기는 알아요."

"무교동 대폿집에 가보실 자신 있습니까?"

"선생님하고라면 같이 갈 수 있을 것 같애요. 그러나 그보다도 술을 하시려면 조선호텔로 가시는 게 어때요. 스낵바가 꽤 괜찮던데요. 바텐더도 좋구요."

"그런 덴 나는 취미가 없습니다."

이사마는 잘라 말했다.

조선호텔 같은 화려한 장소에 드나들기가 싫었던 것이다.

보다도 이사마는 그날 밤 K신문 서울지사의 정치부장과 함께 어울리기로 되어 있었다. 그래서 그날은 초원다방에서 헤어졌지만 김선이란 여자의 출현은 암울한 이사마의 나날에 한 줄기 광명과 같은 의미를 가졌다.

그 무렵의 이사마의 일기.


8월 1일 토요일

김선이란 여자를 초원다방에서 만났다. 파리에서 돌아온 이 여자는 호기심의 대상이 될 만하다. 그러나 나는 그 호기심을 억누르기로 했다. 학생 같지도 않고 처녀 같지도 않고, 그렇다고 해서 결혼한 여자 같지도 않은 이 여자의 정체가 무엇일까. 그러나저러나 두 번째 만났을 뿐인데 자연스러운 친밀감을 갖게 되었다는 것은 이상한 일이다. 말솜씨에 재기의 섬광이 있고, 파리에서 무위로 지낸 스스로를 죄스럽게 느낀다는 말은 아무튼 보통이 아니다. 더욱이 화장을 하지 않았다는 점이 좋았다.

정치부장 이군의 말에 의하면 신문윤리위원회법이 국회 본회의에 상정되었다고.

8월 2일 일요일

이른바 '언론법'은 야당 측이 방관하는 가운데 통과되었다. 재석 149명 중 가피 96, 기권 53.

8월 3일 월요일

한국신문인협회는 긴급회의를 소집하고 그 법률은 위헌적·비민주적 악법이라고 규정하고 앞으로 그 법 시행엔 일절 협력하지 않겠다는 성명을 발표했다.

오후엔 5개 언론단체가 대표자회의를 열고 편집인협회의 성명을 지지한다는 뜻을 밝혔다. 이에 따라 종래엔 '언론규제대책위원회'였던 것을 '언론규제법철폐추진위원회'로 개조하기로 했다.

8월 4일 화요일

국회·청와대·중앙청·법조·보사부 및 경제부처 출입기자단이 각각 임시총회를 열고 24시간 취재보도 거부를 단행하기로 했다.

김선으로부터 전화가 왔다. 언론법에 대한 나의 의견을 물었다. 나에겐 의견이 없다고 대답했다. 사실 나는 언론법이 있고 없고 간에 결과는 별반 다를 것이 없다는 생각을 지니고 있다.

8월 5일 수요일

언론인들의 반대에도 불구하고 정부는 언론법을 공포해버렸다.

8월 10일 월요일

전국 언론인 대표 5백여 명이 신문회관에 모였다.

"명분 없는 악법으로 언론을 권력의 시녀로 삼으려는 책동을 분쇄하겠다."

는 선언문,

"법시행에 대한 협력을 거부한다."

는 결의문,

"악법을 폐지하라."

고 대통령과 국회의장에게 보내는 건의문을 채택했다.


8월 11일 화요일

박 대통령은 해운대에서

"언론인이 무슨 소리를 하건 언론법은 시행하고야 말겠다."

는 강경한 발언을 했다.

쿠데타를 단행한 사람이다. 예사로 사형집행을 명한 사람이다. 비위에 맞지 않으면 계엄령도 서슴지 않는 사람이다. 언론인들의 반대쯤을 문제 삼을 사람이 아닌 것이다. 그 결연한 태도는 영웅의 풍모를 방불케 한다. 존경할 만하다.

저녁식사를 같이 하는 동안 내가 이렇게 말했더니 김선은 무슨 말을 할 듯하다가도 그 문제에 관해선 입을 열지 않더니 대통령이란 말이 거듭 나오자

"그 사람 얘기는 말아주었으면 좋겠어요."

하고 정색을 했다.


8월 13일 목요일

사흘 동안 내린 비로 전국적으로 많은 수해를 입었다. 수해대책본

부의 발표에 의하면 중부지방의 수해가 가장 우심했는데 인명 피해만도 1백33명, 이재민이 2만 2천 명, 재산 손실이 4억 3천만 원에 달한다고 한다.

8월 14일 금요일

어마어마한 사건이 터졌다.

'인민혁명당' 사건을 적발했다는 정부의 발표가 있었다. 발표의 요지는 다음과 같다.

"북괴의 지령을 받고 대규모적인 지하조직으로 국가를 변란하려던 인민혁명당 사건을 적발, 일당 57명 중 41명을 구속하고 나머지 16명은 전국에 수배 중에 있다."

세상에 간이 큰 사람들도 있는 것이로구나 하는 것이 이사마가 느낀 감상이었다.

기자회견 석상에서 김형욱은 단호한 어조로 다음과 같이 말했다.

"인민혁명당은 1962년 1월, 북괴로부터 특수사명을 띠고 남하한 간첩 김영춘金永春의 사회로, 통일민주청년동맹 중앙위원장이던 우동읍과 동 간사장 김배영·김영광, 민주민족청년동맹 간사장이던 김금수, 동경북도 간사장 도예종, 사회대중당 간사였던 허포, 전 진보당원 김한득, 파르티잔 출신의 박현채 등이 참가한 가운데 창당 발기인회를 갖고, 외국군 철수와 남북 서신교환, 문화·경제교류를 통한 평화통일을 골자로 한 강령과 규약을 채택하여 발족했다. 인혁당은 창당 후 조직을 확대해오다가 1964년 4월 북괴 중앙당의 지령을 받고 동당 중앙상임위원인 도예종·정도영·박현채 등이 중심이 되어 한일회담 반대 학생데모를 유발토록 획책함과 동시에 학생데모를

4·19와 같은 혁명으로 발전케 함으로써 현 정권을 타도할 것을 결의했다. 인혁당은 학생·언론인 등을 포섭, 현 정권이 타도될 때까지 학생데모를 계속 조종함으로써 북괴가 주장하는 노선에 따라 남북평화통일을 성취할 것을 목표로 투쟁하다가 6·3비상계엄이 선포되자 그들의 죄상과 당 조직망이 폭로될까 우려한 나머지 학생데모 주동자가 일체의 연락을 끊고 지하로 잠복, 기회를 노리던 중 검거되었다."

나는 그 발표문에도 놀랐거니와 검거자 명단을 보곤 더욱 놀랐다. 그 명단은 이렇다.

—도예종(40, 무직)·박현채(30, 서울대학 상대 강사)·정도영(39, 합동통신 조사부장)·이재민(31, 대구매일 기자)·허포(31, 부산 내성국민학교 교사)·박상홍(45, 서적상)·김경희(27, 민중서관 사원)·전무배(33, 서울신문 기자)·박중기(29, 한국여론사 취재부장)·양춘우(29, 무직)·서정복(24, 서울대학 문리대 철학과 4년)·김정강(25, 서울대학 문리대 정치과 3년)·김중태(24, 서울대학 문리대 정치과 4년)·현승일(21, 서울대학 문리대 정치과 4년)·김도현(21, 서울대학 문리대 정치과 4년)·김승균(26, 성균관대학 동양철학과 4년).

그 대부분이 내가 아는 사람들이다. 그런데 그들이 인혁당 같은 조직에 참가했으리라곤 믿어지지 않는다. 우선 박현채를 파르티잔 출신이라고 한 사실이 해괴하다. 박현채의 나이는 30세, 파르티잔이 존재한 적은 1950년이니 그가 16세 때 파르티잔을 했단 말인가. 정도영이나 이재민·전무배는 매일매일을 바쁘게 사는 신문기자들이다. 게다가 그들은 인혁당 같은 엉터리 혁명단체에 가입하기엔 너무나 총명한 사람들이다. 그 속에 끼어 있는 여섯 명의 학생들도 전부 총명한 자질의 소유자들이다. 비록 박 정권에 반대는 할망정 북괴의 꾐에 넘어갈 사람들은 아니다.

그 가운데서도 김도현은 내가 너무나 잘 알고 있는 학생이다. 그는 김일성 같은 독재자를 타도하기 위해서는 어떤 독재이건 용서할 수 없다고 나에게 되풀이 말한 적이 있다. 반공을 하려면 반독재를 해야 한다는 것이 그의 신념이기도 했다. 그러한 김도현이 무슨 까닭으로 북괴의 지령을 받고 움직이는 인혁당에 참가했겠는가 말이다.

이렇게 일기를 써놓고 이사마는 김형욱의 발표문을 두 번 세 번 읽었다. 아무래도 조작극 같다는 느낌을 배제할 수가 없었다.

가만있을 수 없다는 생각이 들었다. 세상을 방관하기로 작정했기로서니 김도현 같은 청년이 당할지 모르는 억울한 꼴을 그냥 보고 넘길 수는 없는 것이 아닌가.

이사마는 일단 사건의 진상만이라도 알아보아야겠다고 마음을 먹었다.

다음날 밤 그는 김형욱 다음가는 자리에 있는 재종형을 집으로 찾아갔다. 이제 막 퇴청하고 돌아왔다는 재종형은 냉방이 잘 된 방에 모시옷으로 갈아입고 앉아 맥주를 마시고 있었다.

"신선이 따로 있는 게 아니군요."

하고 이사마는 형이 내미는 맥주 글라스를 받아들었다.

"너 잘 왔다."

형의 말투에 이상한 느낌이 묻었다.

이사마는 다음의 말을 기다렸다.

"너 무슨 소설인가를 썼더구나."

"썼지요."

"그 때문에 이낙선이 매우 난처한 입장이 되었다."

"뭐라구요?"

"네 소설을 세밀하게 분석한 사람이 있어."

"예?"

"아주 교묘한 수법으로 썼기 때문에 결정적인 꼬투리를 잡을 수 없지만 현 정권에 대한 반감 있는 작품이란 판단서가 나왔어. 그걸 김형욱이 청와대에 올렸단 말이다. 그게 실린 잡지는 이낙선이 스폰서가 되어 있는 잡지야. 그런 잡지에 그런 소설을 실었다고 하면 이낙선의 입장이 어떻게 되겠어. 그래서 그 서류를 받은 비서가 이낙선 씨에게 보이고 이낙선은 그 서류가 대통령에게 올라가기 전에 육 여사에게 호소한 거다. 육 여사께서 선처한 바람에 일은 무사히 끝난 모양이더라만 자칫 넌 또다시 서대문으로 갈 뻔했다."

말투로 보아 재종형의 말이 농담일 까닭이 없었다.

"그 소설에 현 정권에 대한 반감이 있었다니 이해 못 하겠는데요. 형님은 그걸 읽어보시기나 했소?"

"내일에라도 읽어볼 참이다."

"그럼 읽고 난 후에 얘기합시다. 어이가 없이 말이 안 나옵니다."

"그러니까 조심하란 말이다. 글 써가지고 혼이 나고선 또 그런 오해받을 만한 짓을 해?"

"하여간 읽어보십시오. 그 후에 얘기합시다."

"그러나저러나 넌 요시찰 대상자란 것을 잊어선 안 돼. 네가 쓴 것은 빠짐없이 분석 검토하게 돼 있어."

"무서운 세상이로군요."

"세상 무서운 것 이제 알았나? 헛징역 살았구나."

"협박 그만하고 위스키나 한 잔 주시오. 맥주 갖곤 안 되겠소."

그때사 형은 웃음을 띠고 주방에다 양주 가지고 오라고 일렀다.

양주를 맥주 글라스로 반쯤 마시고서

"내 문제는 그 정도로 해놓고 한 가지 물어봅시다."

하고 이사마가 시작했다.

"뭔데."

"인혁당 사건이란 게 뭡니까?"

"신문에 난 대로지 뭐는 뭐야."

"그게 사실입니까?"

"사실이니까 그렇게 발표한 것 아닌가."

"혹시 그것 조작극 아닙니까?"

"너 그 말 하려고 위스키 달라고 했구나."

"술 힘을 빌려 못할 말 할 정도의 인간은 아닙니다, 난."

"밥맛 떨어진다. 그 얘기는 집어치우자."

"조작극 아니라고 형님은 내게 맹세할 수 있습니까?"

"그 얘긴 집어치우자니까 그러네."

"내게만 말해보십시오. 절대로 비밀은 지킬 테니까요."

"쓸데없는 소리 하지도 마. 그 사건에 관해선 나도 발표된 후에야 알 았다."

"그런 말이 어디 있습니까."

"넌 기구를 몰라서 그런 소리 하는 거다. 우리 회사는 바로 옆방에서 하는 일을 모르게 돼 있어. 아무튼 조작극은 아니다. 그따위 소리 또 했 다가는 봐라. 잡아넣어버릴 거다."

"형님 앞에서니까 해보는 소리지 어디서 그런 소릴 하겠소. 그런데 그 연루자들은 대강 내가 아는 사람들이라요. 신문기자도 있고 학생들도 있고. 그 사람들은 북괴의 조종을 받을 사람들이 아닙니다. 그들은 나름대로 반공의 신념을 가지고 있는 사람들입니다. 그런 사람들이 어떻게 북괴의 조종을 받는 인혁당 같은 데 참가하겠습니까."

"쓸데없는 소리 그만해. 수사기관에 있는 사람들은 멍청이가 아니다."

그래도 이사마는 물고 늘어졌다. 이윽고 재종형은 화를 냈다.

"넌 너 자신의 치다꺼리도 못하는 주제에 남의 걱정을 해? 내가 어디에 있는 줄 알면서 그런 모욕적인 언사를 써?"

"형님은 김형욱 같은 자를 믿습니까?"

"너 참말로 그런 말을 계속할 참인가? 그 사람은 내 상사다. 그 사람을 모욕하는 건 나를 모욕하는 거나 다름없어. 앞으로 그런 말 한마디만 했다 하면 널 가만 안 두겠다."

말이 우악스럽게 오가자 형수가 들어왔다.

"좋은 두 분 사이에 왜 오가는 말씀들이 어지럽죠?"

하며 형수는 웃는 얼굴로 두 사람의 눈치를 보았다.

"위스키를 컵치기로 마시더니 괜히 시비를 걸어오지 않나."

힝이 투덜투덜했다.

이사마도 지고 있을 수 없었다.

"자기 상사 욕한다고 화를 내고 있는 것 아닙니까."

"꼭 아이들 같다니까."

하고 형수가 텔레비전의 스위치를 넣고 볼륨을 높였다. 방 안에 TV 소리가 꽉 찼다.

그렇게 되면 머물러 있을 필요가 없었다.

"갈랍니다."

이사마가 일어섰다.

"벌써 가?"

형의 말이 부드러워졌다.

"있어봤자 형수님 때문에 싸움도 못 하겠고, 가야지요."

"조금 기다려."

하더니 형이 1만 원짜리 은행 쿠폰 열 장을 이사마의 호주머니에 쑤셔 넣었다.

"푼돈 줘놓고 앞잡이로 쓸 작정 아니오?"

"예끼 이 사람, 너 같은 걸 앞잡이로 쓰다간 우리 회사 망한다."

하고 형은 웃었다.

골목길을 걸어 나오며 이사마는 옛날을 회상했다. 같이 동경에 있던 시절, 친척이라는 인연을 넘어 재종형과 이사마는 절친한 사이였고 언제나 뜻이 맞았다. 이사마가 하자는 일을 재종형이 거절한 적이 없었다.

'그런데 지금은……'

이사마는 마포아파트 앞에서 택시를 내려선 근처에 있는 포장마차에 들렀다. 실컷 취하지 않곤 견디기 힘들 정도로 침울한 기분이었다.


김형욱이 목에 핏줄을 세우고 어마어마하게 발표한 '인혁당 사건'은 묘한 곡절을 겪게 되었다.

인혁당 연루자들은 8월 17일 검찰에 송치되었는데 이 사건의 수사를 맡은 서울지검 공안부 검사들, 이용훈 부장검사와 김병리·장원찬·최대현 검사는 약 20일간의 수사를 끝내곤, 인혁당 사건은 기소할 가치가 없다는 판단을 내리고 관련 피의자 전원에 대해 불기소 의견을 내렸다. 이에 대해 검찰 고위층은 담당 검사들의 불기소 의견을 부당하다고 하며 기소하도록 강력한 지시를 했다. 그러나 공안부 검사들은

"죄 없는 사람들을 죄인으로 만들 수 없다. 관련자들이 북괴의 지령을 받고 불온단체를 조직했다는 혐의가 전연 없다. 양심상 기소할 수도 없고 기소해보았자 공소를 유지할 자신이 없다."

며 기소장에 서명을 거부한 경위를 밝히곤 최대현을 제외한 세 검사는 사표를 제출했다.

이것은 9월 5일에 있었던 사건이다.

이사마의 이날 일기엔 다음과 같은 기록이 있다.


김선으로부터 전화가 왔다. 기막히게 좋은 일이 있으니 자기가 술을 사겠다고 했다. 오후 여섯 시 초원다방에서 만났다. 김선은 공안부 검사가 사표를 제출했다는 얘기를 하곤

"그렇게 멋진 검사들이 있다는 건 얼마나 기막힌 일이에요. 살맛이 날 것 같다."

며 이웃 일식집으로 나를 데리고 갔다. 인혁당 사건은 줄곧 우리들의 화제에 올랐기 때문에 김선도 큰 관심을 가지고 있었던 것이다.

김선은 술을 잘하는 편이 아닌데도 이용훈·김병리·장원찬 검사를 위해 차례로 축배를 들자며, 세 차례나 거듭된 축배의 잔을 깨끗이 마셨다. 그 사건을 통해 나는 김선의 가슴에 불타고 있는 정감 같은 것을 이해했다. 아닌 게 아니라 이용훈·김병리·장원찬 등 검사의 이름은 한국의 검찰사 아니 법조사에 영원히 남겨야 할 이름들이다. 검사는 일체라는 원칙 아래 비록 소신이 다르다고 해도 상명에 불복하

긴 지난한 일일 뿐 아니라 남용해서까지 권력을 휘두르는 자의 협박적인 강요에도 굴하지 않았다는 그 용기야말로 후진에게 대해 귀감이 될 만한 일이다.

세 검사의 사표소동이 있었음에도 불구하고 검찰 고위층은 숙직 검사로 하여금 도예종 등 26명을 국가보안법 위반혐의로 구속기소케 했다.

이 사건은 국회에까지 파급되어 정치 문제화되었다. 민복기 법무부 장관은 국회에서

"인민혁명당은 북괴 노동당 강령을 골자로 하는 규약을 토대로 한 불법단체이며 정부를 전복할 목적으로 3·24부터 6·3까지의 학생데모를 배후에서 조종했다. 상명하복 관계에 있는 검찰이 상부의 명령을 어긴 것은 항명으로 볼 수 있다."

고 언명했다.

그럴 즈음 인혁당 관련자들이 혹독한 고문을 받았다는 설이 튀어나왔다. 검찰은 서울 고검의 한옥신 검사에게 이 사건의 재수사를 명령했다.

한옥신 검사도 만만찮은 검사다.

재수사 결과

"피의자들이 북괴가 남파한 간첩들과 접선했다는 확증은 잡지 못했다. 그러나 북괴가 내세운 평화통일론 등을 내세워 강령으로 삼는 등 북괴의 활동을 찬양·고무·동조한 혐의만은 있다."

고 밝혔다.

그리고 한 검사는 학생들을 포함한 열네 명에 대해선 공소를 취하하고 나머지 열두 명에 대해선 공소장을 변경했다. 국가보안법 대신 반공법 4조 1항을 적용시킨 것이다.

314

한옥신 검사는 고문 사건의 수사도 맡았는데 그는

"조사 결과 피고들이 고문당한 사실을 밝혀냈으나 가해자의 신분과 인상을 피고들이 기억하고 있지 않아 수사에 애로가 많다."

고 밝혔다.

이 사건은 1965년 1월 20일에 열린 서울 지법 언도공판에서 도예종에게 3년 징역, 양춘우에겐 2년 징역, 즉 두 사람에게만 유죄를 선고하고 나머지 열한 명은 무죄 석방했다.

그러나 곡절은 이로써 끝나지 않았다.

1965년 5월 29일 서울 고등법원 형사부는 1심에서 무죄 석방된 열한 명에게도 유죄 선고를 내렸다. 박현채를 비롯한 다섯 명에겐 1년 징역, 나머지 여섯 명에겐 1년 징역에 3년 집행유예가 선고되었다. 대법원에선 상고 기각 결정을 내려 결국 고법에서의 형량이 그대로 확정되었다.

인혁당 사건은 이로써 끝나지 않는다. 10년 후 다시 되살아나는 것이다.

이사마는 '인혁당 사건'의 추이를 지켜보는 과정에 사마천의 「혹리열전」을 다시 읽어보았다

사마천의 「혹리열전」은 질도·영성·주양유·조우·장탕·의종·왕온서·윤제·양복·누수 능 한나라에 있어서의 가상 혹독한 관리의 행직을 기록하곤, 그런 혹독한 고문을 자행하는 관리가 있게 된 원인이 결국 황제에게 있는 깃이라고 은근히 묘사했디. 예컨대 다음과 같은 필법이다.

"두주가 정위廷尉에 임명되자 의혹 사건은 자꾸만 늘어나서 1년간에 1천 건이 넘었다. 이렇게 되어 두주에 의해 가혹한 형벌을 받은 사람이 7만 명이 넘었다. 주상은 그를 사심이 없는 노력가라고 칭찬하고 어사

대부에 승진시켰다. 두주의 아들 둘도 하남과 하내의 태수가 되었는데 그 포학잔혹한 것은 형용할 말이 없었다. 두주가 처음 정위가 되었을 땐 겨우 말 한 마리 가졌을 정도로 가난했는데 치옥治獄에 종사하게 되자 거만巨萬의 재산을 소유하게 되었다……."

그 문장 가운데 두주의 잔혹행위를 설명한 뒤 잇따라 주상이 그를 승진시키는 대목을 붙인 데 묘미가 있다. 즉 혹리의 책임은 임금이 져야 한다는 뜻이다.

이와 같은 얘기를 하고 이사마가 김선에게 물은 적이 있었다.

"인혁당 사건과 고문 사건의 책임을 결국 누구에게 추궁해야 하는 거지요?"

김선은 웃기만 하고 대답하지 않았다.

"그런 태도를 소이부답笑而不答이라고 하는 거요."

하고 이사마도 웃었다.

# 그래도 세월은

자연이 만드는 기상氣象은 그것이 아무리 험난하더라도 마음을 상하지 않고 견디어낼 수가 있다. 불가항력이란 체관이 있기 때문이다.

그런데 사람이 조작하는, 이를테면 정치적이라고 할 수 있는 기상은, 그것이 심히 못마땅한 것일 때는 그렇게 안 해도 될 수 있지 않을까 하는 원망이 따라 돌기 때문에 만부득이 견디긴 해도 마음을 상하게 마련이다.

언론규제법에 관한 파동만 해도 그랬다. 예사로 계엄령을 발동하는 정치풍토 속에서 언론을 규제하기 위한 법률을 만드는 것쯤은 예사로운 일이겠지만 역시 씁쓸한 일이 아닐 수 없는 것이다.

나라가 나아갈 방향이 민주주의라넌 적어도 위정사부터가 자유로운 언론의 창달에 신경을 써야 할 것 아닌가. 언론을 겁낼 것이 아니라 언론과 더불어 성장해야겠다는 의욕이 있어야 할 것이 아닌가. 언론을 탄압하고 질식시켜버린 북괴에 대항하는 뜻으로서도 보란 듯이 언론의 자유를 보장하는 성의가 있어야 할 것이 아닌가.

이런 근본 문제보다도 이사마를 우울하게 한 것은 그 언론파동이 언론계를 분열시킨 사실이다. 끝내 반대한 신문사는 동아일보·조선일보·경향신문·대구매일 등 4개 사였고 나머지 21개 사는 투쟁 전선에서 탈락해버렸다. 이처럼 비열한 언론계의 작태를 노출시킨 것이 바로 언론파동이라고 생각할 때 정부는 애써 민족의 치부를 드러낸 꼴이 되지 않았던가.

끝내 언론법을 반대하는 4개 신문사에 대한 이른바 보복이란 것도 가관이었다. 보복이란 것은 적에게 대한 행동이다. 언론법엔 반대할망정 국헌에 순종하고 있는 신문사이면 우리나라의 신문이 아닌가. 아무리 못마땅하더라도 정부의 사고 차원은 그러한 신문마저도 '우리의 신문'이라고 생각할 만큼 높은 데 있어야 하는데, 그 우리의 신문에 대해서 우리의 정부가 보복하겠다고 하니 될 말이기나 한가.

그러나 이런 것까지도 이사마를 우울하게 한 결정적인 이유는 아니다. 비록 객원이긴 하나 이사마가 몸담고 있는 신문사의 젊은 기자들의 그에 대한 기대는 이사마의 펜 끝에서 기왕 자유당 정부를 공격했을 때와 마찬가지의 날카로운 비판과 항의가 나오리란 것이었는데, 이사마는 그 기대를 충족시킬 수가 없었다. 그렇게 되니 젊은 기자들의 이사마를 보는 눈초리에는

'이 주필도 이제 끝장이 났군.'

하는 연민의 빛이 서려 있었다.

아무튼 명색이 신문의 칼럼을 쓴다는 자가 당장에 가장 긴급하고 중대한 문제를 회피하고 바람 가고 구름 가는 얘기를 꾸며야 하는 것처럼 딱한 일은 없다. 딴으론

'나는 개구리를 배운다. 개구리는 뛰기 위해서 움츠릴 줄 안다.'

는 변명을 준비하고, 보다 큰 보다 결정적인 일을 위해선 당분간은 입을 다물고 펜을 견제하는 태도로 있었던 것이지만 그것이 마음으로 편

하게 할 방도는 아닌 것이다.

이사마는 신문사를 그만두어야 하겠다는 마음을 먹게 되었다. 하나 신문사를 그만둔다는 것도 용이한 일이 아니었다. 그 신문사는 이사마가 영어의 몸으로 있을 때 그동안에 사주가 바뀌었는데도 이사마의 옥중 비용과 가족의 생활을 돌봐주는 호의를 베풀어왔고, 출옥 후엔 서울 주재의 논설위원 자리까지 마련하는 배려를 했던 것이다. 그러니 무슨 뚜렷한 이유와 명분이 없인 그만두겠다고 할 수가 없는 처지였다.

물론 생활 문제도 있었다. 대학으로 돌아간다는 것도 될 일이 아니고, 다른 직장을 찾는다는 것은 엄두도 내지 못할 일이고 그럴 생각도 아예 없는 형편이니 막연하기만 했다.

그런데다 이사마는 그를 둘러싼 세상의 눈초리에서 이상한 느낌을 받았다. 극히 친한 사이이고 전부터 잘 알고 있는 사람들은 그렇지 않았으나 대강 면식이 있는 정도의 사람들은 필요 이상으로 그를 경원하는 것이었다.

혁명재판을 받았다는 사실이 그 원인이었다. 세상이란 호기심을 가지는 정도 이상으로 이해하려는 마음을 갖지 않는다. 약간 억울한 데가 없진 않겠지만 10년 징역을 받았다면 그럴 만한 이유가 있었지 않겠느냐는 생각이 이사마를 대하는 사람들의 마음 가운데 도사리고 있는 것이 확실했다. 그 경향은 관청에 있는 사람일수록 심했다.

그래서 그는 친한 사람 이외의 사람과는 접촉하지 않고 지내는 습성이 몸에 밸 수밖에 없었고 지나는 세월의 빛깔은 단조로운 회색이 될 수밖에 없었다.

이러한 나날 중에 김선의 출현은 이사마에게 있어서 바로 행운이랄 수가 있었다.

이사마는 그 여인의 정체를 알려고 하지 않았다. 그럴 필요가 없었다. 만날 때마다 새로운 자극으로 미지의 세계를 열어줄 수 있으면 그만이었지 그 정체가 문제될 것이 없었다. 정체란 과거의 집적이 아닌가. 현재 그대로에 충분 이상의 의미가 있는데 과거를 알아서 무엇에 쓸 것인가 하는 생각이었다.

어느 날 이런 일이 있었다.

조선호텔 스낵바에서 레모네이드 한 잔씩을 놓고 얘기를 나누다가 헤어졌는데 아래위로 검은 양복을 입은 사나이가 뒤쫓아오더니 이사마에게 물었다.

"당신, 그 여자를 잘 압니까?"

"알지요."

"그 여자의 정체가 뭔지 압니까?"

"정체가 뭔진 모르오."

"그 여자의 과거를 아시오?"

"모릅니다."

"그 여자를 언제부터 알게 되었소?"

"지난 여름부터 알게 되었소."

"그 여자완 앞으로 접촉하지 않는 게 좋을 거요."

이 대목에서 이사마는 노여움을 느꼈다. 그러나 말은 부드럽게 했다.

"그 여자가 간첩이기나 하단 말요?"

"그런 건 아니지만 하여간 만나지 않는 게 좋을 거요."

"미안하지만 무슨 근거로 그런 말을 하는지 나는 납득할 수 없거니와, 그 여자가 날 만나기 싫어하지 않는 한 나는 계속 만날 거요."

하고서 이사마는 바쁜 걸음으로 그 사내 곁을 떠났다. 좀더 강하게 쏘아 붙이지 않은 게 후회스러웠지만 혹시 그 사내가 김선의 과거 애인이었거나 남편이었을 경우를 짐작해서 필요 이상으로 사납게 굴지 않은 스스로의 태도를 긍정했다.

그런 일이 있고서도 이사마는 여자의 과거를 알려고 하지 않았다. 과거를 알려고 하다간 그 여인이 휘발할 것 같은 두려움마저 있었던 것이다.

만날 때마다 김선이 새로운 자극이었다는 것은 추상적인 기분만이 아니었다. 구체적으로 이사마의 생활을 바꿔나가는 동기가 되기도 했다.

박 대통령 부처가 서독 방문을 떠난다고 광화문 네거리와 시청 청사 정면에 큼직한 환송 플래카드가 나붙었을 무렵이었다. 그날 오후 이사마와 김선은 반도호텔의 커피숍에서 만났다. 김선이 꼭 조선호텔이나 반도호텔의 바 또는 커피숍에서 만나자는 것이 이사마로선 질색이었지만 그녀를 만난다는 기쁨을 위해선 그만한 불만은 참아야만 했던 것이다.

김선은 검은색 상하의에 진주목걸이를 하고 있었다. 화사한 얼굴과 균형 잡힌 몸매가 검은 수츠에 썩 잘 어울렸다. 진주목걸이는 그런 차림엔 없을 수 없는 액세서리였다.

그래서 이사마는 인사 대신

"그 진주목걸이, 참 잘 어울리는데요. 그건 액세서리가 아니고 네세서리입니다."

하고 미소를 지었다.

"이 선생님도 여자의 의상을 감정하실 줄 아세요?"

김선이 생긋 웃었다.

"감정은 못하지만 감상이야 하겠죠. 아무튼 검은 수츠에 그 진주목걸이는 액세서리 정도가 아닙니다."

"액세서리가 아니고 네세서리란 말 좋은데요?"

"좋다고 하니 다행입니다."

김선은 커피를 마시고 나더니 쇼핑백에서 꾸러미 하나를 꺼내놓았다.

"파리에서 배편으로 보낸 짐이 그제 도착했어요."

"8월에 보낸 짐이 12월에 도착했단 말입니까?"

"아르헨티나로 해서 파나마로 갔다가 동남아시아 항구마다에서 실컷 놀았나 보죠?"

"배편에 보내면 그렇게 오래 걸리는구나."

이사마는 의미 없는 말을 중얼거렸다.

"그 짐에서 몇 권의 책과 주간잡지가 나왔는데 그걸 이 선생에게 드리려구 가지고 왔어요."

하며 김선이 꾸러미를 풀었다.

얄팍한 책 두 권과 『옵세르바퇴르』란 주간신문이 나왔다.

책 한 권은 영어 책인데 솔제니친이란 저자 이름 밑에 '랠프 파커'란 역자의 이름이 있었다. 출판사는 런던의 그랜스사로 책 이름은 『이반 데니소비치의 하루』였다.

솔제니친이 어떤 사람인지 영문을 몰랐지만 감사하다고 인사를 했다.

"작년 겨울이었어요. 파리에선 솔제니친의 소설 때문에 야단이 났었어요. 그때까진 전연 알려지지 않았던 러시아의 작가인데 돌연 그야말로 혜성처럼 나타난 거예요. 카르티에 라탱 서점에서 날개 돋친 듯 팔리고 있어서 저도 한 권 샀어요. 그러나 제 실력 갖곤 읽을 수가 있어야죠. 뒤미처 『옵세르바퇴르』에 그를 소개한 기사가 났어요. 제대로 읽진 못했지만 그것도 사두었죠. 파리가 끓듯 하고 있는데 그 내용을 읽을 수가 없으니 조바심이 나데요. 오페라좌 근처의 영어서적 파는 곳에 가서 찾았더니 마침 그 영역본이 나와 있더군요. 어찌나 반가운지 사갖고 오긴 했지만 그것도 제 영어실력 갖곤 오리무중을 더듬는 것 같았어요. 그러나 대단한 작가란 짐작만은 하게 되었지요. 이 사람 아직 한국엔 소개되지 않았지요. 러시아에서 발표된 건 1962년 11월이었는데 프랑스에선 작년, 그러니까 1963년에 번역되었어요."

"소련 작가의 작품을 우리나라에 소개할 수 있겠습니까? 어디."

"확실히는 모르지만 소련 작가인데도 뭔가 좀 다른가 봐요."

"파리에서 멍청하게 사셨다고 하더니 문학 같은 데 관심을 갖기도 하셨구만요."

"굼벵이도 꿈틀거리지 않곤 배겨내지 못하는 것 아녜요? 멍청하게나마 살고는 있었으니까요. 파리 전체가 그 사람 때문에 들끓고 있는데 책을 사보는 관심쯤이야 가지게 되지 않겠어요?"

"좋은 읽을거리가 생겼습니다. 오늘 밤부터 당장 읽어보아야지."

"그걸 읽으시고 제게 그 내용을 들려주세요."

"그렇게 하겠습니다."

그 책 한 권으로 파리가 들끓었다면 읽어볼 만한 책일 것이다. 이사마가 책을 쳐들려고 하자 김신이

"책은 댁에 가셔서 읽으시구요."

하고 일어서자고 했다.

"오늘 밤은 제가 소개하는 데 가서 프랑스식 식사를 해요. 제 친구가 경양식점을 열었는데 거기서 프랑스식 요리도 한다고 했어요."

그 경양식은 북창동에 있다고 했다. 북창동이면 반도호텔에서 걸어 갈 수 있는 거리다.

찌푸린 하늘 밑의 겨울날씨였지만 그다지 춥진 않았다.

이사마와 김선은 다정한 애인처럼 나란히 걸었다.

시청 청사 정면에 걸린 박 대통령의 초상을 힐끗 보는 것 같더니 김선은 입 언저리에 묘한 웃음을 띠었다. 보기에 따라선 경멸하는 듯한 표정이랄 수가 있었다. 그 웃음의 뜻을 알아볼 겸 이사마가 물었다.

"대통령이 독일에 간다는데 의견이 없습니까?"

"그 사람 독일 가는데 제게 무슨 의견이 있겠어요."

"국민의 한 사람으로."

"존경할 수 있는 대통령을 모신다는 건 국민으로서 대단한 행복이겠죠? 그 반대로 존경하긴커녕 경멸의 대상일 수밖에 없는 대통령을 가진 국민은 불행하다기보다 수치스러울 거구요."

이사마는 김선다운 묘한 화법이라고 생각했다.

"그런 점에서 김선 씬 행복하세요?"

"전 일반론을 말했을 뿐이에요."

김선은 활달하게 웃었다.

조선호텔 앞까지 와서 신호를 기다렸다. 기다리고 있으면서 이사마가 물었다.

"프랑스 사람들이 그들의 대통령을 대하는 태도는 어떻습니까?"

"내가 접촉한 한에 있어서는 모두들 자기들의 대통령을 대단한 자랑으로 여기고 있는 것 같았어요."

"드골은 프랑스를 구한 영웅이니까 응당 국민들의 존경을 받겠지요."

"그런 뜻만은 아닌 것 같아요. 드골 대통령은 존경만이 아니라 깊은 사랑을 받고 있어요. 어쩌다 텔레비전에 드골 대통령이 나타나면 우선 아이들이 야단이었으니까요."

푸른 신호등이 켜졌다. 상공회의소 앞으로 건너갔다.

"그만한 대통령을 가질 수 있다는 건 행복일 거요."

이사마가 중얼거렸다.

"이 선생은 드골 좋아하세요?"

"드골에 대한 내 지식은 빈약하지만 그 빈약한 정도로서도 나는 대단히 그를 좋아합니다."

"거만하다는 평도 있긴 하던데요?"

"드골은 거만한 게 아닙니다. 위대한 프랑스를 만들려고 하는 인물이므로 그 위대한 프랑스의 대통령답게 처신하자니까 그렇게 보일 경우가 있는 거겠죠."

"저도 그렇게 생각해요. 대부분의 프랑스인도 그렇게 생각하고 있는 것 같구요."

12월의 초입이라고 하지만 그다지 추운 날씨는 아니었다. 쇼윈도와 가로등이 일제히 켜진 거리를 김선과 더불어 걷고 있으니 이국적인 정취 같은 감회가 서렸다.

북창동으로 통하는 거리를 천천히 걸으며 이사마는

"드골은 위대한 인물이에요. 금세기에 활동한 최고의 인물 가운데 하나일지 몰라요."

하고 얘기를 시작했다.

"『르 몽드』란 신문 아시죠?"

"프랑스 최대의 신문 아녜요?"

"그렇다고 들었습니다. 대신문일 뿐 아니라『런던 타임스』나『뉴욕 타임스』에 필적할 만한 신문이라고 하더군요. 그런데 나는 불행하게도 한번도 그 신문을 접해본 일이 없습니다."

"그 신문 보고 싶으세요?"

"보고 싶습니다."

"늦은 신문이라도 좋다면 제가 아는 사람에게 부탁해서 항공편으로 보내달라고 할게요."

"고맙습니다. 그러나 프랑스의 신문은 아마 못 보게 돼 있을 겁니다. 정부의 방침으로."

"그래요?"

하고 김선은 놀라는 눈치였지만 그 이상의 말은 하지 않았다.

"그『르 몽드』신문은 드골이 만들었습니다. 아마 1945년 창간일 겁니다. 제2차 세계대전이 끝나고 드골이 프랑스에 돌아왔을 때 사업을 하는 친구가 앞으로 당신에게 신문이 필요할 거라고 자금을 주었답니다. 드골은 자기가 신임하는 사람을 골라서 그 자금을 맡기면서 신문을 발간하라고 시킨 거지요. 신문을 만들라고 돈을 주었지만 드골은 어떤 신문을 만들어야 한다는 조건은 일절 붙이지 않은 겁니다. 경영권도 일절 간여하지 않았지요. 물론 주주가 되지도 않았습니다. 그것만 해도 대단한 사람 아닙니까?"

"그러네요. 우리 한국에선 상상도 못할 일이네요."

"그런데 얘기는 그로써 끝나는 게 아닙니다.『르 몽드』는 발간되자마자 맹렬하게 드골을 비판하기 시작한 겁니다. 비판 정도가 아니라 비난 기사까지 공공연하게 실었다고 해요. 하도 그 정도가 지나쳐서 자금을 낸 친구가 드골을 찾아갔습니다. '나는 당신을 위한 신문을 만들라고 자금을 주었는데『르 몽드』는 당신을 비판하고 비난하고 공격하는 기사만 게재하고 있으니 이게 될 말이기나 한가' 하고 말입니다."

그랬더니 드골은 약간 우울한 표정을 지으며 '나는 그 사람에게 프랑스를 위해 좋은 신문을 만들란 말은 한 일이 있어도 나를 위한 신문을 만들란 말은 하지 않았다. 그 사람은 자기 나름대론 프랑스를 위해 좋은 신문을 만들겠다고 애쓰고 있는데 내 비위에 거슬린다고 어떻게 왈가왈부할 수 있겠는가. 나도 그 신문에 대해선 일절 말하지 않을 테니 자네도 그 신문에 관해선 일절 말하지 말게'라고 했다는 것입니다. 상상이라도 할 수 있는 일입니까?"

"파리에서 듣지 못했던 이야기를 여기서 듣게 되었군요. 나는 그저 막연하게 훌륭한 인물이라고만 알고 있었지 드골이 그처럼 기막힌 어른이란 건 미처 몰랐어요."

그 말과 태도로 보아 김선은 크게 감동한 모양이었다.

이런 말까지 덧붙였다.

"좋은 이야기를 들었어요. 그런 인물이 존재한다는 걸 안 것만 해도 흐뭇한 기분이 되네요."

이사마는 얼마 전에 있었던 언론파동에 관한 이 나라의 사정을 대비적으로 얘기하지 않을 수 없다는 생각이 들었다.

그러자 김선이 뚜벅 말했다.

"이 선생도 딱하셔."

다음 말을 기다렸으나 김선은 더 이상 말하지 않았다.


김선이 안내한 경양식점의 옥호는 '라 세느'라고 했다.

한번도 파리에 가본 적이 없는 이사마는 그 가게에 들어서자 감각적으로 파리를 느꼈다. 네온으로 그려진 라 세느라는 간판의 유도작용일지 몰랐다. 바닥에 빨간 카펫이 깔렸고 테이블과 의자와 벽은 백색을 주조로 하고 있었는데, 벽의 3분의 1은 마호가니로 되어 있었고 나머지

부분은 만초무늬가 엷은 분홍빛으로 깔린 하얀 벽이었는데 적당한 공간을 잡아 프랑스 현대회화의 복제품인 듯싶은 그림이 간소한 액자에 끼어 걸려 있었다.

주인인 듯한 젊은 여자가 애교 넘치는 웃음을 띠고 이사마와 김선을 칸막이가 되어 있는 구석진 박스로 안내했다. 달리 손님은 없었다. 아직 이른 시간이었기 때문일 것이다.

김선이 주인을 소개했다.

"윤옥신이라고 이 집 사장입니다. 저와는 여고와 대학의 동기동창인데 전 열등생, 이 사람은 우등생이었어요."

윤옥신이

"잘 부탁합니다."

하며 가볍게 고개를 숙였다.

김선이

"이분은 이사마 선생."

하고 간단하게 소개했다.

"선생님의 이름을 잘 알고 있어요."

윤옥신이 말하자 김선은 의아한 눈빛이 되었다.

"이규정 교수를 아시죠?"

윤옥신이 말을 꺼냈다.

이번엔 이사마가 놀랐다.

"예, 압니다."

"이규정 교수로부터 선생님 얘기 많이 들었습니다. 고생하신 일두요. 건강한 모습을 뵙게 되어 반가워요. 선생님이 쓰신 소설도 읽었어요."

"얘 좀 봐라. 난 오늘밤 널 깜짝 놀라게 해주려고 이 선생을 모시고 왔는데 영 실망인데."

하고 김선이 실망했다는 표정을 지었다.

"모시고 온 사실만으로도 충분히 날 놀라게 했으니 실망하지 마."

하고 윤옥신이 웃었다.

"서서 수선 떨지 말구 앉아라, 얘. 손님도 없지 않니."

김선의 말에 윤옥신이 앉았다.

"이름이 '라 세느'구면요."

이사마가 인사 대신 한 말이었다.

"나무에 도금한 것 같은 기분이어서 꺼림직하지만 이 사람이 우기는
바람에……."

윤옥신이 변명조로 말했다.

"서울 한복판에 세느 강을 끌어다주었는데 고맙다는 말은 없고 구구
한 변명을 하기야?"

"미안, 미안해."

윤옥신이 절절매는 시늉을 했다.

이사마는 앞에 나란히 앉은 두 여인의 대조에 관심을 쏟지 않을 수
없었다. 그다지 큰 편은 아니었지만 김선은 윤옥신에 비해 글래머로 보
였다. 윤옥신의 체구는 김선의 체구의 3분의 2쯤이니 될까. 윤옥신에겐
조물주가 작게 작게 만들려고 애쓰면서도 우아한 효과를 노린 것 같은
인상이 있었고, 김선은 한국 여성의 평균을 취해 매력 있는 여자를 만
들어보자는 조물주의 의도를 짐작케 하는 여자였다. 그러니 두 미녀는
서로 경쟁하여 상대방의 매력을 감쇄하는 것이 아니라 그 대조로서 서
로의 매력을 보완할 수 있는 콤비라고 할 수 있었다.

어떤 요리가 좋겠느냐는 의논에 이사마는 의견이 없었다.

"달팽이요리만 아니면 나는 무엇을 먹어도 좋습니다. 바다에 1년 있다가 육지에 3년 있은 생선도 먹어보았고, 남산 북산 시래기탕도 먹어보았으니까요."

하고 요리의 주문을 김선에게 맡겼다. 결국 백포도주를 곁들여 생굴을 먹고 붉은 포도주를 곁들여 쇠고기 스테이크를 들었다.

"손님도 없고 하니 너도 같이 식사를 하자."

는 김선의 농담 섞인 명령 때문에 윤옥신도 같이 식사를 하게 되었는데 두 여인 사이에 오간 얘기가 흥미로웠다. 김선의 말은 추상적이고 뭔가 여운을 남기는 것 같았는데 윤옥신은 그렇지가 않았다. 구체적이며 거침이 없었다. 날카로운 비판도 서슴지 않았다. 아무리 보아도 평생 경양식점을 사업으로 경영하고 살 그런 여자는 아닌 성싶었다. 박 대통령의 서독 방문이 화제에 올랐다.

"그게 뭐 대단한 일이라구 야단들인지 모르겠다."

는 게 기껏 김선이 한 말인데 윤옥신의 말은 아찔할 정도로 날카로웠다.

"망신하러 가는 것 아냐?"

"그거 무슨 말씀입니까?"

이사마가 물었다.

"제가 듣기로는 서독 국회엔 나치의 장교 출신은 한 사람도 없대요."

윤옥신의 대답이었다.

꼭 무슨 퀴즈 같은 말이라서 이사마가 재차 물었다.

"무슨 뜻입니까?"

윤옥신은 텅 비어 있는 홀에 시선을 한바퀴 돌리더니

"가령 독일이 어느 나라의 식민지가 되어 그 나라로부터 압박을 받은 과거가 있었다고 치구요. 독일인 중의 한 사람이 자기들을 압박한 나라의 육군 중위나 대위가 되었다고 합시다. 그 후 독일이 해방되어 독립을 했는데, 독립하고 10년 남짓한 시간이 흘렀을 뿐인데 비록 그 사람에게 날고 기는 재간이 있기로서니 적국의 하급 장교를 하던 사람을 대통령으로 모실까요? 독일인뿐만 아니라 유럽인은 경력을 따지는 덴 극히 민감해요. 독일 정부나 독일 언론계에선 그 사람에 대한 세밀한 연구를 했을 거예요. 의례상 노출은 안 시키겠지만 속으론 어떻게 생각하겠어요."

그러자 김선이

"옥신아, 너 이 장사를 할 작정이냐 어쩔 작정이냐. 너 그런 소릴 하려거든 장사 집어치워라."

하고 웃었다.

"가게는 차려놓고 손님은 없으니까 모든 게 비판적으로 보이는 걸 어떻게 해. 그리고 말이나마 바른대로 해야 할 것 아냐? 이런 자리에서라도 속에 있는 말 털어놔야지. 그러지도 못하면 체증이 생길 판이다."

"너 그 사람에게 무슨 개인 감정 가지고 있는 건 아니니?"

"정신 똑바로 가진 사람치고 그 사람에게 개인 감정 가지지 않은 사람 있겠어?"

"애, 너 이시마 선생이 앞에 있다고 해서 큰소리야? 이사마 신생에게 아첨하는 거야?"

"아닌 게 아니라 그런 뜻도 있어. 이사마 선생이 만일 솔직하게 털어놓으신다면 저와 비슷한 말씀을 하실 거야."

"그건 약간 빗나간 짐작입니다."

하고 이사마가 한 말은

"난 그 사람을 미워하진 않습니다. 양심이 결여된 야심가는 세상에

혼합니다. 그런 사람들 가운데 나름대로 성공한 사람이 그 사람이니까요. 그 사람을 미워할 수 있으려면 그 사람을 타도할 수 있는 힘을 가져야죠. 힘없는 처지에서 그 사람을 대할 수 있는 태도는 네 가지가 있을 뿐입니다. 하나는 적극적으로 영합하는 태도이고, 또 하나는 관찰하고 기록하는 태도, 세 번째는 망명하는 것입니다. 국외로 망명하든 국내에서 망명하든 아웃사이더로서 산다는 겁니다. 또 하나는 아큐阿Q식으로 그를 경멸하는 겁니다."

"아큐가 뭡니까."

"노신魯迅이란 중국 작가가 쓴 『아큐정전』阿Q正傳에 나오는 아큐지요. 아큐처럼 경멸한다는 건 사람도 한번은 혼날 날이 있을 거다, 언젠간 죽을 거다, 그러니 별것 없는 주제에 잘도 노는구나 하는 식으로 경멸한다는 거죠."

"가장 중요한 게 하나 빠졌다고 생각하는데요."

하고 윤옥신이 눈을 반짝거렸다.

"뭡니까?"

"테러예요."

"작은 사람이 간이 크다더니."

하고 김선이 터지려는 웃음을 손을 가려 억눌렀다.

"말이 났으니 말이지."

하고 윤옥신이

"나는 그 사람과 그 일당이 재판받는 날을 기다리고 있어. 언제 있어도 한번은 그런 일이 있어야 할 것 아냐?"

"아마 그런 날은 없을지 모릅니다. 그런 비상수단을 써서 잡은 권력을 내놓을 까닭이 없을 것이니까요."

이사마가 말했다.

그런데 그 말에 충격을 받은 성싶은 것은 김선이었고

윤옥신은

"꼭 그렇게 된다면 내 인생에 있어서 재미가 하나 없어지는 셈인데
요? 그러나 넉넉잡고 한 30년쯤 살고 있으면 그런 날을 보게 될지도 몰
라요."

하고 장난스럽게 표정을 지었다.

"어쩜 옥신이 네 생각과 내 생각이 그렇게 닮았니."

김선이 맞장구를 쳤다.

"이런 얘긴 그만합시다."

포도주를 자기 손으로 따라 마시고 이사마가 말했다.

"왜요?"

김선이 물었다.

"난 다시 감옥에 가긴 싫으니까요."

"그건 우리도 싫어요. 그러나 여기서 한 말로 그런 일은 없을 테니 안
심하세요."

하고 김선이 정색을 했다.

이사마는 문득 이 두 여인이 자기를 시험하고 있는 것이 아닌가 하는
생각을 하게 되었다. 동시에 그럴 까닭이 없다는 생각도 들었다. 그런
만큼 김선과 윤옥신의 정체를 알고 싶은 마음이 비로소 들었다.

'이규정을 안다니까 미구에 윤옥신의 정체는 알 수 있겠지. 윤옥신
의 정체를 알면 김선의 정체도 알게 될 테구……'

이런 생각을 하고 있는데 윤옥신의 말은 위험도를 더해가고 있었다.

"그 사람들 큼직큼직한 책을 만들어내고 있어요. 자랑삼아 자기들의

범죄사실을 소상하게 자술하고 있는 거야. 그들의 재판은 힘들일 것 없을 것 같아. 그들이 자랑삼아 한 기록이 그냥 그대로 증거가 될 테니까. 문제는 그것으로서 끝나는 게 아니지. 합헌 정부를 뒤엎어놓고 그들이 한 짓이 뭐야. 그 가운데서도 4대 의혹 사건은 그것만으로도 역적의 죄목으로 처단되어야 할 거라고 봐."

예쁘게 생긴 여인의 입에서 독설이 튀어나오는 것은 어울리지 않는 것 같으면서도 일종의 매력이 있었다.

윤옥신은 다시 화제를 서독 방문으로 돌려놓고 그 모든 지저분한 사건 때문에 더욱 망신스럽다고 했다.

김선이 윤옥신의 독설에 제동을 걸 참이었던지 파리에서 들은 것이라며 이런 이야기를 했다.

"옥신이가 망신스럽다고 하는 덴 실감이 있어. 프랑스에선 제2차 세계대전 이후 독일 점령군에 협력한 사람들에 대해선 광범하고 철저한 숙청선풍이 있었다고 해요. 많은 사람들이 테러를 당해 죽기도 했는데 합법적으로 사형한 예도 많은 모양이었어요. 그 정도가 어떠했느냐 하면 독일에 우호적인 문필활동을 했다는, 또는 잡지를 만들었다는 것으로 처형된 사람들이 있더군요.

이런 얘기를 들었어요. 로베르 브라자크란 작가가 있었대요. 꽤 좋은 소설과 에세이를 쓴 사람이랍니다. 에콜노르말 출신으로 사르트르의 10년쯤 후배인데 우익계 주간지인 『즈 쉬파르투』, 우리말로 하면 '나는 어디에도 있다'라고 할까요? 그 잡지의 편집인이었어요. 독일이 파리를 점령했을 때 독일에게 협조하는 잡지를 만들었나 봐요. 그 때문에 35세의 나이로 사형을 당했어요.

또 유명한 문예잡지에 『NRF』란 잡지가 있어요. 독일 점령 시대 그

잡지의 편집장을 한 사람은 피에르 드리외 라 로셸이었는데 이 사람은 프랑스 문단에서 중진이었으나 독일이 항복한 후 자살해버렸어요. 독일 대사가 독일 아니면 스페인이나 그밖의 나라로 도망칠 수 있도록 여권과 비자를 준비해주었는데도 말예요. 이것 말고도 특히 학자들이나 문인이 마음 약한 탓으로 독일에 협력한 정도인데 가혹한 숙청의 대상이 되었더군요.

그런 척도로 말하면 해방 후 이광수나 최남선은 살아남지 못하게 되었을 것도 같아요. 그러니 유럽인들의 감각을 참작할 때 옥신의 말대로 창피스럽고 망신스러운 거죠. 하지만 이런 우울한 얘기는 그만하도록 해."

"좋아, 입은 다물어버리고 폭탄이나 권총이 발언해야 할 사태라는 것도 있는 거니까."

"옥신아, 너."

김선이 윤옥신을 째려 보았다.

"미안, 미안."

하고 있는데 손님들이 한 패 들어왔다. 윤옥신이 손님을 맞으러 일어섰다. 식사는 이미 끝나 있었다. 커피를 마시고 이사마와 김선도 일어섰다.

돌아오는 길에 조선호텔의 스낵바에 들렀다. 이사마는 거기서 위스키 소다를 마시고 김선은 레모네이드를 마셨다.

"이런 델 즐겨 오는 이유가 뭐죠?"

이사마가 비로소 이렇게 물어보았다.

"여자가 눈에 띄지 않게 와 있을 수 있는 곳이 이런 데 말고 달리 있겠어요?"

딴은 그렇다는 생각이 들었다. 명동이나 무교동의 대중술집에 김선 같은 여자가 드나들면 사람들의 눈길을 끌 것이 확실했다.

"오늘 밤은 미안했어요. 윤옥신이 지나친 것 같았지요?"

김선의 말이었다.

"불쾌하진 않았습니다. 재미가 있던데요. 그러나 초면의 사람 앞에선 지나치다는 생각이 들데요."

"그런 건 아닐 거예요. 그 애는 이 선생을「감금당한 1월」의 작가라고 보고 평소의 불만을 터뜨려본 거예요. 원래 격정적이고 솔직한 아이이긴 하지만 아무나 앞에서 그런 얘긴 안 합니다. 옥신은 내게 대해서도 그런 말을 한 적이 없었어요."

"아주 매력적인 여자이긴 하데요."

"영리한 여자예요. 국민학교부터 대학까지 줄곧 우등생이었으니까요. 미국 유학생과 결혼해서 자기도 미국 대학에 유학하고 있었는데 이혼하고 동시에 학교도 그만두고 돌아와버린 사람이에요. 맺고 끊고가 분명한 아이이지요."

"그런데 장사는 잘될 것 같지 않던데요."

"생각한 끝에 그 장사를 시작한 건데 저에게도 다소 책임이 있어요. 양품점을 해볼까 하는 아이에게 그걸 해보자고 권한 건 저니까요. 실패해도 배우는 게 있겠죠. 워낙 영리하니까."

"주제넘은 말입니다만 김선 씨도 뭔가 하셔야지 않겠습니까. 결혼을 하시든지 사업을 하시든지."

"두 가지 다 틀렸어요."

하고 김선은 레모네이드의 사이펀을 입에 문 채 중얼거렸다.

"내일 먹을 게 없어질 때까지 빈둥빈둥 놀 참예요. 그때 가서 인생을 다시 시작하죠. 전 벌을 받아야 할 여자입니다."

호기심을 자아내는 말이었으나 이사마는 그 까닭을 묻지 않기로 했다.

그날 밤 집으로 돌아간 이사마는 아까 김선이 준 1년 전 파리에서 발행된 주간지를 통해 엄청난 사실을 알았다. 그 가혹한 소련 정부의 탄압 아래서도 맥맥이 흐르는 반체제의 정신이 기막힌 문학작품으로 결정結晶되어 있다는 것을 안 것이다.

예컨대 솔제니친을 비롯한 악쇼노프·카자코프·시냐프스키·다니엘·그로스만·추코프스카야·아미리크 등을 통해.

먼저 솔제니친에 대한 소개 기사를 읽었다. 이것은 『이반 데니소비치의 하루』가 유럽 독자들을 놀라게 한 얼마 후, 유럽의 기자가 인터뷰를 통해서 알아낸 사실을 간추린 기사였다.

—솔제니친은 1918년 12월 11일 키슬로보트스크에서 태어났다. 그의 아버지는 당시 모스크바 대학의 문학부 학생이었는데 1914년의 전쟁에 의용병으로 출전해 있었기 때문에 학업을 마칠 수가 없었다. 솔제니친의 아버지는 포병사관으로서 제1선에 있다가 1918년 여름에 전사했다. 솔제니친이 탄생하기 반년 전의 일이다. 그를 부양한 것은 어머니였다. 어머니는 돈강의 중류에 있는 로스토프에서 티이피스트 겸 속기사 노릇을 하고 있었다. 솔제니친은 로스토프에서 중학교를 졸업했다. 원래 문학 교육을 받고 싶었지만 로스토프엔 문과대학이 없었다. 모스크바로 가고 싶었지만 병약한 어머니를 홀로 둘 수도 없고 가계도 넉넉하지 못해 그 희망은 불가능한 것이었다. 때문에 그는 로스토프 대학의 수학과에 입학했다. 그에겐 수학적인 재능이 있었기 때문이다. 그러나 그는 수학을 평생 사업으로 할 작정은 아니었다. 그런데 그 수학

덕택으로 그는 살아남을 수가 있었다. 그는 수학자로서 특수수용소에서 4년간을 지낼 수 없었더라면 8년간의 징역생활을 감당할 수 없었을 것이라고 말했다.

그는 유형 중에 수학과 물리학을 가르치는 것으로 생계수단을 삼았다.

그는 이런 말도 했다.

"내가 만일 문학 교육을 받고 있었더라면 그 시련에서 아마 나는 살아남지 못했을 것이다."

그는 물리·수학과 병행해서 문학 공부도 했다. 그는 1939년부터 1941년에 걸쳐 모스크바의 '역사·철학·문학 고등전문학교'의 통신학과를 통해 공부를 한 것이다.

1941년 로스토프 대학을 졸업하자 전쟁이 발발했다. 건강이 좋지 않은 그는 처음엔 치중대輜重隊에 편입되었다. 1942년 그는 수학을 전공한 덕택으로 포병학교에 전속되어서 단기과정을 수료했다. 그 이후 그는 포병 정찰중대장으로서 1945년 2월 체포될 때까지 줄곧 일선에서 근무했다.

솔제니친이 체포된 이유는 그가 국민학교 때의 친구에게 보낸 편지에서 스탈린에 대한 비판적인 감상을 적었기 때문이었다. 스탈린의 이름을 직접 들먹이진 않았지만 내용은 분명히 그랬다. 그는 동프러시아에서 체포되어 궐석재판으로 징역 8년의 선고를 받고 교정 노동수용소에 끌려갔다. 그러나 1946년 그의 수학적인 두뇌가 인정을 받아 게페우의 과학연구소로 전속되어 특수수용소에서 형기의 반을 지냈다. 1950년 새로 창설된 정치범을 위한 특별수용소에 수감되었다. 그곳에서는 잡역공·석공·주철공으로서 노역에 종사했다. 그 무렵 그는 암종을 앓았다. 수술을 받았지만 완치되진 못했다. 8년의 형기가 지났을 때 그는 석방되지 않고 남카자흐스탄에 영구 유형되는 행정처분을 받았다. 1953년 3월 5일 스탈린의 죽음이 공포되던 날 그는 감금에서 풀려났다. 그러나 1956년 6월까지 그는 유형수의 신분이었다. 그동안 그의 암종은 급속히 악화하여 1953년 말엔 암종의 독 때문에 먹을 수도 잘 수도 없게 되어 죽음의 언저리를 방황했다.

1954년 치료를 위해 타슈켄트로 갈 수 있는 허가를 얻어 그곳 암병동에서 1년간의 걸친 치료 끝에 완치할 수가 있었다.

유형 기간 중 그는 시골학교에서 수학과 물리 교사 노릇을 했다. 그 고독한 생활 속에서 몰래 산문을 썼다. 수용소에선 기억만으로 시밖엔 쓸 수가 없었지만 그는 그것을 유형 후까지 기억 속에 간직할 수 있었다. 솔제니친은 인터뷰 끝에 이렇게 말했다.

"나는 1961년까지 내가 쓴 것이 단 한 줄도 내 생존 중에 활자화되리라곤 생각하지 않았을 뿐 아니라 친한 친구들에게도 보여주지 않았다. 그들이 혹시 내가 글을 쓰고 있다는 사실을 전파할지 몰랐기 때문이다. 그런데 내 나이 42세가 되었을 때 나는 그러한 은밀한 집필 상황을 견디지 못하게 되었다. 가장 고통스러운 것이 내 작품을 높은 문학적 교양을 가진 독자들에게 보여주지 못하는 데 있었다. 1961년 소련 공산당 22회 당대회에서 트바르도프스키가 한 연설을 듣고, 나는 내 작품을 발표해보기로 마음을 정했다. 『이반 데니소비치의 하루』를 제출한 것이다. 나는 그렇게 하면서도 두려운 마음을 금할 수가 없었다. 그 때문에 내 원고의 모든 것, 나 자신까지를 포함해서 파멸에 이끌지 않을까 하는 위구 때문이었다. 그러나 그땐 우여곡절은 있었지만 묘하게 일이 잘 진행되었다. 트바르도프스키가 끈덕지게 노력한 결과 1년 후 그 작품을 발표할 수가 있었다……."

이 기사 뒤에 그 주간지는

─만일 흐루시초프라는 괴물적 인물이 없었더라면 이 작품이 세상에 나타나지 못했을 뿐 아니라 솔제니친이라고 하는 희귀한 작가가 영원히 햇빛을 못 보고 어둠 속으로 사라질 운명에 있었을지 모른다.

고 쓰고

─그러나 아직도 이 작가의 장래는 우선 그 육체적인 안전에 있어서 불안하다.

고 덧붙였다.

이사마는 그 소개 기사만으로도 커다란 충격을 받았다.

스탈린을 비판했다는 것만으로도 8년의 징역, 그리고 3년의 유형!

이사마는 자기의 처지와 비교해보지 않을 수 없었다. 엉뚱한 죄목을 조작하여 10년 징역, 다행히 2년 7개월 만에 나오긴 했지만 같은 형량의 사람들은 아직도 감옥에 남아 있는 것이다.

그런 감회로서도 이사마는 솔제니친에게 와락 친근감을 느꼈다. 잠이 올 까닭이 없었다. 밤 1시를 알리는 종소리를 듣고 부엌에 가서 차가운 냉수 한 사발을 켜고 방으로 돌아와 『이반 데니소비치의 하루』를 펴들었다.

맨 처음의 글귀

─오전 5시, 언제나처럼 기상의 종이 울렸다.

로 시작해서 마지막의

─이러한 날이 그의 형기의 시작부터 끝까지 모두 3천6백53일이었다. 윤년 때문에 3일의 덤이 붙은 것이다…….

끝까지 읽었을 때는 오전 5시의 시종이 울렸다. 꼬박 네 시간 동안 이사마는 그 작품에 몸과 마음 전부를 사로잡혀버렸던 것이다.

작품 첫머리에 나오는 오전 5시의 종소리와 이사마가 그것을 읽고 난 후의 들은 5시의 시종 가운데는 어떤 신비로운 암합暗合이 있는 것이 아닌가 하는 감상마저 생겼다.

'이반 데니소비치가 하루를 시작하는 그 시각에 너는 이제 생애를 다시 시작해야 한다.'

는 뜻 같기도 했다.

'너는 2년 7개월의 옥고를 겪고도 기껏 「감금된 1월」 따위밖엔 쓸 수가 없었다. 그런데 이 작품은 어떤가. 너는 지금 이 오전 5시부터 문학을 다시 배워야 한다는 뜻이다.'

걸작이란 어떤 경우에도 사람을 감동시키는 것이지만 『이반 데니소비치의 하루』는 그런 테두리를 훨씬 넘어 있었다. 징역살이하는 무식한 수인의 심상과 그 언저리를 통해 소비에트 체제의 암흑상이 샅샅이 다 드러나 있는 것이다. 그리고 그것이 예술적인 조탁으로서 영롱한 구슬을 닮아 있지 않은가. 오예汚穢와 추악과 비참이 뒤범벅이 된 진토의 현실에서 그 오예, 그 추악, 그 비참을 그냥 그대로 반영하면서 인간의 위신에 통하는 광휘를 만들어냈다고 하면 그 이상의 예술이 다시 있을 수 있을까. 예술을 통해서만이 인간의 승리는 비로소 가능하다는 증거를 이사마는 그 작품을 통해서 보았다.

'몇천 명의 스탈린도 감당하지 못하는 것, 몇천 명의 히틀러도 감당하지 못하는 것, 게페우의 권력으로써도 어찌하지 못하는 것, 게슈타포도 어찌하지 못하는 것, 로스차일드의 돈으로서도 어찌하지 못하는 것, 예술을 통한 인간의 승리! 그 승리 앞에선 스탈린도 히틀러도 분뇨 속에 뒹구는 돼지나 다를 바가 없다.'

이때 조스의 말이 들렸다.

—역사의 심판을 기다릴 것이 아니라 너의 문학의 법정에서 역사의 심판을 선취하라.

　바로 그 역사적 심판의 선취를 솔제니친은 해낸 것이었다.

　흥분을 가라앉히고 이사마는 냉철하게 독후감을 정리해보았다.

　첫째 그것은 소련 체제에 대한 강력한 비판이었다. 그 비판은 곧 공산주의의 이론과 실제의 대한 비판으로 통할 수 있었다. 이를테면 공산주의에 대한 파산선고나 다를 바가 없었다.

　이사마는 아직 이 작품이 한국에 소개되지 않았다면 러시아 문학자에게 권해 번역케 하든지, 중역으로나마 번역을 하든지 해서 우리 독자에게도 읽힐 필요가 있다고 느꼈다. 그러기에 앞서 『옵세르바퇴르』의 기사를 곁들여 『이반 데니소비치의 하루』가 지니고 있는 의미를 에세이로서 써볼까 하는 의욕을 가져보기도 했다.

　하지만 '그러나' 하는 마음이 곧 그 의욕을 꺾어버렸다. 용공혐의로 징역살이까지 한 놈이 그런 글을 썼다간

　—약삭빠르게도 반공으로 돌았군.

하는 엉뚱한 오해를 받을 위험이 있었다. 그리고 얼마 전 있었던 일을 상기했다.

　이사마를 아끼고, 이사마가 결코 용공분자일 수 없다는 것을 잘 알고 있는 권력층에 있는 모 인사가 이사마를 반공연맹의 역원役員으로 추천하려고 했다. 그때 이사마는 이런 말을 하고 그 추천을 거절했던 것이다.

　"내가 그런 단체의 역원이 되면 그 단체 망치고 나 자신을 망칩니다. 어제까지 용공하다가 징역살이한 놈이 어느 사이 반공주의자가 되었는가 하고 백안시당할 것이니 피차 재미없을 것 아닙니까. 뿐만 아니라

나는 반공을 직업으로 할 생각은 전연 없습니다."

생각하면 세상이란 참으로 어려운 것이다. 솔제니친에게 대한 감동조차 제대로 표현할 수 없다는 사정이 딱하기만 했다. 하지만 그런 건 문제도 되지 않을 것이 아니었다.

솔제니친 자신이 장구한 시간을 기다렸듯이 이사마도 솔제니친의 후속된 작품을 읽고 나서 태도를 분명히 해도 되는 것이다.

'이반 데니소비치가 일어나는 시간에 나는 자야겠다.'

는 센티멘털한 기분으로 이사마는 자리에 들었다. 눈을 감고 김선의 얼굴을 망막에 그려본 것은 그녀로 해서 솔제니친을 알게 되었다는 데 대한 감사의 기분 탓이었다.

# 그해 5월 3

**지은이** 이병주
**펴낸이** 김언호

**펴낸곳** (주)도서출판 한길사
**등록** 1976년 12월 24일 제74호
**주소** 10881 경기도 파주시 광인사길 37
**홈페이지** www.hangilsa.co.kr
**전자우편** hangilsa@hangilsa.co.kr
**전화** 031-955-2000~3 **팩스** 031-955-2005

**부사장** 박관순 **총괄이사** 김서영 **관리이사** 곽명호
**영업이사** 이경호 **경영이사** 김관영 **편집주간** 백은숙
**편집** 박희진 노유연 이한민 박홍민 김영길
**관리** 이주환 문주상 이희문 원선아 이진아 **마케팅** 정아린
**디자인** 창포 031-955-2097
**인쇄** 예림 **제책** 예림바인딩

제1판 제1쇄 2006년 4월 20일
제1판 제2쇄 2023년 9월 12일

값 14,500원
ISBN 978-89-356-5940-1 04810
ISBN 978-89-356-5921-0 (세트)

.